U0524083

抉择

董国志 著

时代文艺出版社
SHIDAI WENYI CHUBANSHE

图书在版编目（CIP）数据

抉择 / 董国志著. -- 长春：时代文艺出版社，
2025. 1. -- ISBN 978-7-5387-7594-5
Ⅰ. I247.5
中国国家版本馆CIP数据核字第2024CM0233号

抉择
JUEZE
董国志　著

出　品　人：吴　刚
责任编辑：李荣鋈
装帧设计：陈　阳
排版制作：隋淑凤

出版发行：时代文艺出版社
地　　址：长春市福祉大路5788号　龙腾国际大厦A座15层　（130118）
电　　话：0431-81629751（总编办）　　0431-81629758（发行部）
官方微博：weibo.com/tlapress
开　　本：710mm×1000mm　1/16
印　　张：25
字　　数：330千字
印　　刷：长春市华远印务有限公司
版　　次：2025年1月第1版
印　　次：2025年1月第1次印刷
书　　号：ISBN 978-7-5387-7594-5
定　　价：78.00元

图书如有印装错误　请与印厂联系调换　（电话：0431-85678957）

敬告读者：

文学创作来源于生活、小说中就难免会带有作者的一些生活痕迹。

如果你发现书中的内容与你所经历的故事雷同，或者不符合你所经历的故事细节，请读者注意提醒自己：

这是一部虚构的作品，切勿对号入座！

卷 首 语

　　人生的道路虽然漫长，但紧要处常常只有几步。

　　没有一个人的人生道路是笔直的，都会遇到岔路口，走错一步，就可能会影响一生。

　　在人生道路的岔路口，每个人都面临着抉择。

　　追名逐利是一种抉择；

　　争权夺势也是一种抉择；

　　在激流中勇于进退，更是一种抉择。

　　听从内心的召唤，敢于做自己喜欢做的事，并以顽强的意志力和承受力，努力做得更好，这是我的抉择！

——引自本书主人公东方志远的话

目　录

序篇 /001

　　一场高尔夫球赛，南海市亿诚房地产开发有限公司董事长东方志远，遇见几位政界、商界的老朋友，挥杆谈笑间，开启了对一段荡气回肠往事的追忆。

上篇 /025

　　改革开放之初，东北老工业基地松江市，被委以重任的东方志远，一路披荆斩棘，大力推进改革开放，坚持不懈反腐倡廉，深得市民的肯定和领导的认可。面对仕途的升迁和经济特区的橄榄枝，他果断做出辞职的抉择，一场更加惊心动魄的旅程即将展开。

中篇 /163

　　放弃权力的宝座，转战波涛汹涌的商海，然而，一场涉及中外合资的腐败交易，却让东方志远因拒绝签字而被迫辞职失业，身陷人生的谷底。国企高管的辛劳，失业游民的彷徨，从零创业的艰难，收获季节的喜悦，每一次抉择都是他对自我人生的再次定义。

下篇 /325

他已不再是国家机器的齿轮，也不再是锋芒毕露的老板。当顶峰的璀璨光芒逐渐褪去，他的人生将何去何从？站在这个转折点上，我们看到东方志远正徐徐揭开自己人生的下一页。

尾篇 /377

生活是一部永无止境的史诗，我们每个人都是这部史诗中努力奔跑的旅者。东方志远奋斗过，征服过，得到过，也失去过。最终他的抉择是：听从内心的召唤，心如行云常自在，身似流水任逍遥，用享受生活，释放自己，诠释自己的人生。

后记 /389

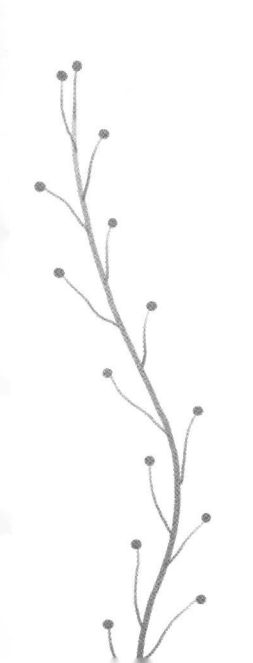

序篇

一场高尔夫球赛,南海市亿诚房地产开发有限公司董事长东方志远,遇见几位政界、商界的老朋友,挥杆谈笑间,开启了对一段荡气回肠往事的追忆。

1

2010年3月6日，星期六。

南海市银湾高尔夫球场，瓦蓝的天空，像刚刚被水冲洗过一般，晶莹透明。初春的阳光，和煦地洒落在宽敞的草坪上。几条细细的白云，随风游动，在蓝天上飘荡，好像在刻意地告诉人们，今天是个风和日丽的好天气。

球场上人头攒动，像过什么节日似的热闹。

银湾高尔夫春季会员杯赛，即将在这里举行。

每个季度的会员杯赛，均采取一轮决胜负制，参赛的球员对比赛都很重视。

从上午十点钟开始，一批参赛选手，驾驶着形形色色的豪华座驾，陆续来到球会。他们在接包处卸下球包，再将豪车停放在停车场，穿着五颜六色的服饰，鱼贯步入会所。选手们在签到板上签完字，由球会工作人员为每个人拍照留念后，就直奔出发站。

开球仪式十二点钟将在会所后侧的1号洞发球台进行。

开球嘉宾共有四人：一位是已退休的南海市委原书记王广达，一位是南海市体育局副局长徐伟，还有两位是银湾高尔夫球会董事长、台湾商人郭漫远和南海市私营企业协会会长、南海市亿诚房地产开发有限公司董事长东方志远。

当主持人用扩音喇叭宣布仪式开始时，四位开球嘉宾同时推出小球，顿时，彩烟腾空升起，彩带随风飘荡，全场响起热烈的掌声。

开球仪式结束后，一百二十多人，分乘六十多辆球车，浩浩荡荡地奔赴各自开场的球洞。

高尔夫，英文是Golf，四个字母分别代表绿色（Green）、氧气（Oxygen）、阳光（Light）和友谊（Friendship），缺一不可。它既是一项人性化的体育运动，也是一项亲近大自然的健身活动。蓝天白云，芳草鲜花，小桥流水，绿树白沙，球场的环境给人以唯美的享受。

高尔夫球场一般都是由草坪、湖水、沙坑和树木、长草等自然景物组成，经设计师的精心设计和建筑师的匠心营造，展现在人们面前的就是一件艺术品。

球场一般是建在开阔、舒缓的坡地上，使自然景观和现代化建筑融为一体。由于高尔夫球场是依据原有地形、地貌而设计建造的，所以，全世界所有的高尔夫球场，没有一个是相同的。有平原风格的球场、丘陵风格的球场、山地风格的球场、林克斯风格的球场、沙漠风格的球场，甚至还有大峡谷风格的球场。

差异性使每个球场都充满变数。有人说，高尔夫是"绿色鸦片"。对于充满变数的高尔夫，只要你遇见它，就会爱上它，迷恋上它，再挑战它，努力战胜它，自然就乐在其中，这或许就是高尔夫运动独具魅力的原因吧。

银湾高尔夫球场，是个依山傍海的半山地球场。山海之间，椰林片片、鲜花盛开、小鸟成群，沙鸥翔集，自然景观靓丽迷人。

高尔夫的基本规则是，一场球要打十八个洞，标准杆是七十二杆，打的杆数越少，说明成绩越好。而要想打得好，除了高超的技术水平外，最重要的是需要球手凭借心态和智慧，根据每个球洞面临的自然状况，制定完美的攻略，做出自己的抉择。

分在第一组的共有四人。除了东方志远外，还有东方志远练球时结识的南海市国土资源局郑京生局长和多年来一直跟随他做一些土石方工程的亮仔，再一位就是东方志远从香港请来的嘉宾，也是东方志远多年的好朋友、香港一家上市企业的王总。

按照球会的规定，会员杯赛可以邀请嘉宾参加。嘉宾一般水平都比较高，所以，比赛分为会员组和嘉宾组，并单独计算成绩，分别决出冠亚季军。

王总叫王大鹏，是北京大学毕业的高才生，现已获得香港永久居民身份，成为一个地道的香港人。因为他在香港经常下场打球，球技比较娴熟，是个高尔夫球的老手。

东方志远在松江省政府任常务秘书时，王大鹏刚好是省会城市北阳市政府的副秘书长。像他们俩这样不到三十岁的年龄，就被提拔到重要岗位，一般都要被送到省委党校青干班培训学习。

东方志远和王大鹏就是这个青干班的同班同学。

党校学习的课程比较广泛，除了政治经济理论课程外，还有工业、农业、文化、教育和体制改革等方面的课程。讲课的都是省委党校的教授及省委、省政府各部门的部长、厅长。各个门类的专题讲座，都是由专家和省委、省政府的领导讲授。通过在党校三个月的学习，每个学员对国家整个政治、经济形势和全省各个领域的状况，大体都有一个基本的了解。

省委党校的学风非常好，学习讨论的氛围也比较宽松自由，不仅同学之间可以争论，同学与老师之间也可以争论，有时甚至是激烈的争论。同学与老师以及同学之间的关系非常融洽，因为大家都知道，每个人的前途都不可小觑。

东方志远和王大鹏，不仅是同班同学，还是同寝室的室友。在一个房间住了三个月，两个人的关系自然就更亲近一些。三个月的时间，让他们之间结下了亲密的友谊。

青干班学习后一年多时间，两个人的仕途命运却发生了两极变化。东方志远在争议声中，被提拔为省经委副主任，而后又兜兜转转，换了几个部门，最后被省委下派到松江市任市委常委、常务副市长。而王大鹏被提拔为北阳市政府秘书长不久，却主动辞职，离开了体制内。

性格直爽，敢讲真话，是王大鹏明显的性格特点，也是王大鹏辞职的主要原因。本已被列入北阳市的后备干部名单，但因性格原因，常和市长意见相左，工作不得"烟"抽。一气之下，他辞掉秘书长职务，只身跑到香港，投奔其舅父，出任其舅父在香港上市的永丰实业股份有限公司的总经理。

后来，其舅父因一场经济纠纷案，被关进监狱。他临危受命，出任该公司的代理董事长。短短半年多时间，王大鹏就把公司经营得风生水起，还使公司的股票价格止跌企稳，出现上升的趋势，深得其舅父的赏识，也得到了公司员工的信任。

前些年，由于两个人一个在南方，一个在北方，联系得比较少，只是逢年过节时，发个短信互相问候一下。东方志远辞职到了南海市后，两个人的联系才逐渐多了起来。这次，王大鹏接到东方志远的电话，二话没说，就拿起球包，从香港开车，绕道深圳，来到了南海市。

高尔夫每个球洞之间，因地形地貌不同而出现不等的距离，通常分为五杆洞、四杆洞和三杆洞。十八个球洞中，五杆洞和三杆洞各有四个，四杆洞有十个。如果每个洞都能打"帕"（即标准杆）的话，一场球下来，就打了标准杆七十二杆。

1号洞是个四百一十三码（球道的长度采用英制码计算）的四杆洞，职业球员一般是两杆就能攻上果岭。世界顶级精英、美国公开赛冠军得主、北爱尔兰人罗里·麦克罗伊，甚至是一杆就能攻上果岭。而一般业余球员，最好的也只能是三杆才能攻上果岭，有的是四杆、五杆，甚至是更多杆数，才能攻上果岭。

果岭是高尔夫球的专有术语，每个球洞都有一个果岭。一场球需要打十八个洞，就有十八个果岭。球员的目标就是从发球台开球，将小球打上球道，越过各种障碍，从球道攻上果岭，再推球入洞，才算打完了这个球洞。

发球台位于每个球洞开球的起始处，球手将一支Tee（球座）插在发球区内，放上球后再用球杆将球打出。发球区一般有四个距离远近不一的发球台，分别叫红Tee发球台，适合女球手开球；白Tee发球台，适合六十岁以上的老年球手开球；蓝Tee发球台，适合一般水平的年轻球手开球；而金Tee发球台，则适合专业球手或业余高手开球。今天这场会员杯赛，四个人都是在蓝Tee发球台开球。

"轻轻松松球道正中。"这是高尔夫圈流行的一句口头禅。

四个人由于比较放松，第一杆都开到了球道上。

其中，东方志远开球距离最近，按照球场规则，首先由他打第二杆。望望前方的球道，他有些犹豫不决。东方志远第一杆有点儿右曲，小球落在了右侧一百九十多码的中草区，好在没有OB（出界），距离果岭还有二百二十码左右。

在小球距离果岭的三十码处，有一个宽约五十码的水障碍。东方暗想，凭自己的能力水平，在球道上就是用击球距离最远的3号木杆，在不失误的前提下，也只能打出一百六十码，小球肯定会落水。因为没有机会攻上果岭，就没有射到"老鹰"（低于标准杆二杆）的可能。还不如采取保守打法，在水障碍前过渡一杆，下一杆再攻果岭，即或抓不到"小鸟"（低于标准杆一杆），也可以保个"帕"（平标准杆）。

他决定放弃用3号木杆，改用7号铁杆，争取保"帕"。

经过权衡利弊，他果断地做出了抉择。

他再一次看看前方的球道，又看看水障碍及周边的地形地貌，测试一下风向风速。"给我7号铁！"东方志远将手中的3号木杆，递给了66号球童。

"还是这样稳当一些好。"66号球童对东方志远小声说，随即将7号铁杆递给了东方志远，又将3号木杆套上杆套，装进了球包。东方志远看了66号球童一眼，拿起7号铁杆，在小球前试挥了几下，又调整一下站位，再抬头望望果岭，准备击球。

能得到66号球童的肯定，让他信心很足。

66号球童叫杨小娃，是贵州山区农村的一个普通家庭的男孩子，高中毕业后，为了摆脱贫穷，没报考大学，只身跑到贵州一家高尔夫球会做起了球童。他一边做球童，一边刻苦学习球技，终于考上了南海市高尔夫学院。大专毕业后，考了个教练证，就来到银湾高尔夫球会做教练，但因刚做教练，教学水平有限，找他学习高尔夫的学生很少，挣不了多少钱，他又选择在球会兼职做球童，一干就是三年。

做着球童，挣钱养家，还利用业余时间，下场练球。几年时间，他球技提高很快，一场球下来，都稳定在八十多杆。理论和经验方面，在所有球童中，他都是首屈一指。东方志远打球时，一般都是点杨小娃出场为他服务。杨小娃虽然话语不是很多，却句句管用，让东方志远避免了不少失误。

杨小娃的服务周到、精准，又很敬业，东方志远对他非常信任。一来二去，两个人不仅成为固定的服务与被服务的对象，也自然成了忘年之交。

东方志远第二杆将小球打到水障碍前，小球距离果岭还剩不到一百码的距离，他拿起杨小娃递过来的10号铁杆，顺势又瞄了一眼果岭，就和球童走向自己的球位。

这时，忽然传来一片喝彩声。原来是王大鹏的第二杆，打得非常精彩，一记流畅的击球，小球稳稳地落在了果岭上。同组的其他球员和球童，异口同声地高叫："好球！好球！"

"神了，标准四杆洞，第二杆就攻上了果岭，这不是职业球员的水平吗？"东方志远佩服得五体投地，走到王大鹏面前，拍拍他的肩膀，由衷地表示祝贺。

亮仔也试图第二杆攻上果岭，可惜距离不够，小球掉进了果岭左下方的沙坑，懊悔得他直跺脚。

东方志远开始打第三杆。

今天旗杆插在果岭左侧，果岭右高左低是个大下坡。"把球打到果岭右边一个旗杆远，就可以滚向洞杯。"杨小娃显然很熟悉这个果岭，信心满满地对东方志远说道。

东方志远点点头，调整一下站位，看了看果岭，正要准备击球，杨小娃又低声叮嘱道:"不要太发力,右边有个沙坑,注意不要打出右曲球!"杨小娃的叮嘱起了作用,东方志远又调整一下站位,挥起10号铁杆,一记流畅的击球,小球砰的一声,腾空而起,越过水障碍和球道上空。几位球员和球童,下意识地张大嘴巴,扭动着脖子,目不转睛地注视着空中的小白球。

小白球终于在果岭上落了下来,位置正好在旗杆右侧一个旗杆左右,顺着果岭的坡度向旗杆滚去。众人都喊:"进洞!进洞!"如果小球滚进洞杯,就是一只"小鸟"!但是很可惜,由于果岭坡度太大,小球擦洞而过,停在了离洞杯约有十三码的果岭下坡处。接着亮仔从沙坑里把球切上了果岭,郑京生也将球切上了果岭。

东方志远与他的三个球友及为他们服务的四个球童,站在果岭旁,看着四颗球的球位,互相之间又望了望,每个人的脸上都露出了会心的笑容。

王大鹏两杆就打上了果岭,东方志远和亮仔都是三杆攻上的果岭,郑京生因为第三杆失误,四杆才攻上果岭。王大鹏的球位距离洞杯最近,东方志远的球位距离洞杯最远,郑京生和亮仔的球位居中。

银湾高尔夫球场是个两面临海的球场,一年四季海风没有规律地袭来,无论是在球道上击球,或是在果岭上推杆,都不时地会受到海风的影响。风力的大小,风向的左右,让球手捉摸不透。因此,每个球员,在击球前,或是在推杆前,总是从草坪上掐起一撮草屑,抛向空中,判断一下风向及风速,然后调整站位,再进行击球或推杆,每一杆都十分小心谨慎。

王大鹏一声"东爷，你先推吧"的提醒，让东方志远一时有点儿紧张。

"东爷"是球友对东方志远的尊称。因为他过去曾在东北老工业基地的松江市做过常务副市长，现在又是南海市私营企业协会的会长，大家对他都比较尊重，按南方人的习俗，球友都称他为"东爷"。按照球场规则，因为东方志远的球位距离洞杯最远，自然由他先推，所以，王大鹏才叫了声"东爷，你先推吧"。

东方志远到南海市经商后，才学的打高尔夫球。因为他的悟性不高，杆数始终没有破百。也就是一场球的总杆数，一直都在一百多杆徘徊，故球友都戏称他是"00"后球手。

在业余高尔夫球手圈子内，"70"后球手，基本没有多少朋友陪着玩，"80"后球手，陪着玩的朋友也不是很多，只有"90"后或"00"后球手，陪着玩的朋友最多。

对于球友戏称他为"00"后球手，东方志远并不介意。他还信誓旦旦地说，本爷要继续努力，尽快成为"90"后，还要继续努力，争取打个"一杆进洞"。

伴随着越活越老，雄心却越来越大。对东方志远来说，三杆能攻上果岭，已经就很难得，如果再一推进洞，就是一个"帕"。在第一个洞就打个"帕"，过去还从来没有过，这是他的梦寐以求。

因为"开工帕"和"收工帕"比起来，"开工帕"显得更为金贵，东方志远紧张的心情就可想而知了。

1号洞果岭是个"薯片型"果岭，不规则的起起伏伏和不易被人发现的暗线，无形中增加了推杆的难度。

东方志远下意识地看了一眼自己的球位，小球距离洞杯有13码左右，是一记上坡的长推。表面看球线比较平直，但草向却是侧逆，暗线隐在其中。他暗暗提醒自己：放松，放松。蹲下后俯视果岭前方，开始读线，但始终吃不准，就叫来66号球童，让他帮助自己摆线。

66号球童低头看了几眼球线，又用脚踩踩小球前果岭的草坪，然后俯身摆好球线，并告诉东方说："这是一个上坡推，要稍加一点儿力，但也不要用力太大，不能用杆头磕球，还要注意送杆。"

东方志远按照球童的指点，站好位，抖抖双肩，放松一下身心，在小球前又试挥两下，然后屏住呼吸，果断地把小球推了出去。小球沿着摆好的球线，直奔洞杯滚去。在即将进洞的刹那，因暗线的影响，小球在洞杯前拐了一下，在洞杯边缘转了小半圈。"啊！"引起大家的惊愕。

几个人都以为小球会涮洞而出，"帕"肯定是保不住了，东方志远更是沮丧不已。但是，令人没想到的是，小球在洞杯边缘又转了小半圈，竟然应声掉进洞杯中。大家这才松了一口气，东方志远更是欣喜若狂。

"帕！"亮仔首先叫了起来。大家跟着表示祝贺，东方志远也难掩高兴的心情。他张开双臂，握紧双拳，独自庆贺起来。

接着，轮到郑京生推杆。

东方志远和郑京生的结缘，还要从十二年前那个环境独特的板障山高尔夫球练习场说起。

十二年前的一个晚上，八点多钟，东方志远忙完一天的工作，在办公室吃盒饭，边吃边给亮仔打电话，约他一起去板障山高尔夫球练习场练球。

亮仔叫田亮，是个小包工头，手下掌管着五十多个农民工，是东方志远搞房地产开发时结识的朋友。这几年因为靠东方志远的房地产开发项目赚了一些钱，所以，他非常感激东方志远。在现实生活中，好像是东方志远的一个跟班，哪怕再晚，有召必到，特别听使唤。因为他年轻，仅仅三十多岁，按照南方人的习惯，都叫他亮仔。

九点多钟，东方志远和亮仔先后来到了板障山高尔夫球练习场。

板障山高尔夫球练习场的独特性，是因为它所处的地理位置和设计风格决定的。南海市东南两侧临海，西北两侧环山，一座巍峨的板障山穿城而过，高尔夫球练习场就坐落在板障山西南侧的山脚下。山上的泉水成年累月淙淙流淌，顺山而下，流经山下的练习场，形成很大一片湖，再流经穿城而过的珠江，汇入大海。每当气压低的时候，练习场的上空，云雾缭绕，负氧离子非常饱满，空气十分清新，舒适度极佳，景观格外壮美。平时有很多人都喜欢来这里练球，每逢节假日练球的人更多。

一般情况下，练习场都是晚上十一点钟歇业，九点钟以后就很少有人前来练球了。来练习场的客人一般把车开到停车场，由工作人员到停车场接包。今天是星期一，九点多钟，东方志远和亮仔赶到练习场时，可能因为离下班不到两个小时了，等了半天也不见工作人员下来接包。他们俩只好自己背着球包来到练习区，成为最不受服务人员待见的"贵客"。

他们俩被安排在离服务台最近的两个打位上。做热身动作时，东方志远看到在他们打位后边的一个打位上，还有一个人在挥杆练球，这个人就是郑局长。

郑局长身居南海市国土资源局局长要职，很喜欢打高尔夫球。因此，他业余时间经常跑到练习场练练球，或应邀下场打场球，有时也会应邀赶个饭局，每天忙得不可开交。

郑局长叫郑京生，是个地道的北京人，原是国土资源部的一个处长，曾为南海市的国土资源开发和总体规划做了不少工作。因为在北京没有太大发展机会了，十四年前他主动申请，平调到南海市任职，被任命为南海市国土资源局的局长。

他为人十分谨慎，遇事沉稳，不事张扬，城府很深，无论是在练习场，或是下场打球，都很少讲话，就是看出球友挥杆上的一些毛病，也从来不多说一句。

东方志远和郑京生的缘分，是从切磋球技开始的。

说是切磋球技，倒不如说是东方志远主动向郑京生请教。东方志远的1号木杆始终打得不理想，经常打出右曲球。他拿起1号木杆，接连打了几颗球都是右曲，无奈地起身，看看身后的郑京生，就冒昧地叫声"老哥"，从面相上看，郑京生好像比东方志远年长，所以，东方志远才尊敬地叫了声"老哥"。

郑京生起身看看他没说话。

东方志远说："我老打右曲球，麻烦老哥帮我看看是什么毛病？"郑京生沉思一会儿没出声。其实，在东方志远身后练球的他，早就注意了东方志远挥杆的一些毛病。

这时，只见他慢条斯理地说："我打得也不好，说不出个子午卯酉来。"东方志远诚恳地说："请老哥还是帮我纠正一下吧！"

郑京生用铁杆挂着地，用一种不确定的口吻说："我看你挥杆动作已是很标准了，可能是转胯快于手臂，手腕外翻幅度过大，导致的杆面开放所致吧？"

东方志远疑惑地点点头，不急于再挥杆练球，而是杵立在原地，专注地注视着郑京生的挥杆练球。过了一会儿，他才转身去，按照郑京生的指点，又打了几颗球，放慢转胯速度，减少手腕外翻幅度，手臂和转胯协调转动，果然效果好多了。

东方志远又练了几颗球，效果也不错，他停下练球转过身，对郑京生由衷地说："老哥说的还真管用，谢谢啊！"

接着问："请问老哥贵姓？"这时，郑京生慢慢腾腾地从裤袋里掏出一个名片盒，随手拿出一张，递给了东方志远。东方志远接过名片一看，惊奇地说："啊！原来您就是郑局长啊！"东方志远从搞房地产开发时起，就听说过国土资源局的一把手叫郑京生，只是从来没有谋过面，所以一直不认识。

东方志远也随手递给郑京生一张自己的名片，郑京生接过来一看，也很惊奇："原来你就是大名鼎鼎的东方老板啊！"

东方志远在南海市是个新闻人物，郑京生早就听说过东方志远，并且对他很是仰慕。他知道东方志远年纪轻轻，就在东北一个地级城市任常务副市长，换届时，组织让他接任市长，他却辞职下海来到了南海市，为国企金麦集团打工。郑京生热情地伸出手，主动与东方志远握握手。

这可能就是高尔夫的魅力，它让两个素不相识的人，在这么短的时间里，在不经意间就认识了，而且还成了好朋友。

练完球，三个人有说有笑地离开了板障山高尔夫球练习场。在东方志远的邀请下，三个人还到练习场旁的夜店里吃了点儿夜宵……

郑京生开始推杆。

他的杆数一直都稳定在九十多杆，是个标准的"90"后球手。但今天攻果岭的一杆不是太理想，在四个人中，只有他是四杆才攻上果岭，球位距离洞杯还是第二远。

郑京生看了一眼自己的球位，又瞄了几眼球线，轻松地握着推杆，一直在小球旁试挥不停。不知天高地厚的亮仔，在一旁叫了起来："不能试起来没完啊，影响别人推杆！"

郑京生像没听到一样，还是照样试挥。

东方志远不满意地瞄了亮仔一眼，张了张嘴，但没说什么。

郑京生又试挥了几次。停了下来，看了一眼亮仔，心里暗想："这小子，就是欠收拾！"之后，稳了稳神，终于将球推了出去。由于用力小了一点儿的缘故，小球虽然躲过了暗线，却只差不到一英寸的距离，就停在了洞杯前的边沿上，郑局长脸上露出了一丝惋惜的表情。

按照球场规则，球友给了他"OK"球，打了个"双柏忌"（即高于标准杆两杆）。郑京生从球洞里拿出自己的小球，就退到果岭边，不知在和王大鹏小声地说着什么。

亮仔开始推杆。

他让球童帮他摆好线。

为他服务的是208号球童舒晓娟，是四川籍的一个农家女娃，举止温文尔雅，说话细声细语，是个很懂礼貌的小姑娘。因其父不幸早逝，为了抚养母亲和供弟妹上学，才从四川跑到南海市银湾高尔夫球会打工，做起了球童，开始了她全新的生活。

虽然身份依旧属于社会的底层，却每天可以和社会上层人物直接接触，让她备感欣慰。

高尔夫球场是个汇集社会各阶层成功人士的风水之地。社会较低阶层的人和高端阶层的人，同在一片蓝天下，一块草坪上，一个空间环境里，一场球共处几个小时，对她来说简直就是一场梦幻。所以，她十分珍惜这份工作，而且耳濡目染，越来越有品位。她来球会已有两年多时间了，因其刻苦钻研，看了不少关于高尔夫球技巧的书，平时又注意向老球童学习，阅读果岭、看线和摆线水平，得到了她服务过的客户一致认可，仅两年多时间就被评为A级球童。

舒晓娟弯下腰蹲在果岭上，很快就为亮仔摆好了球线。

亮仔打球的时间比较长，推杆技术也比较娴熟，不假思索地一推，小白球就应声入洞，也打了个"帕"。球童舒晓娟赞叹声"好球"，亮仔应声"谢谢"，从洞杯中拿出自己的小球，也退到了果岭旁。

王大鹏球位距离洞杯最近，最后是王大鹏推杆。

望着眼前两码多的球距，王大鹏拿起推杆，用戴着手套的左手，下意识地在杆头上擦了两下，以防止粘在杆面上的草屑，影响推击的球线。他一下都没有试挥，一推就将小球推进了洞杯中，顺利地抓了一只"小鸟"。

郑京生看着亮仔正在球童舒晓娟面前，挥动着双手，比比画画，眉飞色舞地白话着什么，就没好气地对他说："亮仔，上车，走吧！"

一个"柏忌"、两个"帕"、一只"小鸟"，开局良好。按照球场礼仪，四个人互相碰拳庆贺，可谓是不亦乐乎！

四个球童也为他们送去了祝贺。

接着，四个人分乘两辆球车，沿着弯弯曲曲的球车道，奔向2号球洞。

东方志远和王大鹏乘坐一辆车，郑京生和亮仔乘坐一辆车。

亮仔开车，坐在一旁的郑京生，用眼睛不时地斜视着他。东方志远开车，坐在一旁的王总，看了看东方志远开车时聚精会神的表情，神秘地对他说："前些日子我回趟老家，听到不少关于你的消息。"

东方志远一愣，而后漫不经心地问："都有什么消息？"

王大鹏说："你不知道吧？在松江省你可是个新闻人物了！"

东方志远扭头看了王大鹏一眼，不解地说问："新闻人物？"

"你虽然已经远离江湖，但江湖上仍然还有你的传说。"王大鹏补充道。

东方志远更疑惑了，便问："人走茶凉是江湖的规矩，怎么这么长时间，还有我的传说？到底都有什么传说呀？快说说。"

站在球车后踏板上的两个球童，也都竖起耳朵听着他们俩的闲聊。

王总说："有人说你因当官时贪污受贿，在从松江市飞往南海市经停的机场就被检察院抓了起来。"说完，望着东方志远，他自己先笑了。两个球童也跟着笑了。

东方志远笑了笑，一副无所谓的样子说："还有这样的传说？这可真是个大新闻啊！"

王大鹏接着说："还有宣传你好的新闻呢。"

东方志远急切地问："什么新闻？"

王大鹏说："你辞职到南方打工的事，已经上了中央级媒体《内参》，还连续登了三期，在全省上下引起了不小的轰动！"

其实，东方志远早就听说过这个信息。《内参》报道的标题是《不爱"乌纱"爱冒险，走出"官场"进市场》和连续报道之二、之三。

报道中说，由于东方志远的影响和带动作用，松江省有一批机关干部，乘改革开放的春风，掀起一股下海经商、引领创办私人企业的风潮，仅松江市就有多达三十七名副处级、处级和副厅级干部。机关干部辞职，脱离体制，领办企业，发展民营经济，"已成为一种时尚"。

东方志远只是喃喃地说："哦，这事呀！"又扭头看了看王大鹏，想说点儿什么，又什么都没说，一脸无语的样子。

王大鹏接着问："这么多年来，我一直都想问问你，但一直没敢问，是什么力量让你下这么大的决心辞去官职，到南方打工的？"

东方志远看了王大鹏一眼，又回头望了望紧跟在后面的郑京生和亮仔以及几个球童，什么话都没有说。

他猛地踩了一脚电动球车的加速踏板，球车沿着弯弯曲曲的球道小路，急速驶向2号球洞……

2号球洞打完后，因3号球洞距离较近，东方志远提议不坐车，步行走到3号球洞。在向3号球洞走时，东方志远、郑京生和王大鹏走在前面，亮仔跟在他们身后。王大鹏边走边问东方志远："你进口美国宝丽来感光材料，怎么只做一年就停下了？我还想为你继续开证，也能多赚点零花钱呢。"

东方回答说："谢谢老弟对我的支持，一年多时间，你就帮我开了一千多万美金的信用证，真是帮了我的大忙。我停下来的原因，一是进口贸易风险太大，二是我已进入房地产行业，没有精力再继续做贸易了。"

"房地产？这可是个赚大钱的买卖，现在做得怎么样？"

东方志远说："一般般吧。"

在一旁的郑京生抢过话说："可不是一般般，连我们的市委书记对东方老板都很赏识，他做的城中村改建项目，成了南海市的标杆，市委书记还请他在全市'城市规划和旧村改建大会'上介绍过经验，亿诚公司还被省、市评为重合同守信用的先进民营企业呢。"

王大鹏对东方志远投来敬佩的目光，对郑京生说："我这位老兄，可不是个一般人物，他干什么像什么，是埋在土里也能发光的一块金子！"

东方志远摇摇头，摆摆手，苦笑了一下说："不说这些了，咱们还是打球吧！"

打到9号洞时，四个人先后发完球，走在通向果岭的球道上，又聊了起来。王大鹏问东方志远："我记得你过去从来都没搞过房地产呀，怎么一下子就成了标杆？"

东方志远说："我是从国企辞职失业后，自己开始创业时，摸着石头过河，从现学现卖开始的。"他挥动一下手中的球杆，指指郑京生说，"我还多次向郑局长请教过，还看了不少有关房地产开发和销售方面的书籍。只要是本本分分地坚持做下去，就没有越不过去的坎儿，蹚不过去的河。"

亮仔插话说："老板既聪明智慧，又诚实守信，哪有他蹚不过去的河！"

东方志远回过头白了亮仔一眼："别跟着瞎说！"

对亮仔不满意的郑京生，也趁机调侃一句："没想到亮仔吹捧人还真有一套啊！"

亮仔尴尬地看了郑京生一眼，再也没说什么。

打完前九个洞后，四个人乘车，就赶往后九个洞。

2

由于四个人都比较放松，发挥也比较正常，经过四个多小时，轻轻松松打完了十八个洞。

在18号洞果岭上，大家推完杆，都摘下球帽，互相碰碰拳，表示谢意，然后坐上球车直奔球会会所。

四个人的比赛成绩都不错。球童杨小娃报告说："王总打了七十四杆，田总打了八十六杆，郑局长打了九十五杆，东方董事长打了九十七杆。"

东方志远高兴地说："这也太完美了。"

这是他打球以来，杆数第一次进百，太超出他的意料了。虽然是个"大9"，但实现了自己长期以来的梦想，由"00"后晋级到"90"后，实现了跨越式的超越。此时的东方志远，快乐的心情溢于言表。

回到会所一看成绩板，会员组亮仔名列第四十六，郑京生名列第七十三，东方志远名列第八十五；嘉宾组王大鹏获得了第四名。

四个人洗了澡，换好衣服，东方志远说："今天就不参加球会的颁奖晚宴了，晚上到市里我请客。一是对取得的好成绩表示祝贺，二是为风尘仆仆从香港赶来参赛的王总接风。"

东方志远把王大鹏拉到自己的车上，让王大鹏的司机开着空车，跟在自己的车后，汽车就急匆匆地向市区驶去。

晚餐在南海市新建的凯悦酒店进行。

这是一家新建的五星级酒店，坐落在市区最南侧的海边，对面就是澳门。

南海市与澳门隔着海湾遥遥相望，春季的白天虽然开始变长，七点多钟，海湾两侧的幢幢酒店、写字楼上的装饰灯也已亮了起来，灯火璀璨，霓虹闪烁。

晚餐前，东方志远让亮仔先开一间双人大套房。餐后，郑京生和亮仔就离开了酒店，东方志远结完账，就和王大鹏乘电梯来到了2601号房间。

进了房间，东方志远打电话让司机送上楼一包茶，司机上来后，他告诉司机今天不回去了，让司机明天再来接他。

司机走后，东方志远用酒店的加热水壶烧了一壶矿泉水，再打开那包茶叶，对王大鹏说："今天让你尝尝我的新茶，这是云贵省易武古茶山上好的老班章，树龄都在二百年以上。这是今年第一波采摘的春茶，条索整洁，叶片肥厚，芽头稚嫩，花香浓郁，经久耐泡。一杯茶最低也能冲上十几泡，细细品味起来，可以感受到山灵的气韵，一饱大自然的馈赠。"对普洱茶介绍得这么到位，可见东方志远是个懂茶的人。

不一会儿水开了，东方志远把第一泡倒掉，又泡了第二泡。先给王大鹏倒上一杯，又给自己倒了一杯："我不说茶的价格，你先尝尝，看味道怎么样？"

东方志远辞职后，来到南海市不久，就迷恋上了喝茶，而且一直都在喝云贵省普洱生茶老班章。

王大鹏端起茶杯，放到嘴边，慢慢咂了一小口，又吧嗒吧嗒嘴说：“嗯，好茶！”东方志远笑了。

"多少钱一饼？"王大鹏问。东方志远没正面回答，只说："你要是觉得好就喝，走时我给你拿几饼。"

晚上因为两个人都喝了点儿酒，不一会儿，就你一杯我一杯，喝完了一壶水。在东方志远刚倒上第二壶水，还没按下水壶加热开关键时，王大鹏冷不防地问："在球场我问你的问题，你还没回答我呢？"

东方志远明知故问地说："什么问题我没回答？"

"你面临提拔重用，前途一片光明，是什么原因让你下这么大的决心辞职，跑到南方给别人打工的？"王大鹏又重复地问一遍，接着又解释说，"早在你做贸易时，我就想问你这个问题，但考虑到这是你的个人隐私，恐怕也有一些难言之隐，就一直没好意思问你。"

在球场时，由于有后面的郑京生和亮仔，还有球童都在，这个问题东方志远不便回答，而且一时也说不清楚。现在，王大鹏又一次追问，把他的思绪瞬间拉回到了从前。

东方志远滔滔不绝地讲述着，王大鹏总经理聚精会神地倾听着。两个人一口茶水都没喝，东方志远从自己被下派到松江市开始，娓娓讲到他离开时止，一直讲到下半夜的一点多钟。

最后，东方志远说："你不是问是什么原因，让我下这么大决心辞职的吗？我只能告诉你，这里面的原因很复杂，既有显而易见的主观原因，也有难以表达的客观原因，但是，最根本原因还是第二波改革开放春风吹拂的结果。"

"原来是这样啊！"王大鹏一句话，把东方志远从回忆中拉回到现实。两个人倒掉已经变凉的茶水，东方志远又重新烧水，新泡了一壶普洱老班章春茶。

上篇

改革开放之初,东北老工业基地松江市,被委以重任的东方志远,一路披荆斩棘,大力推进改革开放,坚持不懈反腐倡廉,深得市民的肯定和领导的认可。面对仕途的升迁和经济特区的橄榄枝,他果断做出辞职的抉择,一场更加惊心动魄的旅程即将展开。

3

那还是在1990年初春,年仅三十七岁的东方志远,被省委下派到松江市任市委常委,市人大常委会又补选他为常务副市长。同时被调整的还有松江市的老市长,因为年龄已过五十八岁,被调整到省社保局任局长。市委决定由东方志远主持市政府的日常工作,这对于东方志远来说,既是一个崭新的历练,也是一种信任和考验。

这也是省委在全省换届之前,对个别地市干部所做的一次调整。

东北早春二月,大雪还在肆意地飘洒。因地理环境的整体性和文化上的同质性,东北成为中国最有区域认同感的地区之一。早在史前时期,这里就照进了中华文明的一道熹微曙光;封建时代,这里孕育了骁勇善战的中原征服者;在近现代,这里点燃了贫弱国家的工业雄心,至今依然还流淌着不变的热血。

然而,改革开放已经十几年了,这个被誉为共和国长子的东北地区,经济发展的速度,比起珠三角和长三角地区慢了很多,甚至在全国的排行,也是处于垫底的地位。特别是松江市,虽然将工作的重点已经转移到以经济建设为中心上来了,但改革开放的步伐迈得并不大,一种被称为"东北现象"的迷雾,仍然笼罩在全市的上下。

观念落后、体制僵化、机制陈旧，加之特有的寒冷气候条件，是这种东北现象存在的内在原因和外部条件。当然，这也是学习苏联老大哥的经验，长期以来实行计划经济体制的痼疾所致。

在东北现象的笼罩下，松江市个别干部官本位意识依然根深蒂固，契约精神比较淡薄，旧的文明方式禁锢着人们的思维。有的干部为保住自己的官位，不敢越雷池一步。由于缺乏契约精神，诚信成为制约经济发展的一个掣肘因素。反映到工业经济上，产品积压，资金呆滞，三角债盘根错节，一大批企业处于停产半停产状态。大批工人下岗待业，又面临物价飞涨，生活十分困难。不断有人到市委、市政府上访告状，市政府大院门口，经常被上访和看热闹的人群，围得水泄不通。东方志远上任的第三天，这种乱哄哄的场面就碰上一次。

松江市是个经济大市，新中国成立初期是松江省的省会所在地，20世纪50年代中期，国家调整区划布局时，省会才从松江市搬迁到现在的北阳市。除省会城市的市委书记由省委常委兼任外，在全省的其他八个地市中，只有松江市的市委书记也由省委常委兼任。

在六位副市长中，东方志远的年龄最小，其中有三位副市长换届时即将退休。大家对东方志远的工作都很支持。作为主持日常工作的常务副市长，东方志远按照各负其责的要求，安排好全市各方面的工作后，即投入到他重点分管的工业经济工作之中。

如何打破各种思想禁锢，尽快推动全市经济上一个新台阶，一上任的东方志远，就面临着严峻的考验。

到松江市报到时，恰好是年初，东方志远就带领市直机关的有关干部，下沉到市本级企业和所属的七个县区，进行调查研究，摸清企业底数，了解存在的主要问题，研究经济发展的对策，确定松江市当年工业经济发展的总体思路。

经过二十多天的调查研究，又查阅了几年来的统计资料，他对全市工业经济的基本状况，心里有了底数。在全市一年一度的经济工作会议上，他的亮相可谓相当精彩。在其他几位副市长对自己分管的工作分别做了安排部署后，省委常委、市委书记赵焕章同志首先向与会的全市科、处级以上干部介绍了东方志远，同时请东方志远就工业经济工作做了发言。

全市上下对这个省里空降的干部，既感到陌生，也充满着期待。与会的八百多名科、处级以上干部，翘首以盼地想听听这个常务副市长，对全市经济发展中所面临的各种矛盾和问题，究竟有什么破解的高招儿和具体的解决办法。

面对台下八百多名干部，东方志远开始了他的讲话。他并没有像其他领导干部一样拿着讲稿，因为那些数据和想法，已经深深地印在他的心中了。

开始，他以大量翔实的数据，从工业经济运行相关因素的动态变化分析中，提出了全市工业发展中存在的四大矛盾，即增长的结构失调、增长的质量低下、增长的动力缺乏、增长的人才要素积极性不高。

他感到台下观众听得很认真，有人还微微颔首，让他更加自信了。他从本地自然资源和现有基础出发，重点提出要把发展医药工业、食品工业和钢铁深加工业，放在优先地位，使之成为全市经济发展三大支柱产业的总体发展思路。台下自发地响起了热烈的掌声。

接着，他提出要把充分调动企业经营者的积极性，作为经济发展的重中之重提上日程。他在会上说，在松江市这盘经济大局中，市委是"董事长"，市政府是"总经理"，各位厂长经理就是"副总经理"。

"董事长"管大事、做决策;"总经理"和"副总经理"负责具体组织实施。为了调动广大经营者的积极性,他提出从每年新增的利润中,拿出百分之五由市里统一用于奖励各位"副总经理",再拿出百分之五,交由各位"副总经理"奖励本企业的中层干部和职工群众。台下又响起了热烈的掌声。

他知道,他的观点得到了认同。于是,又继续充满激情地强调,要调整企业改革的思路。他说,当前企业改革的基本思路,是以两权分离为理论基础的承包制。这种思路的改革,只是一种在旧体制下的企业内部挖潜,是一种浅层次的改革。当这种改革的作用,已经不能弥补相伴发生的各种弊端的时候,就需要对改革的思路做适当的调整。如果继续沿着这种思路改革下去,就可能造成两种结果:一种是国家牢牢控制着所有权,企业无法活起来;另一种是弱化国家的所有权,国有资产将有可能受到损失。这就提出一个尖锐的问题,企业改革发展到今天,我们应当审时度势,跟上形势发展的需要,及时调整改革的思路,对企业进行深层次的改革。

所谓深层次的改革,即是在继续坚持和完善承包制的基础上,坚持把产权制度改革放到突出位置。要明晰国家与企业的产权关系及收益分配关系,使企业真正成为自主经营、自负盈亏、自我发展、自我约束的独立经济主体和市场主体。

最后,他还强调指出,明晰产权制度改革,不仅可以为企业的发展增强活力,还可以堵塞腐败分子用来获得寻租利益的一些漏洞。

东方志远的讲话,有条不紊,头头是道,既有理论观点,又有实操办法,大家都在聚精会神地听着。讲完后又一次响起长时间的热烈掌声。

东方志远一气呵成地讲了一个多小时,在整个讲话过程中,台下八百多名科、处级以上干部，都在聚精会神地倾听着。

会议结束后，他收到了无数赞扬，让他感动的是，威望极高的市人大常委会老主任班志军同志激动又充满赞赏地说："把全市经济工作分析得这么透彻，不拿稿讲了一个多小时还有多次鼓掌，在松江市建市的历史上，这还是头一回。照这样干下去，松江市肯定会大有希望。"

经济工作会后，一年一度的年关将近，东方志远带领相关同志下到企业，一方面走访慰问，一方面抓会议精神的贯彻落实。

一天，快到下班时，正在企业帮助研究解决问题的东方志远，突然接到东山区区长的电话，说松江市机床配件厂的工人要到省里上访请愿，并说厂区内停放着二十多辆大客车，八九百名工人，只等组织者一声令下，就要浩浩荡荡地开赴省城。

东方志远问对方："这个消息准确吗？"

区长说："准确，是机床配件厂的工会主席给我打电话说的。"

听到这个消息，让东方志远感到事发突然，事态严峻。

东方志远刚被派到松江市任职时，就听说过这个企业是松江市长期存在的一个老大难。

在改革开放的转型期，各种矛盾和问题相继涌现，上访告状已是屡见不鲜，人们对此似乎见怪不怪，不把它当回事。但是，这次却和以往不同，以往只是在市里上访，这次却是要到省委、省政府请愿，影响面可就大了。如果处理不好，可能会酿成群体上访的大事件。而且，这次上访的规模庞大，近千名工人，还有二十多辆大客车，如果堵塞在省委、省政府的大门口——那可是一个繁华的闹市区——后果将不堪设想。特别是年关在即，随着物价的飞涨，群众本来就有些不满意，这是最容易出事的时候。如果这么大的一群人突然堵在省委、省政府的大门口，就等于是火上浇油，容易触发和激化矛盾，影响全省的稳定形势。

再想到自己来松江市才一个多月，就赶上这么大的一件事，万一省委、省政府领导怪罪下来，自己还不得吃不了兜着走！

东方志远再也不敢往下想了，当即就给市委书记赵焕章同志打电话，向书记报告了这个消息，并请示该如何处理。

市委书记赵焕章也听说了这个消息，他正想找东方志远商量该怎么办，没想到这么快就接到了东方志远的电话。

赵焕章原是松江省的副省长，负责全省文教卫生等方面的工作。为了加强对松江市的领导，五年前被派到松江市，改任省委常委、松江市委书记一职。

很快就要换届了，在这样的敏感时期，已经五十六岁的他，生怕闹出什么大事。他告诉东方志远，这个时候千万不能闹出事来，并让东方志远马上去厂里一趟，听听工人们有什么诉求，了解问题的症结所在，纾解一下工人的怨气，先把工人稳定住，然后尽快研究出一个切实可行的解决方案。

在通话就要结束时，赵焕章特别提醒东方志远，最好先征求一下市人大常委会主任班志军同志的意见，因为他是这个厂的第一任党委书记，对企业情况比较了解。东方志远说声好后，就放下了电话。

一看手表，已是五点多了，他沉思一会儿，先给经委主任曾国华拨通了电话："国华，因为机床配件厂工人要上访的突发事件，还得麻烦你帮我查一下这个厂的基本情况和存在的突出问题，最好整理出一份材料，晚上八点钟前，送到我办公室来。"

"清楚，八点钟前一定送到。"曾国华干净利索地回答。

"记住，还要把领导班子每个成员的专业特点和工人们反映他们的主要问题一并报给我。"

"明白。"

经委主任曾国华也是一位年轻干部，四十岁刚出头，年富力强，熟悉经济，做事干练，雷厉风行。他做过企业的厂长、书记，还当过副县长、县长，又在市经委主任的岗位干了几年。经过一个多月的接触，他办事让东方志远放心。

东方志远想起市委赵焕章书记在电话中的嘱咐，马上又给市人大常委会主任班志军打个电话。班志军还没下班，东方志远说："请班主任晚走一会儿，我有急事去一趟。"班志军说："我在办公室等你。"放下电话，东方志远又和秘书李佩伟说："咱俩去趟市人大。"

"好。"李佩伟随声回应道。

东方志远脑子里一片混乱，心想，全市经济工作会后，每天都忙于解决一些全市带有共性的问题，还没来得及着手解决机床配件厂这个老大难问题，就突然发生了这样的大事，对自己应对突发事件的能力，是个不大不小的考验。

他又看了看表，早已过了吃晚饭的时间。作为一个拥有近六百万人口的经济大市领导，在突发事件面前，一定不能掉以轻心，要时刻保持清醒头脑，千万不能粗心大意，酿成无法收拾的后果。他揉了揉双眼，理清一下思绪，平静一下心情，就和秘书乘车直奔市人大办公楼。

033

一进班志军主任的办公室,班志军起身,开玩笑地说:"你这个大忙人,是什么风把你吹到我这来了?"

因为上次听过东方志远的讲话,班志军对这个年轻干部特别认可,觉得他有思想、有魄力,是个不可多得的好干部。

东方志远不但没笑,还一脸严肃地说:"是西北风把我吹来的!"

班志军不解其意,先给他倒了一杯水,坐下后拿出一盒烟,用眼光征询东方志远:"抽吗?"

已戒烟的东方志远,竟然从班志军手里拿起一支烟,点燃后就抽了起来。只抽了几口,就呛得咳咳起来。班志军见状后说:"不能抽就别抽了。"又说,"你是无事不登三宝殿,说吧,什么事?"

东方志远在烟缸里掐灭烟头:"还真有件大事。现在全市面上的工作都已安排就绪,各局和县区都在抓落实。今天,却出了个突发事件,机床配件厂工人闹了起来,要去省里上访请愿,搞不好可能会影响全市的安定团结,也可能在全省产生极坏的影响。"

对于机床配件厂这个老大难,班志军一清二楚。他见怪不怪地说:"就是不闹事,这个厂也该抓抓了。不过,这户企业有点儿特殊情况,你知道吗?"

东方志远说:"所以赵书记才让我来向你讨教嘛!"

班志军把这户企业的来龙去脉,历史沿革大致说了一遍,接着说:"这户企业不仅是市里出名的老大难,也是省里挂号的老大难。你的前任连碰都不敢碰,你有信心碰吗?"

东方志远说:"我也不敢说有信心,不过,难题摆在那里,总得要有人碰嘛,不能一直拖下去不管吧?"

"那就好。"班志军沉思一会儿说,"这户企业现有工人可能已经突破了一千五百人了,其特殊性在于,百分之七十以上的工人是部队的复转军人，有的老工人转业前还参加过对越自卫反击战，人心比较齐。这些年企业生产状况一直不正常，听说现在已经全面停产，工人一年多开不出工资。你没来之前，有一个叫朱阿根的老工人，他是从老山前线下来的战斗英雄，在工人中很有号召力。由他带头几次到市政府上访，财政出点儿钱，给工人开了点儿工资，总算把事情平息下来，企业稳定了一阵。但因根本问题始终没能解决，企业不能适应市场经济要求，及时调整产品结构，转换企业体制和机制，一直不能正常生产经营，鼓包闹事是家常便饭。"

片刻后，东方志远问："班主任，你看从哪儿入手解决好？"

班志军不假思索地说："最简单的办法是市财政出笔钱，再向省里申请一笔钱，按照国家规定，补发完工资，再给每个职工发一笔工龄买断钱。然后，工人遣散待业，企业申请破产。"但他又补充说，"工人对企业很有感情，他们都不同意这个方案。"

东方志远用眼睛盯着班志军没说什么。

班志军又说："还有一个办法，就是整体出售！"

"怎么个整体出售法？"东方志远问，接着又问，"连同土地都一起卖了？"

班志军说："听现在的厂长李林说，有一个私营企业的老板，相中了这个地方，提出只背债务和百分之十的工人，连同土地他们零价收购。"

机床附件厂建在离市区大约五公里的一个大山沟里，这个地方叫朝阳沟，整个山沟的面积有五十多万平方米，除去厂房，还有四十多万平方米的空地。春夏秋季，茂密的绿树环绕着厂区四周，山上的泉水绕厂流过，可谓是绿树成荫，流水潺潺；冬季下雪后，这里又是白雪皑皑，变成一个银装素裹的世界，真有点"千里冰封，万里雪飘"

的景象，非常壮观。

东方志远自言自语："这个老板还真有点儿眼光啊！"

东方志远又问："我听说企业负债还不到三个亿，三十年来国家光投入就已经达到十几个亿了，除去这几年的亏损和债务，净资产总还有八九个亿吧？零价出售？国有资产不流失好几个亿吗？再说了，剩下一千三百多名工人怎么安置？这些职工本来已经入不敷出，生活很苦了，再一个个下岗待业，不是雪上加霜吗？现在，中央提出'稳定压倒一切'，搞不好可能会闹出事来！我们市不是要在全国出大名了吗？"

班志军说："那又怎么办？"

"走军转民的路子不可行吗？"

"谈何容易！"班志军说，"这条路子不是没想过，转产需要钱，国家和省里不再往里投钱，市财政又拿不出钱。对外招商引资，前些年有几伙港商和日本、韩国的外商都来看了几次，因为对我们的政策环境不满意，都一个个不了了之。"

东方志远说："军转民不只有加大增量投入一条路走，也有对存量盘活这条路可走，少花钱可以办大事。找钱也不能把眼睛只盯在国家和省里，也不能只盯在外商身上，可不可以开阔视野，眼睛向内，找找内商？"

"什么？存量盘活？内商？"班志军还从来没听说过这些名词，迷惑不解地问。

东方志远说："改革开放十多年来，国内有一批企业发展得很快。前几天，我在省里开会，碰到一位我在松江大学读研时的老同学谢志华，他在省会城市北阳市精密机床制造厂担任总经理。他听说我们市在搞企业上市，主动找到我，沟通企业上市的一些做法。"

东方志远还向班志军简单介绍了谢志华。

谢志华的年龄比东方小一岁，早年毕业于清华大学，主攻机械制造专业，才思聪慧敏捷，是个标准的学霸，之前在北阳市计经委做秘书长。北阳市政府秘书长王大鹏辞职后，坊间传说谢志华会接任市政府秘书长，但却被派往精密机床制造厂出任总经理。他干得风生水起，很有成绩。

东方志远还向班志军介绍了这户企业的基本情况："这户企业也是一户国有企业。我的同学说，随着改革开放步伐的加快，前几年他们分别从德国和日本引进三条生产线，生产制造精密机床，成为全国同行业的排头兵。现在产品供不应求，市场形势非常好，急需扩大生产规模，但苦于没有地方扩展，正在发愁。

"我们的机床配件厂基础很好，也有大把地方，还和他们属于同类行业，过去是为军工企业配套服务，现在也可以为地方企业配套服务，而且产品雷同。可不可以把他们引进来，我们为他们做配套的下游企业，这不就军转民了吗？"

班志军点头称："那也是。"

东方志远接着说："关键的问题，是要有合适的政策。港商、外商为什么对我们不感兴趣？主要对我们的政策环境不满意。我们可不可以采用让人家兼并的方式，把机床配件厂交由他们统一管理起来。我们在政策上再采取点灵活办法，比如兼并的资金先期可以少付点儿，以后用他们企业创造的利润逐年付清。如果他们在资金上有困难，我们还可以找银行帮助他们解决一部分贷款。反正税源都留在我们市里，增加市财政的收入，我们并不吃亏。最重要的是我还可以说服谢总，让一千五百多名工人不至于下岗待业。能够保住工人的饭碗，也算是尽到我们市政府的责任了。"

班志军一拍桌子说:"好哇!"又急切地问,"你和他们谈了吗?"

东方志远说:"还没向赵书记汇报,也没和企业商量,怎么和他们谈?你是这个企业的元老,不是先来请教你看行不行吗?"

班志军说:"别请教我了,赶快找赵书记汇报,找企业商量吧。"

东方志远刚要走,班志军又把他叫住,语重心长地说:"志远啊,我还有一句话提醒你,你和我们这些老家伙不同,你属于新生代的年轻干部,又是初来乍到,一定要显示出新生代干部的特质:注重实际,实事求是,勇于担当,善于作为。老百姓现在最烦的是我们一些领导干部整天说大话、说空话,离开稿子就不会说话,这些都是不解决实际问题的形式主义恶风。"

东方志远说:"谢谢老主任的提醒。我想把我的想法作为预案,先和工人们沟通一下?然后再向赵书记汇报行不行?"

班志军说:"完全可以!"

东方志远边往外走边说:"明白了,谢谢。"

东方志远告别班志军,一看表已经是七点半了,就直接回到办公室。经委主任曾国华正在办公室门口等他,他接过送来的材料,就和曾国华一起上了汽车,直奔机床配件厂。

在车上,他打开材料,粗略地看了一遍。原来机床配件厂是20世纪60年代初期,为适应"备战备荒"的需要,由国家和省里投资,安置八百多名复转军人,在山沟里组建起来的小军工企业,为大军工企业配套生产配件产品。

在计划经济时代,原材料由国家统一供给,产品由国家统一分配。松江市机床配件厂的销售科,连科长算上也只有三个人,只负责按国家计划进行调拨分配。企业建成后,还没过上几年好日子,就赶上了"文革"。企业生产处于产产停停状态。改革开放后这几年，随着大批军工企业的停产或转产，作为配套的小军工企业，产品销路越来越窄，一直处在半死不活的状态。现在更是无套可配，企业全面停产，才变成了出名的老大难。

东方志远暗暗思忖："改革开放都这么多年了，还奉行这样的体制、机制，不出事才怪呢。"

这户企业建厂之初，实行省市共管，以省管为主。"文革"后，省里决定下放权限，改由市里统一管理。市人大老主任班志军同志就是建厂初期，由省计委的综合处处长，调到该厂担任第一任党委书记。后来，又相继提拔到市机械局任局长、市政府任副市长。上届市里换届时，被选为市人大常委会主任，现已接近退休的年纪了。

机床配件厂的大多数工人，因为是复转军人，素质比较好，比一般工人更爱厂，特别是建厂初期分配来的一批复转军人，素质更好，但也有让干部们感到头疼的时候。这种头疼的事，在东方志远第一次去机床附件厂时，就让他遇上了。

晚上八点多钟，东方志远和曾国华主任及李佩伟秘书三人，往机床配件厂赶。这是东方志远来松江市任职后，第一次到这样的老大难企业，究竟能不能解决问题，他心里也没有底。

汽车一进朝阳沟就被上百号工人拦住，东方志远让李佩伟下车解释，工人根本不听。有个工人说："我们都一年多没发工资了，一个新来的副市长又能解决什么问题？"有几个工人问："带钱来没有？没带钱就别进来了，进来了也是白进！"还有一些工人口出脏话，骂骂咧咧地说："你们市里这些玩意都是一路货色，什么问题都解决不了。

当官不干实事,还他妈有什么用!明天我们去找省长解决问题,看你们怎么办?"东方志远只觉得脑袋嗡嗡直响,呆呆地站立在车旁不动。

东方志远在企业和省里当干部这么多年,还从来没有人当众骂过他,呵斥过他。工人们的叫骂声,既让他感到事态严重,又让他感到无地自容。

东方志远把曾国华拉到身旁,让他向工人做些解释。可工人还是不听,继续吵闹不停。厂长李林安排的保安人员,还和工人推推搡搡,扭打在一起。但是工人们就是寸步不让。东方志远他们连大门都没踏进一步。

东方志远看看表,已经是晚上九点多了,就是进去了也谈不了什么,再说工人都在气头上,也不可能好好谈。于是他就叫来李林厂长说:"这么大的一个国有企业,停产又这么长时间,工人干部无事可做,再过几天又是春节,天寒地冻,缺吃少喝,物价又这样高,有气是可以理解的。他们联合起来,上访请愿也是情有可原的。不要过多责备他们,更不能让保安人员介入,防止激化矛盾!"

东方志远又加重语气对李林说:"要注意保护工人的合法权益,不利于干群关系的话一定不能说,要千方百计稳住工人,我明天再来,七点钟准时到。"

说着,就让汽车打道回府。第一次到机床配件厂,就这样无功而返。工人们根本没把他们当回事,东方志远只得无奈地回到了市政府。

第二天早上不到七点,东方志远一行三人准时赶到了机床配件厂。工人们也陆陆续续来到厂区,准备十点钟去省城请愿。虽然让东方志远他们进了厂区大门，可又被赶来的工人们围在了办公楼前的小广场。广场黑压压一片，足有几百号人。厂长李林好说歹说，东方志远才被簇拥着进了办公楼的二楼会议室。

仅一百多平方米的会议室，进来二百多人，东方志远连座位都没有，只好站在会议室中间，倾听工人们发泄愤怒。

厂长李林和书记王晖出面想给东方市长解围，被工人们推到一边。

有个工人说："一边站着去！一点儿都不关心我们工人死活的家伙，我们不想和你们说话！"

还有几个人喊："腐败分子滚开！"

李林和王晖尴尬地躲到了后边。

看工人们对李林和王晖意见这么大，东方志远就说："你们俩先回避一下，我听听工人们都有啥意见。"

李林和王晖只得悻悻地走出了会议室。

工人们对市领导和厂领导明显都不满意。

一个工人愤怒地质问："一年多时间，一分钱都没开，让我们怎么活？"还有的工人愤怒地说："我们去市政府找市长，连个人影都见不到，这还是人民政府吗？"一个老工人挤到前边，指着东方志远问："我孙子因为交不起学费，已经在家里待了三个多月，你们管不管？"东方志远一听就问："还有这样的事？"大家七嘴八舌地说：这样的事多了去了，子弟小学十二个班，每个班都有近半数的学生因交不起学费，辍学在家。"东方志远感到情况确实严重。

这时，只见一位五十多岁的女工在众人面前哭了起来。东方志远安慰说："大姐，别哭，有话慢慢说。"他这么一说，大姐哭得更厉害了。东方志远说:"到前面来说,慢慢讲。"

众人自动分开一条人缝,大姐鼻涕一把泪一把,走到东方志远前说:"我家老头儿得了一场大病,因为没钱医治,只好在家里硬挺。五个多月都没挺过去,前几天就走了,扔下我们一大家七口人,今后该怎么活呀!"她还没说完,其他工人都低下了头,露出同情的表情。只见大姐还是哭个不停,东方志远就把大姐拉到自己身旁,安慰着大姐。

还有几个工人指着东方志远的鼻子说:"听说你是省里派来的,来了以后也不到我们厂子看看,帮助我们解决问题。当官不为民做主,你的良心让狗吃了吧!"

这时,一个干部模样的人,扒拉开人群,走到东方志远面前,自我介绍说:"我叫韦国清,是这个厂的工会主席,老家住在广西,是个转业干部。"接着他气愤地说,"工人们不光是对市里领导有意见,对厂长李林、书记王晖的意见更多。"一说到李林和王晖,工人们的气就不打一处来,七嘴八舌地控诉起来。

工人们对李林和王晖的意见集中起来,主要有以下几点:工厂停工,工人待业,他们却不管不问,从外单位拉来几个朋友,躲在办公室成天打麻将;前些年他们以技术改造为名,用工厂的资产做抵押,从银行贷了一笔款,他们不是研究用这笔款怎么进行技术改造和改善企业的生产经营,救活企业,而是用这笔贷款,以考察为名,分别领着几伙人,先后到日本、韩国和东南亚国家转悠了一大圈,花了二三百万元,回来后就没有了下文;他们还不顾其他领导班子成员的反对,从这笔款项中拨出一千多万元,让他们的儿子和几个亲信,还有省、市领导的一些亲戚,以改革为名,搞了个什么第三产业,到现在也没给厂里上交一分钱,这笔钱也打了"水漂";他们还把厂子扔下不管,帮助第三产业拉客户,并让工人自谋出路,各想各的招儿,可工人哪有招儿可想啊……

听着工人们的声泪控诉,东方志远没有时间去思考,有的只是在心灵上受到的一次次强烈的撞击和从来没有过的来自心底深处的震撼。

是呀,怎么这样不负责任地把工人直接推向市场?一无所长、分文皆无的工人,怎么能自立自强?怎么能自谋出路?简直就是屁话!

工人们气愤地说个不停,工会主席韦国清出面说:"市长是来帮助我们解决困难的,能不能让市长先说说。"他这么一说,大家开始静下来,意思是听东方志远怎么说。

这时,已到中午,两个工人进了会议室,拿着几盒方便面,还拎着一个暖水瓶,让东方志远他们先吃饭。

怎么能吃下这饭呢!东方志远脑海里像过电影一样,闪回出工人们一个个愤怒的表情。好在工人们都是通情达理的,还给他送饭吃,东方志远心里还是觉得很温暖。

这时,一个老工人用南方人的方言喊了一声:"我有话要说!"一句话把东方志远惊醒。

韦国清介绍说,这个老工人叫朱阿根。一听是朱阿根,东方志远脸上立刻露出了十分敬重的表情。他听市人大老主任班志军说,这个朱阿根是个南方人,是战场上的英雄。他是个狙击手,在一次战斗中,因一个人打死十六个侵略者,曾获得过一枚二级勋章。部队转业时,因他母亲卧病在床,按照政策规定,本可以申请回到南方,但他舍不得离开与他在战场上生死与共的战友,等到母亲病情好转后,安顿好母亲的生活,就随着大部队来到了冰天雪地的大北方。在部队时他是班长,回到地方又当了车间的工段长。他虽然脾气火暴,但性格耿直，待人笃实，又是战斗英雄，在工人中很有威信，也有号召力，可以说是一呼百应，厂里工人几次到市里上访，都是他领的头。

东方志远还听人说，前几年他得了胃癌，做手术后病情得到了控制，最近又发现癌细胞转移到肝上。家属多次催促他到省里治病，厂工会也派人去他家慰问，还拿了一万元钱，让他快点去省城治病。他对工会干部说："现在有些工人的家，连锅都揭不开，我哪有心思花公家的钱，治自己的病！"

朱阿根的病情全厂工人都知道。这时，朱阿根用手指指还在抹眼泪的女工说："前些天她家死去的老伴儿，就是和我一起从战场下来的。我要给与我共同战斗的老战友讨个说法，讨不出个说法，我宁可不去治病！"

他还用请求的语气对东方志远说："厂子领导怎么腐败，我们管不了，只请求市领导，无论如何也要帮我们把厂子整好了，我们就满足了！"

东方志远对朱阿根肃然起敬。一个地地道道的南方人，还是个战斗英雄，撇下重病的母亲，离开四季如春的故乡，只身来到冰天雪地的东北，多不容易呀！还不到六十岁的年纪，也懂得养生之道，知道该怎样保养自己。可是，看着他虚弱的身体和憔悴的面容，东方志远不由得对他更加敬佩。他想："在这种情势下，工人们还没忘记国家，依然关心着企业的生死存亡，这种精神是多么可贵啊！

"下面出现这么多问题，责任主要在政府和企业的领导，我们有不可推卸的责任，不能再放任自流，随意推诿，置之不理了。这样下去，企业的设备就会腐蚀，机械就会锈坏，工厂就会变成一文不值的破铜烂铁。作为市领导，这是对党和国家的一种犯罪，也是对人民的一种犯罪！

"为政之要在于安民，安民之道在于察其疾苦。"

因他刚来松江市，对群众的疾苦，只知其一而不知其二，别的企业还有没有这类情况？他心中一点儿数都没有。就对朱阿根说："朱师傅，请到前面说。"朱阿根气喘吁吁地挤到前面，东方志远紧紧地握住他的手，让他慢慢讲。

"不是我们对改革开放不满，也不是我们对党和政府不满。我们不满的是，改革开放以来，我们厂遇到这么大的困难，你们没人问，没人管，也没人帮我们解决问题！对厂领导不关心我们工人的死活，只顾自己个人发财致富更是不满！你们都是我们拿钱养活的公务员，不管我们吃饭和死活的公务员，你们不感到对不起我们吗？我们要不是到省委、省政府上访请愿，你会来我们厂子吗？"

真是一针见血。听了老工人朱阿根的话，东方志远感到无话可说，也深深感到自责。多么好的工人！在困难面前，首先想的是国家，想的是改革开放大局，真是难得呀。自己虽然来的时间不长，但是，改革开放已经十多年了，这里工人的生活状况还是这样，作为执政一方的市领导，不应该深刻反思吗？帮助企业解决这些问题，是我们不可推卸的责任！如果工人们不是要去省里上访请愿，自己还真的不会这么快就来。因此东方志远感到十分愧疚。

曾国华插话说："市长来之前讲，大家有什么意见和要求，要知无不言，言无不尽，有什么意见尽管和市长讲。"

工人们不听则已，一听气就不打一处来。韦国清说："你们来之前，李厂长和王书记还领着保卫科的人对我们说，市领导马上就到，让我们不要乱说，还说谁乱讲就让保卫科把谁抓起来！"

一听韦国清这句话，东方志远感到有一种说不出来的愤怒。无论如何他也没想到，厂领导竟然会这样讲，居然和他交代的意图截然相反。看来，要解决企业的问题，不仅市里要做大量工作，还必须解决企业领导班子问题，因为这是企业之所以成为老大难的根本症结所在。

他让工人把送来的几盒方便面拿了回去，然后一板一眼地说："对不起！我这次来，就是根据市委主要领导的指示，和大家一起研究如何解决企业现存问题的。我们没有及时帮助企业解决问题，实在是对不起大家！"

他接着说："对于大家反映的问题和疾苦，我们疏于了解，更没有帮助解决。我们没尽到政府的责任，只能说声非常抱歉！"

说到这里时，他鼻子止不住有点儿发酸，略微停顿一下，带着内疚的口吻说："改革开放这么长时间，厂子的问题始终没能解决，我们市领导有不可推卸的责任。"他又停顿一下说，"从你们反映的问题看，厂领导也脱不了干系！你们说我们省、市领导的亲戚，也参与其中牟利，我们一定查清事实，严肃处理。"

旗帜鲜鲜，斩钉截铁。说句良心话，工人的这种处境，工厂的这种现状，能同自己这个常务副市长一点儿关系都没有吗？能同厂领导一点儿关系都没有吗？不能把一切责任都归咎于市场经济，也不能都归咎于是改革开放带来的新问题。从根本上说，这是一种不负责任的懒政行为，也是一种不守规矩的腐败行为。几十年来，这些工人相信国家，相信政府，党让干啥就干啥，领导指向哪里就奔向哪里，从来不说二话，从来不计个人得失，从来不讲利益报酬，以无私的奉献精神，才换来了企业的发展进步，换来了国家的长治久安。而如今，党和国家号召改革开放，而伴随改革开放出现的这些新问题，却无人问津，无人帮助解决，能说政府没有责任吗？不能不分青红皂白地说这是工人闹事，这是工人们在行使他们应有的权利。这样一闹敲响了警钟，让我们看到了自己的责任，坏事也可能变成好事！

想到这儿，东方志远竭力把自己的思绪从纷乱中梳理出来："现在，有两个办法解决当前的问题。今天，我就是来征求大家意见的。"还没等他往下说，工人就七嘴八舌急切地问："都有什么办法？"

片刻，东方志远说："一个是治标的办法，一个是治本的办法。"

"什么是治标的办法？"

"什么是治本的办法？"

众人又七嘴八舌地问起来。

"治标的办法就是，我初步匡算一下，补发大家的工资需要两千七百多万元，工龄买断需要九千五百多万元，总共不到一亿三千万元。"他转身看了一眼曾国华说，"现在企业拿不出钱，我们市政府也没有钱，但我们政府可以出面向银行贷款，由市财政承担利息和还款。"他接着说，"用这笔钱补发大家的工资，买断大家的工龄，之后，大家就得下岗待业，企业宣布破产，由厂长收拾这个残局。"

工人们你看看我，我看看你，谁都没吱声。

治标的办法是最简单的办法。一宣布企业破产，所有的债务都没了，企业的包袱也卸下了，干部的责任也不存在了，就像阴雨过后天气放晴一样，过一阵子乌云都会飘散。

但是，领导可以拍拍屁股走人，换个地方继续当官，可工人们呢？他们该怎么办？企业黄了可以重整旗鼓，重新启动生产，但是人心散了，再想聚集起来谈何容易！这个方案只是一个没有办法的办法，东方志远对这个方案并不满意，因此，他没有违心地向工人们极力推荐这个方案。

"什么是治本的办法呢？"几个工人又齐声问。

问到治本的办法,东方志远讲得却十分详细具体:"治本的办法,就是通过改革的办法,让企业获得新生,从根本上解决企业的问题。"东方志远说到这里,就将他想的办法,向工人们和盘端出,讲了近一个小时,工人们眼里充满期待地静静听着,整个会议室里鸦雀无声,似乎掉到地上一根针,都能听到响声。

讲完这个办法后,东方志远又补充说:"这个方案好的方面我就不多说了,但我得把丑话说在前,欠发大家的工资现在补发不了了,因为我们得把有限的钱,首先用在救活企业上。估计还得几个月或一年半载,等把企业救活了,有了钱再补发大家的工资,大家还得先过一段苦日子。而且,这只是我个人的初步想法,还没向市委主要领导汇报,也没有同相关单位进行沟通。"

听完东方志远的讲话,工人们热烈地议论起来。大约过了半个钟头,还是那个工会主席韦国清挤到前边,对东方志远说:"市长,我们同意你第二个方案。工资都停发一年多了,再挺上个一年半载,工人们互相周济一下,也能挺过去。不然,干了三十多年的企业黄了,我们大家都心疼啊!"

朱阿根什么话都没说却哭了,还带头鼓起了掌,全场人也都陆续鼓起了掌。东方志远的双眼也湿润了,看到工人们这样识大体、顾大局,十分感动。他心里想:"还是军人啊,都三十多年了,还没忘记部队培养的光荣传统,真是可敬可佩!"

东方志远看到工人们直点头,再也不说什么了,就对身边的曾国华说:"你还有什么补充的?"曾国华说:"没有。"

东方志远让工会主席韦国清把厂长李林和书记王晖叫来,严肃地批评他们说:"以后上班时间,杜绝任何人打麻将,把心思放在企业和工人的身上。"李林和王晖都连连点头说："是是是。"

东方志远又说："别光顾点头，多听听工人弟兄们还有什么意见要求，再想想办法，为企业的下步改革做点准备。"

李林和王晖又点头说："好好好。"

东方志远说："那我们先走了。"

李林说："在这儿吃饭吧，都准备好了。"

东方志远不满意地看着他说："净干些没用的事，你们吃吧，我们回市里吃！"

韦国清代表工人说："谢谢市长，市里能解决问题，我们就不用去省里请愿了。"东方志远终于松了一口气！

工人们鼓着掌，把东方志远送下了楼。

4

东方志远一走出办公楼大门，门前小广场几百号工人，不用组织，就从四面八方自动围拢上来。东方志远觉得这正是宣传群众的好机会，就让韦国清找来一张凳子，东方志远站到凳子上，开始对大家讲话。此时的东方志远，虽已精疲力竭，还是振作精神，声音依然洪亮。

"工人同志们：我代表市委、市政府向大家道歉。

"改革开放已经十多年了，可机床配件厂还是问题成堆，工人同志们的生活还是这么艰苦，我们市政府有不可推卸的责任。我没有资格请求大家原谅，只有由衷地向大家道歉，对工人同志们说声对不起！"

说着，他站在凳子上，向工人们深深地鞠了一躬。

"大家都听说了，我是省委派到咱们市的。省委派我来不是当官的，而是让我来解决问题的。目前，我们市很多方面都面临着困难，我来虽然只有一个多月时间，但没有主动到厂里帮助大家解决困难，是我工作的失职，要不是工人们要去省里请愿，我也不可能这么快就赶到厂里来，我真的有失职守。对工人的疾苦不管不问，是我们市委、市政府的失职！也是对改革开放的玷污！不是有一句话吗？'当官不为民做主，不如回家卖红薯！'我诚心诚意地接受大家的批评！

"说一千道一万,解决问题是关键。这是一件实事,就得实实在在地办,来不得半点儿虚假。如何实实在在地办?最根本的办法,还得靠改革。刚才,我在会议室里和工会主席及二百多名工人讲了我的一些想法。其中有一个治本的办法,就是从改革入手,从根本上解决机床配件厂存在的问题。这只是我的一个初步想法,有些事还得向市委主要领导汇报,还得找人家商量后才能决定。你们可以再讨论一下,看还有什么其他好办法?或者还有什么意见和要求,请厂领导把大家的想法、意见和要求,原汁原味地反映给我。"他看了一眼厂长李林和书记王晖,他们俩连声说:"一定,一定。"

东方志远接着说:"冰冻三尺,非一日之寒。解决长期积存的问题,也不是一朝一夕的事情。请大家再给我点儿时间,如果再过三至五个月,或者稍长一点儿时间,还不能解决机床配件厂的问题,还不能让工人们过上安居乐业的生活,我这个常务副市长,就永远不离开松江市,陪着大家一起吃苦!"

院子内的工人,被东方志远铿锵有力的话语感动了!当东方志远讲到此处时,工人们起了热烈的掌声。

东方志远趁机问了一声:"你们还去不去省里了?"

下面开始议论起来,忽然有个工人高喊:"市里能帮助我们解决问题,我们还去省里干什么!"一些工人也跟着七嘴八舌地说:"不去了!不去了!我们相信市长!"

听到这些议论,东方志远的眼睛顿时湿润了。

这些工人太善良了,太信任自己了!

他忽然想起自己入党时的誓言:要全心全意为人民服务,永远不要辜负人民群众对自己的期望……

在回市里的车上，东方志远七上八下的心情，总算逐渐平静下来，但头脑里一直萦绕着工人们愤怒、无奈和渴望的表情。

工人们的话好像针一样，深深地扎在东方志远的心上，让他感到丝丝疼痛。都说人民政府要全心全意为人民服务，但现行的体制、机制和干部的素质，能够做得到吗？

看来，解决这个问题并非是一件易事。

他认真回顾了工人们反映的问题，整理了一下自己的思路，感到有两个问题绕不开。表面看是市场问题，实质是干部问题，掩藏的则是腐败问题。市场问题在于改革开拓，干部问题在于反腐倡廉。市场问题，凭自己的能力和水平，还能够解决，而干部的腐败问题，则十分复杂，何况还涉及一些"省、市领导的亲戚"。哪些领导的亲戚呢？……

他感到无能为力。

他用手梳理一下头发，发现头发已经很长，来到松江市自己还没理过发，就和秘书李佩伟说："晚上找个地方理个发。"李佩伟说："好。"

东方志远暗下决心，还是把自己发现又能解决的问题，扎扎实实地解决了吧。

在车上，他给市委书记赵焕章同志打个电话，把去机床配件厂的情况做个简要汇报，并告诉书记，工人暂时稳定住了。得到了书记的肯定后，他又把机床配件厂下步改革的初步想法，也和书记做了简要沟通，也获得了书记同意。

他接着又给北阳市精密机床制造厂的谢志华总经理打电话："老同学，有件好事想和你谈谈。"谢志华问："什么好事呀？"东方志远说："还是见面再详细说吧。"

谢志华在电话中说:"我明天飞北京,到证监会谈上市的事,正好我还有些事想向你讨教,最好今天晚上能见个面。"

东方志远看了看表,快到晚上六点了。午饭没吃,晚饭看来也来不及吃了,他就在电话中说:"好,晚上九点钟见。"

他告诉司机掉转车头,就和曾国华主任及李佩伟秘书,直奔省城。走到新华大街时,李佩伟问:"你不说要理发吗?"东方志远想都没想就说:"哪还有时间理发了!"就让车直奔省城疾驰而去。

汽车上了公路,东方志远对李佩伟说:"注意一下公路两旁,发现有加油休息区,买两个面包,你和司机小吴先垫补垫补,你们俩别饿着。"秘书李佩伟和司机小吴说:"市长,不用了。"汽车就直接开向省城。

到北阳市精密机床制造厂还不到晚上九点,进大门时,门卫听说是松江市来的,就告诉他们:"谢总在办公室等你们呢。"东方志远环视一下厂区四周,感到院落紧凑干净,就是太小了点,根本没有扩建厂房的地方。又往办公楼上一看,只有二楼的两个窗户亮着灯,三个人就径直上了二楼。谢志华听到有人走动声,打开房门迎候着他们的到来。

他们一行三人进了谢志华的办公室,东方志远就一屁股坐在沙发上:"谢总,快给点水喝。"谢志华边倒水边问:"还没吃饭吧?"看东方志远没回答,谢志华又问:"先安排吃饭?"

东方志远说:"先谈正事吧。"

"你说有什么好事呀?"谢志华问。

东方志远就把机床配件厂的基本情况简略地说了说,又说:"我看你们厂区这么狭小,上市后哪有地方扩大生产规模呀,怎么让股民赚到更多的钱呢？我把松江市机床配件厂交给你，用于你们扩大生产规模。行业雷同，产品雷同，投资少，见效快，北阳市距离松江市又这么近，没有超出合理的运输半径，这不是一件各得其所的好事吗？"

谢志华认真听完，说："好哇，真是雪中送炭，急我所急呀，我正愁明天去北京汇报，证券会问我发展规划时，我还不知道怎么回答呢。"

"好是好，就是你得把我一千五百多工人都背起来。"

"兼并的资金我先期可以少要点，其余的以后你可以分期给，第一笔先给我一个亿就行，主要用于补发欠工人的工资。如果你资金短缺，我还可以请银行给你贷点儿款，我和几家银行的关系都很好，求他们肯定会给我面子。"说完又和谢志华调侃一句，"这政策不优惠吗？"

"你这政策也不算优惠呀。钱不是问题，上市后就有大把钱，我还不知往哪花呢，就是觉得人这块包袱太重了。"

东方志远不容商量地加重语气说："人员这块必须全背起来，这是你兼并机床配件厂的一项硬指标。"

"如果你让我背一千五百多人，那债务我就不背，或者少背一点儿。"谢志华坚持不让。

东方志远接着又说："咱们是老同学，我不会骗你。"接着他又介绍了这户企业的人员构成和人员素质情况，讲了他今天到企业时遇到的情况。之后他又说："绝大多数工人都是人民解放军这所大学校培养出来的。识大体，顾大局，有觉悟，有素质，通情达理。扩大生产规模，需要补充大量人员，你可以把这部分人员进行分流，调剂安排到你整个企业的各个岗位，留下一部分人，都是机床配件生产的成手，还不用你花钱进行培训，上手就顶用，保证你一看就会相中。至于债务背不背？要背能背多少？咱们还可以商量。"东方志远说。

接着，东方志远又补充说道："还有一个特大的惊喜，企业还有四十多万平方米的空地，三面环山，山上的泉水，顺山而下，形成一条小溪，流经厂区，汇入松花江支流，环境特别优美。你生产正常后，还可以搞房地产开发。现在市区正向东侧发展，不到五公里的距离，眼看就和你的厂区连成片了，地段得天独厚。现在房地产形势又逐渐向好，这又是一笔巨大的财富，你可以分流出一批人，搞房地产开发，减轻工人多的压力。我还可以批准你改变这块地的使用功能，不收你功能改变应缴纳的税费，允许你开发房地产，让你无后顾之忧，怎么样，还不优惠吗？"

谢志华一听，马上来了兴趣。

"你明天先把这户企业的基本情况发给我，防止证券会问到我发展设想时，我说得不具体。"

"好啊！看来你是相中了，明天上午我就发给你。你从北京回来后，我把兼并的具体方案给你送来。等你忙活完企业上市的事，再安排点时间去一趟松江市，我陪你到这个厂子看看，你亲自考察一下，看我说的是不是实情。你要是相中了，人员和债务可都要背起来哟！"

"好说！"谢志华站起身说。

东方志远看看表，用了还不到四十分钟，就说："一言为定，谢谢老同学，我先走了。"

"不吃饭了吗？"谢志华问。

"你的态度都让我吃饱了，还吃什么饭呀！"

谢志华说："反正让到是礼，我还得准备材料，明天去北京汇报用，也不留你们吃饭了。"

下楼时，曾国华对东方志远说："你这个老同学还真爽快，够意思!"东方志远看看曾国华,骄傲地说声:"哥们儿!"

汽车直接开到省宾馆,安排好曾国华等人的住宿,进了房间,东方又给赵焕章书记打个电话,汇报了和北阳市精密机床制造厂谈的情况。赵焕章听了非常高兴,说:"如果搞成功,你可为咱们市解决了一个老大难问题呀,明天回来后,我们再具体商量一下。"

东方志远说:"机床配件厂还有更重要的事需要商量,能不能开个临时常委会,讨论定下来?"赵焕章说:"好,明天上午十点。"

挂完电话,一看表已是半夜十一点半了,东方志远便让司机把自己送回了家。

第二天回到松江市,东方志远正在办公室整理文件,秘书送来当天的报纸。东方志远一看,在头版二条的位置,刊登一篇署名"工人"的文章,醒目的标题是《我们厂有救了!》。原来是东方志远离开机床配件厂的当天晚上,工会主席韦国清组织厂工会的宣传干事,赶写了一篇专稿投书报社,从头至尾讲了东方志远到机床配件厂这件事,着重讲了东方志远和工人们对话的全过程,特别是离开前的讲话,几乎照本宣科。在文章的末尾还用反诘句写道:多年未能解决的老大难,如今看到了曙光,能不让我们工人感到欣喜吗?

工人们感到欣喜了,可东方志远的压力却大了,看到此,他心情极为沉重。东方志远把市政府林子帆秘书长请了过来,把报纸甩给他:"这篇报道你看了吗?"

"看了。"

"送给市委审查了吗?"

"新闻自由,文责自负,不用审查。"林子帆回答道。

"别人会不会以为我是出风头?是突出个人?"

林子帆说:"不会吧?报道中讲的都是实情啊!"

但是,不该发生的事还是发生了,而且,还很严重!

《我们厂有救了!》早上见报后,在松江市立刻引发了震动,有的人说这个新来的市长还真有点儿魄力,连机床配件厂这个"马蜂窝"他都敢捅!

在党政机关干部中,却有另一种反映:"把企业这么多年积存的问题,都归结是市委、市政府的责任,还说这是市委、市政府的失职,是对改革开放的玷污,这些提法是不是有攻击市委、市政府的嫌疑啊?显然与省委规定的宣传口径不一致呀!"

林子帆听到这些议论后,愤愤地说:"成天就知道宣传口径,不知道帮助企业解决点儿实际问题!"

东方志远暗想:"看来问题比说自己出风头还要严重啊!"索性对林子帆说:"让他们说去吧,咱们还是照样干,是非功过让后人去评说吧!"

但是,市委书记赵焕章和市人大主任班志军看到报纸后主动打来电话,都表示支持东方志远的做法,让他不要受到影响,按自己的想法,继续干下去。这两个电话让东方志远进一步坚定了信心,赵焕章还叮嘱东方志远说,别忘了十点钟开临时常委会。

不一会儿,秘书打来电话,说有几名工人代表,想和市长再谈谈机床配件厂的事。他们说昨天人太多,时间也太仓促,有些事没谈清楚,想把问题再谈透彻一点儿。东方志远一看表已是九点半,沉思一会儿说:"请他们进来吧。"接着就给市委赵焕章书记打电话说,"常委会能否挪到下午开?机床配件厂又来了几个工人代表,还要谈机床配件厂的事。"赵焕章书记说:"好,就挪到下午一点半开。"

东方志远心想,这伙工人来得正好,因为昨天忙于安抚工人,说服工人不要到省里上访请愿,确实匆忙一些,有些情况自己还真说不清楚。在常委会上,自己要旗帜鲜明,不能含糊不清,但必须有事实依据,而且是有说服力的依据。

敲门声把东方惊醒,秘书领着六个人走进了办公室。东方志远起身让座,六个人中,工会主席韦国清和老工人朱阿根他认识。韦国清介绍说,其余四个人中,一位是已退休的老厂长袁国庆,一位是现任总工程师张浩,还有两位是工人代表。

今天的谈话气氛和昨天截然不同。也许是因为在市长的办公室,说话声音都不大。首先讲话的是老厂长袁国庆,他拿出两份材料,一份是对厂领导腐败的揭发材料,一份是写给省委、省政府的,由一千多名工人签字的请愿书,两份材料都是复印件。揭发材料有二十多页纸,请愿书足有几十页。袁国庆在把材料交给东方志远后说:"打扰市长了,昨天你去厂里,我在后边,抢不上说话。"

一句"打扰市长了",让东方志远浮想联翩。本来是自己应尽的责任,反而被说成是打扰,改革开放都这么多年了,干群关系还这样本末倒置,让东方志远这个年轻干部内心感到很愧疚。想到这里东方志远就说:"老厂长不要说打扰,这是我应该做的,有什么话您就直说。"

袁国庆接着说:"我们厂存在这么多问题,你让他们说原因,都说是市场造成的,是改革开放出现的新问题,谁都无能为力解决。其实,根本不是这么回事,根本原因是他们腐败造成的!"

东方志远一听,和自己的判断一致,就问袁国庆:"你说是他们腐败造成的,都有什么事实依据?"

袁国庆说:"有时间您看看那份材料,什么都清楚了。我就给您说几件事,您看是不是腐败造成的。我们厂里这么穷,冬天连采暖费都交不上,工人家的屋里都可以冻冰棍,而书记、厂长他们几个人,却住在市里最豪华的住宅小区五洲花城。那里是我们松江市最高档的住宅小区,他们每个人都有一套四百多平方米的别墅,还各有一套二百多平方米的大平层,过着花天酒地的生活,不知道他们是从哪里弄来的钱买的。

"他们还以厂子技术改造为名,用企业的资产做抵押,从银行贷款三千万元。本来这笔钱是我们厂的救命钱,应该是专款专用。这是一条高压线,但他们却不怕,一分钱也没用到企业的技术改造上,除偿还一千多万元的三角债外,竟拿出一千多万元,以改革开放之名,搞了一个所谓的第三产业,兴办了两个实体企业:一个是为市里私营企业石油机械厂配套,建了一个配件分厂;还有一个是和省公路管理局及一些领导的亲属合作,搞了一家客、货运输公司。这家运输公司可谓神通广大,不知通过什么关系,把松江市到沈阳市这条线路全承包下来。他们的胆子太大,就像黑社会组织一样,别的客车或货车跑这条线,他们就大打出手,阻止营运。为此,还引发不少官司,听说被打伤的人就有二十几个人,至于伤到什么程度,到公安局和法院一查案底就清楚了。

"他们还以考察之名,用这笔钱带着老婆出国观光旅游。他们还玩了一个花招,做法十分巧妙:厂长出国带的不是自己的老婆,而是书记的老婆;书记出国带的也不是自己的老婆,而是厂长的老婆。如果你一调查,能说是他们带着自己的老婆出国吗?到日本、韩国考察,还去了泰国、马来西亚、新加坡等国家,他们说这是顺道,这是两个方向,怎么个顺道法?出去和回来的方向都不一致,简直是胡说八道!

"去年他们不知从哪里找来的日商、韩商,还都说中国话,每伙人来厂里只转悠一圈,就成天躲在市里豪华宾馆吃吃喝喝,有时一顿饭就吃上一万多元。晚上他们还去歌舞厅消遣,连吃带喝,又唱又跳,一晚就花个两三万。三伙人仅招待费一项就花去一百多万元,财务账上都有记载。你一提意见,他们就说这是公务接待,合理合法。既然外商是为合资进行考察,却不让总工程师参加,只是厂长和书记轮流陪同。"

东方志远问:"还有这样的事?"

两个工人代表说:"确有此事。工人们有意见,找到书记,书记把责任推给厂长;找到厂长,厂长又把责任推给书记,左推右挡,根本不当回事。工会主席在会上提了几次,也是不了了之。"

东方志远问韦国清:"是吗?"韦国清说:"我敢用党性和人格做保证,有这事!"

东方志远陷入了沉思。

这时,总工程师张浩说:"机床配件厂现在是死气沉沉,而两个所谓的第三产业的企业却是红红火火,他们说不赚钱,还说谁不信就让谁去查账,怎么能让人相信呢!可谁又敢去查账,他们背后都有靠山!"

张浩是"文革"前毕业的老五届大学生。他个子不高,戴着一副深度近视镜,说话声音不高,但句句在理,具有知识分子的典型特点。

韦国清接过话说:"猫腻就藏在这里。三产的这两个实体企业,是针插不进、水泼不进的'独立王国'。会计、出纳都是他们安排的自己人,手里揣着真假两个账本。如果有人调查,就拿出假账本,谁对他们都没有办法。"

听到这里，东方志远心里产生一种强烈的震颤，不由自主地从座位上站了起来，前天第一次到机床配件厂被阻的情景浮现在眼前，企业存在这么多问题，干群关系这么紧张，能让工人们不愤怒吗？

"还有一件事，市长，可千万不能相信他们呀。"张浩说。

"什么事？"东方志远不由自主地问了一声。

总工张浩接着说："就是那三千万元贷款的事。这笔款本来是我们厂的救命钱，可他们拿到手，不是研究怎样进行技术改造，而是领导班子主要成员，带着老婆和亲信，分几批出国进行所谓的考察，还美其名曰，这是借鉴国外的先进经验，是对外开放的重要环节。其实，这就是个骗局。他们这样做的目的，无非是靠这招儿稳定人心，为他们出国旅游寻找借口，或者是向你们领导和群众表白，他们确实是为了企业的发展，而绝没有一点儿个人的私利！"

张浩说话的声音并不高，语气也非常温和，但却令东方志远的心里产生了强烈的震颤。他暗想，如今的腐败看来已侵入一部分人的肌体，像癌症到了晚期一样，他们把腐败都带到国外了，真是让人难以置信！

这时，袁国庆也站了起来。这个年近七旬的老厂长，目光炯炯，掷地有声地说："现在，中央一而再、再而三地说，要下放权力，这并没有错。可权力都下放给了厂长、经理，谁来管理他们？谁来监督他们？失去管理和监督的权力，就可能是造成腐败的根源。而且这种腐败是内外勾结，上下串通，关系网盘根错节，层层都有保护伞，谁拿他们都没办法，他们办的所谓第三产业，就是权力失控的表现，也是他们利益输送的暗道机关。机床配件厂的问题，说到底就是掌握失控权力的人集体腐败的行为。"

"集体腐败!"

东方志远对袁国庆如此深刻的分析感到震惊。

东方志远望着眼前的这位老厂长,从心里感到敬佩。已经退休多年了,还为工人群众的利益奔走呼号。他是为他自己吗?或者说只是为了他个人的利益吗?他们个人的利益是什么呢?在这个企业干了一辈子,付出了一生的劳累和辛苦,他们又拥有了什么呢?本该享受晚年生活的时候,他们却连基本的养老金都没有保证,工资停发一年多。如果说他们不满、愤怒、有敌意的话,那他们的这种情绪也是可以理解的,这是他们应该拥有的权利。但是,他们并不是这样,而是主动协助政府找到病根,挖出蛀虫,推动企业走入正轨,这是何等难能可贵的精神!

这时,袁国庆又说:"市长,我说一句你可能不愿听的话,这个问题不是今天才发生的,你们省市一些领导干部也牵涉其中。调走的老市长也不是不知道这些问题,我都找他反映过这些问题,但他始终没下定决心解决。你是省里刚派来的干部,又是个年轻干部,你如果碰了,我担心会给你带来麻烦,问题还可能解决不了。"

老厂长袁国庆一席话,让东方志远一下子平静下来,感到丝丝温暖。是呀,自己敢碰吗?有能力碰吗?如果碰了,对自己会带来什么结果?他们还会相信自己了吗?一连串问号萦绕在脑际……

东方志远想,由于权力失控而引发的连锁反应,会让整个社会失去信仰,一切都变成了可交易的商品,唯有权和钱才能让人有存在感,这是多么可怕的事情!

但他又一想,他们反映的这些问题确实严重,但没有核实之前,还不能下结论。东方志远突然想到昨天在机床配件厂的会议室里,他曾信誓旦旦地向工人们承诺,一定要认真调查,严肃处理,但总得核实后才能严肃处理吧。想到这儿东方志远对几位工人代表说:"谢谢老厂长和大家对我的关怀。你们可以不相信我,但要相信市委、市政府,我会把大家的意见、要求,如实地向市委汇报,待调查核实后,一定给大家一个满意的交代。"东方志远说完后,自己也感到惊讶,难道你就不考虑自己个人的前途和命运吗?

东方志远又说:"大家还有什么意见、要求,尽管都说出来。"

韦国清说:"我们就不过多耽误市长的时间了,材料里都有,你一看什么情况都清楚了。"

几位工人代表站起身要走,只有朱阿根从头到尾一句话都没说,临走时,还是韦国清把他从沙发上拉起来的。

东方志远想,该是向工人们表明自己立场的时候了。他边和大家握手道别边说:"这些问题拖了这么长时间都没解决,我新来乍到,什么情况都不清楚,也不知道上下左右究竟是什么关系,不敢说就能立即解决。但我向大家表个态,我不怕丢掉自己头上的乌纱帽,为了维护工人们的切身利益,我会尽自己的最大努力。"

袁国庆听了这话,感动地说:"有你这句话,我们就放心了。"

几位工人代表互相看了看,满意地离开了东方志远的办公室。

送走客人,东方志远用手掂掂老厂长袁国庆送给他的两份材料,心里感到异常沉重!

两份材料写得很中肯,也很有水平。领导腐败行为的触目惊心、干群关系的剑拔弩张、职工群众的强烈愤慨,以及在这种情况下对社会造成的负面影响,简直是骇人听闻。而且两份材料是复印件,不仅可以送给你,还可以送给任何人、任何组织,其所造成的影响面可以说是无限大。无论是谁,捂是捂不住的,摆在东方志远面前的只有一条路：必须严肃查处！

下午一点半，东方志远按时参加市委临时常委会，一走进常委会议室，他发现每个常委手中都有两份和他一模一样的材料。落座后，市委书记赵焕章简单地做了个开场白："今天临时常委会是我和志远商量召开的，内容只有一个，就是研究市机床配件厂的问题。下面先由志远同志说一下有关情况。"

东方志远把机床配件厂工人要到省委请愿的事说了一下，并说现在工人的情绪基本稳定住了。接着他又说："机床配件厂的问题，概括起来说，就是两个问题，一是市场问题，二是干部问题。市场问题，有两个解决方法，一个是引入战略合作者，开拓新的市场；另一个是内部体制、机制改革，搞活企业。"他把昨天和北阳市精密机床制造厂谈的情况汇报后，说："这个方案现在还不能说百分之百能实施，但有百分之八十以上的可能。现在精密机床制造厂正忙于企业上市，等上市后再继续谈怎样兼并。至于企业内部体制、机制改革，待兼并时一并解决。"

东方志远又说："北阳市精密机床厂提出，兼并我们市机床附件厂后，他们想利用沟里的土地开发房地产，这样又出现两个问题，一是要求将这块地的使用功能由工业用地改为商住用地，二是功能改变后应补交的地价款，请求我们市给予免除。我要求他们把一千五百多名工人和债务都背起来，兼并资金为八亿元左右，既增加我市一笔财政收入，免除的地价款也得到了相应的补偿。所以，我就原则上同意了他们的要求，请常委讨论是否可行？

"干部问题，据工人和干部反映，主要是腐败问题，大家手里都有一份材料，看是否需要调查处理。这个问题已拖了很久，到了必须解决的时候了。我的意见是先调查，搞清是非曲直，然后再视具体情况处理，违纪的就严惩，违法的就判刑，决不能姑息迁就。如果需要调整领导班子，我和经委主任曾国华同志商量过，把经委副主任王思龙派去任党委书记，把机械局副总工程师王富远派去任厂长。王富远原来就是这个厂的总工程师，过去一直受厂长李林和党委书记王晖的排挤，再把厂工会主席韦国清提起来做副厂长。常委们都在，如没不同意见，可请组织部进行考核。"

东方志远一气说完后，大家的表情很复杂。许多人其实早就知道这些问题，只是碍于事态过于严重、复杂，不愿牵涉其中，所以大家都沉默着。市委书记赵焕章却被东方志远这种认真、正直的态度打动了，他带着感动的情绪，动员大家讨论发言。

常委们开始发言，在用地功能改变和补缴地价款问题上，大家很快都表示同意；但在对机床配件厂干部腐败，是否需要调查处理问题上，大家都很谨慎，你看我我看你，谁都不先表态。

东方志远无论如何都没想到今天的临时常委会能开成这样。

他卖力地讲了这么长时间，在最核心的对干部腐败问题是否调查问题上，竟没有人议论，没有人表态，甚至没有人说一句话。

为什么会是这样？东方志远默默地注视着眼前一张张熟悉而又陌生的面孔，隐约间感到大家的默不作声说明，其中必有隐情！

是不是自己应该首先表个态？

看着赵焕章那张不动声色的脸，东方志远似乎感到有点儿茫然。赵焕章除了简单的几句开场白，几乎就没有再说什么，脸上也没有任何表情，赵焕章是省级领导，站得高看得远，他会是什么态度呢？

赵焕章又催了几遍，还是没有人发言。

整个会场一片沉默——长时间的沉默。从每个人脸上的表情，丝毫看不出来他们的内心活动。给人的感觉，机床配件厂的问题就像深不可测的陷阱，谁都不想往前蹚一步。

这时，赵焕章的秘书进来，趴在他耳边不知说了什么，赵焕章起身就离开了会议室。东方志远感到，能把市委书记从常委会上叫出去的，肯定不是一般人物。他发现其他常委也都面面相觑，似乎也在猜测着是什么人，能把市委书记从常委会会议请出去。

不一会儿赵焕章又回到会议室，小声和东方志远说："你出去听个电话。"

"谁的电话？"东方志远问。

"接了就知道了。"赵焕章回答。

离开会议室，赵焕章的秘书在门口等他，把他领进了赵焕章的办公室，东方志远拿起电话一听，原来是省委副书记杨枫。

"志远吗？"杨枫问。

没等东方志远回答，杨枫又问："在开常委会吧？"

东方志远回答："是，书记有指示吗？"

"机床配件厂的问题不是一天两天形成的，你刚去，别着急，慢慢来。"

东方志远觉得杨枫理解他此时的心情，一时感到很温暖，不由想起来松江市报到的前一天，杨枫找他谈话的场景："这次省委派你去松江市，你应该明白省委的用意。按照组织法，市长必须是经人民代表大会选举才能决定，所以先把你派去任常务副市长。同时，把老市长调整出来，目的是让你放手干。快到换届了，换届时再由人民代表大会选举任命你为市长。"

"对你的任用，常委们的意见也不是很一致，是我和方省长极力主张的结果，你可不要辜负我们对你的希望啊。"

杨枫说到这儿,东方志远说:"谢谢书记。"

……

这时,电话中的杨枫提高了嗓门说:"机床配件厂的揭发材料和请愿书,我和书记、省长都收到了。在省委我是分管干部和经济工作的副书记,书记让我管管这件事。我想,解决这个问题在你的职权范围内,我主张还是以你为主解决好,防止别人插手把事情搞砸。我已和焕章同志说了这个意见,这件事就由你全权负责到底,避免节外生枝,防止走弯路。

"在处理机床配件厂问题上,一定要实事求是,不要让一些对现实不满和对改革开放有意见的人钻空子。有一些人,想借国业不景气的机会,搞什么大民主、自由化,动不动就上访、告状、游行、示威,这种倾向你们一定要注意。

"还有人借着反腐败,趁机泄私愤,把七百年谷子八百年糠的事,统统翻了出来,闹得人心惶惶,影响全市的安定团结。这种倾向也要注意。我建议你们的常委会从这个角度多考虑考虑,不要出现偏差,走入歧路。"

"杨书记,刚才你和焕章书记也是这么说的吗?"东方志远问了一句。

"这个你不要有什么顾虑,不管我和焕章怎么说的,你要独立思考,要实事求是,旗帜鲜明,和省委保持一致。

"至于具体怎么办,还是由你来拿主意。这是我的一点儿建议,供你参考。我是信任你的,所以才和你说这些。"

似乎意犹未尽,杨枫又补充道:"国有企业的包袱沉重,技术落后,管理不善,这是我们国家在计划经济体制下留下的后患。这些问题同现在企业的领导,并没有直接关系,如果把这些困难和问题,都推到现任领导的身上,那是不公平的。

"机床配件厂历史留下的欠账太多,我不是说新官不理旧账,但哪些该管,哪些不该管,你自己要灵活掌握。如果实在难处理,我看就走破产这条路,过去他们也曾跟我建议过。"

东方志远一句话都插不上,静静地听着杨枫的训示。

聆听他人的意见,保留自己的判断,历来是东方志远的行事风格。直到杨枫问了一声:"你清楚了吗?"东方志远如梦初醒,所答非所问地说:"知道。"

接完电话,东方志远在原地站了约有十分钟,琢磨杨枫电话里表达的意思,是关心?是信任?是分忧?是定调?还是指引方向?一个市里的企业闹事,事实上还没有真正闹起来,一个省委就这么着急,还做了这么具体的指示。是不是杨枫是松江市走出去的干部,因感情深才对机床配件厂格外关注?还是因为……

杨枫怎么知道他们在开常委会?是谁透露的信息?目的是什么?突然之间,东方志远察觉到他和杨枫之间,似乎隔着点什么,有一种距离感,这在过去是从来没有过的。

这种距离感,是不是来自于自己对这位上级领导的怀疑?一时之间东方志远陷入了沉思和困惑之中。

东方志远非常清楚"官大一级压死人"的道理,感到杨枫的话,绝不是无关痛痒、随便说说而已的戏言。因为这也是他贴近领导,改变仕途命运的一个际遇,所以,他理应执行照办。但是,脑海中不时浮现出一个个工人的愤怒面孔,又让他对书记的指示,无法也不能违心地执行照办。两难之间他尝到的却是"官小一级烦死人"的滋味。

最让他心烦的是杨枫电话中所表达出的"潜意思":你是我力荐

提拔的干部；我主张由你主持处理机床配件厂的问题，这是我对你的信任；如何处理我已经为你定好调了，就看你怎么办了。真让东方志远感到有点烦，准确点儿说，应该是很烦，非常烦。

但是，良知还是让东方志远保持清醒。《史记》中说："反听之谓聪，内视之谓明，自胜之谓强。"东方志远想："古圣贤之哲思，乃莅职之要义。"他暗下决心："对机床配件厂的问题，不能受任何人的误导和影响，必须尽快做出抉择，否则，自己将不再拥有抉择的权利。"

在十分钟时间里，东方志远做出了艰难的抉择。他痛苦地想到，一旦自己做出抉择，就可能会失去一些领导的信任，这才是他真正的抉择，也可能是需要他付出沉重代价的抉择，但他必须做出抉择！

沉思和困惑之中的东方志远，回到了常委会议室。大家都在默默地注视着他，谁都不说话。他一下子警觉过来，他明白，此时此刻的他，必须首先表态，而且是明明白白地讲出来。东方志远理清一下思绪，看了赵焕章书记一眼，首先亮明了自己的观点。他果断地说："从工人反映的情况看，机床配件厂的问题确实很严重！不能再拖了！一定要彻查处理，给职工群众一个交代。"

在其他常委还没发言之前，市委书记赵焕章同志破天荒地先表态，他同意东方志远的意见。大家也都陆续发言表态，有的表示同意，有的意见含糊不清。

最后，赵焕章做结论说："一个企业的领导班子，同职工群众在思想感情上产生这样难以调和的对立，即便是领导干部没有问题，也是一种严重的渎职行为，更何况还有这么多问题！现在看这个班子已经失去了存在的价值。大家手中都有一份材料，刚才志远同志又谈了这么多问题，他是新来乍到的，不会带有任何偏见。我看还是进行一次调查。为慎重起见，这次调查纪检部门不用先出面，由审计部门挂帅，用审计查账的方式进行，由志远同志全权负责调查工作。"

东方志远虽然下派到松江市仅仅两个多月时间，对这位已是省委常委的市委书记印象非常好，觉得他是个值得信赖的人。听到赵焕章讲到这里，东方志远轻轻地舒出一口气。

赵焕章比东方志远大十九岁，是"文革"前最后一届大学毕业生，是个既有学历又有阅历的知识分子。在国家人才处于青黄不接时，他才从基层一步步提拔上来的。让东方志远感到放心的是，赵焕章遇事沉稳，是个率直的人，特别支持自己放手大胆地工作。

此时的东方志远，并不感到自己孤独无助，他为自己能做出这样艰难的抉择而感到问心无愧。东方志远突然感到，一个政府，要真正做到民主、正义、公正、道义，还真不是一件容易的事情。

常委们的心里都感到轻松了，东方志远的心里却一点儿也没有感到轻松，其他常委卸下的包袱，他感到都压在了自己的肩上，一想到将来可能还会因此遇到更多的较量和阻力，他的心情怎么能轻松起来呢？

常委会后，东方志远一个人来到赵焕章的办公室，想听听赵焕章对调查工作有什么具体意见。

"书记对调查工作还有什么具体意见？"东方开门见山地问。

赵焕章并没回答，而是拿出机床配件厂的揭发材料和请愿书，说："志远，这个你看了吧。"

东方志远说："大致看了一遍。"

"第三产业这几个人你认识吗？"赵焕章问。

"董事长陈江河我认识，他是机床配件厂的原党委副书记，顾问唐建国和副董事长钱波我都不认识。"东方说。

"这个唐建国是假名，真名叫唐旋，他是省委杨副书记的内弟，而钱波是早已退休的省公路管理局的局长，他是杨副书记的表哥。"

"啊！"东方志远感到十分惊讶！

"还有呢，第三产业下辖的两个分公司的总经理，分别是李林和王晖的儿子。这个你知道吗？"

东方志远摇摇头，表示也不知道。

"居然还有这样的事？"东方志远又想到杨枫的电话，感到有点儿不寒而栗。

良久，赵焕章说："那就先调查吧，调查了你就清楚了。"

5

一年一度的新春佳节，本来是阖家欢乐的节日，但东方志远今年遇到的几件事，让他一点儿也欢乐不起来。

大年初一，东方志远用电话给省委魏坚书记、省长方健和省委副书记杨枫同志拜年。杨枫接过东方志远的电话，还没等东方说拜年话，就不高兴地说："听说你们决定对机床配件厂进行调查了？都是些老问题了，也调查不出个子午卯酉，我看还是走破产这条路最省事。"东方志远说："春节后我向赵书记汇报一下再定。"一句拜年话都没说上，杨枫就挂断了电话。

东方志远是年三十下午，才从松江市赶回家里过年的。到家时，老婆告诉他："昨天晚上，松江市来了一伙人，说是给市长拜年的，还拿着一大堆东西，我说市长不在家，也没让他们进屋，东西也没让他们送进来，来人好像很不满意，走时嘴里还骂骂咧咧的。"

东方志远的老岳父已经八十多岁了，因突发心脏病，腊月二十八被紧急送进医院抢救。几个大舅哥让通知东方志远，老婆知道他忙就没通知，还引起几位大舅哥的不高兴。

这个春节，可谓是内忧外患，让东方志远很闹心，但还有更闹心的事等着他。

大年初三，本来是已经过世老母亲的生日，每年的正月初三晚上，家里三口人聚在一起，晚餐时搞点祭祀活动，以表达哀悼之情。但是，下午四点多钟，东方志远突然接到省委杨枫副书记的电话，要晚上在湖西宾馆请他吃饭，并说自己夫人唐欣怡也去，让他也带上夫人，杨枫说这是一个家宴。

这顿饭还真让东方志远有点儿犯难。电话拜年时杨枫是那种态度，现在又要请他吃饭，这让东方志远心生狐疑。去还是不去？不去显得不礼貌，去了又怕是鸿门宴。至于祭祀母亲的事，只能暂且放下。怎么办？东方志远一时不知如何才好。老婆看他抓耳挠腮的样子，问他怎么了？东方志远就把杨枫请他们俩吃饭的事说了，还问她去不去？因为老婆知道他的心思，就反问道："反正你也不想提拔升官，去了还能把你咋样？"

东方志远让老婆安排好女儿的晚餐，然后他们俩五点多钟打个的士，直奔湖西宾馆。因为是春节假日，湖西宾馆的客人很少。东方志远问服务员："杨书记在哪个房间？"服务员回答："在松花江宴会厅。"

听到是松花江宴会厅，东方志远心里不觉一愣。在省政府做常务秘书时，他对这个宴会厅非常熟悉，平时这里从来不对外开放，只有国家领导人来省里视察工作时，才偶尔开放。他曾多次安排省委、省政府主要领导，在这个宴会厅宴请过国家一些领导人。安排好主客人入座后，他就去了大餐厅吃饭，还从没在这个宴会厅里吃过饭。今天这个饭局的规格，怎么会这么高？这让他更是心生疑虑，感到惴惴不安。

东方志远径直上了二楼，进了松花江宴会厅一看，让东方志远更是惊愕。除了杨枫副书记和夫人唐欣怡副厅长外，松江市机床配件厂的厂长李林和书记王晖也在场。这阵势顿时让东方志远明白，这顿饭究竟是怎么回事了。东方志远不情愿地和他们一一握手，并互致新春问候！

大家落座后，东方志远的老婆看看李林和王晖，附在东方志远的耳边悄声说："我从门镜中看，给你拜年送礼的就是他们俩。"东方志远点点头，什么都没说。

菜上齐后，服务员为每个人斟上酒，杨枫首先致祝酒词："志远啊，我知道你到松江市后，一直很忙，连家都顾不上，所以，把你和夫人请来一起过个年，也算是对你夫人的一个补偿。正赶上李林厂长他们俩也在省里，就顺便把他们俩也请来一起吃个饭。这第一杯酒就敬你和夫人，新春快乐！也感谢你夫人对省委工作的支持！"

东方志远的老婆说不会喝酒，杨枫副书记就让服务员上了一杯饮料。东方志远还没动筷，先看了一眼满桌的菜肴，尽是松江省的地方名菜。他心想："既来之则吃之，看能把自己怎么样？"在杨枫的提议下，大家共同干了第一杯酒。

杨枫敬完酒，就是杨枫的夫人敬酒。作为省审计厅副厅长的唐欣怡，端着酒杯走到东方志远夫人身后，把另一只手搭在她的肩上说："今天我这杯酒，不是敬你们男人的，是专敬妹妹的。"东方志远的老婆听后就要起身，却被搭在肩上的手压住起不来。"为什么呢？"唐欣怡接着说，"你们男人每天都忙于事业，我们家老杨也是成天都不着家，志远市长更是如此，多少天才能回家一趟，最辛苦的还是我们女人。我以这杯酒敬妹妹，你辛苦了！祝你新春快乐，万事顺意。"东方志远老婆还想挣扎着站起来，唐欣怡说什么也不让她站起来，并用酒杯碰了一下东方志远老婆的饮料杯，一饮而尽。李林和王晖在一旁动情地鼓着掌。

接着就是李林和王晖轮流敬酒。李林和王晖又单独敬了东方志远一杯酒。单独敬酒时的祝酒词,无外乎是在市长的英明领导下,松江市如何如何越来越好等,东方志远只以新春快乐应答。

酒过三巡,东方志远本以为杨枫会提起机床配机厂的事,没想到杨枫一句也没提,反而是关心起他老婆和孩子来了。杨枫对东方志远说:"要处理好工作和家庭的关系,不要冷落了夫人和孩子,让亲人感到失去温暖。"

杨枫的关心,确实让东方感到温暖。他起身给杨枫及其夫人敬酒:"我能有今天,与组织的培养和书记的关怀是分不开的,我一定恪尽职守,用自己的实际行动来报答省委!并祝在座的所有人新春快乐!"

接着就是单独互相敬酒,不知不觉间,众人喝完了一瓶茅台。书记问还喝不喝了?大家都说可以了,酒局就结束了。

这是一场精心设置的酒局。设计这样的酒局比设计鸿门宴要高明得多。其精髓之处在于:一是一句不提机床配件厂的事,但李林和王晖的出席说明,这是"此地无银三百两",不用说就应该明白的事情,东方志远也应该心知肚明,知道自己应该怎么办;二是杨枫亲自出马,他既是主管经济的领导,也是主管干部的领导,又是提拔重用过自己的人,东方志远应知恩图报,无形中增加了心理上的压力;三是打的是感情牌,中国式的人情关怀,让东方志远充满温暖,觉得不按他们的要求办,自己都觉得有点儿不好意思;四是宴请规格这么高,给人一种极受重视的感觉,如果再不按他们的意见办,那就是不知好歹了,可就别怪人家对你不客气啦!

这门高超的酒局艺术,在暗示东方志远:我杨枫现在仍然把你当作是自己的人,李林和王晖也是自己的人,让自己的人去调查自己的人，这其中的意图，不是很容易理解和体悟吗？你东方志远要充分理解，慎重拿捏！如果你做出了错误的抉择，失去的就可能是你一辈子的前程。唯有如此理解，才合情合理、合乎逻辑。

这就是今天这场饭局的意义。

但是，东方志远有自己独特的判断：凭自己的能量和权势，毕竟显得太小、太弱、太微不足道了，何况长期以来，自己只是个搞业务出身的干部。他们这样煞费心思地精心设局，就证明他们心虚、心里有鬼，肯定有见不得人的勾当。这一切都说明他们并不是害怕自己，而是害怕自己手中的权力。并想通过拉拢，废掉自己清查他们问题的权力。因为他们并不是指望从自己手里捞到什么好处，而是害怕自己清查他们的问题，捅开他们的内幕，损害他们的利益。

酒席过后，东方志远的心理压力很重，面对自己的顶头上司，人情又做得这么到位，这让东方志远感到背负的东西太多、太沉重！

合法地祸害别人的调查权力，乃是贪官的看家本领。国家和集体的大量资源和财富，正是据此得以分肥和重新调整，这可能是一个更深层次的腐败！

东方志远虽然是在杨枫当政时期被提拔的，但严格地说这是组织上对他的提拔，并不是某个人对他的提拔。但组织的原则和意愿，常常是以个人的形式体现出来，所以才有了某些人的悖论，"某某是我一手提拔的"。

作为被认为是杨枫一手提拔的一个常务副市长，他可以抉择在自己职责范围内的任何事，然而，唯一让他感到难以抉择的，就是涉及自己顶头上司的事。怎么办？在这个问题上他没有任何中间道路可走……

东方志远深思后暗下决心，还是像自己在祝酒词中说的那样，要恪尽职守，不能向腐败势力低头，一定要查清他们的问题，给省委和工人有个交代。

回家后，女儿正躺在床上看书。东方志远让老婆摆上酒菜，还像往年一样，叫来看书的女儿，给已经过世的老爸、老妈也摆上酒杯、碗筷。斟满酒后，东方志远口中念念有词，表达对父母的怀念之情。

节后上班的第一天，东方志远先到市委书记赵焕章的办公室，沟通一下对机床配件厂调查的事，并把省委杨枫副书记请他吃饭的事说了一遍。他还向赵焕章汇报说："省委杨副书记建议机床配件厂还是走破产这条路，这样，咱们就不用再调查了，这些腐败分子都可以逃之夭夭，溜之大吉了。"

"对！"赵焕章接着说，"企业一宣布破产，有问题的人都可以金蝉脱壳了，可我们怎么向工人们做交代？"

东方志远说："我去机床配件厂之前，你让我先听听市人大班主任的意见，班主任也说，过去也有人提过这个方案，可工人们都表示坚决反对。"

赵焕章说："不要受任何干扰，还是下决心进行调查。"

东方志远又建议说："为慎重起见，在正式调查前，能否请书记出面，找李林和王晖谈一次话，以利于挽救干部？"

赵焕章说："也好。不过，这件事既然由你全权负责，就由你来谈吧。"

东方志远说："还是你谈吧，你的分量重，谈话可能效果更好些。"

"下午，我已经安排了一个会，还是由你来谈吧。"

东方志远说："那好吧。"

下午，东方志远让秘书给李林和王晖打电话，请他们俩下午一点半来自己办公室一趟。

不到一点半，两个人便一起来到了东方志远的办公室。

从表面上看，他们虽然显得很恭顺的样子，但也流露出一种满不在乎的神情。为了谈话方便，东方志远让他们俩坐在自己办公桌对面的椅子上，并让秘书给每个人倒杯水后就退去。屋里就剩下他们三个人，谁都没开口先说话。

李林从兜里掏出一盒中华牌香烟，问东方志远："市长，抽吗？"东方志远说："不抽。"并用手指指茶几说，"烟缸在那里。"王晖站起身，走到茶几旁，拿起烟灰缸，放到李林面前。

东方志远心里想："在改革开放的新形势下，始终处于市场经济风口浪尖的企业领导，让他们一尘不染是根本做不到的。人情往来，吃吃喝喝，请客送礼，是不可避免的，不出大格都在情理之中。只要不是假公济私，以权谋私，受贿贪腐，违背党纪国法，通过总结经验教训，都是可以网开一面的。"

东方志远想到这儿，用眼睛盯住他们俩，过了一会儿才说："今天把你们两位请过来，是赵书记和我的共同意思。企业的工人和干部，对领导班子意见很大，尤其是对你们两位意见更大。在这些意见没调查核实之前，不能说有，也不能说没有。把你们二位请来，就是想问你们俩一句话，按照党纪国法衡量，你们究竟有没有问题？如果有，究竟是什么性质的问题？是属于违纪违规，还是属于违法乱纪？不要辩解，也不要做过多解释，只说有或是没有就可以。如果有以后再和组织详细谈，今天就是要你们俩一个态度。"

东方志远说完，李林和王晖互相看了看，谁都没说话。办公室里一片沉寂，就好像没有人一样。

这时的李林吸着烟沉默不语，表情十分平静，而王晖却和李林相反，他东张西望，明显表现出没有主见。他一会儿紧张地瞅瞅李林，一会儿又偷偷地瞄瞄东方志远，似乎想从别人的脸上看到什么答案或暗示后，才知道自己该怎么回答。

东方志远看两位都不说话，又补充一句："你们俩也知道，党的政策是'惩前毖后，治病救人'，这也是我和赵书记找你们俩谈话的目的，请两位慎重考虑。"

这时的王晖，不时用眼睛瞄着李林，表现出明显的紧张神态。

王晖比李林小四五岁，是李林一手提起来的。在实行厂长、经理负责制的体制下，李林是企业的法人代表，大事小情均由他做主，作为党委书记的王晖，从来都是把自己摆在二把手的位置。对市长的问话，他清楚地意识到，自己不能抢先回答，待明白了李林的想法和意图后，自己才知道该怎样回答。

时间一分一秒地过去，还是没人说话。

王晖又看了李林一眼，只见李林抽着烟，好像陷入沉思之中。从表情上既看不出害怕，也看不出紧张，只是旁若无人地吐着烟圈。

东方志远心想："这个问题没什么不好回答的，如果问心无愧，'没有'两个字就足够了。作为一个国家干部、一个企业领导、一个共产党员，这个问题应该很好回答。除非你做了见不得人的勾当，或者做了有愧你身份的不法行为！但是，即便是做了违法乱纪的事情，主动说了也可以获得宽大处理，这是一个多么好的机会！"东方志远从心里盼望着他们俩能开口。

这时的李林，在烟灰缸里掐灭烟头，拍打拍打身上的烟灰，从椅子上站了起来："我实话实说，机床配件厂和一些企业没有什么不同，你要是真查，可能就真有问题，还可能会查出大领导的问题。但是，你要是不查就没有问题。反正我自己没干什么违法乱纪的事，没什么可交代的。你们可以调查，终究有一天会还给我公平！"王晖也顺势站起身，对东方志远说："市长，我也没什么可交代的！"说完两个人就一前一后离开了东方志远的办公室，显然是没把东方志远放在眼里，也没把东方志远的话放在心上。

临走时，李林还甩给东方志远一句话："省委杨书记让我们写个申请破产的报告，再通过市里报到省里，省委最近要集中讨论研究企业破产的事，我们写不写？"

眼睁睁地看着他们两位的不辞而别，处在尴尬境遇中的东方志远，只得用电话向市委赵焕章书记报告了谈话的情况，并说李林说省委杨枫副书记让他们写个申请破产的报告，让我们市里转报省里，省委最近要集中研究企业破产的事。

赵焕章说："这是他们在困兽犹斗，做最后的挣扎，我们不收也不转，就是顶着不办，不能做愧对工人群众的事，否则，我们就会成为千古罪人！看他们怎么办？如果杨书记再问你，你就说我不同意。

"至于对李林和王晖，已经做到仁至义尽，就可以了，还是启动调查程序吧。"

晚上，东方志远就组织市审计局、市财政局、市经委、市机械局的主要领导，还邀请市纪检委和市委组织部的有关领导与会，经委副主任王思龙、机械局副总工程师王富远也列席了会议，部署去机床配件厂调查的相关事宜。

调查的重点是经济问题，突出调查三千万元银行贷款的使用去向和第三产业存在的问题，并指定市审计局局长为调查组组长。会议还约法五章：一是不能在企业吃饭；二是不能收受任何礼品；三是不能与当事人私下约会；四是要实事求是，注重证据；五是不能泄露任何秘密，调查结果除了市委赵书记外，对任何人都不许透露。

部署后，东方志远又全情地投入到日常工作之中。

不久的一天晚饭后，东方志远正在宿舍里看文件，突然来了三位不速之客。东方志远打开房门一看，一个自称是机床配件厂的办公室主任，还有两位是第三产业的总经理，手里各提着一盒水果。办公室主任站在走廊说："李厂长说市长最近很辛苦，让我们给你送点水果。"东方志远执意推辞不收。招待所值班服务员听到说话声，从值班室里探出头还看了看。三个人见状不由分说地把水果盒放在走廊里就走。

三个人走后，东方志远看着放在地上的水果盒，陷入了沉思。他想，在调查的关键时刻送水果，这不是在玩小恩小惠的小儿科把戏吗？当即打电话把秘书叫来，让他把水果盒交给市政府办公室。

第二天上班后，市府办公室主任第一个来到东方志远的办公室，说盒子里不仅有水果，水果下面还有二十万元现金。东方志远一听吓出一身冷汗，庆幸自己在第一时间就把水果盒交到办公室。他告诉办公室主任，马上送到纪检委，做好记录备案，并打电话向市委书记赵焕章同志报告了此事。

但是，不久社会上就流传出东方志远市长受贿二十万元的传言，一时间传得沸沸扬扬。在市委一次常委会上，赵书记让纪检委书记把真实情况说了一下，并责成纪检委组织人员进行调查，这场风波才有所平息。

可是，不久省纪检委却收到了一封《拒贿还是受贿？》的匿名检举信。

在一次省委常委会研究换届时各地市班子初步安排的例会上,谈到松江市时,省委组织部部长郑义说:"经部务会讨论认为,东方志远是市长比较合适的人选。"这时,杨枫副书记突然拿出这封检举信,并向省委常委、纪委书记求证说:"你是不是也收到了这封信?"

纪委书记说:"收到了。"

杨枫继续说:"不管是拒贿还是受贿,这件事在群众中已经造成了极坏的影响。检举信里还说'事情败露后,东方志远才被迫把钱交给组织的',在没调查核实之前,东方志远不能列入被考核人员名单。"

一句话引起轩然大波。一时间,常委们你看看我,我看看你,会场一时陷入沉默。尤其是省长方健,更感到诧异,他把眼光投向省委常委赵焕章,意思是你应该知道这是怎么回事呀!

赵焕章情绪显得有些激动,看了一眼方健说:"我知道是怎么回事,我们市委常委会还专门研究过这个问题。"

方健抢过话题说:"那你就说说到底是怎么回事吧?"

赵焕章说:"这封信纯属栽赃陷害,根本就不是这么回事。"接着,他就把这件事的始末缘由说了一遍。特别是讲到市委常委会研究决定调查机床配件厂的问题,并决定由东方志远全权负责此事后,才发生了送水果的事件。东方志远并不知道水果下面有钱,来人看东方志远不收,放下水果盒就走,这个情节招待所服务员都看到了。东方志远当即就让秘书把水果盒送到市政府办公室。第二天上班后,是办公室的同志发现水果下面有钱,并根据东方志远的指示,即刻送到纪检委备案,东方志远还在电话中向他报告了这件事。

赵焕章同志接着还说:"从时间逻辑上看,这也是不可能的事。

前后只有十几分钟,秘书就把水果盒送到了市政府办公室,没有任何人知道这件事,招待所服务员都可以做证。怎么说事情败露后,才不得已把钱交给组织的?"

最后,赵焕章说:"写检举信我不反对,但必须是实事求是。决不允许个别人通过匿名的方式写检举信,有预谋地栽赃陷害他人。这是以邪压正的不正之风,不能让这股歪风持续下去!"

听了赵焕章的发言,常委们都感到事情已经很清楚了。这时,省委书记魏坚却慢条斯理地说:"前几天杨枫同志也和我说了这件事。大家讲的都有一些道理。既然有一些争议,我看还是慎重点好。请省委组织部了解清楚后,再研究决定东方志远的问题也不晚。"

组织部部长郑义无奈地说:"那好吧!"

常委们都默不作声。

方健省长看看魏坚书记,欲言又止。

常委会就结束了。

看来,在决定东方志远前途命运的省委常委会上,杨枫副书记的意见占了上风。

但是,正义可能会迟到,但绝不会缺席。本来事情就很清楚,经过组织部调查,很快就确定检举信是诬告,终于还了东方志远的清白。

一个月后,对机床配件厂的调查终于有了初步结果。为了避人耳目,东方志远把市委书记赵焕章和纪检委书记请到了自己的办公室一起听汇报。

调查组拿来厚厚的两大摞材料,但汇报的内容却十分简洁。概括起来一句话:机床配件厂目前存在的主要问题,不是市场问题,而是干部问题,最需要解决的问题,不是干部的素质问题,而是干部的腐败问题。接着，重点汇报了银行三千万元贷款的使用去向和第三产业的问题。

银行的三千万元贷款，本来是专项用于企业技术改造的，但一分钱也没用到技术改造上，除了偿还一千多万元三角债外，投入到第三产业就有一千四百多万元，被他们公务接待、请客送礼，吃吃喝喝有三百多万，公费旅游也挥霍了二百多万元。

所谓的第三产业，表面上是为了改革，实则是拿国家和企业的资源，为个人谋私利。厂子派已退休的党委副书记陈江河任董事长，实际上分别由厂长和书记的儿子控制着两个实体企业，而幕后的实际操控人，则是省委杨枫副书记的妻弟唐旋，也就是挂名的唐建国，还有杨枫副书记的表哥、省公路管理局已退休的局长钱波。

第三产业开办已五年多时间，每年利润大约有四百万元，不仅没上交机床配件厂一分钱，也从来没交过一分钱税，都被他们以各种名目私自分掉。

厂长李林和书记王晖问题更多，除了在工厂家属楼各有一套一百五十多平方米的宿舍外，还在市区高档住宅小区五洲花城，各有一套四百多平方米的别墅和二百多平方米的大平层住宅。有的工人还反映说，李林在另一个小区还有一套一百二十多平方米的房子，用于包养一个在夜总会上班的小姐。

听到这时，东方志远问："都有证据吗？"市审计局局长用手指指两大摞材料说："证据都在这里。"他又补充说，"至于他们每年从第三产业拿走多少钱？给别人送过多少钱？又是给谁的？尚需要进一步调查取证。"

初步调查情况，让与会人员触目惊心，既让人感到惊恐，又让人感到愤怒。

市审计局局长汇报完,市委赵书记从他手里接过调查报告,一字一句地从头到尾又看了一遍,并与东方志远和纪检委书记交换一下意见后,对调查组人员说:"你们的工作很有成效,看来问题确实很严重,市委、市政府决定立案查处。"接着又讲了他们送给东方志远二十万元的事,之后,他严厉地说:"他们现在这是困兽犹斗,我们大家都要提高警惕。因为这里面涉及省管干部,得向省委汇报后,才能决定怎么办。"他十分严肃地告诫调查组人员,对调查的情况,谁都不许透露半句,谁透露就处分谁!

第二天上班后,赵焕章就带着材料去了省城。东方志远仍然忙着处理日常工作。

晚上十点不到,赵焕章给东方志远打来电话,请他去家里一趟。东方志远赶到时,看到纪检委书记和市检察院检察长也在场。

赵焕章把去省里汇报的情况做了简单通报,而后说:"省委书记魏坚同志肯定了我们的工作,并决定省管干部的问题交由省纪检委统一处理,市管干部的问题由我们自行决定处理。我的意见是对涉案人员,今晚搞个突击搜查,所以才把检察长也请来,由检察院具体组织实施。"他还告诉检察长,要注意保存证据,涉及省管干部的证据,要汇总后报送到省委。对市管干部,搜查完要把涉案人员带到检察院留置审查,按司法程序做进一步处理。

接着,他让市委办公室主任拿出一张纸条,上面有被搜查对象的名单及他们的家庭和办公室地址。

这里有机床配件厂的厂长李林、厂党委书记王晖、已退休的党委副书记陈江河、省委杨枫副书记的妻弟唐旋、厂长的儿子李来福、书记的儿子王勇、市委彭坤副书记的连襟刘洋、王建国副市长的老婆隋亚珍及其小姨子——机床配件厂财务科科长隋宝珍、机床配件厂第三产业的会计关婷婷，共计十个人。

搜查时间定在下半夜的一点半，说完就让检察长回去落实。赵焕章告诉检察长，搜查人员一定要文明执法，并让检察长布置完后，即刻回到他的办公室。

部署妥当后，赵焕章就和东方志远及纪检委书记先回到办公室等待搜查的消息。大家落座后，赵焕章说："今天上午向省委书记魏坚同志汇报时，在走廊上还碰到了杨枫副书记，互相还打了招呼。"他说到这里时，大家不禁哑然一笑。

官商勾结，是腐败的最大特征。权力和金钱相勾结、相混合、相交易，就自然而然地出现了腐败。在西方思想史上，有一位出类拔萃的大师阿克顿勋爵，他有一句至理名言：权力导致腐败，绝对权力导致绝对腐败。因为权力失去了控制，金钱加上权力，金钱就可以几倍或十几倍甚至是几十倍地增长，而且不必担心有什么风险。即便遇到了风险，因为权力的作用，也可以大事化小，小事化了，逢凶化吉，遇难成祥。

省委杨枫副书记曾是他们几位的老领导，尤其是东方志远，杨枫副书记还在提拔他的问题上起过作用。但是，谁都没想到杨枫副书记的亲属会涉及此案。

赵焕章说："我们反腐为什么这么难？就因为有些腐败分子和领导沾亲带故或者关系亲密，背后都有靠山，这些靠山有的恰恰就是我们的领导。甚至这些领导对我们还有恩，他们占据着反腐败的位置，直接掌握着反腐败的权力，让我们进退维谷，陷入两难境地。"

赵焕章还说："权力的本质是民众赋予的，但民众对权力的约束，却显得无能为力。这就提出一个问题，作为一个执政党的党员，像我们这样级别的干部，已经是高级别干部了，如何通过民主监督和自我革命的方法，加强制度建设，防止和减少腐败的发生，该刻不容缓地提到议事日程了。"

东方志远这时想的则是，难怪在对机床配件厂调查前，杨枫还给赵焕章和他打电话，让他们对机床配件厂要慎重处理，过年还请他吃饭，让自己顶着巨大的压力，才做出坚决查处的艰难抉择。东方志远也曾担心赵焕章是否会支持他的工作，没想到赵焕章对他这样支持。想到此，东方志远对赵焕章说："谢谢赵书记，没有你的支持，不一定会有今天这样的结果。"赵焕章只是微微地点点头，表示理解。

市检察长布置完就回到了市委赵焕章书记的办公室，搜查的情况非常顺利。

深夜三点半，检察长接到电话报告说，从每个人的家和办公室的保险柜里，搜出数量不等的现金，总计约有二百二十一万元。其中，第三产业董事长陈江河家里最多，不仅有人民币一百零六万元，港币十一万元，美金一万四千元。还有一个小账本，记载着给唐旋、省公路管理局原局长钱波和杨枫副书记夫人唐欣怡的钱数，其中，唐欣怡五年分十一笔，共计分得三百二十一万元。而在唐旋家里却什么也没搜查到，其他人员的家里都搜查出多少不等的现金。

李林和王晖别墅的保险柜里，除了人民币外，还存有大量金银首饰，光名牌包包就有五个。搜查李林时，他并未住在别墅，而是住在情妇的家里。还从第三产业会计关婷婷保险柜里搜出真假两个账本。

初战告捷，一颗悬着的心终于落下，东方志远心里感到踏实了。

让东方志远更感到高兴的是，北阳市精密机床制造厂上市非常顺利。中国证券会决定6月16日在上海证交所开盘交易。6月19日，谢志华给东方志远打来电话说，上市非常成功，开盘当日，股票的价格就翻了五倍还多。他还告诉东方志远，对松江市机床配件厂兼并的事，已经仔细研究了东方志远送来的方案，并向市政府做了汇报，方案得到了通过，过两天就派人到企业进行考察。

考察队伍有十几个人，除总经理谢志华、副总经理黄达、总工程师李剑锋、总经济师王璐外，还有北阳市常务副市长秦新宇。体改委主任连占彪、经委主任宋达峰，也在考察队伍之中。

东方志远亲自接待了考察人员，市有关部门的领导和市经委副主任王思龙、机械局副总工程师王富远也参加了接待。经过一天的考察，大家都非常满意，考察组对四十多万平方米的土地特别感兴趣。经过研究，决定对一千五百多名工人，由松江市按规定补发工资后，进行分流安排。二百八十名五十五岁以上的老工人，按国家规定的标准退休；年纪比较轻、技术熟练的二百二十名工人，调剂到总厂，以补充总厂的人力不足；八百多名工人原地不动，待精密机床开发出模具后，即可开工生产；余下的二百多名工人，成立一家房地产开发公司，准备进行房地产开发。

大体安排好工人，两个企业各得其所，皆大欢喜。第二天就签订了《企业兼并协议》，松江市机床配件厂摇身一变，成了北阳市精密机床制造厂松江分厂。双方共同商定，7月1日党的生日当天，精密机床制造厂正式进驻，并召开一个全厂的职工大会。

7月1日，是松江市机床配件厂获得新生的日子。北阳市的领导和松江市的市委书记赵焕章、常务副市长东方志远也参加了交接大会。大会由北阳市精密机床制造厂松江分厂新任党委书记王思龙主持，松江市委书记赵焕章和北阳市常务副市长秦新宇首先讲话，北阳市精密机床制造厂总经理谢志华和北阳市精密机床制造厂松江分厂厂长王富远分别代表两个企业做了发言。会议开得既庄严又隆重，每个工人的脸上都露出了欢快的笑容。

会后，原厂工会主席、现副厂长韦国清告诉东方志远，老工人朱阿根因癌细胞扩散，已于昨晚病逝，定于明天出殡。东方志远一听，想起厂里的工人代表去市政府向他反映领导腐败问题时，只有朱阿根一言没发，坐在沙发上，不时用手抚摸着腹部，临走时，还是韦国清把他从沙发上拉起来的。

企业活了，他却死了，一个老英雄、老劳模，就这样走了，真是让人感到悲哀！想到此，东方志远的心情十分沉重。他告诉韦国清，明天出殡时，他一定赶来为老英雄送最后一程。

送走北阳市的领导和有关人员后，东方志远和他的同事们，按部就班地处理企业发展中的一些紧要问题。东方志远的心情，也随着时间的推移而逐渐平静下来。

按照全市经济工作会议的安排，东方志远和机关一些干部，下沉到企业，一件一件地抓各项工作的落实。东方志远还亲自带队，重点抓了三件事的落实。

一是围绕优质产品，推进企业改革，采取"联姻"方式，即通过"自由恋爱"或"保媒拉纤"等市场和行政的方法，使一些中小企业得以合并、重组或股份制改造，激活了这部分企业的发展动力。

二是在解开三角债这个影响企业发展的死扣方面，更是倾注了他满腔的心血。通过经济、法律和行政手段，在增量加大投入、存量进行调整和银企协同联动等方面，加大力度，终于使三角债有所缓解。

三是突出抓了通达药业股份有限公司的上市融资。他和市体改委的相关人员，亲自操盘，抓了上市前的各项准备工作。根据证券法的规定，按照上市流程的六大步骤，一个步骤一个步骤地抓落实。

通达药业股份有限公司是一户国有大中型制药企业。经过几年努力，开发研制出一剂治疗艾滋病的新药舒达通胶囊，这是国内唯一一款被国家医药总局批准的治疗艾滋病的准字号中成新药。为了扩大产品销路，他带领公司董事长及相关技术人员，到北欧国家瑞典的一家大型医院，拜访世界著名治疗艾滋病专家以及服用过舒达通胶囊的艾滋病患者。他们不仅受到瑞典有关当局的赞扬，也为舒达通胶囊的外销做了有力的宣传。

瑞典有关官员把他们此行称之为勇敢之旅。因为在国外对这种病和病人，有些人是望而生畏的，而他们亲临医院，面对患者又是寒暄又是握手。瑞典的一家报纸，用一个版面的篇幅，对他们的这次出访和舒达通胶囊的治疗效果做了宣传，引起社会各界的关注。

从瑞典返回后，正赶上全国医药订货会在浙江省杭州市召开，东方志远和企业的有关人员，又风尘仆仆赶到杭州，参加了全国医药订货会。一个市长亲自参加医药订货会，这在全国还是第一回。会议期间，通过召开新闻发布会，播放瑞典录制的宣传片，取得了很好的效果，不仅扩大了产品的销路，还提高了企业的知名度，为企业的上市扩大了影响。

11月8日，企业在上海证交所正式挂牌交易，开创了松江省企业上市的先河。

东方志远还为松江市的经济发展办了许多实事，也收到了明显效果，自然受到了广大群众和干部的好评。

他帮企业筹措大量生产经营急需的资金，以缓解企业的燃眉之急。市第二造纸厂是个生产规模不小的企业，因收购稻草的资金不足，大批造纸原料有流入外地的可能，可能造成企业生产被动局面。他一方面帮助企业自筹一部分资金，一方面带领企业的领导，清晨五点钟就赶到省工商银行老行长的家里，汇报企业资金短缺的困难，请求银行给予支持。老行长见他一心为企业着想很受感动，又觉得企业生产经营得确实很好，当即决定帮助解决五百万元流动资金贷款，使企业的生产经营得以正常进行。

企业亏损，效益下降，是影响松江市经济发展的一个突出矛盾，也是拖松江市经济跨上新台阶后腿的主要障碍。为此，针对亏损大户他进行现场办公，一户一户地帮助找亏损的原因，一户一户地帮助制定扭亏增盈的措施。市第二水泥厂因远离市区，驻地偏远，人才引不进、留不住，每年分配的大学生，一个都不到位，造成技术力量薄弱。企业自行招聘的十一名农村户口的自费大学生，户口问题却长期解决不了，影响了这部分人的积极性。东方志远就多次到上级主管部门和省公安厅汇报情况，经过反复做工作，终于请批了十一个农转非指标，稳定了企业的技术力量，对促进企业的生产发展起到了一定作用。

为了贯彻落实国务院文件精神，卸掉企业的包袱，他通过调查研究，对1991年底以前库存产品的损失部分，提出挂账停息的政策，并以明传电报的形式，下发到各县区执行。他还亲自带领四家银行的领导，到市本级的相关企业，一户一户地落实。在较短的时间里就停息挂账六千五百多万元，对企业的扭亏增盈产生了一定的积极作用。

为了促进企业经营机制转换，他下沉到重点企业，对企业内部机制存在的主要问题和转换的办法，一户一户地进行研究。市有色金属工业公司，是松江省唯一一家有色重金属加工企业，由于多种原因，企业长期亏损，负债一个多亿。在现场办公会上，他提出加大企业改革力度，进行综合治理，实行投入产出总承包的方案，当年就见到了成效，企业一举扭亏为盈。

东方志远帮助企业解决的急需问题，何止这几个？又岂是这些抽象的数字就能说明的？他付出了很多辛勤的汗水，承担了很多责任和使命，也许这就是他这个常务副市长应尽的职责吧！

经过两年的不懈努力，松江市一些企业发展的活力明显增强，全市的经济工作开始步入新轨。

6

不平常的 1992 年来到了。

从 1 月 18 日至 2 月 21 日,邓小平同志先后到武昌、深圳、珠海、上海等地视察,并发表了一系列重要讲话,在沿海地区开办的五个经济特区,更是以先行先试的成果和经验,为全国的改革开放掀开了新的篇章。

邓小平南方谈话公布后,在中华大地上吹起了第二波改革开放的春风。一首《春天的故事》,响彻大江南北,飘荡在祖国的上空。

此时的南方,早已是春暖花开,绿意盎然。而在北方大地,虽然还是冰天冻地,大雪纷飞,但在这场春风的吹拂下,不少干部和群众,人心思变,开始躁动起来。

在第二波改革开放春风的吹拂下,东方志远和许多人一样,内心也萌生出一种冲动。其实,在官场摸爬滚打近二十年,他已感到心力疲惫。多年前他就朦朦胧胧地有了一种换个活法的念头,并在到松江市报到的前一天晚上,把自己的想法,透露给了妻子和女儿。

1992 年是松江省的换届年。伴随着这股春风,全省上下都在紧锣密鼓地筹备换届之中。连老百姓都知道,各地市和县区的领导班子,都将面临一次重大调整。东方志远敏锐地意识到,这正是自己弃政从商的极好机会,一定要把握住。

东方志远从政的经历,并不是一帆风顺,始终伴随着争议。

早在1985年,松江省委组织部,为了选拔改革开放急需的年轻干部,在全国率先提出了"一推双考"选拔任用干部机制。经过各级组织推荐和省委组织部审查,全省有五百八十二名年轻干部参加了"一推双考"。时任省政府常务秘书的东方志远,也被省委组织部确定为参加"一推双考"的人员之一。

但是,东方志远却拒绝报名参加"一推双考"。

原因是在一个月前,省委组织部拟提拔他,在考核环节却因个别人有争议而不了了之。东方志远觉得,仅仅过去一个多月,考得再好也不会被提拔,这个形式就没必要走了。领导经过研究没有同意他的想法,而是要求他必须报名参加考试。

其他参加考试的人员,已经放假在家复习功课两个多月。而东方志远在临考试的前五天,才被迫报名参加"一推双考"。

经过第一轮考试,在五百八十二名干部中,有九十二名进入第二轮的答辩环节;经过答辩有二十九名干部进入考核环节。东方志远就在二十九人名单之中,而且排名位置靠前。

在考核中,又出现了争议。部分人对东方志远的突出反映是,干事"胆太大",讲话"太能煽",骄傲自大,自恃清高。省委常委会会议讨论时,为了帮助东方志远克服缺点,对他做出"暂缓提拔"的决定。

省委的决定公布后,名列前茅的东方志远没有被提拔,这在省直机关干部中引起不少议论。省委虽然对东方志远做出"暂缓提拔"的决定,但却很欣赏他敢想、敢说、敢试、敢闯的开拓进取精神,以及有较深的经济理论功底的优势。省委组织部部长郑义还专门找他谈过话，鼓励他继续发扬这种精神，并提醒他注意克服骄傲自大的缺点。

在不到一年的时间里，省委组织部又考查过东方志远一次，因还有一些争议又放下了提拔。

转过年后，在省委又一次研究干部的例会上，组织部部长郑义建议，应正确看待对东方志远的争议，鼓励敢试敢闯、敢为人先的开拓进取精神，建议提拔东方志远为省经委副主任，主管全省的工业生产，最终获得了常委们的认可和通过。

1987年是松江省工业经济最困难的一年，为了加强组织领导，省政府决定成立一个临时机构工业生产指挥部，主管副省长任总指挥，主管副秘书长任副总指挥，东方志远被调任总调度长，负责全省工业生产的指挥调度、政策研究和组织协调等具体工作。

短短三年时间，东方志远或陪同省领导，或单独深入全省九个地市、一百六十多家重点企业，调查研究，帮助企业协调解决具体问题。在调查研究基础上，他还为省政府代拟一份《关于支持全省工业经济发展的若干政策规定》，使全省的工业企业发展渐趋平稳，工业经济渐渐步入正轨，临时机构也完成了历史使命。1990年初，省委又把东方志远下派到松江市任市委常委、常务副市长。

1992年春节刚过，正月初六上班后，省委召开全省各地市和省直各厅局主要领导干部会议，总结1991年工作，安排部署1992年工作。松江市委书记赵焕章和常务副市长东方志远参加了会议。在总结1991年工作时，省长方健同志在讲话中，突出表扬了松江市。指出松江市的工作之所以有突飞猛进的发展，是与松江市委、市政府努力贯彻"一个中心，两个基本点"的总方针，大力推进改革开放分不开的。他们的改革开放，有一些独特的做法，值得总结推广，并责成省委政策研究室，帮助松江市总结经验。

省委书记魏坚同志对换届工作做了部署。魏坚书记重点强调了要严格遵守换届纪律，杜绝各种不正之风。对跑官、要官和贿选的，一经发现，要严肃处理，绝不姑息迁就，并提出了具体要求。书记的话引起了与会者的高度重视。

换届是个最敏感的话题，各级领导干部的表现格外引人注目。上上下下，方方面面都铆足了劲头，在所有的领域都不能让自己的表现，落在别人之后。尤其是不能拖后腿，县里不能拖市的后腿，市里不能拖省的后腿，省里更不能拖中央的后腿。

首先是经济不能下滑，其次是政治上不能出现大的纰漏，再次是不管哪个领域，绝不能发生重大事故。一旦发生，对干部队伍将是一个毁灭性的打击。

会议期间，每天晚上东方志远都住在家里。会议的第二天晚上，东方志远睡下还不到两个小时，手机突然响了。睡眼蒙眬的东方志远，摸黑抓起手机一听，是市政府秘书长林子帆打来的。只听那头的林子帆急促地说："不好意思打搅市长了，八道沟一个小煤窑出事了，只好给你打电话。"东方志远说："别解释了，有话快说。"还没等林子帆说下去，东方志远又急不可待地连问："哪家煤矿？什么性质的事故？死没死人？死了几个？伤了几个？矿山救护队赶没赶到现场？"

听到东方志远一连串的追问，林子帆上气不接下气地说："利源煤矿，冒顶事故。他们说死了五人，伤了二十几人，其中，有一人是重伤，正在抢救。市矿山救护队现在还没赶到现场，矿里正组织自救。"

东方志远一听，脑袋嗡地一下，一时语塞。

林子帆问："市长，你在听吗？"

东方志远对电话中的林子帆说："在听！"

接着他又对林子帆说："我现在就往利源煤矿赶！你通知矿里和县里领导，以及市有关部门的主要领导，都去事故现场。你再联系一下矿山救护队，催促一下他们尽快赶到现场！"

林子帆说声"好"，东方志远就放下电话，起身穿上衣服，一看表已是半夜一点钟，就先给参加省委工作会议的市委书记赵焕章同志打个电话，向他通报了利源煤矿的事故，并说自己现在就往矿里赶，请书记为自己请个假。赵焕章说好，并告诉东方志远路上要小心，注意安全。

打完电话，已是半夜一点半了，东方志远就急匆匆要往外走，还没打开房门，又回头看了一眼女儿的房间，什么动静都没有。女儿今年考大学，昨晚回来得太晚，没敢惊动她。临睡前，他只和老婆商量，想趁这次换届的机会辞职下海。老婆说："这还有啥可商量的，嫁鸡随鸡，嫁狗随狗，一切都听你的。"

东方志远本来想第二天早上见到女儿，再和女儿沟通一下，没想到突然发生事故，只得匆匆赶往现场。使命和责任，即便是在自己即将离职的前夕，他也要立即赶往事故的现场。

他给在省宾馆入住的秘书打电话，让司机来接他，便出了门在马路边等车。

夜色深沉，万籁俱寂。大马路上一个人都没有，只有街道两旁路灯的灯光，一片惨白地洒落在空旷的路面上。

在车上，东方志远紧闭双目，一句话都没说，陷入了对一段往事的回忆：

松江市煤炭资源比较丰富，过去是大矿、小矿三十多个，可谓是个产煤大市。改革开放之初，省里在调整机构时，把大矿统一收归省煤炭局管理。鉴于松江市的具体情况，在全省九个地市中，只允许松江市保留了地方煤炭管理局，统一管理全市范围内的小煤矿。

随着改革开放步伐的加快和经济建设的发展，作为主要能源的煤炭供不应求。由于利益的驱动，一些小煤矿生产一直火爆，煤老板们都个个富得流油。难怪这几年在松江市流传着这样一句顺口溜：要想富，一靠挖煤，二靠劫路。所以，这些小煤矿的矿主，都把煤矿视为自己的私家银行。

但由于管理没跟上，这些小煤矿私采乱掘现象屡禁不止，开采方式仍是以传统的古老方式为主，安全事故时有发生。

东方志远下派到松江市不久，曾和市经委、地方煤炭管理局、安监局的领导一起，到一些小煤矿进行过现场调查。到利源煤矿时，还下过矿井。1号井掌子面给他留下的印象非常深刻：掌子面还是用原木支护，由于疏于管理和维护，有一段巷道的掌子面，高度还不足九十厘米，他们是爬着进去的，工人们也是跪着用大锹往溜子上耙煤，劳动环境十分艰苦。

上井后东方志远又巡视了矿井周边的环境，离坑道几十米处，还有一片大水塘，山上的溪水涓涓不断地流进水塘，为井下采煤留下隐患。

离开煤矿之前，东方志远对利源煤矿所在地的辉发县县长孙文龙和利源煤矿矿长孙富说："我看有两大安全隐患，急需整顿改进。一是抓紧把木支护换成液压钢架支护，防止出现冒顶事故；二是将地面上水塘里的水，尽快排放到下游的辉发河，防止突发透水事故。一旦发生冒顶或透水事故，不仅会毁掉矿井，更重要的是会造成工人的死伤。

"死三人以上就属重大伤亡事故，按规定必须上报国务院，媒体还要到现场采访，向全国进行通报，对有关责任人员要严查重罚。"东方志远十分严肃地向孙文龙和孙富讲了国家的这条规定。

东方志远在调查中发现，由于利益的驱动，大大小小的煤老板并不把安全生产当回事，生产和安全比起来，当然把生产排在第一位。在一些煤老板心里，即便死一两个人，花个几万、十几万、顶多百八十万就摆平了。而上一套安全设备，少则需要近百万，多则甚至需要几百万，而且还需要停产很多天，完工了还得报请有关部门验收，通过验收合格才能开工生产，之后还要花费大笔钱来维护保养，这笔开支完全就是一个无底洞。所以一些煤老板能对付就对付，能应付就应付，不把生产安全当回事。

如何从根本上解决这个问题呢？东方志远沉思一会儿，对孙文龙说："我想过几天在你们县开个现场办公会，集中研究一下如何解决全市小煤矿的安全问题，你看行不行啊？"

孙文龙一听，先是愣了一下。

孙文龙有四十四五岁，做县长快五年时间了。听说换届时，因县委书记已经五十七岁了，要调到市里做安置性调整，由他接任县委书记，市委组织部还派人考核过他。能接任县委书记，是他人生的最大梦想，因此，他特别谨慎，生怕出点什么不好的事，影响对自己的提拔重用。

为什么东方志远提出在他们县召开现场办公会？是不是在县里转悠了三天，发现了更多的问题？把他们当成了反面的典型，想到这他满心感到不乐意。

但他又转念一想，换届时东方志远可能接任市长的事，早已不是新闻了。就是不接任市长，作为常务副市长，在干部任用上也是有发言权的。孙文龙明白，无论如何，在即将换届的节骨眼儿上，在决定他工作安排的关键时刻，绝不能和这位决定自己前途命运的东方志远拧着来，更不能让人家觉得自己不配合、不尊重他，甚至是和他对着干。

孙县长心里暗想，要想获得上级的认可，既要把自己的工作做得漂亮，还要能体现上级领导的意图，在群众中留下一个好的口碑。对他来说，换届是大局，悠悠万事，唯此为大，口碑至关重要。

再说，东方志远也可以决定在市里或其他县区召开这样的会，他照样免不了要讲自己县的事，如果不积极不主动配合，让市长不高兴，说不定还会被抓住把柄，让他在全市丢人现眼，留下的口碑就可想而知了。这样一来，接任县委书记的梦想，就可能真的变成只有梦和想了。

他想开了。就对东方市长说："我们热烈欢迎啊。"并问东方志远，"市长，你看我们都要做些什么准备？"

"一切从简。全市二十六个小煤矿的矿长和主管安全的副矿长，各县、区的主管领导，市里相关局的领导，再加上省里有关厅局请来的领导，总计只有一百多人。我再请示一下赵书记，看他是否来参加？"

孙文龙一听更紧张了。如果赵焕章也来参加现场会，看来自己真的没戏了，他一时又陷入了沉思之中。

东方志远又说："我看你们县政府的大会议室就可以，不要刻意布置，准备好茶水就可以了。这是个短会，会后也不在县里吃饭，减轻点你们的负担。"

孙文龙因为想自己的事，没听清东方志远在说什么，醒过神来问了一句："市长，你说什么？"

东方志远看了孙文龙一眼，又重复一遍刚才说过的话。孙文龙连说："好好好。"

东方志远还用商量的口吻说："孙县长你得准备一下。你要在大会上做个发言，讲讲你们县小煤矿当前存在的主要问题，分析一下原因，再说说你们下一步清理整顿小煤矿的打算。好不好？"孙文龙也只能说好。

回到市里，东方志远向赵焕章做了汇报，还针对私采乱掘、疏于管理、设备落后、大小事故不断等普遍存在的问题，建议以市政府和省安监厅、省煤炭局共同名义，联合召开一次小煤矿清理整顿工作的现场办公会议，并建议在辉发县举行。

赵焕章同意他的建议，说："省委还有个会，我就不去参加了，你单独把这台戏唱下来吧。"东方志远说："那我就全权代表市委、市政府参加了。"

离开书记办公室，他一方面请市里几个部门，在调查研究的基础上，代市政府起草一份《关于清理整顿地方小煤矿，促进我市经济发展》的征求意见稿，一方面联系省里的有关部门，征求他们的意见。省里几个部门很快就答复同意后，地方小煤矿清理整顿现场办公会议，在辉发县如期召开。

在现场办公会上，首先参观了几家安全隐患比较大的小煤矿，其中就有利源煤矿。东方志远代表市委、市政府做了主旨发言，他从煤炭工业在松江市经济发展中的重要地位、当前存在的主要问题、下步清理整顿的意见，以及破除狭隘利益观念，保持煤炭工业健康发展等四个方面，系统讲了市里的意见。

特别是第四个问题，他着重分析了不同的利益观，严肃地告诫各个矿主，只给三个月时间进行清理整顿，不要摆花架子，也不要玩虚功夫，要实实在在地清理整顿。三个月后，如果再发生重大事故，市政府一定严肃查处，决不姑息迁就，不仅让你得不到利益，还可能封矿停产，断绝你的财源！

他还在会上要求，每个生产班次都要有矿领导带班。矿长下井不是干活儿，而是发现问题，堵塞漏洞，严防死守，防止各类事故的发生！

孙文龙县长在会上做了典型发言。利源煤矿矿长孙富就更换支护及排除水患问题，也做了专题发言，并做了承诺。

省里几个部门的领导也分别讲了话，表示同意东方志远的意见，并根据各部门的职能分工，分别提出了严厉的要求。

几位领导讲完话，东方志远说："把市政府起草的《关于清理整顿地方小煤矿，促进我市经济发展》的征求意见稿发给大家，请大家讨论。"并告诉市政府办公室主任，根据大家讨论的意见，连夜修改定稿，明天早八点半，召开市政府常务会议，讨论通过后即刻下发执行。

会议讨论了一个多小时就散会了。这是一个短会，不到半天就结束了。

会后，有些私营矿主都像遭受地震一样，心里七上八下地翻滚不停。他们暗想，三个月能整顿完吗？这得花多少钱呢？各个都像挖了自己的心肝一样，感到惴惴不安，盘算着该怎么应付？

……

汽车在沉闷中跑了近三个小时，凌晨四点，终于赶到了利源煤矿。

在利源煤矿办公楼门前，有关方面的人员都已到齐，东方志远一下车，矿长孙富就走向前说："市长，到楼上我们汇报？""还上什么楼？直接去事故现场！"东方志远回答。

在去事故现场的路上，东方志远用眼睛的余光瞄了几眼孙富：一身阿玛尼西装，扎着一条LV腰带，还穿一双锃亮的三接头皮鞋，镶着两颗金牙，分头梳得油光锃亮，活像一个土财主。东方志远随口问了一句："几点钟发生的事故？""昨晚12点多。"东方志远听后，喃喃地说："还不到四个小时，还没过抢救的黄金时间。"

十多分钟就到了出事的1号井井口。市矿山救护队的人已赶到，队长正和主管安全的副矿长一起，组织队员卸机具，一看东方志远到了，他们俩就凑了过来。东方志远问："井下还有几个人？"主管安全的副矿长回答："估计还有二十几个人吧。"

"怎么是'估计'呢？到底有没有个准数？"东方志远不满意地问，在现场的人谁都没敢吱声。

"光冒顶，没透水？"东方志远又问。副矿长回答说："是。"

东方志远紧张的心情多少放松一点儿。

他接着又问："你们矿谁带这个班？"副矿长看看孙富，没说话，孙富低着头也不敢说什么，看来是没有领导带班。东方志远转头问矿长:"这个巷道的支护换没换?"孙富喏声说:"最近订单特别多,煤炭供不应求,就没抽出时间换。"

"地面上大坑的水往外排放没有?"

孙富又答:"也没来得及安排。"

东方志远一听,气就不打一处来,本想发火,但是,由于多年来在领导身边工作,耳濡目染,学到一些遇事要沉稳的行事风格,所以没说什么。他转头问孙文龙:"这个情况你知不知道?"

孙文龙回答:"不知道。"

"你和我一样,是不是都犯了官僚主义的毛病?把这里变成了人们常说的灯下黑?"东方志远自虐地说完,孙文龙感到有点窘迫。

为了打破孙文龙的窘境,东方志远又问副矿长:"井下送风管道怎样?"

副矿长回答说:"可能被冒顶的落物堵塞了,机房说送风感到有点困难。"

东方志远立即将市里有关部门领导召集到一起,紧急磋商一下如何处置。只有市地方煤炭管理局局长讲了几条意见,其他人也没提出什么不同的意见。东方志远转过身对主管安全的副矿长说:"巷道继续加快清理,争取尽快开拓出一条生命通道。"对矿山救护队队长说,"下管通风,越快越好。如果今天下面还没有消息,安排从管道往下送些水和食品。"然后又对副矿长说,"你和矿山救护队队长一起,蹲在现场,千方百计抢救还没升井的矿工。"

他转身又对总工程师说:"你马上组织人力,矿里有几台抽水机就用几台,全力抽排水塘里的水,减少井下压力,防止出现透水事故。如果抽水机不够,由市煤炭管理局局长出面,从其他矿调来几部,需要多少部就调来多少部。"

然后又对孙文龙和市林子帆说:"你们俩负责死亡矿工家属的慰问,组织医院全力抢救受伤的矿工,这是一项非常重要的工作,要怀着爱心,深入细致地做思想工作,不可敷衍和马虎大意。"

交代完之后,东方志远觉得这不是一个单纯的煤矿事故,一定要查清原因,处理好善后。于是他把林子帆叫过来,单独嘱托道:"你给在省里开会的赵书记打个电话,把这里的情况详细报告一下,并建议市委,由省有关部门牵头,包括我们市的纪检、公安和各职能部门,组织一个联合调查组,对事故原因进行全面调查,你也参加这个调查组。"

林子帆连声说"好",东方志远舒了口气,又说:"这是一件人命关天的大事,我们是人民政府,要把一切工作的重点,都放在关乎人民的生命安危上。平时,我们不总是说'以人为本'吗,现在就应该付诸实践了,谁都不能当儿戏。"

安排好工作,东方志远说:"大家先去忙吧。"他又转身对在他身后的孙富说,"等你忙完了,我想和你谈谈,我在办公室等你。"

东方志远回到办公楼,已经五点半了,他坐在会议桌前,回想刚才的安排是不是还有纰漏,觉得这样安排还可以。这时,他感到有些口干舌燥,就自己倒了一杯水,静静地等待消息,会议室里一片寂静,他的心却宛如刀绞。

七点半钟,秘书问他吃不吃点东西,他说不吃,市里几个部门的领导也相继来到会议室,共同焦急地等待。

东方志远本想天亮后,到死者家里慰问一下,但井下还有二十几条生命,让他坐立不安,只能无奈地等待。

……

墙上的挂钟,嘀嗒嘀嗒地响个不停,声音特别清晰。

谁都不说一句话!只是静静地等待!

……

孙文龙县长更是不敢怠慢,换届在即,却出了这么大的事故。市委常委、常务副市长、自己的顶头上司东方志远,亲自坐镇指挥。他和林子帆、主管副县长及矿长一起,看望了二十一个受伤的矿工,又挨家走访了死去的五个矿工的家属,进行安抚后,就和主管县长乘车径直向矿办公楼奔来。

五个月前,市里在辉发县召开清理整顿小煤矿现场办公会后,他和主管副县长,也同县内十几家小煤矿的矿长开了会,将市政府的意见进行传达贯彻。他还亲自给利源等几个问题较多的矿长打过电话进行督促。但他的工作只停留在会议和电话上,没有深入下去抓落实,仅仅过了五个多月时间,就出了这么大的事故,真是不好向市长交代。想到这儿,无疑加重了他对东方志远的害怕程度。

一进矿办公楼的会议室,大家都没吱声,孙文龙自己找把椅子坐了下来,一看大家严肃的面孔,也没敢说什么,感到十分尴尬。待了一会儿,孙文龙小声对东方志远说:"市里现场办公会后,我们就抓了传达贯彻。"还没等他说完,东方志远就劈头盖脸地说:"传达?贯彻?不抓落实等于没用!"

孙文龙还辩解说:"我给利源煤矿孙矿长还专门打过电话,孙矿长说换液压钢架支护得几百万,现在又是出煤的大好季节,客户都等得哇哇叫。"东方志远说:"不要再解释了,现在死了人,客户就不哇哇叫了?"东方志远严肃地对孙文龙说,"现在不是解释的时候,等省里调查完再说。现在主要是排除险情,全力抢救矿工!"说完就不吱声了。

等待！等待！等待！

墙上的挂钟还在嘀嗒嘀嗒地响着。

……

约莫不到十一点，楼下传来说话声。不一会儿，主管安全的副矿长和市矿山救援队队长一起来到会议室。两个人脸和全身都是脏兮兮的，东方志远一边让秘书给他们俩倒水，一边焦急地问："怎么样？"两个人坐下喘口气说："下管成功，巷道已送上风，掌子面疏通已见明显成效，估计还得一个多小时就能贯通。"

大家一听，都舒了口气。东方志远又问："井下用不用送些吃的喝的？"

主管安全的副矿长说："现在暂时还不用。"

大家的情绪开始松弛下来。

不一会儿，总工进了会议室说："用十二台抽水泵抽了五个多小时，水面总算下去一米多，看来透水事故可以避免了。"

又是一个好消息！

听后，东方志远站起来，对孙文龙和孙富说："看来没有太大问题了，你们研究如何处理善后吧，我回市里向在省里开会的书记汇报。"说完他就离开了会议室，上车前又转身对孙文龙和孙富说，"我们当领导的不能只想着权力，不想责任。越是临近换届，越是要注意一些带有导向性的问题。"孙文龙还想解释几句，东方志远打开车门，坐上车就直奔市里。

一个月后，省市联合调查组对利源煤矿事故调查结束并做出建议，经松江市委、市政府讨论决定，彻底关掉利源煤矿；矿长孙富和主管安全的副矿长被司法控制,做进一步调查处理。县里换届前,县长孙文龙被安置到市地方煤炭管理局任副局长,主管全市的矿山安全工作,市地方煤炭管理局局长被任命为辉发县的县委书记。

7

经过两年多的不间断努力，松江市的经济发展，收到了可喜的效果。全市的 GDP 增幅，由全省的倒数第一，跃升到全省的正数第二；经济效益的增幅，更是跃居全省之首，松江市经济发展的速度和效益，成了全省上下议论的一个焦点。

10月份，在一次省委常委扩大会上，由东方志远代表松江市，全面介绍了搞活企业，发展经济的经验，这在松江省又成了一件破天荒的大事。

会后，省委责成省电视台对松江市的经验连续做了四次专题报道。电视台记者来到松江市时，东方志远因忙于处理日常工作，没换衣服，穿着牛仔服就上了电视。专题报道在电视台播出后，全市上下对这个空降的市领导，引起了强烈的反响，给予充分的肯定和赞誉。

然而，忽然有一天，东方志远接到市人大班志军主任的电话，请他到办公室去一趟，班志军为人忠厚老实，作风正派，威信很高，这是众人皆知的。

东方志远来到他办公室，班志军亲自给他倒了一杯水，放在东方志远面前。还没等东方志远坐下，班志军就急切地说："志远啊，电视报道每一集我都看了，工作抓得不错！今天早上，我在凤凰山公园散步，碰到不少群众和老同志，他们对你的工作都很肯定。工作继续这样抓下去，我们市大有希望啊！"

东方志远谦虚地说："这又不是我一个人的功劳，是市委、市政府和全市上下共同努力的结果。"

班志军又说："那也是与你的工作分不开的嘛！"接着，班志军把话题一转，"快到换届了，你要注意自己的形象啊，你是一市之长，不能穿着牛仔服上电视呀！今天早上散步时，几位退休的老同志，都让我提醒你一下。"

看着班志军一脸严肃而又和善的面孔，他知道对方只是一种善意的提醒。但一时又不知道该怎么解释，只能是默默地点点头，"嗯"了一声表示理解。

这件牛仔服是东方志远下派到松江市工作时，女儿特地给他买的。女儿说："到了半山区工作，每天摸爬滚打，给你买件牛仔服，抗磨又抗脏，我妈又不在，省得你自己老洗衣服。"

……

班志军党性很强，大家对他都十分尊重。在市人大常委会投票表决东方志远为常务副市长前，他全面客观地介绍了东方志远的情况。最后他说："东方志远是省委重点培养的年轻干部，下派到我们市任职，是为了培养锻炼他。他的突出特点是年纪轻、懂经济、有经验，又有较高的理论水平，请常委们讨论决定。"人大常委会全票通过了对东方志远的任命。

班志军又问了几个其他方面的问题，东方志远都一一做了回答。看班志军再没什么可问了，东方志远说："如果再没什么问题，我先回去处理点工作上的事？"

看了一眼东方志远，班志军委婉地说："其实，也不是什么大事，你也不要太介意，只是给你提个醒，注意点就行了，继续好好干吧！"

临走时，班志军话里有话地说："照这样干下去，大有前途！"

东方志远带着一脸无奈的表情，离开了班志军的办公室。

在回市政府大院的路上，司机嗫嚅地问："市长，没事吧？"东方志远沉思一会儿说："没什么大事。"

东方志远嘴上虽然说没什么大事，但心里却犯起了嘀咕，本能地想到，对自己未来的前途，一定要尽快做出抉择。

其实，对自己未来方向的抉择，他早已胸有成竹，其动力源于自己的追求。

追求，人各有之，且千差万别。

有人追求衣食住行，生活富裕。

有人追求名利荣誉，权势地位。

有人则追求民族兴旺，国家富强，一个地区、一条战线或一个部门的繁荣与发展。

对第一种的人，东方志远既不鄙视，也不苛责。因为追求衣食住行，追求生活富裕，乃人之常情，天经地义。

对第二种追求的人，东方志远从不敢苟同。因为古往今来，持此种追求的人，多是难得善终，不是毁道义，就是坏名声，到头来，可能被世人耻笑。

而对第三种追求的人，东方志远虽然敬佩，却不敢奢望，因为他没有这么崇高的思想境界和远大抱负。

但是，东方志远也有自己的追求。

他追求的是，做自己喜欢做的事，并以坚韧的意志力，努力争取做得更好，以尽到自己应尽的责任。

东方志远的追求，既不低俗，也不高远，用"现实"两个字来概括，可能不无道理。

与市人大班志军主任谈完话后，东方志远坐在办公室里，郁闷地思考着。心想，在传统观念和嫉妒心理面前，自己真的感到是无能为力。穿件牛仔服竟被说三道四，如果哪天自己接触漂亮的女性，岂不是会传出什么绯闻？

他又回想起从政以来经历的一件件往事：工作中因为敢于直言，被说成是"目无领导"；发表意见时因畅所欲言，被说成是"讲话能煽"；而解决问题因不拘一格，敢于提出一些独特的办法时，竟被说成是"标新立异"，有时甚至被说成是不能和省委保持一致，这可是个原则问题！

自己就是在不断争议中，一步步地走到今天，想想都觉得心累。

他再一次萌生急流勇退的想法，只是一时还找不到合适的机会。正在他苦闷的思索中，忽然有人敲门，秘书领进一位六十多岁的老者。东方抬眼一看，老者一米八十多的个头，花白稀疏的头发，面色红润，器宇轩昂，步履矫健。东方志远立刻站了起来，用疑惑的眼光望着老者，小声问："找我有事吗？"

老者坐下后，主动介绍了自己的身份和找东方志远的目的，还随手拿出一张省委办公厅的介绍信和自己的身份证。

原来，省委为了推动全省干部下派工作，组织一些退休的老作家，总结宣传一批下派干部中的典型。经省委研究，决定派他来松江市，采访东方志远的事迹。

老者自我介绍说叫文侯，原是省作家协会副主席、党组书记，今年刚退休。

听完文侯说明来意，东方志远暗想，现在是换届的前夕，也是最敏感时期，这时候总结宣传自己，可不是一件好事。

想到这儿，东方志远就说："文老，谢谢你。但这件事不能直接找我谈，这应该是市委主要领导的事。再说了，我也没有什么可供您采访的事迹。"顺势把采访自己的事推了出去。

文侯一听也觉得有道理，就问市委书记的办公室在哪儿，东方志远让秘书告诉他后，文侯起身就去了市委大院。

市委书记赵焕章接待了文侯，并先和老作家谈了自己对东方志远的一些看法，又让市委办公室副主任陪同文侯，找相关人员采访。

文侯先后采访了五十多人，了解了东方志远的一些事迹，这些人包括企业厂长、总经理、主管局长、离退休老干部、机关普通干部等。他还下到几户企业，同职工干部进行座谈，了解东方志远帮助企业解决困难的事迹。

到了北阳市精密机床制造厂松江分厂时，文侯受到了盛情的接待。如今，企业已全面恢复生产，车间里机械轰鸣，工人们面带笑容，开足马力为总厂加工机床配件。党委书记王思龙、厂长王富远和领导班子全体成员及工人代表，共同畅谈了企业在改变老大难面貌过程中，东方志远的所思所想、所作所为。有的工人代表甚至说："没有东方市长，就没有我们厂的今天，他让我们看到了党的领导干部应有的形象。"

在四天采访中，东方志远为人老实本分，为官尽职尽责，做事方法灵活，对群众充满感情，对工作勤勉敬业和廉洁守纪的生动感人事例，给文侯留下了深刻印象，并让他从东方志远的事迹中提炼出一个庄重的命题——追求。文侯还从这一命题出发，引申出东方志远：他，在实践人生的追求；他，在实践誓言的追求；他，在实践时代的追求；他，在实践未来的追求……

文侯很快就写出一篇近万字的报告文学《追求》。

傍晚的凤凰山，云兴霞蔚。下班后吃过饭的东方志远，正在凤凰山上的公园里散步。

凤凰山坐落在松江市中心，海拔大约有一百米高。山上松林茂密，清风袭来，摇曳不停，树下和小路旁，鲜花和绿草争相怒放，景色十分壮观；山下，松花江的一个支流穿城而过，山水相映，非常美丽。

伪满洲国时，当地一个索姓的大户人家，出资在山上修建了一座玉皇庙，以保市民的福祉安康。现在，还有不少信众到玉皇庙顶礼膜拜，焚香磕头。

为了发展旅游，东方志远曾三次跑到香港，动员在省里工作时认识的一个港商，投资四百多万元，在山上修建了一条观光缆车索道，吸引来省内外不少游客。

为了给市民建造一个锻炼和休憩的场所，东方志远建议市财政拨款四十多万元，重新修整了盘山小路。他还亲自跑到省财政厅，要来八十多万元资金，在山上小广场修建了两片标准的网球场。

看到饭后休憩散步的市民，东方志远感到欣慰。有的市民认识他，看到他也在散步，几个正在打网球的人，还挥动着网球拍，主动向他打招呼。

这时，东方志远的手机突然响了，原来是文侯打来的电话。文侯老先生说："初稿已经完成，赵书记让你审阅定稿。"东方志远便匆匆赶下山，派车把文侯接到他入住的凤凰山下的招待所。

粗略看了一遍《追求》草稿，瞬时打开了东方志远的记忆。一段尘封已久的往事，被缓缓地拉开了帷幕。

那还是1991年仲秋时节的一个早晨。

阳光从淡淡的云层斜射下来，洒在北京城的上空，洒在国家计委的办公大楼上。不知疲倦的知了，像欢呼新的一天到来似的，吱吱地鸣叫不停。

尽管已是仲秋了，可北京的气温还是很高，天是热的，地是热的，风和空气也是热的。守候在国家计委主管科技的副主任办公室门前的东方志远一行人，虽然已经敞开了衣襟，还是满面生津，真是有点酷热难当啊！

及时赶到班上的国家计委副主任，一搭眼就认出了他们。他急忙打开房门，热情地把他们让到屋里，并泡了一壶热茶，气氛显得很热烈。

老主任亲切地望着他们，会心地对东方志远笑了笑："如果我没记错的话，你是第四次来这里了吧？"

"是的！"东方志远十分感激而又十分礼貌地回答，"前几次在这里向您汇报了复合膜高效太阳能电池板项目科研攻关的有关情况，得到了您热情接待和支持。今天，向您汇报这个项目落地批量生产的可行性，希望继续得到您和国家计委的支持。"

"支持，支持，一定支持！"

复合膜高效太阳能电池板项目，是在我们国家能源严重不足情况下，松江市组织科研力量攻关、开发的一项利用太阳能光电转换的清洁、环保能源项目，而且，技术在我们国家处于领先地位。

作为国家计委的主管领导干部，尤其是作为科技战线的一位颇有名望的专家和学者，对这个项目的重要性当然清楚。老主任从第一次见面起,就被这位从北国风尘仆仆而来的年轻人的务实精神所感动。所以,老主任不无风趣地说:"就凭你们这种精神,我和国家计委也得支持呀!请具体说说这方面的情况吧。"

凭着对事业的热爱和对工作的责任感,凭着对这一高科技项目的反复论证和全面认识,东方志远十分清晰而准确地从国内外太阳能光电转换水平及发展趋势、企业的基本概况及前期准备的各项基础工作、工艺路线及产品的主要质量指标、技术攻关的关键问题及市场的预测、经济效益和财务效益指标分析,以及职工定员、投资概算、交通运输、公用设施和燃料动力等方面,滔滔不绝、娓娓动听地一条一条地汇报起来。

在汇报中,他突出强调了在全世界能源短缺的大背景下,这个光电转换项目的重要性。他说:"这个项目不仅补充了我国能源的不足,而且清洁环保,是我国能源工业发展的一个方向。"从这一问题出发,他着重介绍了国外太阳能光电转换的水平及发展趋势,动情地说,"主任,这是能源工业发展的一场重大革命呀,我们千万不能再等了!"

这位主管科技的副主任,越听越激动,越听越兴奋,连说"好好好",并告诉东方志远:"要做好一切准备工作,下个月在松江市召开国内有关专家的论证会,一经通过论证,立即组织工业化批量生产。"

10月份,国家计委在松江市召开了论证会,经过与会专家的充分论证,原则上予以通过。国家无偿拨款一千万元,无息贷款一千五百万元,银行低息贷款两千万元,省财政支持二百万元,松江市拿出一个破产企业的厂房,这个项目当年即开始启动。不到半年时间,第一条生产线就投产,第二年就见成效,松江市的经济,从此上了一个新的台阶。

精诚所至，金石为开！一个下派干部，为了松江市，为了太阳能项目，几次上北京，多次跑省城，申请立项，落实资金，邀请专家，科技攻关，风里来雨里去，不到一年时间，项目就见到了明显效果，市政府大院被震动了，市委大院被震动了，松江市市民被震动了。人们都称赞他为松江市的经济发展，办了一件大好事！

……

在《追求》草稿中，还记录了东方志远这样一件事：

为了推动企业的改革，他在总结来松江市两年多工作的基础上，利用业余时间，先后撰写了几篇论文。有《把握方向，明确思路，加大企业改革的力度》《试论企业兼并》《乡镇企业出路何在？》。其中，《把握方向，明确思路，加大企业改革的力度》一文，在国家一个重要媒体发表后，很快就被香港一家颇有影响的出版社编入"今日中国企业思想文库"大型丛书之中，引起了香港和内地企业界和理论界的欣赏和关注。这些论文不仅体现了他为企业改革奉献了自己的学识和才华，也标志着他的人生追求上了一个新的阶梯。

夜，很静，很静。周围的一切都是宁静而又安谧。

东方志远破天荒地点燃了一支香烟，欲吸又止，欲止又吸，他不平静的心情同这宁静而又安谧的夜晚，形成了鲜明的对照。

"怎么样？给个意见。"文侯说。

东方志远沉思一会儿问："书记看过没有？他同意发吗？"

文侯说："看了，他没意见，同意发，让我再找你看一下。"

"文老，是不是写得有点儿过呀？"

文侯说："事实有没有出入吧？"

东方志远说:"事实倒没有什么出入,只是在认识上是不是有点儿高了?"

"这是新闻宣传导向功能使然啊。"文侯显然不同意东方志远的说法。

说到舆论导向,两个人围绕当前复杂的社会现实,海阔天空地聊了起来。东方志远突然把话题一转说:"和社会相比较,官场可能更复杂些。工作再难也能干好,而舆论导向却让人生畏。"

文侯不解其意,问:"舆论导向怎么会让人生畏呢?"

"你工作再努力,再有成绩,但由于传统观念、人际关系、价值取向不同,经过舆论一导向,就不知道别人会对你生出什么看法。"

文侯听后说:"那也是。"

东方志远又沉重地说:"如果舆论导向正面,可能引起别人的无端嫉妒;如果舆论导向负面,还可能会毁掉一个人。"

文侯琢磨一下东方志远说的话,点头表示赞同。

"我之所以不太同意发表这篇东西,就是因为我不想在这种舆论环境下受到煎熬。"东方志远不好对文侯直接说出自己内心的苦衷,也不好直接说出自己对未来的打算,因为直接说出了,不仅会让文侯对自己产生疑虑,而不好向省委交上这份答卷,也会让省委对自己产生看法,感到不可理喻。

两个人聊着聊着,东方志远一看手表,已是下半夜两点,就给文侯在招待所开个房间,临时住一宿。第二天吃完早饭,文侯就回省城交差去了。

第二天上班后,东方志远回味昨晚和文侯的彻夜长谈,更加坚定了乘着这次换届,另辟蹊径,开辟自己未来人生的决心。

8

换届,历来是干部竞争最激烈的时刻。什么样的干部上,什么样的干部下,什么样的干部被撤换,什么样的干部被重用,这里面很有学问,也给不少人以想象的空间。

东方志远被省委下派到松江市任职前,已被列入后备干部名单,还被选送到松江大学工商管理学院,在职读研究生,取得了双学历。省委下派他到松江市任职,目的是培养他有主政一方的能力。

在筹备换届前,松江市委副书记彭坤曾私下对东方志远说:"老哥都五十四岁了,还是个副厅级干部。你还不到四十岁,换届时省委派人来考察时,你给老哥多美言几句呗。"

下派到松江市的几年时间里,东方志远一直和彭坤副书记关系处得非常好,两个人互相之间说话从来都是直来直去。

彭坤原来是松江市一个县的县委书记,后被提拔到松江市任市委常委、宣传部部长。近几年他才被调整任市委副书记,并从市委角度,分管经济方面的工作。东方志远下派到松江市后,由于主持市政府的日常工作,又主抓经济,彭坤对他的工作非常支持。彭坤是搞宣传出身,对经济工作不太懂行,有些事还主动找东方志远商量。如果这次失去机会,彭坤可能再也没有被提拔的可能了。身处官场多年的东方志远，深知彭坤的处境，也深知他嘱托的意思。

他对彭坤说："老哥放心吧，我会的！"彭坤听后很高兴，还邀请他下班后，去市政府院外的小饭馆喝点儿小酒。

这次换届，彭坤最想填补市长空缺。按照一般规律，他有这个想法也很正常，因为在一般情况下，市长位置有空缺，如果不是外派干部，由市委主管经济的副书记接任市长，是很正常的事情，彭坤自己也认为这个空缺市长的位置非他莫属。自己的想法能得到东方志远的支持，他自然非常高兴，也非常感谢东方志远。

其实，彭坤也知道省委派东方志远到松江市的意图，他之所以向东方提出这个请托，可见他们俩之间关系好的程度。东方志远之所以爽快答应彭坤的请托，还有一个更重要的原因，就是东方志远已决意下海投入商界，特别是经历举报信风波后，他更不想继续在官场恋战了。因为两人关系好，他就顺水推舟，送个人情。

但人算不如天算，没想到事情的发展极具戏剧性，远远超出了所有人的预料。

没过几天，由省委组织部主管地方干部的副部长，带着地方干部处的两位处长，风尘仆仆赶到了松江市。

这时的东方志远，却去了朝鲜。因为朝鲜领导人过生日，松江市受朝鲜咸镜北道邀请，由东方志远率领市政府代表团，带着礼品前去祝寿。东方志远根本就不知道省委组织部派人来松江市考核干部的事，本来计划为彭副书记美言，也没美言上。

令人没想到的是，在民意测验环节出了问题。彭坤只得了十一票,而东方志远却得了四十二票,市委常委、组织部部长得了七票。考核的情况,也是东方志远的情况最好。

因为东方志远年轻,在省里还曾担任过省经委副主任和省政府工业生产指挥部的总调度长,对经济工作比较熟悉。他下派到松江市后,还主持过市政府的日常工作,分管的工作抓得也很有成效,在干部和群众中口碑很好,自然受到考察组的青睐。

根据省委组织部的要求,先由市委常委会集体研究,确定东方志远为市长候选人的建议人选,然后正式上报省委。市委开常委会的时候,东方志远还没从朝鲜咸镜北道回来,彭坤在会上也举手表示了同意。

但他心里很是不爽。

市委常委会后,彭坤给省委书记魏坚写了一封长信,谈了自己对换届时干部安排的一些想法。在信中他说,松江市是个经济大市,东方志远工作虽然很有成绩,但因为太年轻,来松江市工作才两年多时间,没有太多的经验。从松江市经济发展需要角度考虑,建议省委外派一个更合适的人选;如果在地提拔,建议最好选择一个年纪大一点儿、经验多一点儿的干部,还列举了四大理由,言外之意不言而喻。

东方志远从朝鲜咸镜北道回国后,知道了民意测验和考核情况,也知道了市委上报他为市长候选人的建议人选。东方志远并不知道彭坤背后的小动作,与彭坤碰面时,两个人都感到有点儿尴尬。

哪承想,一波未平,一波又起。

没过几天,市委赵焕章书记收到一封中纪委转来的检举信,检举彭坤挪用公款的事。

被检举的事情其实很简单:市委宣传部一个女干部叫孙炜,三十多岁,是个很性感的独身女人,也是个很有事业心的女性,不仅人长得漂亮,穿着打扮时尚,文笔也很出众。

彭坤任宣传部部长时,两个人私交非常好。东方志远下派到松江市后,被安排住在凤凰山下招待所,时常看到彭坤与孙炜一起到招待所吃饭。他们看到东方志远,有时还拉他一起吃。当时,在机关内不时有风言风语,传出他们俩的一些绯闻,但谁也没过多在意此事。

任宣传部部长期间,彭坤把孙炜提拔为外宣科副科长;任市委副书记后,又给孙炜花了几万元,租了一间市纺织厂临街的铺面开饭店,还找到纺织厂的厂长,挪用纺织厂的生产流动资金十八万多元,用于孙炜饭店的装修。所花的这些钱,彭坤又让市委宣传部的小金库私自报了销,钱也没归还纺织厂,而是留作孙炜开饭店的流动资金。

此时赵焕章又收到了省委转来彭坤写给省委书记魏坚的一封信。赵焕章看了信,很是生气,心想,常委会上都举手同意,怎么背着市委又给省委书记写信表示不同意?这不是明显地违背组织原则吗?也是趁换届之际,变相向组织伸手要官的行为!赵焕章书记当即就给省委书记魏坚同志打电话,请省监察厅派人,调查中纪委转来的检举信中所反映的问题。

看来彭坤是搬起石头砸了自己的脚。如果他不给魏坚写这封信,赵焕章就不会生这么大的气,可能检举信引发的后果也不会变得这么严重。

1993年的新春佳节在即,过了年的3月份,就要召开换届的人代会。按照惯例,每年的春节前,都由常务副市长带队到沈阳铁路局和东电公司进行走访、慰问和感谢。

赵焕章给东方志远打来电话,让他到外县去搞调查研究。东方志远不明白是怎么回事,就问:"都快过年了,为什么还要下去调查?都研究些什么呀?"赵焕章的回答很简单:"没有为什么。让你去你就去吧,调查研究什么都行。"

带着狐疑,东方志远带着几个局长,乘车离开了市里,奔赴外县进行无目的调查研究。

和东方志远通完话,赵焕章就和彭坤说:"志远在外县搞调查研究回不来,今年就你带队去沈阳慰问吧。"彭坤二话没说,带着大队人马,浩浩荡荡地奔向去沈阳的公路。

在公路上,彭坤还给东方志远打电话说:"大过年的,你跑到外县躲清静,让老哥替你受累!"不知内情的东方志远,本来就无查可调,只能用打哈凑趣的方式应付过去。

第二天,省监察厅派来两位同志,到松江市调查取证。因为事情很简单,仅一天时间就把事情搞清楚了。凌晨三点多钟,调查人员把宣传部的财会人员叫到办公室,从保险柜里取出会计凭证,顺利拿到了证据。

第三天,市委赵焕章书记打电话请示省委魏坚书记怎么办?省委研究后很快就答复:已通知检察院,等彭坤从沈阳回来就进行"双规"审查。

偷鸡未成反蚀一把米。这一消息在市委机关瞬间引起爆炸。还没等大队人马回到松江市,彭坤在市委的一个小兄弟,私下打电话向他通报了这个情况。彭坤这时才如梦梦醒,原来是把他支出去,以便调查取证。但一切都晚了,回到市里,他连家都没回去,就被请进了市宾馆交代自己的问题……

9

1992年9月,经过民意测验和省委组织部的全面考核,并经省委讨论决定,三十九岁的东方志远,被批准为换届时松江市市长候选人,只待召开人代会选举通过。

传说成真。这么年轻就能当上一个经济大市的市长,这在全国都是少有的,在松江省更是第一人。

在旁人看来,东方志远的政治前途一片光明。

但是,东方志远却不是这么想,因为他有自己的理想和追求。在松江省委批准东方志远为松江市市长候选人不久,省委组织部收到来自南方广夏省委组织部的一封商调函,商调东方志远到该省经济特区南海市一家拟上市的大型国企金麦集团出任董事长兼总裁。

这封商调函,让省委一时犯了难。

为慎重起见,决定由省委副书记杨枫和组织部部长郑义,找东方志远谈次话,听听他本人是什么意见。

杨枫本来和东方志远的关系比较好,但因松江市机床配件厂和举报信的事,他和东方志远的矛盾已经公开化,两个人的关系渐行渐远。

杨枫原是松江市的市委书记。当时,东方志远正担任老省长的秘书。省政府换届时，老省长和三位副省长，因年龄关系都退休了。退休前，作为当时年轻干部的杨枫，老省长力荐他为副省长的候选人，人代会顺利地通过了对他的任命。在这个过程中，两个人的关系相处得一直都比较好。

在副省长的岗位上，由于工作勤勉，业绩突出，仅几年工夫，杨枫又被提拔为省委副书记，主管全省的干部和经济工作。

东方志远被派往松江市任职，很大程度是省长方健和省委副书记杨枫力荐的结果，因此，东方志远和杨枫的关系更为密切了。

但是，因为松江市机床配件厂的事，杨枫的老婆、省审计厅副厅长唐欣怡和其内弟唐旋、其堂兄钱波，正在接受组织调查，两个人之间的关系自然就出现了嫌隙。

谈话在杨枫的办公室进行。东方志远还没坐下，杨枫就劈头盖脸地问："怎么回事？商调你到南海市工作的事，怎么不和省委事先打个招呼？"

看着杨枫一脸不高兴的样子，东方志远没敢说什么。

组织部部长郑义是个老干部，作风比较沉稳，也知道他们俩现在的关系。待到东方志远坐下后，他和颜悦色地问："志远啊，商调你到南海市工作的事，你知道了吧？"

东方志远平静地回答："知道了。"

"你愿意去吗？"郑义又问。

东方志远说："愿意去。"

这时，杨枫插了一嘴："你什么时候知道的？"

东方志远回答："大概不到一个月吧。"

杨枫一听，霍地一下站起身，责问道："你都知道一个月了，为什么不先和省委通通气？你的组织观念哪去了？"

东方志远平静地回答："因为广夏省委有个规定，金麦集团是省、市共管的大型国有企业，从外省调一个厅级干部任职，必须经过省委常委会讨论决定。在广夏省委没做出决定之前，我不知道该怎么汇报才好，所以就没说。"

杨枫厉声问："省委已决定提拔你，又出来个商调函，你让省委怎么办？"

接着他又激动地说："放你吧，省委的决定形同白纸；不放你吧，你自己又愿意去，留在这里工作也干不好。这不是让省委夹在中间坐蜡吗？省委还有什么权威可言！"

东方志远觉得事态有些严重，只好低声说："这都是组织上的事，我个人也没有办法呀！"

杨枫站起身说："你先回去吧，我向书记汇报一下看怎么办。"他没和东方志远道别，头也没回地推开门，径直向省委书记魏坚的办公室走去。

东方志远只得起身，和郑义道了别，悻悻地走出了杨枫的办公室。

其实，大约在二十几天前，广夏省委常委、常务副省长张力曾给东方志远打过电话，讲了拟商调他到南海市金麦集团任职的事，并征询东方志远的意见。东方志远当即就表示愿意去。

因为东方志远早就有下海经商的想法，张力副省长电话里表达的意思正中下怀，所以他就立即表了态。

原来，东方志远和张力很早以前就熟悉。

那还是在多年前张力还是广夏省计经委主任时，因和松江省计经委主任是好朋友，有一年的6月份，他来松江省避暑休假一个月。当时的东方志远是松江省计经委的办公室主任，具体接待工作就自然落到了他的身上。

在长达一个月的时间里，东方志远全程陪同，两个人无话不谈，自然成了朋友，而且，张力对东方志远的印象特别好。几年后，张力升任为广夏省委常委、常务副省长，东方志远也在省里几个部门转了一圈，又被派到松江市任市委常委、常务副市长，但两个人始终没有中断联系。张力还不时打电话问问松江省的情况，每年还托东方志远帮他买两斤长白山的野山参。

南海市金麦集团拟上市，到处寻找一个上市的操盘手。不知从哪家猎头公司，得到了东方志远曾在松江市亲自操盘两家企业上市，有比较丰富的上市实操经验的消息。广夏省委常委、南海市委书记王广达，在省委常委会的间隙和张力谈及此事时，张力一听，就说："这个人我认识。"接着问，"他自己愿意来吗？"王方达说："我们还没联系他。"

张力说："我先联系一下，看他是什么意见？"接着就有了张力给东方志远打电话征询意见的事。

春节后上班的第四天，市委组织部接到省委组织部的电话，让东方志远明天到省里，省长方健同志要找他谈话。

原来，省委副书记杨枫和组织部部长郑义找东方志远谈完话，就将谈话的情况向省委书记魏坚做了汇报。魏坚书记听后，轻轻地说道："找时间上会再议论一次吧。"

正月初六，在节后第一次常委会就要结束时，魏坚书记对郑义说:"老郑,你再说说东方志远的事吧?"

郑义先瞄了一眼杨枫,然后把和东方志远谈话的情况大致说了一遍,之后又看了一眼杨枫。杨枫接过话茬儿补充道:"我看就算了吧,我们再找别的人选。"

这时,魏坚不紧不慢地问:"组织部有没有后备人选?"

郑义回答:"现在还没有。"

接着郑义又说:"松江市的市委副书记彭坤同志,原来也曾被考虑是个备用人选。但他年龄偏大,又不太懂经济,还趁着这次换届,跑官要官,前些日子还曾找过我,谈对他的使用问题。更为严重的是,还查出他有一些经济问题。"

郑义说完,常委们面面相觑,因为大家对彭坤都比较了解,知道郑义说的都是实情。

魏坚又问:"从省直或其他地市调整一个人怎么样?"

郑义说:"这个我们也曾考虑过。平级调动,因松江市地处半山区,又是一个经济大市,工作难度较大,谁都不愿意去;提拔又一时没有更合适的人选。"

魏坚又说:"看大家还有什么意见?"

杨枫抢先说:"东方志远愿意走,就让他走。现在没有后备人选,我们可以继续找,我就不相信这么大的一个省,还愁找不出一个市长来?"

按照以往的惯例,常委会会议讨论决定任用干部,一般都是常委们充分发表意见后,再由主管干部的副书记发表意见,最后由省委书记拍板决定。今天,违反了以往的惯例,大家谁都没发言,主管干部的副书记却先后两次发言表态,其中的原因,大家也都心知肚明。

这时，省委常委、常务副省长李家森，看了看省长方健，方健正低着头，不知在笔记本上写着什么。李家森深吸一口气说："东方志远有能力、有水平、有学历，下派到松江市又历练三年多，松江市上下对他的反应都很好。他又是后备干部中年纪最轻的，还经过了几个岗位的历练，工作成绩有目共睹。"

常委们互相看了看，都点头表示赞同。

李家森接着说："如果放他走，我觉得有点儿可惜了，对我们来说，培养一个干部不容易，放了他应该说是一种损失。"

魏坚用征询的口吻问他："你说该怎么办？"

李家森转过头，又看了一眼仍在低头写字的方健，接着说："要不，请主要领导再找东方志远谈次话，我想他会尊重省委意见的。"

常委们都表示赞同。

魏坚对低头写字的方健说："方健同志，你对他比较了解，你再和他谈谈？他如果不同意留下，我们再放行。"

其实，方健听到杨枫的发言，心里早就有了数，只是不便讲出来而已。听到魏坚的问话，他点点头说："好吧。"

魏坚又对郑义说："请组织部通知松江市，让他们先等等，方省长找东方志远谈完后再定。"

杨枫表现出一副明显不同意的神情，魏坚刚说散会，他就抢先一个人离开了常委会会议室。

省委常委会结束后两天，松江市委组织部就接到了省委组织部的电话，东方志远也接到了市委组织部的电话。东方志远表面上看虽然很平静，但内心却是五味杂陈，只说声"好"就放下了电话。

这时，秘书李佩伟推门进来，交给他一封信。他一看信封上的字,就知道是正在读高三的女儿的信。女儿从小到大还从没给他写过信,这让他感到有些奇怪!

他迫不及待地打开女儿的信。"老爸,在你人生的关键时刻,给你写这封信,是想和你说说我的心里话。"

东方志远接着往下看。"我支持你去南方工作!"东方志远舒了一口气,再接着往看。女儿又说:"这几年看到你拒绝别人送礼的情景,不仅让你感到左右为难,我和妈妈也不太理解。长此下去,还不如早点儿离开官场,到经济特区去。在官场收礼赚钱,早晚肯定会出毛病,靠自己经商赚钱,正大光明,无可非议。"她还罗列了在改革开放的大背景下,她支持父亲去特区工作的四大理由。

在信中她还说:"为了支持你的抉择,我已决定放弃报考松江大学法律系的初衷,改报深圳大学国际金融系。"

女儿从小到大学习一直很好,并立志将来做个律师,他为女儿为了他而放弃自己的理想而感动。女儿在信中还说:"我这样做有三个目的,一是提前感知一下特区的市场经济氛围,以便将来大学毕业后,很快就能适应社会的需要;二是之所以改学国际金融专业,是为了多储备一些知识,将来可能对你的事业有用;三是深圳离你工作的地方很近,星期天我还可以去你那里,以便我们父女之间互相有个照应。"

在信的末尾,女儿说:"认准了前行的路,就要坚定不移地走下去,我和妈妈都支持你、期待你!"

看完女儿的信,东方志远长吁出一口气,感到女儿长大了,理解了父亲的心思。他坐在沙发上,闭目沉思,女儿的信更加坚定了他做出抉择的信心。

东方志远把秘书叫来，让他把办公室里自己的东西收拾一下，装到一个纸盒箱内。秘书不解地问："为什么？"东方志远没直接回答，只是说："你就收拾吧。"

东方志远收起女儿的信，坐在办公桌前，低头批示着文件，处理紧要的一些工作。因省委还没做出决定，他心里虽然着急，也不便对别人说什么，就连秘书也不知道他此时到底是怎么想的。

最近几天，他连续不断地接到电话，有的说他要当市长，有的说他要调走，两个不同的消息接踵传来。

接到说他任市长的电话，除了对他表示祝贺外，一些人都是希望他今后多加关照，也有个别人向他表示忠心的，他只能以还没定下来为由，违心地应付过去。接到说他要调走的电话，对方都说太可惜了，有的人还极力挽留他，他也只能说声谢谢，并说八字还没一撇，别跟着瞎传了之。

办公桌上的电话又响个不停，他拿起一听，原来是松江钢铁公司总经理刘立志的电话。电话另一端的刘立志说道："听说你要到南方工作？"没容他回答，接着说，"一会儿我去你办公室。"就撂下了电话。

听到刘立志的问话，东方志远很是惊诧，心想，自己的事还没有定下来，他怎么就知道了？

刘立志和东方志远是多年的好朋友。早在十几年前，东方志远在省委工交部工作期间，曾被下派到松江钢铁公司挂职锻炼两年。一年在炼铁分厂任党委副书记，一年在轧钢分厂任党委副书记。在炼铁分厂时，刘立志是厂长。因为那时东方志远年轻，有时经常向刘立志请教，两个人互相配合，工作关系十分融洽。

松江钢铁公司是一家省属大型国有企业，总公司下辖十六个分厂，铁矿、炼铁、炼钢、焦化、轧钢、机械、运输、研究院、后勤服务等部门比较齐备，职工有三万多人。

这户企业1958年建厂，之所以在松江市建钢铁企业，主要是松江市辖区内，铁矿石储量十分丰富，在全国都排在前列。但生不逢时，工厂刚建起来，火红没几天，就遇上了三年困难时期，一下子就陷入了前所未有的困境。省委、省政府组织全省的力量进行大会战，钢产量由年产十万吨增长到二十几万吨，工人由五千多人，增加到一万两千多人。当时的省领导曾明确指示，松江钢铁公司不管是在生产规模上，还是在人员数量上，都要力争在东北地区名列前茅。

但没过几年，"文革"又开始了，好不容易缓过点劲的企业，一下子又陷入一片混乱之中。直到1978年以后，工厂才开始全面整顿恢复，重新启动技术改造，生产规模才得以扩大发展。

改革开放以后，从1984年到1989年间，是企业发展最快的几年。企业进行了大规模的设备更新和技术改造，并在此基础上扩大了产能，钢产量达到了年产一百多万吨，这是松江钢铁公司发展的黄金时期。省政府集全省之力，帮助企业扩大生产规模，光炼铁高炉就改造一座，新建四座，炼焦炉改造一座，新建两座，使其生产规模急速增长。企业也不失时机地提出，钢产量要突破年产二百万吨的目标，企业生产建设开始出现一派繁荣的景象。

1990年初，东方志远被派到松江市任常务副市长时，刘立志已升任松钢的总经理。东方志远在抓好市本级企业时，几次到松江钢铁公司，帮助企业研究发展问题。根据房地产业复苏需要，千方百计扩大线材和螺纹钢的产量，还适应市场高端需求，开发了冷轧薄板等新产品，但是企业一直发展不快，年产突破二百万吨钢的目标一时很难实现。

约莫有半个钟头，刘立志风风火火地赶到了东方志远的办公室，还没坐稳就焦急地问："你还真走哇？"东方志远没吱声，不置可否。

刘立志性格直爽，快人快语："你要真走了，我就少了一个好朋友。今后有事在市里找个商量的人都没了。"还没等东方志远说话，刘立志接着问，"志远，反正你要走了，再帮我出出主意怎么样？"

东方志远没有回答他的问题，而是和他闲扯了起来。东方志远对松江钢铁公司的情况比较了解，但因其是省属企业，他也不便多讲什么。他想了一会儿，因即将离开老朋友，便一脸庄重地建议刘立志说道："我看企业存在的主要问题，一是缺少高精尖的产品，二是缺乏充足的发展资金。"他看了一眼刘立志，刘立志点点头。他又对刘立志说道："产品靠科研开发，资金靠股份制改造。"

东方志远又将他的一些想法向刘立志说了出来："现在是改革开放的又一个高潮，国家鼓励大力发展民营经济，这是企业发展的一个契机。通过第一轮改革开放，先富起来的一大批私营企业主，手中拿着大把钱，苦于找不到好项目而投不出去。松江钢铁公司，国家和地方已投入几十个亿，我们市的铁矿石资源又取之不尽，用之不竭，发展钢铁工业基础是好的。另一方面，从国家规划发展纲要上看，钢铁还是长期需要的。企业现在虽然不太景气，但是，资产已达几十个亿，企业外债还不到二十三个亿，加上银行贷款，资产负债率也不到百分之八十，这在国内同类企业中也算是好的。

"现在看，企业好像不太景气，但通过股份制改造，可以吸纳大量外资或民营资本，有了资金，再大刀阔斧地进行技术改造、开发新产品，就可以重振雄风，你手里掐个宝贝疙瘩，还犯什么愁！"

东方志远又诙谐地对刘立志说:"至于你是愿意捧着傻大黑粗的铁饭碗不放,继续吃粗粮,还是调整产品结构,上些高精尖的新产品,粗粮、细粮调剂着吃,就看你这个当家人了。"

听了东方志远的分析刘立志乐了。

东方志远接着说:"说起来容易,干起来却不是一件容易的事,需要极强的执行力才能实现。我看可以分几步走:第一步是清产核资,找一家信誉高的公司,对公司进行严格的审计评估,摸清家底。第二步是招商引资,国内的或外资都行,重点是民营资本。再跑跑省和国家,争取要点儿资金。第三步,有了资金就下力气研究开发新产品。你还可以到国外转转,进行市场调研,摸清市场需求,再有针对性地组织力量进行科研攻关,或者引进先进的生产线。最后一步就是抓好产品的市场营销了。"

东方志远还话里有话地说:"你还是有机会的,可我就没有机会了。"

本来东方志远比刘立志年龄小,他这么一说,刘立志就问:"怎么,真的要走哇?"

东方志远说:"咱俩是多年的好朋友,你又是我的大哥,对你我就不保密了,我肯定是要走的。"

刘立志无奈地说:"干得好好的,为什么要走呢?"

东方志远说:"各有各的难处,还是他人难悟,悲喜自渡吧。正赶上这波改革开放的大潮,我想趁此机会,改变一下自己的活法。"

看刘立志没说话,东方志远又说:"还有一件事我还没告诉你,前些日子省里一个领导找我谈别的事,他顺便说,山东省一家私营企业要收购你们厂,条件是只背债务,零价收购。我一听就说,企业资产已达几十个亿,资产负债率还不到百分之八十,松钢刘总肯定不会同意，他就再没说什么，看来是放下这件事了。"

东方志远又补充道："不能饥不择食，如果是私人资本或外资入股，千万不能让国有资产从我们手里流失，我们担不起这个历史罪责！"沉思一下，他又叮嘱说，"私营资本或外资可以占大股，全资也都可以，反正企业还在我们省里，税收也留在我们省里，只要能投进足够资金，价格公平合理，国有资产又不流失，何乐而不为呢！"

刘立志认真地点点头，说："明白。"

两个人紧紧地握住双手，刘立志难分难舍地离开了东方志远的办公室。

送走刘立志，还没等坐下，电话铃又响了。东方志远赶忙接听。电话中传出市委赵焕章书记的声音："志远啊，我听市委组织部说，明天上午让你去省里，方省长要找你谈话？"东方志远问："你知不知道省里是怎么定的？"赵焕章说："没说，估计还是征求你的意见吧。"赵焕章又和东志远说，"换届时我年纪大了，组织已决定调整我到省人大工作，你留下再干一届吧，以便前后工作有个接续。"东方志远说："我再考虑考虑吧。"他放下了电话，坐到了椅子上沉思起来。

最近几天，东方志远一直为自己的事迟迟定不下来而闹心。明天谈话，也不知能不能定下来，悬着的一颗心始终放不下。他看看日历牌，上面记载着明天上午九点到市造纸厂现场办公，就急忙抓起电话，给林子帆打了过去，请他到自己办公室来一趟。

林子帆原来是松江市东山区的区委书记，后来被市委调整到市政府任秘书长，年纪只比东方小一岁。林子帆性格豪爽，组织和协调能力特别强。东方志远下派到松江市后，一直由他配合工作。两个人朝夕相处，情同手足，互相之间非常了解，彼此也非常信任。

林子帆敲门，进入东方志远的办公室，还没等东方志远说话，就问："市长，你的事定了？"东方志远指指办公桌前的凳子说："你先坐下再说。"

换届时，东方志远被定为市长候选人的事已经公开，只是东方志远下决心要去南方工作的事，还从来没亲口对林子帆说过。但没有不透风的墙，消息不胫而走，林子帆只知道他想走，但不知道他最后下没下定决心。因为他们俩关系非同一般，可能这是他比别人更关心东方志远的原因吧。

林子帆坐下后，东方志远说："还没最后定下来，组织部和赵书记来电话说，让我明天去省政府，方省长要找我谈话。"

他接着又说："我原来计划安排明天到市造纸厂现场办公，帮助他们解决生产流动资金问题，请有关部门和工商银行的徐文龙副行长参加。我已通知了徐副行长。看来时间有冲突了，我就参加不上了。你就代表市政府参加和组织协调一下，帮助企业把问题解决了，这是我请你过来的目的。"

林子帆说："造纸厂申请三千万生产流动资金贷款，钱可能市工商银行有，但规模指标可能已经都用完了。"林子帆又补充说道，"贷款规模指标得省行特批。"

东方志远说："你先协调把钱落实下来，规模指标等我从省里回来再想办法。"凭企业的实际情况，林子帆信心满满地说："好，你去吧！"东方志远说："我再处理点其他事情，你先忙吧。"

10

林子帆离开办公室后,东方志远又一次陷入了沉思。

第一次省委杨副书记和组织部郑部长和他谈话的场景历历在目,方省长又找他谈话,看来去南方的事还真有点悬。但他又一想杨副书记对自己的态度和女儿的信,就顺势拉开办公桌的抽屉,拿出女儿的信,从头到尾又看了一遍。

女儿的信给了他力量。他想,这是我人生的重大拐点,如果不下决心做出抉择,可能就会遗憾终生。

他把头靠到座椅后背,默默地沉思着。

沉思间又接了几个电话,还是老生常谈,他都以感谢应付过去。

又一个电话打进来,他一接听,是市人大老主任班志军的电话。电话那头班志军说:"你这几年的付出,大家有目共睹。这么年轻就能当上市长,多不容易呀。这在松江市的建市历史上,还从来没有过。怎么就舍得离开呢?"班志军对东方志远的工作非常肯定,特别是在处理老大难企业机床配件厂的问题上,给他的印象最深。班志军的话让东方志远十分感动,就说:"谢谢老主任的关怀,我的事还没定下来呢。"

班志军说:"你再考虑考虑吧?"东方志远说:"好,我考虑。"

放下电话,东方志远就想着明天到省里自己该怎么谈。

为了九点赶到省长办公室，半夜两点才入睡的东方志远，早上六点半就被闹钟吵醒。起床洗漱完，他和司机一起到街上小饭馆简单吃了一口后，便上车直奔省城。

这条公路是条一级路，是东方志远下派到松江市后，向省交通厅申请的专项资金修建的。公路两侧种满了鲜花，被群众称为迎宾路。坐在车里的东方志远，看着公路两侧的鲜花摇曳，汽车疾驰而过，内心充满了成就感。

这条路原是一条县级公路，因年久失修，路面坑坑洼洼，很不好走，不到二百多里的里程，得跑上三个半小时，才能到达省城。

东方志远下派到松江市工作，第一件事就是从抓这条路的改造升级入手的。在一次市政府常务会上他提出："这条路是我们市的门面，要想富先修路，我的意见是把这条路改造升级，一是可以改变我市的对外形象，二是有利于我市的经济发展。"一位副市长接过话茬儿问："三千多万呢，钱呢？"东方志远说："我知道市财政困难，我来落实资金，从省交通厅的专项资金里要。"大家一听都同意，他就果断地拍板，将这条路改造升级成了一级公路。

还不到九点钟，东方志远的车就驶进了省政府大院。看着这个大院和省政府的办公大楼，一切都是那么熟悉。他先后在这里工作过十几年时间，离开才三年多时间，这里没有丝毫变化。东方志远没有心情再欣赏下去，而是匆匆上了二楼，在省长办公室的门上敲了几下。

"请进！"

东方志远推开门径直进了省长的办公室。方健抬头看了一眼说："来了，坐。"随即叫秘书倒了一杯茶，放在东方志远座位前的茶几上。

方健省长刚刚五十岁，在正省级干部中，是个标准的年轻干部。他笑容可掬，留着平头，高高的个子，一看就是一位干练型的领导。

他的提拔很有戏剧性。因为他是少数民族干部，前几年，中共中央组织部发文，要求各省市从少数民族干部中，提拔一批年轻的优秀干部。经省委书记魏坚同志向中央建议，四十六岁的方健，就从还不是省委常委的副省长岗位上，直接提拔为省委副书记、省长。这样的破格提拔在全国都是少有的。

现在，省委书记魏坚同志已经六十五岁了，从北京传来话说，书记退下来后，由方健接任省委书记。但是，由于在工作上，他和书记之间有些看法不同，至今，书记没退下，他也没接上。

方健收拾好办公桌上的文件，起身走到沙发旁坐了下来，盯着东方志远问："你到底是怎么想的？"

东方志远因为和方健的关系比较亲密，说话不掖不藏，向来是知无不言，言无不尽。东方志远说："方省长，我还是想走。"

"在松江市做市长，不也是很好吗？况且，你已经主持市政府的工作三年多了，大家对你的反映都很好。"

"我想改变一下活法。"东方志远说。

"你是省委定的后备干部，到松江市仅三年时间，工作就很有成绩，省委对你的使用是十分慎重的。你还不到四十岁，走完这步可能还会有下一步"

"我知道。"东方志远说。

方健接过话茬儿说："那又为什么非走不可呢？"

"我的性格特点和处事方法，决定了不能在政界长期干下去。"东方志远没有直接回答方健的问题，而是先讲了自己的问题。

方健问："什么性格特点？"

东方志远说:"我最大的优点是重感情,最大的缺点是太重感情。古语说'情不立事,善不为官',太重感情的人,在政界肯定干不长久,因为政治的最高境界是无情,这一点我做不到。"方健没说话,只是看着东方志远。

他看了一会儿又问:"那处事方法又怎么了?"

东方志远回答说:"我向来都是直来直去,不会看领导脸色行事,说话又不会拐弯抹角,这点方省长您应该是最清楚的。将来不知哪句话、哪件事冲撞了领导,领导也会不喜欢我。况且,因那几篇特约评论员文章的事,魏书记可能已经不高兴,现在又因机床配件厂的事,把杨副书记又得罪了,将来还能有我好吗?"

对于东方志远说的性格特点和处事方法,方健确实是比较清楚,此时的他,脑子里不由闪现出他亲历的两件事。

第一件事是在《松江日报》上发表的几篇特约评论员文章。

书记和省长对全省的经济形势,在看法上有些分歧,这在省直机关早已不是新闻了。甚至有一些干部私下议论说,东院(省政府)这么说,西院(省委)那么讲,我们怎么干?

一天,快到下班时,还是省政府工业生产指挥部总调度长的东方志远,突然接到方健的电话,让他到办公室去一趟。到了方健办公室,松江日报社的庞佳宇总编也在场,东方志远和他点头示意打招呼。方健让他把门关上,他关上门就在庞佳宇旁边的凳子上坐了下来。

方健说:"现在省直机关干部和全省上下对全省的经济形势议论纷纷,再这样议论下去,可能会对工作产生不好的影响。我把你们两位请来,是想组织人写点儿文章,发表在《松江日报》上,以便统一大家的思想认识。"

庞佳宇问："我们怎么办？"

方健说："由志远同志组织几个人，针对大家反映最突出的问题，写点评论。我看后交给你，就不再用报社编委会审核了，直接以特约评论员的名义，发表在报纸头版头条的位置。"

庞佳宇说："没问题。"

东方志远一听，感到这个评论太难写了。

东方志远内心想，搞不好自己就会在领导争论的夹缝中吃锅烙。他试探地问："省长给定个调？"

方健说："不用我定调，你就根据实际情况写，写好后我不是还看吗？"接着又强调说，"你只要实事求是地写就行了。"

最后方健又说："每篇评论字数不宜太多，一般以一千字为宜，最多也不要超过一千五百字。志远，反正字数也不是太多，我看最好是你一个人写，能不惊动就不要惊动更多人。"

东方志远知道省长的意思，只是看了看方健，没说什么。

方健接着又问："你们还有什么意见？"

庞佳宇和东方志远互相看了看，省长都说得这么清楚了，他们还能有什么意见呢。

方健再也不说什么了，庞佳宇和东方志远就起身告辞，离开了省长的办公室。

东方志远在回自己办公室的路上，脑子里像一锅糨糊焦灼地翻滚着，甚至在下楼的楼梯口，碰到几个熟人向他打招呼，他也没注意谁在打招呼，只是回应声"你好"，就急匆匆地赶回到自己的办公室。

此时的东方志远，坐在椅子上，脑子里却又是一片空白。

这些年来，他为省委、省政府领导不知写过多少篇讲话、报告和各种材料，只要领导交代了意图，他加班加点很快就能赶写出来。但这次却和以往不一样，面临东、西两院的争议和分歧，省长又没交代意图，只要他写了，一旦被西院知道了，就意味着他在这场争议中选边站了队，搞不好可能就会影响自己的政治前途，后果不堪设想。

但他又一想，影响自己前途是小事，影响全省的发展是大事。如果不尽快统一上下的思想认识，全省的经济发展肯定会受到影响。何况，省长还反复交代要实事求是呢。

这时，他又想起自己当秘书时服务过的老省长，在临退休时对自己说过的一段话："志远啊，感谢你多年来帮我做了不少工作。今后你要独立工作了，切记无论做什么工作，都要坚持实事求是，因为实事求是是我们党的政治生命。"

老省长是位老干部，他曾和东方志远讲，早在延安时期，中央党校的大门口，毛主席就亲笔题写过"实事求是"四个大字。新中国成立后的中央党校大门口，也书写着毛主席"实事求是"四个大字。

老省长的叮嘱和新省长的要求让他清醒。他翻找了一大堆资料和省统计局的统计月报，叫司机把自己送回家。为了不给别人带来负面影响，他想躲在不被人干扰的环境里，独立完成评论的撰写。

他梳理一下全省上下分歧较大的几个焦点问题，确定了三个评论题目，即对全省的经济形势究竟怎么看？工业化路子究竟怎么走？经济工作究竟怎么抓？

他又沉思一会儿，迅速拿出纸笔伏案写了起来。晚饭都没吃，一直写到凌晨三点，每篇都有一千两百多字。他又反复看了几遍，自己感到第一篇和第三篇比较容易写，他以大量翔实的统计数据和省政府对全省经济工作的安排部署，很快就写完了，他自己也感到很满意。唯有《我省的工业化路子究竟怎么走？》这篇评论他觉得比较难写。

工业化的路子究竟怎么走？是方健省长在全省经济工作会上提出的课题。他在讲话中说，我省经济的发展，决定了不能走从传统农业社会直接迈向现代工业社会的二元结构发展路子，而必须经历一个农村工业化和城市工业化并存的一个发展过程，走传统农业、农村工业化与城市工业化融合发展的三元结构发展路子。即便将来进入现代化工业社会之后，也可能发生新的重大变局，这是由社会发展的规律所决定的。

从二元结构向三元结构的转变，是个重大的理论和实践问题，这是方健上任之初，带领大队人马到上海、广东、江苏、浙江、福建等省市进行考察时得出来的结论。方健在全省经济工作会议上，分析了南方乡镇企业蓬勃发展的大量事实和松江省学习南方经验，乡镇企业逐渐兴起的发展趋势后说："看来，我省经济发展的三元结构已经初具雏形，这是我省今后经济发展的方向。"他还在全省经济工作的安排部署中，把以城带乡、城乡联动、互相渗透、融合发展，作为下一步经济工作的一个重点来抓。

世界经济发展的历程表明，实现现代化的实质，就是从传统农业向现代工业转变。但是，由于我国是个农业大国，不能从传统农业直接跨越到工业现代化，而必须经历一个较长时间的过渡期，这个过渡期就是要大力推进城市工业化和农村工业化的融合发展。

方健在会上着重强调，全省实现经济的快速发展，必须经历一个从二元结构向三元结构的转变，而且，这个转变将是长期的，因为在二元经济结构向三元经济结构转换过程中，劳动就业结构的改变和居民居住方式的变迁，以及农村剩余劳动力的转移有着决定性的意义，这些都不能在短时间内完成。他还借鉴南方乡镇工业发展的经验，详细分析了全省经济发展的现状，提出了向现代化工业转换的条件，并提出了发展农村工业化的具体对策。

但是，没过多久，人们就有了议论。有的人说这是捡了芝麻，丢了西瓜，弃本逐末；有的人认为，农村地域广大，发展村镇工业谈何容易！有的人又说，搞不好又像1958年"大炼钢铁"那样，劳民伤财，得不偿失；甚至有人认为，这是脱离实际的空谈理论。

方健这个观点的提出，源于他从南方考察回来的一次经济发展的研讨会。

东方志远也跟着方健去了南方考察，他也参加了这次研讨会，与会人员依据南方乡镇企业发展的现状，一致建议把全省经济发展，从二元结构转换到三元结构上来，把农村工业化作为经济发展的一极重点抓好。大家还在发言中建议，农村工业化是全省经济发展的新增要素，以增量促发展，看得见，摸得着，见效快。但抓存量促发展，一点儿也不能放松。要一手抓存量的改造升级，一手抓增量的加快发展，双轨并驾齐驱，就会加速全省经济发展的进程。大家的建议得到了方省长的认可和肯定。

方健的意见并没有错，但在议论面前他还是有些压力。特别是魏坚书记在一次省直机关干部大会上，谈到这些议论时，明显表现出赞同一些议论观点的倾向，让他的压力更大。书记讲话后，全省又引起一片议论，有的甚至说，省长不能和省委保持一致。方健省长抓工作的劲头，也不像以前那样起劲了。

东方志远草拟好三篇评论，第二天交给方健审查。方健只做了几处修改，就交到了庞佳宇手里。从第三天开始，在《松江日报》的头版头条位置上，连续发了三篇本报特约评论员文章，在全省引起了广泛的关注。

舆论导向的力量是无穷的。一些单位组织干部进行了讨论，大家充分发表意见，终于基本统一了思想认识，很快就平息了这场争论。

另一件事是为了制定全省经济发展规划，方健省长深入基层调研时，在松江市召开的一次座谈会。

市里和各部门的领导七嘴八舌讲了许多意见。在会议即将结束前，市委书记赵焕章同志发了言，他根据省委书记魏坚关于建设"边疆近海省"的要求，提出松江市要建设"边疆近海市"的总体发展规划，还依据松江市地处长白山脉，有天池、神女峰、大溶洞等自然资源景观和高句丽将军坟等历史人文景观，提出要把发展旅游事业作为建设"边疆近海市"的重点工作来抓。

方健省长让东方志远也说说自己的想法。

按照惯例，他只是个临时主持市政府日常工作的常务副市长，在和市委书记意见不一致时，做个模棱两可的发言就行了，千万不能和市委主要领导的意见相左。但东方志远想，在原则问题上，为了所谓的团结，主要领导之间的互相忍让，产生的危害性往往会更大。他没有循着常规走路，而是根据松江市的自然资源和现有基础，直截了当地讲出了自己的想法。

东方志远说："根据我市自然资源和人文景观，可以把大力发展旅游事业作为一个重点来抓。但我们是个内陆市，而不是临海市。不能用建设'边疆近海市'统领全市经济发展的总体规划。"

他接着说:"根据我市的现有基础,我看应该把工业兴市作为全市经济发展的重中之重来抓。"

接着他提出工业发展,首先应该培育支柱产业的设想。他主张通过改革、改造、重组、兼并、新建等多种手段,大力发展医药、纺织和钢铁深加工三大支柱产业,并以三大支柱产业为龙头,带动一大批中小企业的发展,瞄准国际和国内两个市场,集聚形成一批朝阳企业和拳头产品,打进国内市场,冲击国际市场。

参加汇报会的同志,虽然没再说什么,但都点头表示赞同。

方健省长没表态,只是轻轻地说声:"志远再和焕章同志沟通一下,你们再好好论证一次,要从松江市的实际情况出发,定下后把你们的意见报到省里。"

座谈会在意见分歧中结束了。

11

方健对东方志远说:"我看你的性格特点和工作方法很好嘛。一个年轻干部,有思想,重感情,实事求是,敢讲真话,这很难得呀。"

东方志远说:"方省长可能不知道,庞总编和我说,上次我写的那几篇特约评论员文章,省委办公厅还派一位副主任到报社调查过是谁写的。庞总编说,因为是党管报纸,他只得说是我写的。但他没有说是省长交代写的。"

其实,方健早已知道这件事。在一次研究宣传工作的省委常委扩大会议上,魏坚专门对报社的领导讲:"党管报纸是一条政治原则,谁都不能违背。今后凡是有重大报道,一定要经过社委会集体讨论,特别是一些带有导向性、方向性和全局性的重大报道,比如说社论或特约评论员文章等,都要送到省委宣传部审查后再发。"庞佳宇和方健对视一眼后说:"好!"

方健心知肚明,但没说什么。

他想到这些,又想起在省委常委会上,研究提拔东方志远时,魏坚模棱两可和杨枫表态时的情景,再想想在东方志远去留问题上,杨枫先后两次抢先发言所流露出的态度,他感到东方志远说的也不是没有道理。

方健站起身，把手搭在东方志远的肩膀上，深情地说："说句实在话，我真有点儿舍不得放你走！因为你在政界很有发展前途。组织部让我找你再谈谈，是想争取把你留下。"东方志远看看方健，没说什么。

方健又说："也罢，看来人各有志，不可勉强。"

东方志远眼睛湿润了，动情地说："谢谢方省长的理解与支持。"

"非走不可？"方健用不舍的语调又问了一次。

东方志远坚定地点点头，说声："嗯！"

东方志远也站了起来，方健紧紧握住东方志远的手说："省委对干部的讨论是认真严肃的，不能一会儿任用，一会儿又放行，失去权威。省委已经两次例会讨论你的问题了，再不可能例会讨论你的事了，按照组织原则和惯例，你自己决定怎么办吧，我想你会明白的。"

东方志远怔了一下，似乎懂了方健的意思。他望着方健，坚定地说："好！"

把东方志远送到门口时，方健紧握着东方志远的手说："祝你心想事成，马到成功，今后松江省如果有事，只要我还在，给我打个电话，我会尽全力帮助你的。"

东方志远握住方健的手，用力摇了几下，动情地说："谢谢省长！"

当东方志远眼含泪花，转身开门，即将离开时，方健又在后边叮嘱说："记住，要站好最后一班岗。"

在回松江市的车上，回想起刚才方健的话，东方志远心中暗想，摆在自己面前的，只有最后一条路了：主动辞职！

回到松江市，东方志远一进到办公室，就把门反锁上。他坐在办公桌前，想着如何给市人大和市委写辞职报告，外边来了几个电话他都没接。他决定用最简单的语言，写这份辞职报告，于是拿出笔和纸，伏案写道：

市委并报市人大常委会：
　　因本人原因，决定辞去市委常委、常务副市长职务。
　　来到松江市，任职已三年多时间，虽然做了一些工作，但也存在一些缺点和不足，请组织给予谅解。
　　谢谢！

他签上自己的姓名，写上日期1993年3月21日后，心里感到特别轻松。

又有人敲门，他没出声，又敲了几下，还拧了拧门把手，他仍然没吱声。门外有人说话："市长，我是子帆啊。"一听是林子帆，东方志远迅速打开了门，林子帆进了屋，随手也把门关上，问："市长，定了吧？"

东方志远对林子帆说："省委不会再开会研究了，但我自己已决定辞职！"林子帆问："你决定了？什么时候走？"

"决定了，但没定什么时间走，我得把手头的工作处理完再走，站好最后一班岗。"

"暂时不要对外人说，市委赵书记现在还不知道呢。"东方志远补充道。林子帆点头说："知道。"

"造纸厂的事怎么样了？钱落实了吗？"东方志远问。

林子帆回答："钱工商行有，还是贷款规模指标问题。"

　　东方志远说："那好，明天我给省工商行的老行长打个电话，请他老人家来一趟，再最后帮我一次忙。"接着东方志远又对林子帆说，"老行长也快退休了，过去帮我们那么多次忙，这次来一定不能慢待。"并叮嘱林子帆说，"我打完电话落实了，明天上午你跑一趟省行，把老行长接来。"

　　"好。"林子帆说。

　　东方志远收拾好办公桌，把辞职报告装到公文包里，打电话叫来司机，先把辞职报告交给市委赵焕章书记，然后就回到了凤凰山招待所自己的住处。

　　晚上六点多钟，他下楼随便吃点儿饭，就回到了自己的房间。八点多钟，有人敲门，他打开门一看，原来是林子帆秘书长、经委曾国华主任、工商银行徐文龙副行长。三个人进屋后，都绷着脸，谁都没说话。东方志远一看就知道，他们已经都知道自己的抉择了。

　　这几位是他来松江市后，工作上最得力的帮手，也是他最亲密的朋友，别人都把他们四人称为"四君子"。

　　东方志远看了林子帆一眼，没有责怪他，随便问一句："你们都知道了？"他们几个把手里拿的酒和几袋熟食放在桌上，有的坐在凳子上，有的坐在床边，分别说："知道了。"

　　人非草木，孰能无情。东方志远是个重感情的人，加上彼此工作上互相支持的原因，使他们之间的情谊十分笃厚。东方志远一看就知道他们一起来的目的。

　　三个人的年龄都和东方志远相仿，林子帆首先开了腔："市长要走了，我们既惋惜又留恋。因为你的事还没公开，不便到外面为你送行，我们几个拿点儿酒菜，私下里和你提前道个别。"

情真意切，盛情难却，东方志远十分感动。大家谁都不说话，默默地放好酒菜，倒上酒，拿起杯。

林子帆站起身，动情地说："大哥。"林子帆比东方志远小一岁，私下里一直叫东方志远为大哥。"三年多时间，我们四个人朝夕相处，跟着大哥，为松江市的经济发展，没白天没黑夜地干，我们从无怨言。就是大哥平时因工作上的事，批评我们几句，我们也不说什么，还是屁颠屁颠地跟着你干。"

东方志远插话说："这我知道。"

林子帆接着说："大哥把我们几个扔下，自己远走高飞，我们真的是有点儿不舍。"说着说着，他眼圈就红了。

曾国华接过话题说："看到这几年松江市的经济蒸蒸日上，我们真佩服老弟。"曾国华比东方志远大一岁，私下里一直管东方志远叫老弟。曾国华接着说："无论是能力水平，还是人格魅力，老弟都堪称是我们几个人的楷模。"东方志远握住曾国华的手说："千万不能这样说。"

这时，徐文龙站起来说："这几年我们银行为你们服务，虽然不能说是雪中送炭，也可以说是锦上添花了吧？大哥一走，我们好像失去了主心骨，不知何年何月才能聚到一起？"几个人都沉默起来。

这时，东方志远打破沉默，动情地说："谢谢啊，咱们哥几个先把这杯酒干了吧！"

四个人举起酒杯，一饮而尽。说着说着，四人又连干两杯。三杯过后，东方志十分恭敬地说："没想到今天哥几个有这样的举动，还说了这么多让我感动的话！

"我只能真诚地向几位哥们说声谢谢了！"他又提议共同干了一杯

酒，接着站起身说，"三年多时间，说长不长，说短也不短，如果说我的工作有点儿成绩，是与大家的共同努力分不开的。我来到松江市后，人地生疏，两眼一抹黑，大家不仅接纳了我，还主动帮我出谋献策，共同完成市委交给的任务。"三个人异口同声地说："别谦虚了，我们只是做了该做的事。"大家让东方志远坐下来说话。

此时的东方志远最放心不下的是，他分管的这摊事今后由谁来接手。

其实，今后的工作他根本没有必要担心，即便是担心，别人也未必会按照他原来的思路干。今天下班后，他去市委把辞职报告交给赵焕章时，赵焕章了解东方志远的性格，知道已无法改变结果而没有挽留他，反而向他问起了这个问题。东方志远说面上的工作，都是市政府集体研究决定的，已经全面铺开，要调整也是根据发展，明年再做调整了。主要是这次换届时干部调整的问题了。

书记问他对干部调整有什么建议。他直言建议说："林子帆已经做了四年区委书记，又跟我干了三年多，各方面表现都很好，突出特点是组织协调能力极强，应该提拔使用了。"赵焕章说："关于林子帆的任用，已经有考虑了，准备上报省委组织部，在这次换届前，让林子帆接任市委常委、市委统战部部长。关键是接替你的人选，还没有最后确定下来。"

东方志远建议："经委主任曾国华不是个合适的人选吗"？赵焕章说："他能力、水平、学历、经验、人品都行，只是差了点儿历练。"

"国华干过厂长、书记、局长，还在县里做过副县长和县长，又在经委主任岗位干了四年，每个岗位干的都是有口皆碑，只是没有县委书记的历练。但没做过县委书记，由县长直接提为副市长的，我们市也有先例。书记只是管党务和干部工作,不是主要抓经济工作的,没有具体管经济的经验,而国华其他方面的历练都已齐备,为什么不可以直接提拔呢?"说完东方志远感到有些失言,看了一眼赵焕章又补充说,"不是说书记提上来管不了经济,有可能还管得更好,而是我们急需人才,一时又找不到更合适的人选,我看国华最合适了。"赵焕章说:"你的建议有一定道理,不过得征求一下其他常委们的意见,其他常委如没有不同意见,先让组织部考核考核。"东方志远看赵焕章对他的话没有介意,也知道自己的建议被接纳了,心里感到十分高兴。

想到这儿,东方志远又给三位倒满酒说:"在各位的支持和帮助下,我履行了自己的职责,也很庆幸自己在很多年以前,选择了公共服务这个职业。现在我要走了,今后这摊工作就靠你们了。林秘书长和曾主任的工作安排,可能市委已经有考虑了,马上就要换届了,还是耐心等一等吧。"

因为市委没有讨论决定,在换届的敏感时期,东方志远不好多说什么,大家对他说的话,也不便多问什么。

"来,咱哥几个再干一杯!"在东方志远的提议下,众人就是一起喝酒。

喝着喝着,已经是下半夜两点多了,东方志远说:"再盛情的相送,也没有不散的筵席。明天大家还得和省工商行的领导谈造纸厂的事,今天就散了吧。"

第二天早上八点一上班,东方志远就给省工商行的一把手老行长打电话,把造纸厂的事简单说了一下,并请他以现场办公的方式,帮助解决贷款规模指标问题。

东方志远在省里工作时,就因工作上的联系,和老行长的关系非常密切,不知他从哪个渠道,也听说了东方志远的事。老行长没问造纸厂的事,却先问起他的事了:"你的事怎么定的?放着市长不干,说走就走了,你小子哪来的勇气啊?"接着又问,"为什么啊?"

东方志远回答:"没有为什么。你来后再详细说吧。"

老行长说:"好吧,上午我处理完行里的几件急事,下午就去松江市,再帮你一次忙。"

东方志远说:"那就不派人去接你了,我在松江市恭候您大驾光临!"放下电话他就给林子帆打电话,告诉他不用去省里接老行长了。

下午四点多,老行长带领一行人,来到了松江市山上的宾馆。东方志远带领一众人,在宾馆大门口迎候。安排好众人的住宿,进了房间,东方志远找个借口,把其他人支了出去,屋里就剩他和老行长两个人了。还没等东方志远说话,老行长就先问他:"你放着市长不干的理由是什么?"

东方志远恭敬地说:"谢谢老行长的关心。"做出这样艰难的抉择,确实是下了很大的决心,但是,原因也是一言难尽。他只轻描淡写地说:"我想趁第二波改革开放的春风吹来之际,干点儿自己想干的事!"

老行长知道木已成舟,也不再问什么,点点头淡淡地说道:"这年头官也不好当,还是干点儿自己想干的事吧,我理解你。"然后问,"说说造纸厂的事吧?"东方志远说:"造纸厂的事很简单,晚上吃饭时说就行,趁他们都不在场,我先问问松江市工商行的班子调整,你有什么想法?"

老行长说:"老李头儿和我一样,马上退休,省行考虑让二把手徐副行长接任行长。"他还顺口问东方一句,"你看他怎么样?"

东方志远一听就说:"如果你让我提建议,我也是这个意见。"

老行长说:"看来咱们是不谋而合呀,你地方官员都这么建议,我就更放心了,回行里就派人事处安排人来考核。"

东方志远站起来,握住老行长的手说:"好啊!"

这几年跟他贪黑起早一起干的弟兄们,工作都有了着落,他感到一身轻松。

晚上五点半钟,饭局开始了。这是东方志远代表松江市政府最后一次请省里有关部门的领导吃饭。大家坐下后,没等东方志远说话,老行长先发了言。他说:"东方市长到松江市,已三年多时间了,我们工商行就为你们市新增贷款规模十八个多亿,还从省行和其他市行,为你们调剂六个多亿资金。他每次到省行,我问他又来干什么?他就吵吵说'要改革开放贷款来了',还死磨硬泡,不达目的就不走,搞得有的市领导还到省长那里告我们行的状,说我们行偏袒松江市。"

东方志远说:"谢谢老行长!"

"说吧,这次要多少钱?"老行长问。

东方志远说:"这次不是要钱,只要贷款规模指标。"

东方志远让林子帆把协调会的情况汇报一下。林子帆简要汇报了情况,说:"钱已落实,只差贷款规模指标。"

老行长扭头问徐文龙:"钱真的落实了?"

徐文龙点点头。

老行长又问:"规模指标要多少?"

东方志远主动说:"三千万。现在新闻纸的销路特别好,供不应求，但由于缺少流动资金，纸浆供应不上。这笔钱就是用来购买纸浆原料的。"

老行长没说什么。

这时，菜已上齐，东方志远刚要说话，又被老行长抢过话先说："我这个即将退休的老头子，在退休之前，再为你们做一次贡献。我同意从省里为你们调剂三千万贷款规模指标，回去审贷委员会确认一下，再正式通知你们。"

大家一听问题解决了，顿时，满桌的人拍手表示感谢。

"不过……"

大家一听还有后话，又紧张起来。

"不过，我有个要求。"

大家都说："老行长，什么要求我们都能满足。"

老行长转头问坐在身旁的东方志远："东方市长，能满足吗？"

东方志远心想，只要能帮助解决企业难题，政府没什么要求不能满足的。连思索都没思索，他就决然地说："能！"

老行长接过话题说："好！我的要求很简单，就是东方市长离开松江市前，让他再为松江市做最后一次贡献。"

大家紧张的心情当即放松下来。东方市长来松江市后，为了松江市的经济发展，下企业调查，上省城要钱，还多次跑北京，通过各种关系，谈项目融资，已经做了这么多贡献，不知还要他做什么贡献？

东方志远也不解其意，就随口问："老行长让我还做什么贡献？"

老行长拿起桌上喝啤酒的酒杯，不紧不慢地说："市长喝一杯酒，就给一千万贷款规模指标，要三千万贷款规模指标，就得喝三杯酒！"

大家一听傻眼了。

所有人都知道，东方志远平时一顿只能喝二两白酒，啤酒杯一杯四两，三杯就是一斤二两呀？怎么能承受得了？

大家都默不作声了，眼睛齐刷刷地盯向东方志远。

东方志远还从来没有经受过这样的挑战，看看老行长没出声。

大家都站起来，七嘴八舌地对老行长说："市长还从来没喝过这么多酒。恳求老行长放他一马吧。不然，我们替他喝？"

老行长笑而不语。

这时，东方志远站起来说："大家都坐下，这酒我得喝！不只是为了松江市的经济发展，主要是为了这几年老行长对松江市的关怀和支持，为了我对老行长的一片感激之情！"

说着，在众目睽睽之下，他把三个啤酒杯倒满白酒，一口菜没吃，端起杯就喝。

大家紧张的目光，齐刷刷地投在东方志远的脸上。

喝完一杯，他接着喝第二杯。端起第三杯时，他胃里已经感到难受。老行长拉住他的胳膊说："别喝了，我知道你的诚意了，我是用激将法试探一下你，也是和你开个玩笑。这第三杯酒我来喝，也算是借你的酒为你送行！"

东方志远趁着酒劲说："大丈夫一言既出，驷马难追。喝！"说着一仰脖又把第三杯酒一饮而尽。坐下不一会儿，他就感到天旋地转，胃里翻江倒海，开始呕吐，接下来的一切，他都不知道了。

第二天醒来时，只见林子帆和造纸厂厂长在自己的宿舍里。他闻到满屋的酒气味，问："我是不是喝多了？"

林子帆简单说了几句昨天的情况。

东方志远问："老行长走了吗？"

林子帆回答："今天早上走的。"

东方志远又问:"贷款规模指标落实了吗?"

造纸厂厂长回答:"老行长让我们和市行的同志,今天下午去省行办手续。"

东方志远一听,感到十分欣慰。

为了松江市的经济发展,他尽心尽力,不遗余力,感到问心无愧,怀着留恋的心情,半梦半醒间突然想:"是该离开了!"

东方志远辞职的消息不胫而走,全市上下议论纷纷。大多数人感到惋惜,也有人提出疑问:放着好好的市长不当,跑到经济特区给人家打工,这样做值得吗?

省审计厅派人到松江市,对东方志远进行离职审计,仅用半天时间就审计完了,清清楚楚,干干净净,没有任何问题。

崭新的一天到来了!

漫天大雪,飘飘洒洒,早春的景象就是壮观。

今天是个星期天,但不少人放弃休息,自发地冒雪来到市政府大院,为东方志远送行。

市政府大院站满了人,二楼会议室里也挤满了人。市里四大班子成员和东方志远分管的各局局长及一些厂长、经理,为东方志远举行了集体欢送会。

欢送的场面,充满浓浓的感情,热烈而又隆重。

欢送会由市委赵焕章书记主持。大家争先恐后发言,唯恐落在后面。发言没有先后次序,谁抢上谁讲,发言都是简短的,只有三言两语,但都充满了浓浓的感情。

东方志远坐在会议桌前,虔诚地听着大家的赞许、鼓励、嘱托、期望，心情十分激动。

赵焕章讲完，工会主席、妇联主任、共青团书记抢先发了言，感谢东方志远这几年对群团工作的支持，热情地为他送别。

市人大老主任班志军抢过支持的话题说："我们人大的宾馆，都是东方市长向省里给我们申请的钱建起来的，从此人大开个会，搞个活动，有了自己的场所。"他又讲了几年来东方志远为松江市的经济展，所做的大量工作。他动情地说："这样好的年轻干部，真是不可多得，东方志远的辞职，使我们市失去了一个好市长，真是让人惋惜！"

还有几位副市长说，和东方市长没处够，还想让东方志远领着再干一届，没想到他说走就走了，真有点儿舍不得！

经委主任曾国华说："这几年在东方市长领导下，工作顺心，心情舒畅，全市的经济也得到了长足的发展，上了一个新的台阶，我们对东方市长非常怀念。"

还有一些同志在发言中，都表达了感谢和不舍的意思，并提出热切期望，鼓励东方志远今后能有更大的发展。

这时，赵焕章站起来说："我知道大家还有许多话要说，但志远同志还要到省委组织部报到，让他说几句话吧，大家鼓掌欢迎。"

东方志远在大家的掌声中站起身来，用湿润的双眼，环视一下在座的所有人，动情地说："来松江市工作三年多时间，虽然做了一些工作，但是，离组织的要求和群众的期待还有差距。首先我要感谢你们，感谢你们中肯的话语和对我热情的赞誉。能为松江市民服务三年，这是我的最大荣幸。看到一个逐渐好转并充满希望的经济发展现状，我有一种莫大的满足。我很高兴自己在多年以前，就选择了公共服务这条道路。但是，一个大市的经济发展，需要市委的领导，也需要各方面的支持，更需要一个团队的共同努力。所以，我要感激市委和各方面的领导，感激在座及不在座的、和我一起努力过的朋友们，向你们诚挚地说声谢谢！在新的环境里，我一定加倍努力，报答各位对我的关怀，兑现各位对我的嘱托与期待，谢谢大家！"说完，他向在座的所有人深深地鞠了一躬。

发言虽然很简短，但都充满感情，场面非常感人。

从东方志远简短的发言中，可以看出他虽然做出辞职的抉择，但对这个岗位还真有点儿留恋不舍。

东方志远在一众领导的陪同下，走出办公楼时，市政府大院内黑压压一片，大约有二百人，主要是机关干部，还有部分工人和市民，主动前来为东方志远送行。

东方志远看到这种场面，再也控制不住自己的感情，眼泪在瞬间流下。不少人用手机拍下了这个瞬间，有的人还争先恐后与东方志远合影留念，电视台记者穿插在送行人群中间，为东方志远留下了永久怀念场面的影像。

东方志远眼含热泪，拱手对大家表示感谢，上了车还不住地回头张望，挥手向大家致意、道别！

天上雪还在下着，汽车在雪花中向省城奔去，后面跟着长长的送行车队。这是松江市一些厂长、经理和有关局的送行车队。在松江市与其他市交界处，东方志远先下了车，与每个送行的人一一握手、拥抱、道别，许多人泪流满面，虽然一句话都没说，但三年多所处的感情，此时达到了极点！

在东方志远离开一个月后，松江市召开了换届的人代会，市委常委、组织部部长当选为市长。

在东方志远离开后的这一个星期内,有的人在电视台为东方志远点歌,《祝你一路平安》《涛声依旧》等歌曲,每天不时地循环播送。当地网站的帖子上,还传出对东方志远辞职的评论,有的惋惜,有的不舍,有的怀念,有的留恋。

还有一条评论说:这几年我市经济的快速发展,与东方志远的努力是分不开的,他的人格魅力值得赞叹!

东方志远还收到了林子帆通过邮件发来的长达二十分钟为他送行的录像,充满深情的场面,让他再一次热泪盈眶。

还有一位不知姓名的市民,在《松江日报》上,看到文侯老先生写的报告文学《追求》后,做了一首短诗,通过秘书李佩伟的短信转给了东方志远。

《追求》读后有感
人生自当有追求,岂止暖屋与貂裘。
抛却省府前程锦,愿来松江写春秋。
斧头压肩千钧重,三载匡扶国有楼。
欲赐镰刀同挥舞,知君更能展胸筹。

告别了政坛,东方志远义无反顾地踏进了商海,开始了在经济特区的打工生涯!

中篇

放弃权力的宝座，转战波涛汹涌的商海，然而，一场涉及中外合资的腐败交易，却让东方志远因拒绝签字而被迫辞职失业，身陷人生的谷底。国企高管的辛劳，失业游民的彷徨，从零创业的艰难，收获季节的喜悦，每一次抉择都是他对自我人生的再次定义。

12

1993年3月30日,东方志远结束了自己的从政生涯,带着对过去的满足和对未来的憧憬,终于踏上了飞往南海市的CZ2135号航班,奔赴未知的新途。

坐在商务舱后排靠舷窗的座位上,东方志远终于长呼出一口气。他系好安全带,头靠在背椅上,闭上双眼,陷入回忆之中。

过去近二十年的一幕幕——从一个青涩的知识青年,成长为一个领导干部的全过程——像走马灯一样,无序地滚动着浮现在脑海。其他旅客是如何登机的,他一概不知。甚至空姐告诫飞行中应注意的事项,他也没听到。直到空姐说"各位旅客请注意,调整好座椅,收起小桌板,系好安全带,飞机马上就要起飞了!"才把他从回忆中拉了出来。

二十年来,开会、出差、考察、旅游,他不知乘坐过多少次飞机,但每次都不像这次心情如此复杂:是对家人和朋友的留恋?还是对抛下似锦前程的不舍?是对过去所取得的成绩感到满意?还是对未知的命运感到担忧?这些疑问归结为一句话,自己的抉择到底对不对?

飞机在跑道上缓慢地滑行,他的心情却愈发紧张。当飞机冲向天空那一刹,他的心情反而镇定下来。他坚信,在改革开放的今天,他的抉择并没有错。他对自己远离故乡，抛家舍业，孤身一人南下打工，闯荡未知的世界充满信心。

当飞机升空后，从舷窗向下望去，地面上白茫茫一片，省委、省政府办公大楼依稀可见，他经常散步的城市广场，也尽收眼中。啊！真要离开了，一种留恋不舍的感情，充斥在他的心头。他慢慢地从舷窗外收回目光，平稳一下自己的情绪，把座位调到后仰，斜躺在靠椅上，进入对未知世界的遐想。

他耳边不时响起女儿的话，要相信自己，没有克服不了的困难！飞机在空中足足翱翔了四个多小时，下午四点多钟，终于在南海市银湾机场降落。

东方志远拉着随身的行李箱，步履匆匆地走下飞机，扑面而来的是一股热浪，让他顿时汗流浃背。放眼环视机场四周，鲜花簇簇，椰林丛丛，草坪碧绿，与登机前的白雪皑皑，万物凋零，形成鲜明的对比。东方志远感到，自己已进入一个充满生机而又完全陌生的新环境。

东方志远想，过去的已经都过去，等待你的也许是一阵风，或许是一场雨，在人生的转角处，常常都是无法预测的，崎岖不平的路，相伴的唯有孤独。记下此刻的每一步，都自有它的意义。时间会知道，步履不停，终将不虚此行；时间也会证明，前行的每一步，都将是正确的。要不负时代的召唤，不负年华的成熟。

在空姐的催促下，东方志远通过长长的廊桥，直奔机场的航站楼，取出托运的行李，充满信心地踏上了南国大地，迎面见到了举着接机牌的相关人员。经过互相介绍，东方志远才知道其中有南海市政府秘书长李金生、市政府接待办主任吕俊、金麦集团党委书记廖勇、金麦集团综合管理部部长梁坚和办公室工作人员邱兵。众人寒暄后乘车直奔南海市区。

晚上六点钟，南海市委、市政府为东方志远举行了欢迎晚宴。参加晚宴的有广夏省委常委、南海市委书记兼市长王广达，市委副书记、常务副市长林贤良，市政府秘书长李金生，金麦集团党委书记廖勇，金麦集团副董事长、市电子有限公司总经理吴越。

宴会虽然简朴但人很热情，市委书记王广达先开口，除表示欢迎和交代主要任务外，特别叮嘱金麦集团党委书记廖勇，要安排好东方志远的吃住行。大家轮番敬酒表示欢迎，但是不拼酒，愿意喝多少都行，甚至不喝也可以，这和东北的拼酒习俗截然相反，让东方志远第一次感受到经济特区的一股新风。

第二天一早，金麦集团派人接东方志远去公司。一进金麦集团商业中心大楼，东方志远就感到有一种新的气象。"时间就是金钱，效率就是生命"十二个醒目大字，扑面映入东方志远的眼帘。进了会议室，公司董事会和领导班子成员，包括党委书记、各位董事、副总裁、总工程师、总会计师、总经济师等悉数到场。市政府秘书长李金生列席了会议。

会议第一项议题是李金生简要介绍了东方志远的情况，市委、市政府推荐他出任金麦集团董事长，董事们经过举手表决，决定东方志远为金麦集团董事长，全体董事又一致推举东方志远为公司的总裁。接着大家分别介绍了企业规模、人员构成、生产经营、产品销售、新品开发及上市准备等情况，东方志远一一记在笔记本中。会议的最后，由新任董事长发言。东方志远因新来乍到，什么情况都不清楚，只说了声要进一步了解情况，并和大家一起共同为企业的发展做出努力，就结束了自己的发言。

临近中午会议还没结束，工作人员送来盒饭，每人一份，边开会边吃饭。集团党委书记廖勇说，这是工作午餐，可以节省吃饭的时间，让东方志远再一次感受到经济特区的效率和新风。

开完会，东方志远进入为他准备好的办公室，按照自己的习惯，摆放好办公用品。这时，综合管理部部长梁坚带着邱兵敲门进来。梁坚告诉东方志远邱兵是集团为他配的秘书，接着又为他详细介绍了企业的相关情况。

梁坚原是陕西省政府研究室的一个副处长，第一波改革开放高潮不久，下海来到南海市。他戴着高度数近视眼镜，头发稀疏，面无表情，成熟稳重的同时显得城府很深。企业的生产经营状况可以说蒸蒸日上，梁坚着重汇报了企业上市的准备情况，但因为他没有上市的经验，汇报得并不明确具体，也提不出下一步应该怎么做的设想。

东方志远边听边思考：金麦集团是个国有控股的大型电子工业企业，在全国电子行业中位居前三之内，国家的几位领导人和电子工业部部长，曾先后到企业视察。领导还为企业位于城郊的电子工业城题写"金麦集团电子工业城"九个大字，镌刻在一块巨石上，摆放在电子城大门的入口处。

金麦集团股份有限公司，原来是南海市的一家小电子厂，改革开放之初，从做家电贸易开始，逐渐发展成集生产平板电视、冰箱、无绳电话、电子元器件、VCD机、生物工程和房地产等多元化的大型国有企业。其中，大屏幕液晶平板电视、无绳电话和新型VCD机的生产，在国内都处在领先地位，年产值达二十六亿元之多。

随着企业规模的不断扩大，它被上收为省直属企业。由于鞭长莫及，不便管理，经省政府研究，又实行省市共同管理，以市管为主的管理体制，但干部仍按省属大型企业的规格配备。

东方志远听完梁坚的汇报，感到上市工作还有许多工作要做。其中，企业内部机制改革，产品结构调整、组织框架设置，都需要根据上市的要求，进一步理顺；按上市的各个环节，也需要稳步展开一系列工作；特别是向省体改委申请上市的指标，需要尽快落实。

东方志远主持召开了第一次董事会，根据企业上市的需要，研究调整了企业内设机构，增设了企业法务部，从综合管理部分出一部分人，成立了证券管理部。

东方志远向市委书记王广达汇报了自己对企业上市的一些想法，得到了王广达的肯定后，东方志远便深入企业研究如何进行调整结构，使企业的产品更加优化。他还从香港请来一家会计师事务所，对企业上市前进行审计评估，又请来一家上市推介的公司，着手进行上市前的相关准备工作。

一切工作都在有序地进行，东方志远便去广夏省体改委，汇报上市的各项准备工作，并申请上市的指标。因省里的上市指标都已用完，经省体改委研究同意，由东方志远代表广夏省，向国务院证券委员会申请增加一个上市指标。

因东方志远在松江省两家企业上市过程中，和国务院证券委员会的相关人员都已经熟悉，再一次出现在证券委员会时，他的新身份让所有人都感到吃惊。中国证券会的相关领导，听了东方志远的汇报，觉得南海市金麦集团股份有限公司，上市的各项准备已经比较完备，作为特例，同意再追加一个上市指标，并提了一些建议后，告诉东方志远回去做好上市的准备，增加的上市指标，单独给广夏省发文另行通知。

回到南海市后，东方志远把到北京的情况先向市委书记王广达做了汇报，并通过电话知会了省体改委。他主持召开董事会，确定了总股本的规模，并经董事会研究决定，为调动企业员工的积极性，从总股本中拿出六千万股，分别出售给企业的高管和全体职工，每个人都持两万股左右不等，由工会代职工持股。

金麦集团向员工出售股票，每个职工脸上都露出了喜悦的笑容，这件事在南海市引起不小的震动。按测算的市盈率，上市交易后，每股都可以翻几倍，甚至十几倍，这在经济特区虽然不算是什么新鲜事，但还是很有吸引力。市里不少人都找到企业的领导，要求购买原始股票，因东方志远新来乍到，反倒是没有一个人来找他。

经济特区的人，对发行股票都很热衷，六千万股显然不够用。企业的领导都问东方志远怎么办，经董事会研究，决定再增发五百万股，统一由党委书记廖勇掌握，单独出售给关系户单位或个人。

将所有文件上报到深圳证交所审查后，就是耐心等待上市的最后决定。

但是，天有不测风云。

等待的时间已经过了一个多月，还没等到深交所的路演和上市交易时间的通知，却接到了市委书记王广达的电话。他告诉东方志远马上停止上市工作。东方志远一听，就急忙赶到王广达的办公室，还没坐下就问："为什么？"王广达说："我也不知道为什么，是省政府通知的，让你停你就停。"他问王广达："怎么向深交所交代？怎么向中介公司交代？怎么向股东交代？怎么向职工交代？"

王广达说："我也不知道该怎么交代，这是上级领导的决定，我只得服从，你也要服从吧？"

为什么？难道别人要占用我要来的上市指标？东方志远一时陷入不知所措之中。他脑子里突然想到，都说特区是特事特办，有什么特事呢？他思考再三，也理不出个头绪。这时，王广达又说省政府已决定金麦集团与外企合资，过些日子新加坡的ABC集团董事长就要来南海市洽谈合资事宜。东方志远感到这个消息太突然，让他感到震惊。

他决定先召开一个领导班子成员和与上市有关人员的紧急会，向大家通报了这个信息，请大家研究对策。

东方志远三言五语通报了这个信息。还没说完，与会人员就炸了锅，七嘴八舌议论起来，个个都是牢骚满腹。其中，工会主席的反应最为强烈。企业内部职工的股份，统一由工会代持，工会主席代表职工参加董事会，他要为二千六百多名职工负责。

按照中国的法律规定，中外合资企业不能在境内上市交易，企业将终止上市进程，每个员工的利益都会受到冲击，所以，他才反应得如此强烈。但是，强烈归强烈，上级的决定还是要执行，但执行也要搞清楚原因才好执行啊。东方志远通知法务部从深交所撤回上市的申请材料，然后无奈地说："咱们先通过各种关系，搞清楚这里面究竟有什么内幕，最后交由董事会集体讨论决定，不然，不好向工人交代。"会议不欢而散。

企业中止上市的消息不胫而走，不到半天工夫，在金麦集团的两千多名职工中，引发了一场强烈的地震，搅动得每个人都不得安宁。电子工业城中的几个工厂都停工停产，工人们酝酿着到市委、市政府上访。

领导班子会后的第五天，法务部部长刘春来到东方志远的办公室，神秘兮兮地向他报告说，他听省里一个朋友说，一位大领导的儿子，在香港因贩卖毒品，被香港警方抓获，关进监狱等待判刑。新加坡上市公司ABC集团听到此消息后，在香港花了一千多万元港币，上下四处活动，终于把他儿子从监狱里捞了出来。这位大领导表示感谢时，ABC集团提出要对南海市金麦集团股份有限公司增资入股，他们出资五亿元人民币,再背企业的七亿六千万元银行贷款债务,占公司总股本的百分之五十点四,控制金麦集团股份有限公司二十五亿的总股本。

东方志远听后无语。

东方志远问刘春:"你怎么看?"

刘春来金麦集团前,是西安市人民检察院的一个处长,既懂法律,思维又很严谨。他听到东方志远的发问,沉思一会儿缓缓地说:"拿五亿就控制二十五亿的资本,这是一场极为不合理的交易。猫腻更大的可能是在七亿六千万元债务上。如果不在合资合同上注明这笔债务由外企背,并按照我国法律,正式办理转债的法律手续。这笔债务在法律上,就仍由金麦集团的所有股东承担。如果外资企业挣足钱,企业一宣布破产,就可以金蝉脱壳,一走了之,把金麦集团和债权人银行毁了。"

东方志远问刘春:"怎么解决这个问题?"

"除非是让债权人银行和外资企业先签合同,把这笔七亿六千万元的债务转贷给他们,然后再谈合资的具体事宜,或者同步洽谈转债与合资,就怕新加坡 ABC 集团不干。"

东方志远说:"过几天他们的董事长就来,我出面接待他们,之后你与综合管理部的梁坚和他们具体谈合同,重点谈转债和投入的五亿元到位问题。"

刘春说"明白"后,就离开了东方志远的办公室。

星期五,新加坡 ABC 集团董事长一行五人来到了南海市,市委王广达书记打电话给东方志远,晚上他请 ABC 集团董事长吃饭,让东方志远作陪。新加坡 ABC 集团董事长是新加坡籍华人,讲一口流利的中国话。席间，市委王广达书记对东方志远说，董事长工作非常忙，下星期一必须回国处理紧急公务，让东方志远配合他们，一定要在星期六和星期日两天内把合同签了。

星期六上午八点钟，新加坡ABC集团一行人来到东方志远的办公室，拿出两份已经草拟好的合同文本，让东方志远签署。东方志远一看，正如刘春分析的一样，不仅七亿六千万元债务没有约定，增资的五亿元资金何时到位，也没有明确的时间约定。东方志远没有签合同，而是让刘春和梁坚与他们的有关人员，再详细谈一下合同的具体条文后，他才能进行签字。

下午下班前，刘春和梁坚向东方志远报告说，新加坡谈判人员说，他们急着回新加坡，这次没有时间办理转贷手续，等他们入主金麦集团后，再补办相关手续。

想钻法律的空子？东方志远说："这肯定不行。"东方志远对刘春说，如果他们说这次没时间谈，也可以在合同上增加一条，写明他们必须从每年应分的利润中拿出百分之八十偿还这笔债务，直到办理完转贷手续或还清这笔债务为止，并告诉刘春明天继续和他们再谈。星期天又谈了一天，还是没有谈妥。ABC集团董事长给东方志远打电话说，明天一早他们就要赶回新加坡，今晚就先把合同签了吧。东方志远说："我再请示一下市领导。"说完就放下了电话。

东方志远给市委书记王广达打电话，报告了谈判的结果，并说："新加坡人说没时间办理转贷手续，也不同意在合同中约定这笔债务和合资款项到位的时间，我们提出如果不办理转贷手续，在合同中应注明每年从他们应分的利润中，逐年偿还这笔债务的约定，他们也不同意，请示书记怎么办？"王广达说："我请示一下省领导再定。"

晚上八点多钟，东方志远接到市委王广达书记的电话。王广达说："省领导指示说，新加坡人确实非常忙，先按他们的意见办，让我们先签署这份合同。"

东方志远是个有性格的人，他说："这里有七亿六千万元的法律漏洞，还有五亿需注入的合资股本，可能会因合同约束不明确造成国有资产流失，这个合同我不能签，签了我就可能成为历史的罪人。"说完就放下了电话。

东方志远向刘春和梁坚说了省和市里的决定，大家都沉默不语。

不到十点钟，东方志远又接到市委书记王广达的电话，让公司谈判代表马上到市政府会议室，并带上公司的公章。刘春和梁坚赶到市政府会议室时，市委书记王广达和金麦集团副董事长、市电子有限公司总经理吴越及新加坡 ABC 集团公司董事长一行人，都在会议室里等着他们。王广达说："金麦集团与新加坡 ABC 集团合资的事，是省里的决定。因 ABC 集团董事长明天必须回新加坡，就由市电子有限公司总经理，也是金麦集团股份有限公司的副董事长吴越同志代表金麦集团签字。你们企业的谈判代表也要在合同上签字。"说着就让有关人员取出印泥，刘春和梁坚没敢说什么，就在合同上签了字盖了章，这笔交易就这样完成了。

已经是午夜十二点半了，东方志远接过刘春手中的合同一看，什么话都没说，抛下合同文本，默默地回宿舍了。

不到半个月，新加坡大队人马进驻金麦集团股份有限公司，公司上下一片哗然。董事会共由七人组成，其中，外方四人，中方三人。经合资企业第一次董事会选举，新加坡人当选为公司的董事长，东方志远留任总裁，并补选为公司的副董事长，免去吴越的副董事长职务,改任董事,廖勇仍然是董事、党委书记。

金麦集团员工愤愤不平,多次到市委、市政府上访,还有些工人自动组织起来上街游行,反对金麦集团与新加坡人的合资,搅得全市上下一时不得安宁。市委书记和常务副市长先后打电话给东方志远,让他出面处理工人上访告状问题,东方志远答应后依旧是按兵不动。

新加坡的四位董事在董事会上提出,对闹事的工人要进行裁减,东方志远和中方的另两位董事表示不同意。外方又提出下马VCD、无绳电话项目,加大房地产开发力度,除外方四位董事和中方董事吴越同意外,东方志远和另一位中方董事廖勇坚决不同意。因为这样调整,金麦集团就失去了在国内电子行业中的领先地位,变成了一个赚快钱的工具,改变了企业的性质和发展方向。

虽然董事会强制性地做了决定,因为工人的强烈反对,要下马的电子项目并未立即下马,该加大力度的房地产项目也未马上加大。工人的上访告状倒是加大了力度,企业处在一片混乱之中,已经不能正常进行生产经营。

新加坡又派来大批人马进驻金麦集团,公司的每个分厂的主要领导都换成了新加坡人。在高压的管制下,企业勉强维持着生产,但生产效率和经济效益江河日下,许多工人也被迫下岗待业。

看着一个好端端的大型国企变成这个样子,东方志远感到痛心疾首,却又无能为力。眼看着自己在这个企业里失去了话语权,更无法挽救企业的颓势,长此下去,自己的一生就可能这样碌碌无为地过去了,他不甘心。当初他弃政从商,想换一种活法,但绝不是这样的活法!经过无数次思考,他决定辞职!

1995年春节刚过,因与资方的经营理念严重不和,东方志远找到市委书记王广达，提出辞去金麦集团总裁和副董事长职务。

王广达说3月份市政府要换届，省委已经决定了市长和副市长的候选人。他提出让东方志远先出任市政府的秘书长，再过渡两年，等主管工业的副市长退休，市委再报请省委，补选他为副市长。东方志远谢绝了王广达的好意，还是决定辞职。

当年3月12日，又是一个特殊的日子，东方志远向董事会提交了辞职书。这对于踌躇满志的东方志远来说，何其残酷。让充满理想与抱负的他，又情何以堪！一夜之间，东方志远就从国企的高管，变成了失业游民。

13

失业即意味着无事可做。这对想干一番事业的东方志远来说，无疑是一个沉重的打击。毕竟是一个呼声极高的市长候选人，一个拟上市公司的董事长，仅仅在两年的时间内，就变成了经济特区一个微不足道的失业者，犹如一片被秋风横扫的落叶，忽东忽西地飘荡不定。

东方志远首先遇到的难题是吃住行。离开了金麦集团，东方志远就得将金麦集团分配的住房交出去，在刘春等人的帮助下，以每个月五百元的价格，租了一间一居室的小房；东方志远从小到大从未做过饭，只得买了几箱方便面，存放在新居室里，一天三顿饭就靠方便面充饥；东方志远原来乘坐的汽车是日本凌志400，离开金麦集团后，新加坡人提出要收回，或者让东方志远出六十万元买下。东方志远拿不出这么多钱，就找到了市委王广达书记，请他出面帮助协调。在王广达书记的斡旋下，这部车所有权仍归金麦集团所有，由东方志远无偿使用一年，自己负担汽油费、维修费，算是对东方志远的一种补偿。

吃住行解决了，生活费用又成了不可回避的难题。失业后就没有了工资，也没有了一切福利待遇，每天的生活开支、供女儿读大学的费用，都失去了保障。好在从政时和松江省委党校的教授，合作编著了两本书，稿费和发行费加起来共分得八万多元，东方志远就靠这几万元，供女儿读书，省吃俭用，艰难度日。

最难的是他对自己的前途充满了迷茫。失业后的东方志远，几乎彻夜难眠。

无事可做的他，有时就开着车来到南海边，一个人孤单单地坐在海边的巨石上，望着波涛汹涌的大海，听着巨浪拍岸的涛声，默默地发呆，漫无边际地遐想。夜深人静时，坐在汽车里，打开 VCD 机，伴着音乐，渐渐进入梦乡。突然，一阵嘶哑的歌声把他惊醒："等我熬过了这所有的苦，想找个地方开始放声大哭，这一段艰难而漫长的旅途，却成为这辈子最难走的路……"

歌声不由得让东方志远陷入回忆：不到两年的时间，东方志远的人生角色，就发生了两大转变——从政府公务员转变为国企高管，又从国企高管转变为自由职业者。这对于东方志远来说，仿佛是跨入春天的双脚，突然遭遇寒流的侵袭！

生活在顺境的人们，是无法理解他此时的心情。那段时间，东方志远心里充满了苦闷，充满了极度的、难言的苦闷。巨大的心理落差使他陷入了难以自拔的苦闷之中。

瞬间发生的这一切，怎么向妻女说清？怎么向朋友讲明？又怎么向曾经给予自己莫大关心和爱护的人们交代？唯一的选择是关闭所有对外联系方式，进入沉寂与回避之中。

那苦闷仿佛是广大的，是无边无际的。

如果东方志远的胸膛是裂开的，苦闷便会从中滚滚流出。然而，他并没有让苦闷流淌出来，所以，人们看不清楚他心中那苦闷的真真切切和实实在在……

突然，贝多芬的一句名言蹦进他的脑海："我要与命运抗争，它休想扼住我的喉咙！"

东方志远想："每个抉择都会有后果，做出抉择的人都应该对这个后果负责。现在还不是放声大哭的时候。"他暗暗告诫自己："你已经无后路可退，你一定要坚持下去，一定要奋力拼搏，一定要获得成功！"

原本性格外向开朗的东方志远，变得沉默寡言，在人生最苦闷的时刻，他在内心里进行着一场激烈的斗争：如此沉沦下去，可能也就走到了人生苦涩的终点。不能怨命运不好，更不能怨机遇不公。命运靠运作才能变好，机遇靠抓住才能把握。成败得失的关键，还是在于自己的抉择。

受过党多年培养教育的东方志远，在苦闷和困惑中，仍然保持着清醒的头脑和坚定的意志。

痛苦中的反思，更加坚定了他挑战人生，重塑自我的信心。

把梦想变成理想，在失望中寻找希望，东方志远毅然决然地做出抉择：从零开始，自主创业！

在寒流袭击面前，他坚定地挺起胸膛，准备迎接人生新的挑战。他勇敢地迈开双脚，开始了自己的创业历程。

他还以"无题"为题，做了一首小诗，以激励自己的斗志：

无题
清风铸傲骨，冷眼透红尘。
进退凭己胆，笑骂皆由人。

东方志远在耐心地等待着创业机会的到来。

一天，金麦集团党委书记廖勇突然找到东方志远。这个经济特区的老共产党员，已经五十六岁了。改革开放之初，他服从组织安排，从南海市电子有限公司的党委书记，调到金麦集团担任党委书记。金麦集团中外合资后，他变成了一个既无实权，也无事可做的摆设。他对东方志远的境遇，既感到愤怒不平而充满同情，又感到无能为力而感同身受。两个同为天涯沦落之人，自然惺惺相惜。他找东方志远的目的，是向他曾经的领导述说自己的苦衷。看到东方志远对未来仍然充满信心，让他很受感动，就建议东方志远趁现在有些空闲，学学打高尔夫球，以排解无事可做的时光。

东方志远接受了廖勇的建议，置办了一身高尔夫行头，买了一套高尔夫球具，第二天就和廖勇来到了板障山高尔夫球练习场。

高尔夫对东方志远来说，是一项陌生的体育运动，入门简单，打好很难。他把压抑自己内心的苦闷，尽情地倾注到挥杆之中。

东方志远是个无论做什么事都很认真的人，读书时勤奋苦读，力求成绩名列前茅；从政时开拓进取，争取不辱使命。他把学打高尔夫球看作是一种人生态度，通过练球认真感悟其赋予生命的内涵，激励他面对川流不息的人间万象，变得更加积极、勇于进取。

东方志远也是个善于反思的人。每次练完球都反省自己在练球过程中，哪些动作还不规范，需要改进和提高。为此，还买来一些高尔夫球的书籍学习，"纸上得来终觉浅，绝知此事要躬行"。不到一个月他就开始下场打球，第一次下场竟打了一百四十六杆，还打下水八颗球，廖勇戏称他为"海军司令"。别人问他打了多少杆？他都感到难以启齿。

为了纠正自己没有正规学习而导致的挥杆动作不规范，他还花钱请了一位教练指导自己练球。教练是韩国人，中文名叫李湘郁，是位女教练。她是LPGA（美国女子职业高尔夫协会）的专职教练，曾获得过韩国女大学生锦标赛的冠军，教龄已有十年之久，史上最好成绩是单场六十八杆。

"师者，所以传道受业解惑也。"有了老师的指点帮助，东方志远的球技不断获得新的进展，很快就进入到"00"后的行列之中。

学球和练球时需要认真，下场打球更需要认真。无论是和球友或是教练一起下场打球，东方志远都非常认真，而遵守球场规则和球场礼仪则更加认真。用他自己的话说，就是"胸装经纬，仪范魄中铸"。不管球童或其他球员是否看见，他都诚实守信，罚杆补球从不含糊，把认真当作道德品质的修养，是东方志远终身遵守的信条。

一个星期六的下午，女儿从深圳大学赶到南海市，陪同东方志远在板障山球场练球。女儿问东方志远："老爸，几个月了手机为什么不开机？电话都打不进来，妈妈打电话给我，问你最近都在忙什么？我也无法回答。"一句问话勾起了东方对亲人和故乡的思念，他决定利用无事可做的这段时间，回趟故乡看望亲人和祭拜父母，并把自己的近况和决定告诉了女儿。

第二天他简单收拾好行李，就登上了飞往心心念念故乡的飞机。

东方是个古老而又尊贵的姓氏，相传是远古时代伏羲氏的后代。伏羲氏"出于震，位主东方"，子孙遂以东方为复姓。在汉语词汇中，东方象征着美好的寓意，被赋予希望和新生的内涵。

但东方志远的出身并不尊贵，他是个地地道道的山东农民的儿子。其父东方长青在解放前日本鬼子占据东北时期，闯关东来到东北松江省，在一个村里的何姓地主家，靠扛长工维持生计。因家境一贫如洗，又不善言谈，四十多岁仍未成家，更不要说立业了。解放后，在村里烈士家属付大娘的撮合下，与早年丧夫的妈妈拼装成新的家庭，一个人承担起养活七口之家的重担。

东方志远的父亲老实巴交，没有文化，知识贫瘠，东方志远的名字还是在上学时，老师给他起的。但父亲奉献、坚韧、诚实的品质，从小到大都存在于东方志远的记忆之中。

新中国成立不久，抗美援朝战争爆发，乡政府摊派东方志远异父同母的大哥去朝鲜出民工，用担架把伤员抬下火线。在生死考验面前，其大哥有些犹豫，东方长青主动要求替东方志远的大哥去朝鲜。

在朝鲜战场上，有一次东方长青从火线上往下抬伤员时，一颗炮弹突然在身旁爆炸，气浪把他推到一个伤员身上，弹片钻进胳膊，鲜血直流，但伤员却安全无恙。

这件事成了东方长青的英雄事迹。回国后，他戴着大红花，被乡政府敲锣打鼓送回村里，他也因此更受村民的敬重。但当别人问起这件事时，他却说，不是他有意掩护伤员，而是炮弹爆炸的气浪，把他推到伤员身上的。其实，不管是不是有意而为，东方长青的品行早就得到了村民的认可。东方志远的大哥并非是东方长青的亲生儿子，关键时刻他主动替其去朝鲜战场，承担死亡的风险。这种冒着生命危险的实际行动，比任何说辞更能证明其父亲人格的高尚。

一个久别故乡的游子，对故乡感到格外亲切。望着亲切而又遥远的故乡，东方志远的心里格外惆怅。但碍于处境和面子，他没惊动任何人，孤身一人首先到了曾经上山下乡的地方。

这里早已物非人也非，一切都改变了模样。他站在昔日居住的房子旧址处，望着被白雪覆盖的大片良田，回想起了当年在这里的劳动场景。在几年的时间里，除了早出晚归劳作外，他唯一的兴趣就是如饥似渴地读了大量书籍。《钢铁是怎样炼成的》《战争与和平》《基督山伯爵》《忏悔录》《复活》《飘》《简·爱》《红与黑》《巴黎圣母院》《呼啸山庄》等世界名著，他都是在这里初读。从书中找到自己的偶像，对照参详，模仿激励，让他心灵受到了陶冶。

书中一些经典人物让他认识了一个个未曾到达的世界，走进了一个又一个陌生人的人生，形成了自强不息的意志品质和善良包容的光辉人性。

当汽车在返回途中行驶到上坎坡道上，东方志远下了汽车站在高处，回望自己曾经生活战斗的地方，百感交集，思绪万千，脑子里突然蹦出当年在这里时，自己曾经读过的几行诗句：

> 我们不是失落的一代，
> 我们是独立思考的一代。
> 这里有我激情燃烧的知青岁月，
> 有我的青春，有我的梦想。
> 有失落有彷徨，有泪水有痛苦，
> 有成长有思考，有收获有骄傲。
> 人们都说过去的就让它过去，
> 可我生命中最美好的记忆，
> 仍然属于激情燃烧的知青岁月。
> 我从这里站起来了，
> 站在广阔的地平线上，

站在高高的山巅上，
再也没有任何人、没有任何手段，
能把我重新推下去！

  他没敢回松江市，因为前些日子，他原来的秘书、现已提拔为市经委副主任的李佩伟，曾给他打电话说，不少人都传说他已被外商炒了鱿鱼，问他究竟有没有这么回事。他虽然模棱两可地应付过去，还是怕回去后，面对熟人的追问自己无法说明白，面子也过不去。他在墓园匆匆祭拜了父母后，只在返回南海市的前一天晚上，敲开了松江省省长方健的家门。

  分别两年多时间，突然见到东方志远，让方健既感到惊讶，又感到惊喜。没等问话，东方志远主动将两年多的情况做了汇报。方健听后第一句话就说是："你的性格一点儿都没变。"他沉思一会儿又说，"不行就回来吧，你走后还有几个厅级干部陆续下海，有的几经沉浮又回到了体制内。趁我现在还没走，你的工作由我来安排。"

  东方志远感到亲近温暖，由衷地表示感激，而后坚定地说："开弓没有回头箭，这条路既然是我自己选择的，就不能走回头路，请方省长放心，我会坚持走到底！直到成功为止。"方健心想，路虽远行则将至，事虽难做则必成，对东方志远充满理想的意志力，他从心底感到敬佩！

  这时，东方志远诧异地问一句："方省长，刚才你说趁你还没走，是什么意思？"

  方健说："本不该对外说，不过对你是个例外。你走后，经中组部的考核与民意测验，准备让我接任省委书记，但西院有人不同意，中组部的同志给我透话说，为了缓和矛盾，准备异地提拔我，现在我还不知道去哪儿呢。"

东方志远一听心里就明白了。他为自己在松江省失去一个知人善任的好领导，心里感到不是滋味，但也无可奈何，只是淡淡地说："也请省长您多多保重！"

这次回老家，也算是有一个意外的收获。东方志远把自己的境况讲给了哥哥嫂子听，哥哥一听就很着急，执意让老儿子胖子辞职，为东方志远开车做饭，在生活上照顾东方志远。因东方志远在兄弟中排行最小，哥嫂在胖子小的时候，就按北方人的习俗，让胖子叫东方志远为老爸。经哥嫂的再三坚持，东方志远也就同意胖子跟自己到南海市了。这样，东方志远在南海市的生活起居，总算有人照料了。

东方志远和胖子从老家回到南海市不久，又收到了在深圳大学读书女儿的一封信。她在信中说："老爸，我已经通过了托福考试，大学毕业后，我想去国外读几年书。我知道你现在的处境很艰难，你的心情我能理解，但我要告诉你，不要压力太大。我和妈妈绝对不是那种只会享受荣华富贵的人，只要有一间茅草屋住，有一碗稀粥喝，也能过得很充实。不要灰心，要坚定自己的抉择，坚定自己的信念，相信一切都会好起来！"

在信的末尾，女儿还戏谑地说："祝你今夜做个好梦，梦醒后阳光依然灿烂！"

女儿的信，更加坚定了东方志远创业的信心。他想，别人的误解、偏见并不可怕，可怕的是自己失去自信，如果对自己充满自信，创业时才会有信心，才能获得成功！

但是，创业谈何容易？最难的是缺乏创业的资本金。东方志远在失业中耐心地等待着机会。

　　一晃又过去一年多时间，女儿大学毕业后，去了加拿大留学，已经一个多月没给女儿寄生活费了，女儿还能生活下去吗？东方志远拿起电话，无奈地拨通了女儿的电话。还没等他说话，女儿先在电话中问："老爸，最近咋样？"

　　"还算可以吧。"为了让女儿放心，东方志远只能模棱两可地回答。

　　"老爸放心，我这一切都好，你不用担心。星期六和星期天，我去外面打工，洗碗、刷盘子、清理卫生，这些活儿我都干过。为了减少租金支出，我已从租户家的一楼搬到了他家的地下室居住，晚上还能在他家的杂货店帮着卖点儿货，收入已足够我学习和生活的费用了。"

　　东方志远一听，既感到欣慰，又感到惭愧。他心想，作为一个父亲，连自己唯一的宝贝女儿的学习和生活的费用都不能保证，扪心自问，感到无地自容。不过又一想，这对女儿将来走向社会独立生活，也是个锻炼成长的机会。于是他就对女儿说："我这里你放心，有你小胖哥照顾我，你要注意保护好自己！"说完他就挂断了电话。

　　人有情绪并不可怕，可怕的是控制不住自己的情绪。拿破仑曾说，能控制住自己情绪的人，比能拿下一座城池的将军更伟大。东方志远沉下心来，一边刻苦练球，一边看书学习，思索着自己未来的出路。因为他知道，学习是通往成功的必经之路，只有不断学习，才能让未来充满希望和可能，也才能让自己更加坚强起来。

　　练球中间休息时，东方志远捧起一本《比较经济学与中国经济改革》，边看边思索。书中用比较研究的方法，对中国经济改革的目标和路径进行探索，提出改革开放已进入建立社会主义市场经济体制和加快融入经济全球化新阶段的论断，回答了中国改革开放何以能够突破种种约束，越过市场化转轨的临界点，保持经济超预期增长这个重大命题。

逻辑学的核心意义是让人清晰地思考，使之成为日常生活中的一种习惯。比较经济学是一种经济研究的思维方式，是人们做出理性决策的一门学问，其精髓在于探索优化过程和交换过程背后的逻辑，启发人们面对经济转轨和制度变迁得到清晰的判断。引申到微观经济上，通过对复杂多变经济现象的比较研究，也可以启发人们从中捋出一条清晰的线索，找到具有发展前途的优势产业，成为自己创业的切入点。

带着探索的态度，东方志远坚持每天收看电视的经济栏目，思考着如何找到自己的创业机会。一天，电视上突然出现了自己的画面。那是他任金麦集团董事长期间，接受中央电视台经济频道记者采访时录制的节目，他讲国有企业如何在经济转轨时期，突破市场化临界点的条条杠杠限制，进入快速发展轨道的一些想法。

东方志远无心听自己在电视上的侃侃说辞，心里暗想，这已是明日黄花了。这时一个著名经济学家的讲座，却深深地吸引了他。这位经济学家在国内很有名气，他用比较研究的方法，提出触底反弹可能是经济发展一个新机遇的观点，这让东方志远顿开茅塞，从中受到启发。

"触底反弹是一种经济现象。"东方志远联想到南海经济特区，改革开放以来，由于无序地膨胀发展和资金链断裂，到处充斥着烂尾楼，呈现出一片萧条的景象。再联想到市场的需求，不是人们没钱买房，也不是有效需求不足，而是无房可买，有效供给不足。他暗想，这可能就是房地产业触底反弹的信号，也是自己进入房地产业的绝佳时机。千万不能错过这个机遇，因为当你因错过太阳而伤心哭泣的时候，就有可能也会错过满天的星斗，掉进一点儿星光都不见的深渊。

房地产业本来是关系民生的一个朝阳产业，由于无序竞争，短短几年工夫，就变成了夕阳产业，一座又一座烂尾楼，让人惨不忍睹，成为经济发展的一个风险点。

越是风急雨骤的时候，越要守住心中希望的灯塔，正如莎士比亚所说，"黑夜无论怎样悠长，白昼总会到来"，四时轮回是宇宙间谁都改变不了的铁律。经济发展的风险点，有可能转化为经济发展的机遇点。经过理性思考，他下定决心，把房地产业的触底反弹，作为自己创业的切入点。

下定决心后，东方志远继续一丝不苟地练球。一天，他接到方健省长的电话，在电话中，方健省长告诉他，他已调到云贵省任省委书记，并告诉他4月12日是这里少数民族的泼水节，如果有时间，邀请他过去一起看看。

4月11日，东方志远搭乘飞机赶到云贵省，在从机场驶往明珠大饭店的途中，健谈的出租车司机，讲起新来的省委书记就赞不绝口：来了不到三个月，就给全省的工薪阶层，以高原补贴的名义，每个人都涨了一级工资，还讲了他不少值得赞美的好事。

晚饭在明珠大饭店进行，除了方健书记和他秘书外，还有云贵省委办公厅副主任和明珠大饭店的董事长。来云贵后就称自己不会喝酒的方健书记，例外地让饭店董事长拿来一瓶三十年的茅台，一桌标准的云贵地方菜，非常高兴地喝了起来。饭后，方健书记支走了其他人，就和东方志远一起，来到了东方志远入住的房间。服务员送上水果和两杯茶水后，方健书记也让她退了下去。

方健书记向东方志远介绍了来云贵省几个多月的情况，并告诉东方志远松江省委和省政府干部调整的情况后，问东方志远："你最近在忙什么？"

东方志远说："还在寻找机会，准备自己创业。"

"有没有努力的方向？"方健书记问。

"我想做房地产。"

"现在是房地产业的低潮呀，行吗？"

"可能这正是进入房地产业的一个机遇。"东方志远说。

"房地产需要大笔钱，你有吗？"

"没有，慢慢找呗。"东方志远尴尬地回答。

……

等了好长一段时间，方健书记说："我倒有一个办法，不知你敢不敢做？"东方志远一听，喜出望外，忙问："什么办法？"

方健书记又沉思片刻说："做一单烟草生意怎么样？可以从中赚点儿钱，为你创业积累点儿资本金。"

东方志远一听感到失望。烟草属于国家专卖商品，自己没有烟草专卖的资质，不能做这单生意，就将自己的想法汇报给了方健书记。

方健书记听后说："现在云贵省几个牌号的烟草都很走俏。我来云贵后才知道，除了计划内的不能动外，云贵省还有一块计划外的烟可以自产自销。不少省的烟草公司，都跑到云贵省争取这块资源。你不用自己做，可以和南海市烟草专卖局说，你可以拿到一块资源，让他们出面，你和他们再签订居间合同，就可以收取一定的费用，你照章纳税，就不会触犯法律了。"

方健书记又说："现在烟草的盈利空间非常大，你可以在和南海市烟草专卖局的合同中，明确约定，利润他们拿大头，你拿小头，他们都很乐意做。因为没有你居间介绍的资源，他们一分钱也赚不到。一车皮烟，最低你可以从中赚两千多万元，除了缴税，还能剩下一千好几百万。"

东方志远一听十分高兴，心里想："自己搞房地产开发正急需钱，这不是天上掉馅儿饼吗？"但又一想，"这个世界哪有天上掉馅儿饼的好事？如果将来出了问题，影响自己是小事，影响到方健书记可是个大问题。"

他想到出租车司机说的一番话，方健书记才来几个月，就有这么好的口碑，将来肯定还有上升的空间，万一影响到他，自己在良心上也过意不去！他就将自己的想法，合盘向方健书记道了出后，说声"谢谢书记的好意和关怀！"就结束了这个话题。

其实，一个懂得在细节上为他人着想、处处维护他人利益的人，会在很多方面赢得他人的理解和敬重。以心交心，看似简单，却很难做到。当然，东方志远还有另一层考虑：在这个世界上除了父母外，没有谁会不计报酬地帮助自己。这也是东方志远时常提醒自己的问题，少一点儿依赖别人，多一点儿自己努力，一切都要靠自己的能力去闯，这才是人间正道。

14

  房地产业是资金密集型产业，没有钱谁都不能在这个行业玩儿，想进入的人，也只能是望洋兴叹了。东方志远苦于手中无钱，还不能马上进入这个产业，决定从进口贸易入手积累资本，为进入房地行业做好资本准备。

  因为进口贸易动用资本不多，回钱又比较快，而且他在香港的好朋友王大鹏总经理的企业是个上市公司，还可以从中帮助他，给他开信用证。用别人的钱办自己的事，尽管利润少一块，但这是积累资本的一条捷径。

  东方志远听公安部一位要好的朋友说，因全国的身份证、驾驶证和各种证照的拍摄，各地公安部门需要大量美国宝丽来感光材料和相关设备。北方已有进口代理商，急需在南方寻找一个进口代理商，并问东方志远有没有兴趣参与？听到这个信息，东方志远心想不妨试试。

  一个人的好运气并非天降，而是给有准备之人的。为此，他注册了一个公司后，从网上查找美国宝丽来感光材料有限公司的资料，了解该公司的经营理念、进口要求和运作方式，为争取到进口代理权做准备。

  1997年10月，东方志远带着有多年进出口贸易经验的副总经理黄志强，坐在位于香港的美国宝丽来公司远东公司总部的黄金大厦会议室，参加代理进口权的竞标。参与竞标的还有上海感光材料公司、广州感光材料公司等四家国企，东方志远一看这架势，就失去了一半的信心，交上标书后就按宝丽来公司要求，回到酒店等待消息。

等待的时刻是最难熬的。在香港，他住在面临维多利亚港湾的海逸酒店，本来已戒烟的东方志远，让助手黄志强下楼买条香烟。他关上房门，打开窗户，偷偷地抽起烟来，以消磨等待的难熬时光。

夜幕降临，沿维多利亚海湾的写字楼和大饭店，灯火通明，霓虹闪烁，路面上人来人往，车水马龙。东方志远无心欣赏这些美景，坐在窗台上吸着烟，思考着自己到底能不能中标。

第一天过去了，没有消息；第二天又过去了，还是没有消息。两天两夜还没过完，东方志远几乎就吸完了一条烟。晚上东方志远给宝丽来远东公司中国市场总监黄子年先生打个电话，黄子年告诉他，还需要再耐心等一等。

第三天黄子年来电话，让他去趟黄金大厦。一进公司的会议室，只有他一个人应召而至，这让他迷惑不解。这时走进来一个高个子的美国人，黄子年介绍说，这是美国宝丽来远东公司的总经理彼得·麦考尔先生。落座后麦考尔拿出五份竞标书，一份一份摊在会议桌上，其中四份每份至少是几十页纸，只有东方志远的竞标书短到只有六页纸。通过黄子年的翻译，麦考尔先生说："东方先生，听说你一直在等结果，我为你的锲而不舍精神所感动。"说着他从竞标书中，拿出东方志远薄到只有几页纸的竞标书说，"也为你的精彩竞标书而佩服。看来你对宝丽来公司的经营理念、运作方式研究得很透彻。经过我们反复研究，决定由你的公司代理进口。你的公司背靠公安部门，市场有可靠前景；凭借香港上市公司，回款又有保证。"说完就让黄子年先生拿出两份制式进口代理合同书，双方签字盖章后，东方志远长长舒出一口气。

晚上，东方志远约了几个在香港的朋友，去了兰桂坊酒吧街。这其中就有负责为他进口开信用证的香港永丰实业股份有限公司总经理王大鹏。

大家首先向他表示祝贺，东方志远点了几杯啤酒，要了几碟小吃，大家一起举杯庆祝。喝酒间，东方志远想到这段时间无事可做的经历，压抑在心里的苦闷，终于得以释放。他心想这可能是改变自己命运的一个契机，一定要把握住。不知不觉间竟多喝了几杯，回酒店时还是王大鹏送他进的房间。

回到南海市后，东方志远安排租了一间仓库，又和公安部的朋友联系，与南方几个省的公安系统建立了销售网络。因合同规定这笔生意是离岸交易和结算，每个星期都需要公司人员往返香港和南海市之间，为减少运作成本，东方志远又在香港货运码头附近租了一间很小的房子，作为公司人员进出香港的落脚点。隔了一个多月，正式开始进行进口贸易运作。

由于各个环节通畅，进口贸易很顺利，只是货物到南海市后，海关验货环节经常会遇到一些麻烦。为了疏通关系，东方志远多次请海关主管关长和检验科科长吃饭，还送一些小的礼物。麻烦虽然少了一些，但不时还会发生一些纠葛。一接到海关的电话，哪怕是三更半夜，东方志远都得爬起来，拿着相关资料，驾车赶到货物出关地点，费尽口舌才予以通关。开始每个星期进口一个货柜，以后是两个货柜、三个货柜，最多时每个星期进口四个货柜，在很短的时间内，公司就取得了可喜的成果。

在此期间，东方志远并没有停止寻找房地产项目的努力。先后同几个烂尾楼的老板洽谈合作开发事宜，都因要价太高而没有谈成。

有一天下午，东方志远接到松江省能源股份有限公司办公室主任侯天成的电话。侯天成在电话中说，他们公司在深交所上市，为了便于管理，在深圳市成立一家公司，负责上市后的管理工作，他被公司派来出任这个公司的总经理。在电话中侯天成调侃说："你别光顾着自己赚大钱，忘了给老兄接风洗尘。"

侯天成原是东方志远老婆所在的松江省电力局办公室主任，也是东方志远在松江省的朋友之一。接到电话后，第二天东方志远就赶到了深圳市，中午设宴为侯天成接风洗尘。

侯天成约来七八个朋友，因为东方志远和大家都不认识，席间互相交换了名片。其中，一位深石化总公司下属化妆品公司的总经理叫曾兰娇，问东方志远是做什么生意的？东方志远回答后，她又问东方志远想不想搞房地产开发？东方志远回答说想是想，就是缺钱搞不了。曾兰娇说她一个老乡叶海瑞是南海市开发银行行长，他们行里购买一块土地，准备搞房地产开发，地基还没开挖，人民银行总行就发文，不允许银行业开发房地产。按照土地法规定，超过三个月不开发，该块土地将被无偿收回，不仅行里将受到巨大损失，他这个行长也要受到处分。曾兰娇问东方志远："如果你有意思，可以把这块土地接过来，进行合作开发建设。土地不用花钱，只出开发建设的资金。项目建成后，房子还可以按比例分成。"

东方志远一听，心中暗想："购买土地不用花钱，自己做贸易也攒了一些钱，还可以用土地做抵押，融进部分资金，销售又减轻了压力，这不是我进入房地产行业的绝佳机会吗！"他当即就表态说同意。

第二天，回到南海市自己的办公室时，开发银行的叶海瑞行长正在等他，双方一拍即合，叶海瑞行长让东方志远尽快拿出一个合作开发的具体方案。

东方志远从未涉足过房地产开发，没有一点儿实际经验，苦于自己不懂行，就找来有一定经验的朋友李斌，商量如何草拟这个方案。

李斌是松江市公安局局长的弟弟，前些年来到南海市，开办一家小公司，组织二十几个农民工，为房地产开发商做些零星的小工程。因为他的夫人在南海市规划局工作，负责项目的审批。所以，他经常替开发商跑规划报建，在南海市房地产界混得很火。东方志远来到南海市后，因为是他家乡来的市长，李斌自然对他很亲切，经常到东方志远的办公室聊天喝茶唠闲嗑。

在李斌的帮助下，东方志远很快就提出了具体合作方案，开发银行以土地作为投资合作的股本金，开发建设的资金由东方志远负责筹措，房子建成后，东方志远和开发银行按6∶4比例分成，叶海瑞行长因急于出手这块地，连方案都没详细看就表示同意。东方志远在工商局快速注册了亿诚房地产开发有限公司，并聘请李斌出任公司的副总经理，正式进入了房地产开发行业。

摆在东方志远面前的，有两件事急需做：一是提出规划设计方案；二是融进部分资金，以防止资金链断裂。

他马上进行市场调研，还跑到香港黄雄希建筑事务所，请来在建筑设计界很有名气的黄雄希进行规划设计。黄雄希是在国际上享有盛名的建筑设计师，师从建筑设计大师贝聿铭，通过实地踏查，借鉴国外刚流行的设计理念，提出下沉式客厅的设计构想，这种新奇的设计构想，在南海市尚属首家。

设计方案搞定后,东方志远就游走于各家银行寻求融资支持,但由于国家对房地产贷款的限制还没放开,一家都没谈成。朋友介绍说北京中华环保基金会有部分闲置资金,因环保项目较少而贷不出去。他认识这个基金会的理事长徐戈平,就急如星火地赶往北京。

徐戈平在解放战争时期,曾给东方志远做秘书时服务过的老省长做过警卫员。东方志远随老省长去北京开会时,和他有过多次接触。东方志远抱着试试看的心态找到了徐戈平理事长,说明来意后,徐戈平理事长当即表示支持,但为了保证基金的安全性,不仅要有抵押,还要有北京一家大型国有企业做担保。

抵押没有问题,担保却让东方志远犯了难。东方志远在北京众多大公司中,唯一认识的人只有新发集团的总经理郭长平,也不知他们公司是否具备担保资质。。

郭长平原来是兰州市的副市长,是东方志远担任松江市常务副市长期间,在全国经济工作会上结识的朋友。因为两个人都是属于敢于放炮的人,他们俩在会议讨论中的发言,经常被刊登在会议的简报上,引起了领导的注意,他俩的有些高论还在领导的讲话中被引用过。可能是惺惺相惜的缘故吧,两个人自然就成了好朋友。郭长平听了东方志远的情况介绍后,就向公司董事长请示,得到同意后,按程序为东方志远出具了担保函。

一切手续完备后,第二天,中华环保基金理事会经过研究决定,为东方志远的公司贷款两千万元人民币。办完手续后,东方志远又麻烦郭长平帮他订一张返回南海市的机票。郭长平一看东方志远的身份证,就没让他走。原来这天是10月24日,正好是东方志远的生日。晚上,郭长平找了几个北京的朋友,在王府半岛酒店为东方志远庆生。

没想到这次庆生，差点儿改写东方志远的命运。

酒还没喝到一半，餐桌上的燃气罐突然爆炸，半盆酸菜鱼锅腾空而起，穿过东方志远和郭长平座位的空隙坠落到地上。东方志远整个脸部和郭长平的半个脸部都被烫伤，酒店立即把他们俩送到积水潭医院。

第二天李斌领公司的人赶到北京看他时，东方志远已是面目全非，用纱布包裹着整张脸。好在只是烫伤了表皮，真皮没有受到损伤。在北京住了二十六天医院，在揭开纱布前，东方志远每天都在担心，生怕脸上留下疤痕，自己变成一个怪物。

同事问医生："将来可能会怎么样？"医生说："这与个人的体质和愈合程度有关，不能一概而论。"东方志远听完更加担心。在揭开纱布的那一刻，他的心简直就要跳到嗓子眼儿，没想到，纱布下的脸颊却是粉白的，连皱纹都没有了，就像换了一张脸似的。这真是一个天大的喜事！大夫和护士都和他开玩笑说："你这是因祸得福，变得年轻英俊了。"

出院后的东方志远立刻赶回南海市，没顾得休息，立即投入到寻找承建商的工作中。一切准备妥当后，1998年5月28日，东方志远踏入房地产界的第一个项目城市花园正式开工建设。

这一天，艳阳高照，天气特别好，一场雨后，天空中还出现了一道彩虹。早上八点多钟，工地上彩旗飘飘，鞭炮齐鸣，在潜在客户群体众目睽睽之下和喜庆热烈的气氛中，打桩机打下了第一根桩。因为东方志远脸部受伤，被强烈阳光一刺激就特别疼，他戴着墨镜和一顶草帽，在工地上指挥奔忙。

工程进展顺利。南海市学习香港经验，允许开发商卖楼花。因附近没有新的楼盘，加之设计新颖，不到半年时间，八万多平方米的住宅，楼花就已售出将近二分之一。

生意顺了，人们之间就容易生出是非，特别是在金钱问题上，最能考验人性。售楼部经理吕文，是个二十七八岁的浙江人，东南大学建筑系毕业，办事精明强干。他是公司副总李斌介绍来公司的，因此，和李斌的关系比较好，连李斌上小学的儿子放学，有时也让吕文去接，李斌还多次请吕文到家里吃饭。

一天晚上，吕文突然来到东方志远的家里，神秘地向东方志远反映说："因为楼花价格不高，内部员工介绍的客户，还有一定折扣可打。李斌就让他的朋友到售楼部买楼花，买到手后再转手出售，从中赚取差价。"

东方志远问："他共买了多少套房子？"

吕文回答说："至少有二十几套吧。"

东方志远按市场价格粗略估算了一下，每套房子至少赚差价五六万元，二十多套就可以从中净赚一百多万元。

东方志远没动声色，而是暗中观察，发现李斌整天蹲在售楼部，有时还把到售楼部买房的客户，拉到外面私下谈交易，吕文反映的情况得到了证实。

一天下班后，东方志远把李斌留下谈了这件事。李斌开始矢口否认，并问："谁说的？"东方志远说："谁说的不重要，重要的是你到底有没有这回事？"李斌自知理亏，也不好分辩，但他心里明白，这件事只有售楼部清楚，一定是售楼部经理吕文告的密。从此他就和吕文结下了梁子。

东方志远对李斌说："咱们是半个老乡，我对你又很信任，每个月一万多工资已经不少了,我还给你百分之五的干股。做任何事情都应该有个度,对得起自己的良心,不能见利忘义。"本来事情到此为止,也就不会引出后面的麻烦了。但是,人的格局决定了人的命运。在接下来的时间里,李斌在工作中经常找吕文的毛病,还克扣吕文的销售提成款,也不让吕文替他接儿子了。

一天,李斌向东方志远反映说,他的手机在售楼部丢了,可能是吕文偷的。东方志远到售楼部调查,售楼部员工都反映说,每天看房和买房的客户非常多,吕经理除了中午吃饭外,一天都坐在柜台里接待客户,怎么能有机会偷李总的手机呢?

东方志远知道这是李斌的挟嫌报复,让办公室给李斌买了一部新手机,这件事就不了了之。但是,吕文和李斌之间的梁子却越结越深。

过了几天,吕文说家里有急事请几天假。请假的第三天晚上,李斌说他儿子突然不见了。东方志远发动公司的人帮助他寻找,仍然没有下落,于是报了警。又过了两天,李斌突然接到一个陌生人的信息说:"你儿子在我手里,拿一百万就放了他。"李斌家里本来有钱,但他夫人坚持不肯拿一百万。公安部门怀疑这件事是吕文所为,极速搜查了吕文的宿舍,还派干警到吕文的同学和浙江老家搜捕,均一无所获,遂向全国发出通缉。大家对李斌的遭遇只能是表示同情。

四天后,经公安部门拉网式排查,终于在一座烂尾楼里找到了李斌的儿子。他被铁丝五花大绑,头颅破裂,早已死亡,一个年仅八岁的儿童,无辜地失去了生命。

为了一点儿私利,丢了唯一儿子的性命,李斌从此成天魂不守舍,浑浑噩噩,什么事都不能做,不到半年就主动辞了职!

吕文固然可恶,但李斌从中也应该得到教训。一个人不能为了一点儿蝇头小利而丢了人格，甚至刻意找碴儿陷害别人。在这个世界上，一切都有因果报应，正像物理学中的作用力和反作用力，作用力有多大，反作用力亦就有多大！

这件事也让东方志远从中悟出一个道理，经商之道，无非是两种模式：一种是无商不奸，为了自己的利益，想方设法去算计别人；另一种是百术不如一诚，这才是经商正道。东方志远在注册公司时，曾绞尽脑汁为公司起名，思来想去起了一个亿诚房地产开发有限公司。意思是百术不如一诚，何况亿诚乎！现在想起来，他为自己坚守诚信的理念而感到慰藉！

1999年春节前，八万多平方米的住宅全部售罄，东方志远收获了进入房地产业的第一桶金。

15

春节刚过，南海市就推出了城中村改建政策，为房地产业的复兴注入了一剂强心剂。一时间，一座座烂尾楼，换装拔地而起，一个个城中村，旧貌焕然一新，南海市房地产业迎来了大发展的春天。

一旦进入地产圈，一场创业大梦就拉开了序幕，不知不觉间，在房地产圈闯荡的东方志远，也迎来了新的发展机遇。

1999年5月份，南海市推出了吉大村的旧村改造项目招标，做完城市花园项目，已经积累一些经验和实力的东方志远，跃跃欲试地参与了竞标，并按照改建办的要求，交了一千万元竞标保证金。

吉大村东南两侧面海，与澳门隔海相望，西北两侧背靠将军山，依山面海，坐北朝南，是个绝佳地段，被业界称为是南海市的地眼。与吉大村北侧毗邻还有一块空地，已被南海市骏发房地产开发有限公司买下，几年前就已取得开发权。只是该地段东南侧被多栋高层建筑遮挡，视野不尽理想。但如果把两块地连起来统一进行规划设计，就可以规避遮挡视野的弊端。

房地产开发制胜的第一要素是地段，第二要素也是地段，第三要素还是地段。这么好的地段，参与竞标的公司特别多，共有十三家公司递交了竞标书。骏发房地产开发有限公司也递交了竞标书，而且大有势在必得的气势。

骏发公司递交上标书后，有八家公司却主动撤回了竞标书，只剩下五家公司参与竞标。

为什么？因为骏发房地产开发有限公司是个有背景的公司，在南海市地产圈大家都知道。骏发公司的老板赖英贤，人称赖公子，是南海市曾经主管城建的副市长赖有方的独生子。在南海市房地产界，赖公子和他的姓一样，是个腰别扁担横晃的人物，谁都不敢惹乎他。他看中哪块地，别人谁都别想得到，即便是参与了竞标，也只有当分母的份儿，这恐怕就是那八家公司退出竞标的真正原因。

在剩下参与竞标的五家公司中，除了骏发房地产开发有限公司外，只有亿诚房地产开发有限公司的东方志远，是个办事严谨和理性的开发商，公司也具有一定竞争实力。

南海市对旧村改建的竞标方式，不是以现场举牌、价格最高者取得，而是根据项目的规划建设条件，参与竞标的公司，分别制定出规划设计方案和村民安置补偿办法，由规划、国土资源、建设部门的专家和村委会、改建办代表等五方组成的评标委员会，对每个方案进行现场打分，以分数最高者中标。

一天晚上，东方志远正在办公室和设计师研究规划设计方案时，胖子却躲在办公室的一角，给远在北方老家的亲属挨个打电话，搅得东方志远心里很烦，就叫他到其他房间去打电话，胖子到了另一间办公室，仍然不停地在打电话。

这时，市政府副秘书长兼改建办主任李光远突然造访，东方志远还以为李光远是为他们的规划设计方案出谋献策来着，心里十分高兴，就把他请到会议室单独交谈。令人没想到的是，李光远对设计方案只字未提，却动员他退出这次竞标。

东方志远问："为什么？"李光远说："不好实话实说。过几天将推出氹仔村的改建项目，你可以参与这个项目的竞标。这个项目比吉大村项目占地面积大出一倍，而且建筑容积率较低，改建办在评分上还可以给予适当照顾。"东方志远一听心中暗想："氹仔村虽然面积大，容积率只有1∶3，是个可以建七十多万平方米的大项目。但地段极其一般，既不面海，也不靠山，还被周边林立的栋栋高楼包围着，是个标准的城中村，况且自己又无足够的资金对那么多村民进行安置补偿。"就和李光远说："你给我再多的优惠和照顾，我也没有经济实力开发这么大的项目啊！"实际上这时的东方志远，已经猜到了李光远的用意，只能以自己没有经济实力为借口搪塞过去而已。

李光远又提出："也可以不退出竞标，但给你五百万元陪标费，你把标书做得粗糙一点儿，也可以达到把这个项目让出来的目的。"因东方志远表示坚决反对，他只得悻悻离去。

李光远走后，东方志远继续和设计师研究规划设计方案。按照规划部门出具的建设条件要点，面海处规划设计六栋小高层建筑，两栋高层建筑；靠山处规划设计六栋高层建筑；在毗邻海天大酒店一侧，建一栋集餐饮、住宿和办公为一体的商业建筑亿诚大厦。

建筑容积率为1∶4，绿化率为百分之四十一，总建筑面积约为三十五万平方米。为了分流山上涌下的泉水，在小区内规划设计了一条弯弯曲曲的人工小河，并以溪流为主题，设计了一个超大面积的花园，还在小区背后的将军山上，规划修建一条盘山小路，以便于村民散步休憩。而且，在户型设计上，以"院"为主题，每户都有一个二十多平方米、不封顶、产权面积只计算一半的建筑空间，入住后即可装修成一个室内空中花园，面海的房间都是落地窗设计。前面俯视海景，后面环望山景，整个小区外景内用，层层都有绿化，形成一个立体式的花园。为了给村民留下一个永久性的怀念，遂以原来的门牌号为小区取名为水湾六号院。

规划设计初步成形后，东方志远又忙着研究制定村民的安置补偿方案。整个小区预计四年才能交付使用，对几百户村民的四年时间安置补偿就成为至关重要。为了取得村民的支持，东方志远多次游走在村党委书记隋建军、村委会主任汪永泉和村民代表之间，有时还通过召开村民座谈会征求意见。

1999年8月14日是星期六，吉大村党委书记隋建军提出要到金海湾度周末，因东方志远计划和某老板谈村民安置用房的事情，就由公司副总和胖子陪同前往。

胖子走之前，东方志远和他在办公室各吃了一份盒饭，胖子清理完垃圾，关好门窗，就陪客人去了金海湾。

但是，不幸的事情发生了。

东方志远正同一个老板谈村民安置用房时，突然接到副总的电话说，胖子下海游泳，现在还没上来。东方志远急忙约了两个朋友，驾车赶到出事现场。滔滔的海水急速流过，在拐弯处形成一个很大的漩涡，地势十分凶险。东方志远看着奔流不息的海水，一个多小时过去了，还是不见胖子的踪影。东方志远雇来当地的船工，驾驶三条小船下海寻找，仍然不见踪影。东方志远又打电话给南海市直升机公司，租用一架用作旅游观光的直升机，在空中巡查，还是不见踪影。东方志远在焦急中等待，心如刀绞，无可奈何。

晚上七点多钟，在离岸边仅有五米处，突然浮出一具尸体，船工和隋建军把尸体打捞上来。东方志远走向前一看，正是胖子。这时胖子竟然口鼻流血，大家都说这是见到亲人才有的现象。东方志远马上给远在北方的哥嫂打电话，告诉了他们胖子的不幸，请他们速来南海市。

哥嫂都已六十多岁了，听到这个消息沉痛不已，第二天就和胖子的爱人来到了南海市。

哥嫂来到南海市后，村党委书记隋建军介绍了胖子死亡的经过。哥嫂什么话都没说，胖子的爱人只是痛苦地哭泣。处理完后事，在乘飞机回北方前，哥嫂反倒安慰和叮嘱东方志远，不要过度悲伤，要好好干，不要给家族丢脸，更让东方志远心如刀绞。

面对这样深明大义的哥嫂和侄媳，东方志远无言以对。要奋斗就会有牺牲，说的可能就是这个意思吧。胖子的死亡和哥嫂的宽容，激励他一定要把项目争取到手，用自己的奋斗成果告慰胖子的在天之灵，感激哥嫂的体谅和宽恕。

收拾好悲痛的心情，东方志远又义无反顾地踏上了竞标的征程。

可能是因为胖子的死，安置补偿方案很快就获得了村民的认可和同意。

东方志远按照原定计划，征求规划局对规划设计方案的意见。规划局局长叫袁萍，他不认识，也从来未接触过。听说是个女局长，很难说话，也会打高尔夫球。东方志远就通过国土资源局局长郑京生，请他代约规划局局长袁萍打场球，并想在打球时顺便谈及此事。

东方志远又约上亮仔，让他带着规划设计方案，早八点钟整，四个人在银湾球场正式开球。第一个洞打得不是很顺利，四个人中有三个人三杆都攻上果岭，袁萍因1号木没打好，小球出现了右曲，进了长草，罚了一杆，六杆才攻上果岭。

本来就不爽的袁萍，来到第二个洞时，前面一组人刚走。因前方有一大片水障碍，水塘前又有两个沙坑障碍，袁萍不知用什么杆打好，就问为她服务的208号球童舒晓娟："水塘有多宽？沙坑有多远？"舒晓娟回答说："水塘宽约一百三十五码，沙坑约有一百八十九码。"袁萍想了一下，没选择用1号木杆，而是用3号木杆开球，试图将球打到水障碍和沙坑之间，但因发力过大，杆面触地，击球距离不够，小球下了水，引出一件让东方志远从未遇到的棘手事。

袁萍因为第一个洞就没打好，气得嘴里不知在叨咕着什么。这个洞的第一杆又没打好，下了发球台，就要乘车去水塘对岸补球，并让球童舒晓娟给她开车先走。球童舒晓娟对袁萍说："按照球场规则，要在球入水处补发。"袁萍一听就火了，对球童舒晓娟大声说："我愿意在哪补就在哪补！"大家一看袁萍这架势，都打圆场说在哪补都行。这时，66号球童杨小娃走上前说："老板，高尔夫球有这个规则，小球下水，必须在入水处补发。"

"你少跟我啰唆，这里没有你的事，你有什么资格和我说话？"袁萍越发不讲理了。

站在旁边的东方志远，看到眼前的情景，感到进退两难。球童说的规则并没有错，要求客人按球场规则打球，这是他们的职责。而发火的袁萍，是他请来的客人，况且还有事有求于她，虽然明显是袁萍的不对，但也不能说她什么，就想和个稀泥，应付过去了事。

东方志远就对袁萍说："消消气，没必要和他们生气发火。"

但是，没想到袁萍依然不肯罢休，怒吼道："把你们的老板叫来！"

袁萍看球童谁都不动，更恼了，像驱赶小鸡一样，催促球童舒晓娟："你到底去还是不去呀？"球童舒晓娟一听说让她去叫老板，顿时紧张起来，唯唯诺诺地小声说："我又没做错什么，凭什么还要让我去找老板！"袁萍愤怒地说："怎么？你一个小球童，还敢和我顶嘴！"

说着，竟一巴掌打在舒晓娟的脸上，舒小娟脸上顿时出现了几个指印。她望着蛮横的客人，一时竟不知所措。

袁萍又用手指着舒晓娟的鼻子说："你不就是个小球童吗？竟敢和我犟嘴！"

舒晓娟边往后退边自言自语地说："小球童又怎么啦？球童也是人，也应该得到尊重。"

"知道你是在和谁说话吗？我让你吃不了兜着走！"说着袁萍又向前紧逼一步。这时杨小娃走上前，用身体挡住了舒晓娟。

袁萍这突然的一巴掌，让舒晓娟惊呆了，想到自己从小到大，连父母还没舍得打一巴掌，她感到十分委屈，用手捂着被打红的脸颊竟呜呜地哭了起来。

杨小娃冲上前质问袁萍："你凭什么打人？"

"打了又怎么样？"余气未消的袁萍，一看舒晓娟还哭了起来，更加生气，大吼道，"还这么矫情，让你们老板给我换球童！"

顿时，谁都不说话了，每个球员和球童，都像雕塑一样，杵立在发球台上。

杨小娃走上前，一边安慰着舒晓娟，一边拿出纸巾为她擦拭着泪水。

为了打破尴尬，东方志远只得给出发站打电话，让换个球童来，杨小娃就开车把舒晓娟送回到出发站。

郑京生只是跟着打球，从头到尾一句话都没说，四个人在不和谐的气氛中打完了这场球。东方志远也没有找到合适的机会，向袁萍说自己规划设计方案的事。郑京生不时地看看东方志远，也没有主动提起规划设计方案的事。

自从银湾高尔夫球会开场以来，还从未遇到过这样的事。不要说动手打人，就是动嘴骂人的事，也是极少发生，脾气最坏的，顶多就是少给小费，或者不给小费而已。遇到这样的事，东方志远的心里也充满了愤慨，感到愧对球童。

袁萍是个年轻的局级女干部，今年才四十多岁，是个土生土长的本地干部，上海复旦大学建筑系毕业的硕士研究生。毕业后就被分配到南海市规划局，从科员做起，一步步做到局长。有人传换届时，袁萍有可能升任主管城建的副市长。她也觉得自己是经过各个岗位历练的专业技术型干部，从不把别人放在眼里，在规划局也是一手遮天，经常发火训人。

第二天下午，东方志远突然接到杨小娃的电话，说袁萍给他们董事长打电话，让球会炒掉舒晓娟。原来，球会董事长一听到这个情况就十分紧张，心想："球会八十多栋别墅的规划报建方案，还压在规划局迟迟未批，千万不能把规划局局长给得罪了。"遂通知运作部辞退了舒晓娟。

东方志远不仅是银湾高尔夫球会的贵客，而且是贵客中的 VIP。杨小娃知道东方志远在他们董事长心中的分量，所以，在电话中还告诉东方志远，他正和舒晓娟谈恋爱。舒晓娟家里很穷，一家人还等着她挣钱养家和供弟弟妹妹上学。求东方志远找找他们球会的老板，给说说情不要炒掉她。

袁萍是自己邀请来打球的，严格点儿说，这件事的发生和他也有脱不了的干系，东方志远感到很内疚。他告诉杨小娃："明天就去找你们的董事长说情。"

第二天晚上，东方志远请银湾高尔夫球会董事长郭漫远吃饭。郭漫远是南海市私营企业协会的常务理事,对协会会长东方志远向来比较尊重。特别是作为一个台湾商人,在大陆现行体制下办事,他还得到过东方志远的不少帮助。

东方志远和郭漫远说起舒晓娟的事,郭漫远问:"你怎么关心起一个女球童来着,是不是你和她有什么特殊关系啊?"东方志远怕别人误会,只好实话实说,就问郭漫远:"球会的A级球童杨小娃你认识吧?我每次打球必点他出场。他是舒晓娟的对象,求我向你求情。再者说这件事是我邀请袁局长打球才引起的,我也有一定责任。而且,我就在现场,根本不怨球童,还请老兄高抬贵手。"郭漫远说:"这样啊,不过球会制度有明文规定,凡是被会员换掉的球童,一律予以辞退。再说这事我已经和袁局长说了,袁局长再来打球碰上舒晓娟我该怎么解释?"

东方志远想了想说:"要不你让她先去练习场?那里袁局长看不到,还有收入可以养家,也成全了两个正在恋爱的球童。过一段时间再让她回到球童部,你看怎么样?"

郭漫远一听,觉得这是一个两全其美的办法,就顺水推舟表示了同意。接着他又和东方志远说起别墅规划报建的事。

郭漫远董事长说,任何高尔夫球场,光靠会员和打球的收入都会亏损,当初报建的时候,就报了八十栋单体别墅,现在,别墅就要开工了,规划局还没有批准规划设计方案,也不知是什么原因。郭漫远还说东方会长有面子,能不能帮助说说情,使方案批下来,东方志远只好答应。

回到办公室东方志远心想:"这场球打得真有点得不偿失,自己的事没办,还揽了别人的两件事!"但他又一想,"这年头办事,有时关系比组织重要,这也在情理之中。自己办事也不是在找各种关系疏通吗？更何况帮人也是帮自己！"

隔了一天，通过国土资源局郑京生局长，东方志远找到了规划局规划科的周科长，请他帮助看看水湾六号院的规划设计方案。周科长是个三十岁出头的年轻人，对东方志远非常崇拜，又是让座又是沏茶，让东方志远都感到有点儿不好意思。东方志远把水湾六号院的规划设计方案交给周科长。周科长看了一会儿就说："很好啊！既满足了各项建筑设计条件的要求，又突出了舒适和环保的原则，有理念、有创意、非常好！"东方志远看周科长也提不出什么具体意见，就顺便问了一句银湾高尔夫球会别墅的事。周科长说主要问题是报建的都是单体别墅，而现在国家出了个新的规定，为节省用地，不允许建单体别墅。东方志远问那怎么办好？周科长说也不知应该怎么办，所以方案一直压着不批。

沉默一会儿，东方志远又说："如果变通一下，将两栋单体别墅拉近一点儿，之间建一个连廊，两栋别墅再各自开一个侧门，把连廊作为通往自家花园的通道，既符合国家的规定，又不影响每栋别墅单体的独立性，这样不可以吗？"周科长一听就说："这主意还真是有创意呀！"

东方志远心里想："还什么创意？只是变通一下，换汤不换药而已。"遂当着周科长的面，电话告知银湾高尔夫球会董事长郭漫远，请他按自己的意见修改设计方案，然后报请规划局审批。电话那头的郭漫远说："你可为我解决了一个大难题。"千恩万谢，感激不已。

吉大村旧村改建项目的招标工作，按部就班地进行。东方志远的规划设计方案和拆迁补偿方案都已完成，并已分别征求完意见，报到改建办后，听说又有三家公司退出了竞标，只有骏发房地产开发有限公司和亿诚房地产开发有限公司两家参与竞标。

过了几天的一个上午，东方志远接到南海市高尔夫球协会会长赖有方的电话，邀请他一起打球。东方志远问："都有谁呀？"赖有方说："只有咱们俩。"东方志远心想："这是别人说情不奏效，老子要亲自上阵做说客呀。"想好应对策略后，下午东方志远孤身一人应约而至。

坐上球车后，杨小娃先对东方志远说："谢谢老板。"东方志远一听就知道，他对舒晓娟的安排很满意。东方志远说："好好练球，争取当个好教练，每天在练习场又可以和晓娟在一起了。"杨小娃说："一定努力。"在去往1号洞的球道上，赖有方问东方志远："你侄子的事我都听说了，处理完了吧？"东方志远对赖有方的关心道了谢。

赖有方打球的年头比较长，球技也比东方志远好。在1号洞发球台，赖有方问东方志远："是不是让你几杆？"东方志远说："不用，咱们打的是快乐高尔夫，不在多少杆，快乐就好。"赖有方说："那就平打。"

打完八个洞，赖有方也没启齿。打完前九洞后，在向后九洞转场的车上，赖有方终于对东方志远开口说："听说吉大村项目你也在竞标？"东方志远说："是。"赖有方又说："在吉大村旁边骏发房地产开发有限公司也有一块地，他们想两块地统一规划，连片开发，你能不能行个方便？"东方志远一听，这是赖有方站在置身事外的高度在说情。"不如捅开这层关系，让你也深陷其中，不能把自己撇出去，好像你的说情不是为了自己，而是与自己没有任何关系。"想到这儿东方就说："这个事我知道。"接着又问赖有方，"听说骏发房地产开发有限公司的老板赖英贤是你的儿子？他们统一规划，连片开发好是好。但都到这个时候了，你让我怎么放弃？我如果放弃了，如何面对侄子的在天之灵？怎么面对年近八旬的哥哥嫂子？"东方志远说哥哥嫂子的时候，故意多说十几岁，打的是感情牌，让赖有方也受到感动，再无法继续说下去。其实，赖有方根本就没有感动，他继续说道："过几天市政府就推出氹仔村的招标项目。我可以和各个部门打个招呼，这个项目不用竞标，直接划拨给你，你可以分期开发，资金压力也不会太大，你看怎么样？"

东方志远看赖有方不但没受到感动，还要动用自己的权力，违反招标的规定，索性就不客气了。他把和市政府副秘书长李光远说的话和赖有方又说了一遍，并问赖有方："不参与竞标就能取得开发权，恐怕市委、市政府也不会同意吧？"最后又将了赖有方一军说，"赖会长，如果你遇上这件事该怎么办？还请老市长给我指点！"赖有方什么话都没说。两个人都沉默了，球车飞快地驶向10号球洞。

下半场，两个人各怀心事，球都不知是怎么打的，就草草结束了这场"快乐"高尔夫球！

16

令人感到意外的是，在吉大村旧村改建公开竞标的前一天，在改建办的门外出现了一张告示：

> 由于竞标单位资质条件存疑，需要重新核实，经研究决定，将吉大村竞标时间顺延三天。敬请相关单位配合！
>
> 南海市旧村改建办公室

通告一出，东方志远感到惊讶，一时摸不着头脑。改建办两个工作人员就来到了亿诚房地产开发有限公司的办公室，说明来意后，东方志远让公司有关人员找出公司营业执照、参与竞标的保证金收据、五个建筑工程师的职业证书，其中还有两个是高级建筑师。东方志远问："有什么问题吗？"改建办的工作人员看了这些证件后说："有人举报你们公司建筑工程师的资质不合格，现在看没有什么问题了。"弄得东方志远哭笑不得，看来是有人从中作梗！

吉大村旧村改建公开竞标终于开始了。

评标委员会人员由国土局、规划局、城建局几位总工、副总工和改建办、村委会的代表组成，每个单位各出两个人，共计十个人。除了村委会代表外，其他人员都是各部门的专业技术干部。参加竞标的只有两家公司，每个公司出席两个人。会议由市政府副秘书长、改建办主任李光远主持。

每个评标委员会成员手中，都有一份两个公司的竞标方案。李光远宣布两个小时内，由评标委员会成员阅读方案并进行打分。

会议室内分别摆放着十张小方桌，互相之间谁都不受影响，在众目睽睽之下，评鉴着两个公司的竞标方案。在会议室边上，坐着两家房地产公司老板和有关人员，紧张地盯着评委会成员，会议室里气氛有点儿紧张，连喘气的声息似乎都能听得见。

骏发房地产开发有限公司总经理赖英贤，偷偷看了东方志远几眼，当东方志远也向他投来炯炯有神的目光时，他又把头转向了另一边。赖公子是个彻头彻尾的官二代，一个混迹于商场的纨绔子弟，年纪约有三十六七岁。虽然他曾经拥有过很多女人，但至今仍未结婚，还是一个单身主义者。在女人堆里混迹多年的赖公子，并不相信爱情，他几乎是天天谈恋爱，夜夜做新郎。

赖公子靠着当市长的父亲，入行仅几年工夫，在房地产界就混得风生水起，一路顺风顺水，别人做的项目，时有烂尾，他做的项目，却个个成功。

但他并不知足。父亲退休前，就靠父亲的老关系，已经拿下毗邻吉大村旁的一块空地，但这块地和海之间被几栋高层建筑遮挡，视野并不理想，所以迟迟未予开发建设，他想把吉大村这块地再拿下来，两块地就可以整合成一片，统一规划设计。分期进行开发，建成一个既有山景又有海景的高档小区。

赖公子不是个一般人物，在南海市，别人办不了的事他都能办成，别人拿不下的地，他都能拿到。本来吉大村的旧村改建，有十三家公司参与竞标，由于赖公子的出现，就有十一家公司主动退出。

赖公子的信条是："政策是死的而人是活的，在南海市就没有我办不成的事。"对取得吉大村旧村改建项目，他信心满满，当仁不让。对自己的竞标方案也下了不少功夫，还通过其父亲的关系，分别找了其父亲曾经领导的规划局、国土局、城建局、改建办的领导，这些人私下里也对他做出了承诺，让他对取得项目的中标权更是充满信心。

想到这儿，他环视一下各位评标人员，而评标人员因忙于看标书并没有看他。他感到结果早已内定，只是走一下过场，遂点起一支烟，跷着二郎腿，悠然地吸起来。

可惜的是，参与评标的评委不是各个单位的领导，而是相关的技术人员，他们都有自己的职业操守。两个小时评标很快就结束了，每个评委会成员递给李光远一张纸条，李光远就宣布开标。

这是最紧张的时刻。

会议室里死一般的寂静，每个人目不转睛地盯着黑板。当李光远念到第五份竞标分数时，亿诚房地产开发有限公司和骏发房地产开发有限公司的分数交替上升，赖公子脸上不时露出得意的笑容。李副秘书长念到第七份竞标分数时，规划设计方案亿诚公司比骏发公司高出2.1分，安置补偿方案，骏发公司比亿诚公司高出2.8分。赖公子开始有些紧张，而东方志远却心里有了底。他离开会议室走到外面，拿着纸巾擦拭着情不自禁流下的眼泪，暗暗地告慰胖子：老爸一定对得起你，让你在九泉之下心安！

不一会儿，分数都出来了，按照竞标规定，去掉一个最高分，再去掉一个最低分，亿诚公司的规划设计方案平均比骏发公司高出1.65分，安置补偿方案平均也比骏发公司高出0.9分。李光远看了一眼赖公子，无奈地耸耸肩，宣布亿诚房地产开发有限公司中标！

赖公子恶狠狠地看了一眼李光远和评标成员，掐灭烟头，愤然离去。

东方志远并没有过于高兴，心想自己公司的中标，不仅因此得罪了赖有方会长和一些领导，也打乱了赖公子的通盘部署，还为自己增加了一个竞争对手。他一想到这些，不仅高兴不起来，反而是增加了一股无名的忧虑与担心。

中标后，东方志远意识到，接下来就是一场与狼共舞的比拼。为了提高水湾六号院的竞争力，东方志远为自己设定的行动准则就是一个字：快。

但拆迁就遇到了阻力。

八百一十六户村民，有八百零三户在不到半个月的时间，就分别签了合同，领了补偿款，搬迁到安置房，只有十三户村民迟迟未动。这其中有两户是临街住宅，原村民已移居香港，空着的房子私改功能，租给两家商户开饭店。还有一户是南海市城建局副局长孙刚的老父亲孙水根。其余十户都因各种各样的原因，提高补偿要价，就是赖着不搬。

看着隔壁骏发房地产开发有限公司开发的骏发山庄，打桩机已运抵现场，而自己开发的水湾六号院拆迁还没有完成，东方志远心里十分着急。

本着先易后难的原则，东方志远首先找到孙刚局长。孙刚清楚旧村改建的政策规定，因为东方志远在南海市也算是个名人，他也不敢慢待，遂主动做其老父亲的工作，但他父亲说自己在这里住了一辈子，死活不肯离开这个窝。孙刚老父亲已经年逾八十，孙刚也不便硬逼，就向东方志远提议说："要不你再多给他点儿补偿，我再动员他尽快搬迁?"东方志远感到补偿标准不一样,可能后患无穷。因为在一个人身上失去原则,就意味着在大多数人面前失去说服力。他就和孙刚商量:"我私下里给你几万,再以你的名义送给老人家,也不要让老人家对外张扬,你再动员他尽快搬离怎么样?"孙刚说:"这样也好。"不到一个星期,老人家就自动搬离了。其他十户居民,经过挨户走访,耐心工作,晓之以理,动之以情,不到半个月也都陆续搬走了。

剩下的两户成了钉子户,这是让东方志远最闹心的一件事。

东方志远站在空旷的工地上,眼看太阳就要落山了,天边一片血红色的晚霞,老远望去,仿佛是裂开的一道口子,血不断地涌出来。东方志远感到非常难受,似乎这血是从自己心里流淌出来的一样。

天已渐渐暗下来,他无心欣赏即将西下的晚霞,看着剩下的两户钉子户,不温不火地经营着两家小饭店,东方志远流露出一副无可奈何的表情。因为国家对港澳居民住宅有明文政策规定,现在香港又回归不久,如果处理不好,就有可能产生破坏一国两制的嫌疑。

白天的委屈和夜晚的无助,像暗河一样涌上心头,东方志远感到自己像一只被抛弃的塑料袋,漂泊在异乡的街头,在风中孤零无依,随风飘荡。此时,已经开工建设的骏发山庄老板赖公子,正坐在自己位于三楼的办公室里,俯视着水湾六号院的工地,看着焦急徘徊的东方志远,心中暗暗窃喜:"让你跟我争,争到手你也开不了工。"赖公子怀着隔岸观火的心态,脸上露出一丝狰狞的笑容。他忽然心生一计,抓起电话就拨给了主管城建的王川夏副市长的秘书孙杰。

东方志远反复和改建办协商,改建办的意见是,涉及港澳居民不能太着急,并让他先给香港两位居民发拆迁补偿通知,随通知再把南海市旧村改建的政策规定发去。

"能不着急吗!"东方志远耐着性子解释说,"这么一天天拖着,工资照发,塔吊、推土机租金照给,一天就得几万元,我们真有点儿拖不起了!"改建办的接待人员说:"我们也没办法!"就这样又一个月过去了,仍不见动静。

突然有一天,东方志远收到香港一个律师事务所寄来的两位香港居民联名写的一封公函,称他们是香港居民,不受内地的政策法律约束,如果要拆迁必须按商铺标准高额补偿,还分别提出了具体补偿金额。公函中还提出,要从两年前算起进行补偿,每户还要额外补偿商业损失费二百万元。东方志远本想多出一点儿补偿费,以息事宁人,可没想到对方竟是狮子大开口,要价这么高,让他不知道怎么办好。

东方志远觉得这是一个天方夜谭,就把公函交给改建办的领导,并请示怎么办?改建办也不同意东方志远息事宁人的办法,并说这个示范效应可不是小事,前后拆迁补偿标准不一样,如果以前搬走的,又杀回来闹事怎么办?南海市旧村改建项目有十几家之多,以后拆迁工作还怎么做?并让东方志远耐心等待。

在焦急等待中,东方志远突然接到主管城建的王副市长的秘书孙杰的电话,约东方志远晚上一起吃饭,并说有事要和他谈。晚上六点钟,东方志远准时来到孙杰订的酒店,进房间一看,赖公子也在场。因他们互相之间都认识,没有过多寒暄就落座,开始点菜、喝酒。

心里焦虑的东方志远,根本没有心思喝酒,因为钉子已钉进了他的心脏,别人随时都可以使力,置他于死地。喝了几杯酒后,孙杰开始谈正题,他先以纵横家的口气,分析了眼前的局势和各自面临的问题，接着说："东方老板，我们都应该顺应形势。赖总找到王副市长，说水湾六号院拆迁遇到了难题，他可以出面帮助摆平，但前提条件是你们双方必须合作开发，这可能是你们两家公司摆脱各自困境的唯一途径。"

东方志远一听感到新鲜，问："怎么个合作开发？"

孙杰说："赖总占地面积大，你们占地面积小，你们分别以土地入股，成立一个合资公司，赖总占六成股份，你占四成股份。拆迁的麻烦事，让赖总搞定，你就不用操心了。搞定后两块地合在一起，统一规划设计，统一开发建设，小区的名称还可以叫水湾六号院。"

东方志远问："这是王市长的意思吗？"

孙杰迟疑了几秒后说："市长也赞成，他让你们两家自己商定。"

给省长当过多年秘书的东方志远，一听孙杰这样说和他的神态，就断定这是"拉大旗作虎皮"，是假借领导之名的一种私自操作。

东方志远思考一会儿，委婉地说："谢谢市长和孙秘书的关怀，我的困难还是由我自己想办法解决吧。"伎俩被东方志远识破，赖公子没达到目的，整顿饭都没再说一句合作开发的话。

这顿饭，让东方志远领略到出来混的不容易和什么叫江湖险恶！感到自己与狼共舞的艰险性。

东方志远想，最好的解决办法是付诸法律。东方志远再一次找到改建办，申请对两户钉子户强拆。改建办经过慎重考虑，同意了东方志远的意见。东方志远就诉诸到法院，申请强制拆迁。法院经过审理，下发了强拆令。1999年10月21日，区政府根据法院的判决，张贴出强拆公告，改建办、区政府和公安部门联合组成了强拆工作组，三天后对这两户旧房进行了强拆。

强拆后的第二天，香港的两位居民就回来了，无奈地看着被推平的旧房，主动同亿诚公司按照南海市政府规定的标准，签订了安置补偿合同。

拆迁总算是完成了，可拖延工期的时间足足有两个月之多。

经过这两个多月的痛苦煎熬，昔日的栋栋破旧住宅，变成了一块空旷的土地，东方志远的脸上还是露出了一丝笑容。

钉子虽然拔掉了，此时的东方志远的心里，还没有走出钉子户事件的阴影，对赖公子仍然心怀戒备。

没想到又出现了一个新的情况。

1999年12月20日，澳门即将回归，水湾路是通往澳门的必经之路，为了遮挡有碍观瞻的吉大村破旧低矮的房屋，城管局在面海方向临时栽种了五排大榕树，并给村委会出具了一份承诺书，承诺将来旧村改建时，再移除这些树木。

根据竞标时批准的规划设计方案，如果不移除这些榕树，就无法开工建设，而要移除这些树木，城管局和城市执法局，虽有承诺但又不允许移除。毗邻的骏发山庄，因为是一块空地，已正式开工建设。而且是昼夜疯狂施工，为的就是抢先开盘，抢占市场制高点。

东方志远心里十分焦急，又拿着城管局的承诺书，奔走在城管局、城建局、改建办和执法局之间，但各局根本不顾城管局红头文件的承诺，只是互相推诿，迟迟不予移除。东方志远已经跑了两圈，几行大榕树仍然纹丝不动。东方志远又找到主管城建的王川夏副市长，王川夏副市长说："我们市正申报建设国家级文明环保城市，不能破坏现有的城市环境，又以这是上任市长定的为由，说自己无权处理。"

天渐渐暗下来，这时的骏发山庄却灯火通明，昼夜拼命地施工。

工期是项目的生命，为了提前开盘，抢占市场制高点，不到一个月工夫，骏发山庄就已打完桩，正在开挖地基和混凝土浇筑，整个工地热火朝天。

华灯初放的时候，往往是一个人最脆弱的时刻。一个人情绪低落的时候，也会格外喜欢看落日。几个月的折腾，让东方志远感到身心疲惫，呆坐在工地上看着落日。

第二天早上八点多钟，东方志远接到赖公子的电话，约他晚上到德音咖啡厅，想和他谈点事。

德音咖啡厅位于夜生活最繁华的南海边，前面是美女密度最高的海滨大道，装修格调堪称一流，平时只有一些大咖名人才去光顾，近两年更是成了地产界人士的欢场。自然，赖公子是这里的常客了。东方志远一听赖公子要找他谈事，立刻感到赖公子又要玩什么花招儿，不觉提高了警惕。

赖公子带着一个小姐，推门而入，就像是这里的老板一样，四下扫视，没有发现东方志远。服务小姐走上前："赖哥，有位吗？"赖公子说："我请一位朋友，他还没来，帮我安排一个房间。"服务小姐说："好嘞！"

待东方志远一到咖啡厅，已等候多时的赖公子就站了起来，叫了一声："市长来啦？"在赖公子心里，市长同董事长相比，不仅风光，而且权力大，所以他一直称呼东方志远为市长。东方志远刚一坐下，赖公子首先向东方志远介绍了身边的小姐："这是阿兰。"并指指东方志远说，"这是市长大哥。"东方志远点点头说："你好。"

那个小姐倒是挺大方，一边说"市长好"一边把一杯蓝山手冲咖啡推到东方志远的面前。东方志远说声"谢谢"。

东方志远很快转向赖公子问:"赖老板,有何指教?"

赖公子说:"谈不上指教,而是求教。"

东方志远问:"我有什么可帮你的?"

"我知道市里一些部门卡你,你到现在也开不了工。趁你还没开工,不如将这块地让给我得了。"赖公子说。

东方志远感到愕然:"让给你?"

赖公子说:"不是无偿让给我,除了你前期花的所有费用我都给你补上,再给你这个数,"说着伸出一个手指头,"怎么样?"

东方志远问:"一百万?"

"不!一千万。"

没等东方志远回答,赖公子又说:"在南海市,我们公司的实力和上下左右的关系,市长是清楚的。你到处磕头作揖,还是搞不定。我让你不费吹灰之力,就能净赚一千万。不,我再给你追加二百万,总共是一千二百万元。你我各得其所,不是一件大好事吗?市长何苦再劳心费神呢?"

"哈哈,赖总不愧是个大企业家,出手这么大方?"

赖公子看东方志远有点儿心动,笑了笑又问:"怎么样?"

东方志远仍然默不作声,赖公子心里有些着急,就伸出右手,张开五指,优雅地说:"我再给你追加五百万怎么样?"

东方志远双手一摊,做痛苦状说:"赖总,不是我不给你面子,挣钱不是我唯一的目的。在南海市的海边,留下几栋标志性建筑,这是我长期以来的梦想,也是我实现自身价值的体现。"

"怎么!真不给面子?不会让我为难吧?"赖公子用一种略带威胁的口吻说。

东方志远说:"赖总,在南海市你手眼通天,想拿哪块地就能拿到,何必和我这个外来户争呢?总得让我也能混口饭吃吧。"

"市长,我看你把移除树木的批文跑下来,骏发山庄早已开始预售了。现在市场就这么大,到时候你的房子卖不出去,可别怪我没提醒你呀!"

这是明目张胆的威胁,见过世面的东方志远,更加坚定了自己的信心,但又不想得罪赖公子,遂说:"还请赖总手下留情。"赖公子看东方志远执意不肯让,也就不说什么了,打了个响指,高声叫:"小姐,埋单!"

赖公子把东方志远抛下,领着阿兰边往外走边打电话,在电话中赖公子恶狠狠地说:"要千方百计拖住,让他动弹不得!"

东方志远经过分析,觉得工地上的树木之所以移除不了,就是赖公子凭借其父亲的关系,从中作梗,遂鼓起勇气,找到了市委书记王广达。

王广达已经有几年没见到东方志远了,见面后,先问近几年都在做什么?东方志远做了简要回答,就拿出城管局的红头文件,并将到各部门和主管市长请示的情况说了一遍。王广达详细看了一遍城管局红头文件中的承诺,拿起电话就给副市长王川夏打电话:"亿诚公司的旧村改建项目,我们市城管局已经出具了正式文件做出承诺,为什么不同意把临时栽种的树木移除?他们对项目的规划设计,已经获得规划局的批准,小区建成后,只能给创建文明环保城市加分而不是减分。你组织力量,尽快把临时栽种的树木移除!"

王川夏什么话也没说。第二天城管局和执法局来了一些人,很快就将这些临时栽种的榕树移除。东方志远又投入到紧张的开工前的准备之中。

项目由中铁建工负责施工。作为一个国有大型企业，技术力量比较强，也很有施工经验，澳门回归不久，水湾六号院的地基就出了地面，这时的骏发山庄已建到地上六层。

从2000年开始，全国房地产形势开始转好，骏发山庄和水湾六号院的建设速度也在加快。不同的是骏发山庄是一期全面开发建设，水湾六号院因资金限制，分三期进行开发。第一期开发临海的六栋小高层和两栋高层商品房，待销售回款，有了足够的资金，再进行后两期的开发。第二期开发靠山的六栋高层村民安置房，第三期开发建设商务楼盘亿诚大厦。

在临海的水湾路，只有骏发山庄和水湾六号院两个项目。市场形势不好的时候，销售人员开动脑筋，想尽各种花招，千方百计想把自己的房子卖出去，体现的是营销人员的价值。市场形势好的时候，体现的不是销售人员的价值，也不是怎样把房子卖出去，而是保证自己的销售价格，不低于竞争对手的价格，为自己更多赚一些钱。骏发山庄和水湾六号院就面临着这种竞争的形势。

水湾六号院的地段比骏发山庄好，骏发山庄的老板比水湾六号院的老板路子活，在南海市上下的关系是一通百通。

几个月后的某一天下午，东方志远又接到赖公子的电话，还是约他到海边的德音咖啡厅喝咖啡。有了第一次教训，这次东方志远格外谨慎。东方志远疑惑地想："不知赖公子又要玩什么花招儿？"

下午四点钟，东方志远提前来到德音咖啡厅。和往日咄咄逼人的气势不同，赖公子这次显得特别谦恭。他先点了两杯蓝山手冲咖啡，慢慢地浅酌几口，放下杯对东方志远说："市长，和水湾六号院的环境比，骏发山庄显然是甘拜下风。现在市场形势比较好，房子也不愁卖，我想和你商量一下。开盘的时间和价格怎么定。"

东方志远问："赖总，你是什么意见？"

商品房的销售价格，在市场形势不好的时候，一般是按照成本加成和市场比较确定，而在市场形势好的时候，房价基本上是凭老板的胆量定，这是由开发商的想象力来决定的。再联想到南海市东城区几个楼盘的开盘价格，不到一个月时间，就升了百分之二十，这对开发商来说并不是一件好事。

听了赖公子的话，东方志远就明白了他的用意。看起来骏发山庄由于地段不如水湾六号院，赖公子有些委曲求全。但他完全可以采用赛马计，先拿出一部分比较差的房源销售，等水湾六号院的优质房源卖得七七八八时，赖公子就可以把骏发山庄最好的房源放出来，随时就可以碾压水湾六号院的价格。因为优质房源的稀缺性，水湾六号院的房价，再也无法超越骏发山庄的销售价格。

针对赖公子的赛马计，东方志远决定将计就计。就对赖公子说："赖总，和你们公司比起来，我们还是个新公司，也是个小公司，对南海市的风土人情都不太熟悉。过去，我们公司只开发过一个很小的楼盘，没有什么经验。不像你们公司，可以说是无人不知，无人不晓，在南海市开发了多个楼盘，我们得向你们学习。开盘价格我看是这样，因为地段基本相同，产品力也没有多大差别，配套规划又是市里统一做的，我们可以共享。不如第一批推向市场的房源保持同质性，开盘时间和价格也保持一致性，你看怎么样？"

东方志远的脑子反应够快，思路也比较清晰，他回避了地段的优劣差异，让赖公子无话可说。

赖公子沉思良久说："房源的同质性也不好界定啊？"东方志远接过话题话说："你拿山景房，我拿海景房，即视为同质，你看怎么样？"

赖公子又说："再说工程进度有先后，不能确定谁先取得预售许可证，进入预售市场。不如咱们定个君子协定，不管谁先取得预售许可证，保证两个项目同期开盘入市，价格保持基本相同，市长觉得怎么样？"

东方志远暗自盘算一下，水湾六号院总规模三十五万平方米，骏发山庄四十八万平方米。但水湾六号院减去村民的回迁房和亿诚大厦，商品房只有二十多万平方米，和骏发山庄比起来，推向市场的商品房数量，少了近二十万平方米，而且地段优势明显，没有太大的销售压力。于是他就对赖公子说："那也好，就请赖老板定个大体的开盘时间和价位吧。"赖公子却再三推脱，东方志远又谦让两次，赖公子又打出一张悲情牌："你吃肉我喝汤，开盘时间和价格还是由您来定。市长，您看怎么样？"

东方志远就用商量的口吻说："咱们初步定在明年春节后的正月之内开盘？销售均价定在每平方米一万一千元？我推出看海的，你推出靠山的，赖老板看行不行？"

山景房是骏发山庄最好的位置，赖公子心理价位是每平方米均价一万一千五百元，但他对未来市场的预期并没有十分把握，就对东方志远表态说可以。

两个人营销联动的君子协定就这样完成了。

如果两个人的心里恪守着同一个秘密，这两个人就一定会成为别人无可替代的朋友。但是，在利益攸关面前，这种朋友关系将会受到考验和冲击。

他们俩谁都没想到，还没到春节，国家就颁发了房地产新政：规定营业税的有效期，由两年延长到五年；户型必须做到九十平方米以下的房源，占总建筑面积的百分之七十以上；工程形象进度建到三分之二时，才能取得预售许可证。

新政一公布，在客户群体中引发一阵恐慌，都处在互相观望之中，害怕房地产政策还有新的变化。在观望心理的作用下，房地产销售市场，也开始变得冷清。

东方志远并没有受到多大的影响。水湾六号院的楼盘，因村民回迁房的面积大都是小面积，一般都在七十到九十平方米之间，按照总面积不低于百分之七十的规定综合计算，也不影响商品房的预售；营业税有效期延长后，只是增加了不到百分之一的成本，公司也能够承受；关键是取得预售许可证的时间，成为商品房推向市场的关键。

17

　　水湾六号院和骏发山庄的建设进度，都在明显地加快。但不到一个月时间，骏发山庄的建设速度慢了下来，据说是因拖欠工程款，承建商故意放慢了施工进度。东方志远听后暗自高兴，心想正好抓住这个机会，把拖欠的工期抢回来。

　　根据规定，骏发山庄是二十三栋三十层的高层建筑，建到二十层才能取得预售许可证；水湾六号院一期是六栋二十一层小高层和两栋三十层高层，分别建到十五层和二十层就可以取得预售许可证。在取得预售许可证的时间上，水湾六号院明显处于优势地位。

　　为了加快工程进度，东方志远调整施工力量，八栋商品房当中重点抢建其中的六栋小高层，两栋高层进度故意滞后。而骏发房地产开发有限公司总经理赖英贤，没把功夫下在施工建设上，而是把精力放在了暗中活动——试图凭借其父亲的关系，违规提前取得预售许可证上，以使骏发山庄取得市场销售的主动权。

　　南海市房地产预售许可证审查中心主任潘振华，是取得预售许可证的关键人物。

　　潘振华已经五十五岁了，处事比较圆滑，很得领导的赏识。赖有方副市长退休前，把他从副主任提拔为主任。他看自己再也没有提拔的机会了，只能在这个岗位上干到退休，就凭借手中的权力，吃喝玩乐，到处敛财。

最近一个时期，因国家房地产新政的出台，申请预售许可证的企业不是很多。老领导赖有方给他打电话，催促他尽快给骏发山庄发放预售许可证。现任主管领导王川夏副市长的秘书孙杰，也给他打电话，请他对骏发山庄网开一面，尽快将预售许可证发放给企业。

周五下午四点多钟，潘振华驱车来到骏发山庄的楼盘，查看工程建设的形象进度，感到问题很大。三十层的高层建筑，有的刚出地面，有的只建到八层，最快的也只是建到十二层，距离发放预售许可证的规定要求，还有很大差距。他又顺便来到毗邻的水湾六号院工地看了看，六栋小高层中，其中有两栋已建到十六层，四栋已建到十八层，都符合颁发预售许可证的条件。水湾六号院还有两栋高层，虽然也建到十几层，但还未达到颁发预售许可证的要求。

了解了两个项目的形象进度，让他感到很为难，如果给骏发山庄发放预售许可证，必然会引起水湾六号院的不满。因为水湾六号院有六栋小高层，已经完全符合取得预售许可证的规定。如果也给水湾六号院发放预售许可证，又怕惹来老领导赖有方的不满。怎么办？他一时陷入犹豫之中。

潘振华看完两个楼盘后一看手表，快到下班时间了，第二天又是礼拜天，于是就开车想直接回家。汽车行驶到水湾路和吉大路交叉路口时，停车等待变灯的时候，从后面冲过来一辆宝马车，停在了他的车旁。车内的司机向他招手，潘振华摇下车窗，原来是骏发山庄的老板赖公子。潘振华问："你怎么知道我在这里？"赖公子说："我听售楼部说你来了，就追了上来。晚上一起吃饭吧？"

潘振华有点儿为难地说："这个时候在一起吃饭，恐怕不好吧，不行不行……"

还没等潘振华说完,赖公子就插嘴说:"有什么不行的?到了饭口,谁不都得吃饭?"

绿灯亮了,赖公子抢先冲了过去,还向潘振华摆摆手,意思是让他跟上自己。潘振华不由自主地跟着赖公子的车来到南海市海天大酒店,赖公子下了车,手里还拎个鼓鼓囊囊的包包,招呼潘振华下车进去吃饭。

海天大酒店是个集餐饮、住宿、娱乐、洗浴、按摩于一体的五星级酒店。赖公子是这里的常客,二人就直接上了二楼包间,点了一桌丰盛的菜肴,开了一瓶人头马洋酒,什么话都没说就开喝。

吃完喝完,潘振华起身准备走。赖公子说:"先别急,喝了这么多酒,总得找个地方发发汗,放松一下吧?听说你上次来这里,有位袁小姐惹你不高兴了?这里的老板是我的哥们,一直托我找机会向你道歉。咱们俩上楼洗个澡,按摩按摩,也给人家一个道歉的机会。"

潘振华也没推辞,跟着赖公子就上了灯火通明、金碧辉煌的十八楼。在电梯里,赖公子把包包挂在潘振华的肩上,什么话都没说。潘振华也什么话都没说,只是会意地点点头。

进了洗浴中心的包间,斑驳的灯影,显得十分昏暗。不一会儿,一个长着一头秀发的女人就进了房间。潘振华抬眼一看,正是上次惹他不高兴的袁慧。没等潘振华说话,袁慧就满脸堆笑,娇滴滴地说:"老板,上次对不起了,这次给我一个改正错误的机会吧。"潘振华一听,浑身都有点儿发酥,拉过袁慧就搂在了怀里。

袁慧撒娇地说:"不要着急嘛!人家还没洗澡呢!"袁慧洗完澡从洗手间出来后,又将自己的包包放到床头柜上,拉开拉链,使包包开口处对准床的方向。潘振华已经等不及了，一把把她拉过来。袁慧说："有的是时间，老板急什么嘛？"说着看了看床头的自己的包包，拿起潘振华的手，又往前拉了拉，引导他从上到下，抚摸着自己身体的敏感部位。酒精的作用，让潘振华不顾掩饰，直接扑在袁慧的身上，接着就是一阵亢奋的云雨翻腾……

下楼时，潘振华感到两腿发软，用手把住电梯里的扶手。出了电梯门，潘振华看到赖公子在大堂等自己，就摇摇晃晃地奔他走去。

赖公子看到潘振华摇摇晃晃下楼，就走上前要扶住他。潘振华说不用，并说："今天有点儿喝多了。"赖公子上前赔笑说："是有点儿多，要不要我送你回家？"潘振华说："哪还敢麻烦你这个大老板，你下礼拜一派人去我那儿，办理预售许可证。"说着他就走出了酒店的大门，直奔自己的座驾。

赖公子看着走出酒店大门的潘振华，感到一块石头落了地。这时袁慧从楼上下来，递给赖公子一个U盘。赖公子小心翼翼地放好，转身对袁慧说："谢谢了。"在袁慧即将离去的时候，赖公子将一捆钞票塞进她的包里。袁慧看都没看，背着包就离开了酒店。

潘振华上车后，把手伸进包包里，一沓一沓地数着钱，共计有二十沓，脸上露出了满意的笑容。

还有二十来天要过春节了，水湾六号院售楼部经理肖红敲开东方志远办公室的门，向他报告说："骏发山庄今天正式开始预售了。售楼部门前非常热闹。"东方志远问："他们取得预售许可证了？"

肖经理回答说："昨天下班前刚拿到，证号是200016号。"

东方志远不自觉地冒出一句脏话："妈妈的，这年头还有什么信誉可讲!"东方志远又问肖红,"他们开盘预售的价格是多少?"肖红说:"大概是每平方米均价在一万零五百元左右。"东方志远一听,更加生气。东方志远又问:"他们推出来的是哪几栋?"肖红回答:"可能是靠路边的那几栋,既看不到海景,也看不到山景。"东方志远心想:"君子协定是一起开盘,均价定在每平方米一万一千元,都是位置最好的楼盘。现在他们一条却没有按君子协定办。"他稳定一会儿,对肖红说:"你去问一下工程部栗经理,我们的样板房什么时候能装修好?"

肖红走后,东方志远靠在老板椅上,心中暗想:"这个花花公子,哪有什么诚信可言!自己应该怎么办?"他闭目沉思起来,想着应对的策略。

肖红和栗强一起走了进来。栗强汇报说:"六套样板房已装修好四套,还有两套一个星期内即可装修好。"

东方志远听后没吱声。

肖红问:"现在我们怎么办?"肖红本不想给东方志远添堵,但不问又不知道自己下步该怎么干,眼看着水湾六号院在市场激烈竞争中处于下风,她又是负责销售的,不能茫然不知所措,只得向老板讨教。

东方志远怕肖红失去信心,影响整个楼盘销售,就笑着对肖红分析说:"现在市场形势不算太好,他们推出的又不是最好位置的楼盘。但我们第一批推出的楼盘,都是面海的好楼盘。待市场好转,房价上扬时,他们就没有竞争力了,而对我们来说,却是个好机会。"

听了东方志远的分析,肖红焦急的情绪缓和下来。她一向对东方志远很崇拜,觉得他临危不乱,分析得很有道理。她又追问一句:"我们现在怎么办啊?"

东方志远果断地说:"咱们也可以预售。"

肖红说:"我们的预售许可证还没下来呀?"

东方志远说:"咱们六栋小高层已符合预售条件,他们就是压着不批。因为我们没有骏发山庄的势力大。但正义可以迟到,不会长期缺席。他们也不敢无故继续拖延下去。趁这段空档时间,我们可以提前做预售的准备工作,形成舆论,积累客户。"

肖红问:"怎么做预售准备?"

东方志远说:"我们下个星期日做预开盘。"

东方志远又问栗强:"两套没装修好的样板房,这个星期内能不能装修好?"栗强回答:"加班加点装修,保证没有问题!"

东方志远一听更有信心了,就对肖红说:"一切都按下星期日开盘准备,如果到时预售许可证还没批下来,对外就说是销售预热期,先放出第一、二、三、四栋房源,靠东侧地段比较好的两栋小高层和地段最好的两栋高层,暂不放出。只引导客户看房和预订,留下相关资料。不签订预售合同,等预售许可证下来后,再补签正式合同。市里相关部门下来检查也好交代。"

他让肖红做好现场造势,楼盘脚手架上悬挂两条横幅,一条写"亿诚公司,品质保证",一条写"空中四合院,别墅级享受",把水湾六号院的突出卖点,广而告之出去。

肖红问:"价格怎么定?"

这是让东方志远最费脑筋的事,沉思一会儿他坚定地说:"每平方米均价还是按一万一千元打出去。因为这样定价,一是可以信守承诺,让骏发山庄无话可说;二是现在市场形势不是太好,客户都有买涨不买跌的心理,我们要适应客户的消费心理需求,在价格上也可以把骏发山庄的气势压下去。"

肖红不无担心地问:"骏发山庄每平方米均价是一万零五百元,我们是不是高了点儿?"

东方志远说:"现在房地产大势不是太好,我们比骏发山庄正式开盘时间最少得晚一个月时间。如果开盘均价高出几百元,加之我们楼盘的地段和规划设计的优势,就能把已经沉淀下来的客户群体的人气调动起来,楼市开始出现复苏时,就会吸引来大批客户。"

肖红似乎不太明白,疑惑地问:"这样行吗?"

"在宣传造势上可以高调,目的是招揽客户。客户来了,我们再采取低调策略,不讲我们的产品如何如何好,只是领着客户自己看,让客户实际感受。预售许可证下来前,千万不要同客户签订预售合同。"东方志远接着说,"如果客户感到你的产品好,又不签预售合同,就会在心理上造成一种非买不可的心理预期。"

肖红似乎还是不太明白。

东方志远就对肖红说:"你再看看营销心理学,这就是利用客户逆反心理的一种营销策略。"

东方志远又说:"骏发山庄比我们唯一的优势是早开盘预售,其他方面都不如我们,我们再采取这种预售策略,客户反倒想在我们楼盘落定。"肖红半信半疑地说:"我们试试吧。"

肖红和栗强就分头去做各自的准备工作了。

两位经理走后,东方志远满脑子还是预售许可证。

不浇油办事就不顺溜,这是房地产圈流行的潜规则,但东方志远却不想这么干。他认为自己的一切手续都合理合法,为什么非要干桌子底下交易的肮脏勾当呢?

但是,现实还是教育了他。

东方志远没和房地产预售许可证审查中心的潘振华主任打过交道，只知道他是四川人，想请他吃顿饭交流一下情感，但苦于不认识，怕自己请不出来。

他突然想起在私营企业协会，曾接受过两次《南海特区报》记者采访时，认识的经济部主任齐媛媛。她也是个四川人，不知她是否认识潘振华？想到齐媛媛，东方志远马上拨通了她的手机："齐主任，你好。我是东方志远啊。"

"又取笑小妹了，在你这个大老板面前，我是什么主任？叫我媛媛不好吗？"夹杂着四川口音的普通话，听起来软绵绵的，让人心里感到舒服。

东方志远问："媛媛，房地产预售许可证审查中心的潘振华主任你认识吗？"

"岂止认识？我们是老乡，又都是成都人。怎么？有事呀？"

"水湾六号院预售许可证的申请，已上报快一个月了，现在还没批下来，我想问问是什么情况。"

"施工进度到了吗？"

"已经都超过了，我的邻居骏发山庄的施工进度还没到三分之二，却取得预售许可证了，已经开盘预售了。"

"那肯定是你没整明白！"

"所以，才请潘主任吃顿饭整明白嘛。"

"一顿饭你就能整明白？我这个老乡，一是爱喝洋酒、二是爱侃大山、三是爱钱，四是爱女人，哪样都不能少！"

东方志远只得说："试试吧！"

东方志远接着又问："媛媛，晚上你有没有时间？如有，也请你参加，帮我从中通融一下整明白？"

"我才不去呢，我受不了潘主任的咸猪手。"

东方志远说："那好吧，哪天我单独请你吃饭。"

放下电话的东方志远，等着齐媛媛的回话，脑子里又一次浮现出齐媛媛的影子：小巧玲珑，快人快语，长长的睫毛，修长的脖子，深不可测的双眼，加上甜美的声音，简直是个让所有男人看了都会心动的川妹子。

不一会儿，齐媛媛回话："潘主任定了，今晚六点钟，天府酒家。"

东方志远无暇再想下去，思绪回到怎样应对潘主任的"四爱"上来。

怎么办？他下意识地拿起电话，打给了亮仔。

亮仔进屋后，东方志远说："今晚我请房地产预售许可证审查中心的潘主任吃饭，听别人说他喜欢女人，我也不知道他喜欢什么口味的女人。你去找两个美女，装扮成大学生，陪同潘主任喝酒。"

亮仔说："这个简单。"说完就要走，东方志远接着说："别忙，要记得给人家钱，不能白陪，而且和她们讲好，只是陪着喝酒，如果和潘主任有别的事情发生，我们不管，让她们自己拿主意。"

亮仔说声"好"就走了。

天府酒家是南海市顶绝的川菜酒店，由于东方志远经常在这里宴请客人，和这里许多服务员都比较熟悉。刚到酒店大门口时，咨客小姐朝他嫣然一笑道："东方老板好！"这一声问好，让东方志远有一种宾至如归的感觉，被人重视总是让人心情愉悦。

东方志远点点头算是回应，就直接上了二楼的V6包间。不一会儿，餐厅部经理方莹小姐就进了包房，问东方志远："老板过来了？今天有几位客人？"

东方志远说:"大约五位。今天是我请的一位重要客人,服务一定要跟上。"

方莹说:"没问题。您先点菜?喝什么酒?"

东方志远说:"不忙。客人来时再点,先上一壶好茶。"

方莹准备茶去了,房间里只有东方志远一个人。

过了约半个小时,仍不见潘振华到,亮仔领着两个小姐却先到了。一个个头较高,约莫一米七三左右,另一个矮一些,也在一米六五左右。在亮仔的安排下,她们俩都成了某大学南海分校的大三学生。个子高一点儿的叫王丽娜,个子矮一点儿的叫孙璐。两个人长相虽然不是属于非常漂亮型的,但身材匀称,也可称是端庄大方,亭亭玉立,身上充满一股青春的气息。

东方志远让她们俩分坐在主宾席两侧,自己坐在对面,亮仔坐在自己身边。这时包间门开了,方莹领进潘振华,东方志远立即站起来,先自我介绍,后介绍其他人,并且向在座的人介绍说:"这是大名鼎鼎的刘老板。"为了怕给潘振华留下负面影响,他故意把潘主任称为刘老板,又向"刘总"介绍了王丽娜、孙璐和亮仔,突出介绍两位美女都是大学生。众人落座后,东方志远对潘振华说:"请刘总点酒、点菜。"

潘振华也不客气,问方莹:"有什么洋酒?"方莹说有五六种洋酒。潘振华问东方志远:"东方老板想喝什么洋酒?"东方志远说:"我很少喝洋酒,你点什么就喝什么酒。"潘振华说:"那我就不客气了。"张口要了一瓶轩尼诗李察,接着又点了八道菜,还要了四碟四川泡菜。潘振华笑着说:"这叫四平八稳,预示着东方老板的事业平稳有成!"潘振华点酒点菜的过程,犹如行云流水,娴熟洒脱,胸有成竹,极像是一个美食家。

点完酒菜的潘振华，眼睛开始像探照灯一样，不停地左顾右盼，最后把目光落在了右侧的王丽娜身上。

上了两道菜时，还没等东方志远说话，潘振华就开了腔："现在经济形势不好，别等菜上齐了再喝，现在就开始喝吧。"说完，他看了一眼东方志远，东方志远只得附和着说开喝。

亮仔起身倒酒，王丽娜问："这是什么酒？我还没喝过，恐怕不能喝。"

潘振华抢过话题说："这可是好酒，不会醉人，而且养颜美容，不信你喝一杯，肯定比现在更漂亮！"王丽娜娇嗔地问："什么酒还有这么神奇的功效？"

潘振华在王丽娜肩上拍了拍，说："有我在，不用怕。"说着又用勾起的食指刮了王丽娜鼻子一下。王丽娜瞟了一眼潘振华说："那好吧！"于是五个人开始喝轩尼诗李察。

东方志远平时不喜欢喝洋酒，更未喝过轩尼诗李察。为了取悦潘振华，喝了一小口，就夸张地说这酒好喝。

第一杯喝完，亮仔刚要起身倒酒。潘振华抢过酒瓶，先给自己倒上满满一杯，又给其他人倒了大半杯，倒到王丽娜时，他用眼睛斜视着王丽娜微微变红的俊俏脸庞和起伏的胸部，也倒了满满一杯。王丽娜娇滴滴地说："刘总为什么给他们倒那么少，给我倒得这么多？你好坏呀！"

潘振华暧昧地说："男人不坏，女人不爱嘛。坏男人又不止我一个，难道东方老板不坏吗？"

东方志远一听忙说："对对对，我也坏，我也坏。"潘振华哈哈大笑说："怎么样？他自己都承认坏了吧？咱们还是喝吧。来来来，王美女，咱俩喝个交杯酒怎么样？"王丽娜可能也是个久经沙场的老手，毫不畏惧地站了起来，和潘振华四目相对，色眯眯地对视一会儿，两个人就挎起胳膊，喝了一大口。

酒过数巡，一瓶酒见了底，潘振华还在兴致中，看都没看东方志远一眼，就对服务员大喊："再拿一瓶酒。"服务员问："还是轩尼诗李察吗？"潘振华呛了服务员一嘴："不是轩尼诗李察？你说还有什么好酒？"

轩尼诗李察是洋酒中的翘楚，喝上轩尼诗李察，再喝别的洋酒，都没有什么味道了。

在等酒期间，潘振华和王丽娜互相留下了电话。

打开第二瓶轩尼诗李察后，还没等服务员倒酒，潘振华就说："咱们不能这样喝这么好的酒，得找个有意思的喝法，用古诗词接龙行酒令怎样？"

王丽娜问："怎么个行酒令？"潘振华说："就是依次背古诗词，每句古诗词中，必须带一个'酒'字，如果没有'酒'字就罚喝一口。"

王丽娜、孙璐和亮仔都说不会古诗词。冒牌大学生，不会古诗词也在情理之中。

潘振华问王丽娜和孙璐："你们俩是大学生，怎么不会古诗词？"

王丽娜和孙璐低着头，没做什么解释。

东方志远虽然略懂一点儿古诗词，但觉得在这种场合，玩这种游戏不太合适；王丽娜和孙璐又说不会，也怕她们俩接不上龙尴尬冷场。于是他就用征询的口吻说："刘总，咱们能不能换个别的玩法？"

潘振华倒是好说话，想了想说："听东方老板的，就换个玩法。"然后，就用居高临下的姿态说，"我给你们讲古诗词中的历史典故。你们要是觉得我讲得好，每个人就喝半杯，怎么样？"

东方志远觉得这样喝下去，肯定都得醉，自己的事也办不了，不如先和他把自己的事说了："刘总，预售许可证的事，你看……"

潘振华打断东方志远的话说："你那点小事，明天再说，今天就是喝酒。"

说着他就炫耀地开讲唐代诗人贺知章请李白喝酒时"金龟换酒"的历史故事。

……

对潘振华所讲的故事，不管听没听懂，大家都拍手说好，很快就又喝完一瓶轩尼诗李察。五个人中"迷糊"了四个，唯有东方志远还保持着清醒。东方志远让酒店帮助找个代驾，准备把潘振华送上车。

潘振华还没上车，转回头对王丽娜说："王美女，我不姓刘而是姓潘，给你打电话你可得接呀！"王丽娜口齿不清地说："潘哥，我等……等你……你的电话！"说着还给潘振华一个飞吻。潘振华上了车，很快就消失在夜色之中。

东方志远又让亮仔帮两个美女打个的士送走了，自己就回到前台埋单。

18

从第二天开始，东方志远几次给潘振华打电话，潘振华不是说开会就是说出差，一个多星期，预售许可证的事，仍然是拖着不办。

一脸无奈的东方志远，拨通了《南海特区报》经济部主任齐媛媛的电话，想求助她帮自己了解一下什么原因。没等东方志远说话，齐媛媛就在电话中说："怎么样？没搞定吧？"

东方志远问："差在哪儿？"

齐媛媛说："前几天我们几个老乡聚会时，我问了你的事，他只说了三个字'不出血'。"

东方志远一听，顿时什么都明白了。

既然如此，东方志远索性直接到潘振华的办公室，没敲门就推门而进。看到潘振华，开宗明义地问："骏发山庄不符合预售条件，却发了预售许可证，已经开始对外预售；而水湾六号院符合预售条件，却没有发放预售许可证，请潘主任给个解释？"

潘振华看看东方志远，平静地问："有这样的事吗？"

东方志远说："怎么没有这事？骏发山庄大张旗鼓对外预售已经快一个月了。"潘振华应付说："我怎么不知道呢！"东方志远说："这也太不公平了，如果水湾六号院的预售许可证，还是压着不批。我就去市里找领导申述!"潘振华赶忙说:"东方老板先别着急。我问问下面的工作人员,如果像你说的这样,明天我就批。"实际上水湾六号院项目的预售许可证审批件,就放在潘振华的办公桌上,是他压着不批。

潘振华面带微笑,心里想:"你一点儿血都不出,还想拿到预售许可证?连规矩都不懂!"

预售许可证还是没批下来。东方志远顿时百感交集,不由对经济特区的公平产生一些疑虑。他决定去找主管城建的副市长王川夏说理。

下午东方志远来到市政府,王川夏副市长正在开会。他便来到王川夏副市长的秘书孙杰的办公室。孙杰问:"有预约吗?"东方志远回答说:"没有。"

孙杰说:"什么事?可以先和我说说吗?"

东方志远把情况大致说了一遍。孙杰不再问预售许可证的事,而是和东方志远说:"王副市长的儿子明年五一结婚,他相中了你的楼盘,能不能优惠卖给一套?"东方志远问:"怎么个优惠法?"孙杰说:"起码有个折头吧!"东方志远想了一会儿说:"可以。九折怎么样?"孙杰试探着问:"能不能八五折?"东方志远就说:"也行。"孙杰又说:"市长恐怕一时半会开不完会。你先回去,我向市长汇报,你等我的消息。"

东方志远临走时和孙杰说:"如果市长不急等着住,下期推出的高层,比现在的位置好,可以让市长任选。"

骏发山庄开盘预售一个多月后,水湾六号院终于取得了预售许可证。孙杰在电话中说:"市长对潘主任很不满意,还把他批评一顿。"

并告诉东方志远,"市长说房子不着急,等你下批房推出时再定。"

在销售预热的这段时间,形势就逐渐好了一些,不仅来了大批意向客户,还来了不少游离的客户,甚至骏发山庄的一些潜在客户,也纷纷转到水湾六号院。此时的骏发山庄售楼部门前,却显得冷清清,门可罗雀,而水湾六号院在短短的半个多月,就陆陆续续聚拢不少客户。

售楼部肖红经理汇报说:"仅这十几天就有意向客户六十多个,而骏发山庄签订预售合同的只有二十多个,销售预热大获成功。"

东方志远说:"预售许可证已经下来,马上通知落定的客户签订预售合同。要大张旗鼓地宣传,争取扩大新的客户源。但我们采取的策略,应该是借势而不是强攻,不要硬推!"

肖红问:"怎么个借势法?是不是一切都跟着骏发山庄屁股走?"

"那也不是,"东方志远说,"先开盘预售和后开盘预售都无所谓,关键是要让骏发山庄先开盘的效应为我所用。他们开盘已经一个多月了,这个地段也凝聚不少人气,现在市场大势虽然还不是太好,但我们有地段的优势,水湾六号院和骏发山庄只有一墙之隔,我们可以借助他们造起来的势,再突出自己地段优势,这就是我们借势形成的新质竞争力。"

肖红听后,对东方志远伸出大拇指说:"还是董事长的招儿高!"说着就兴高采烈地离开了东方志远的办公室。

在回售楼部的路上,肖红越想越对东方老板佩服。在这个城市,像他这样有抱负、有远见的地产开发商真的不是很多。一踏进房地产行业,就表现出了一个杰出企业家所有的品质:胆大心细,精明强干,眼光敏锐,耐得住寂寞,为人又极其低调。更难得的是,他还善于学习,知识渊博,任何报表或数据,他能一眼就辨出漏洞,搞得公司各部门领导向他报送材料时，都显得十分慎重。

肖红离开办公室后，东方志远就接到骏发房地产开发有限公司总经理赖英贤的电话。赖公子在电话中问："市长，你开盘的价格比我还高五百元，怎么卖得比我还好？你有什么高招儿呀？"不听则已，一听东方志远就很气愤，没回答他的问题，反而是劈头盖脸地问："赖总，在南海市你也是个有身份的人。你定的是一起开盘，却比我早开盘了一个多月；你说均价按一万一千元开盘，你却降到一万零五百元；你定的第一批推出的是同质地段的楼盘。你却先推出了最差地段的楼盘。这么不讲诚信，还有脸问我？"赖公子自知理亏，就嬉皮笑脸地说："是老弟对不起市长，改天我请市长吃饭赔不是。"东方志远又一想："商场竞争，没有规定只许使用阳招儿，不能使用阴招儿。"遂笑笑对赖公子说："哪天请我吃饭啊？记得提前通知我。"

由于受房地产新政的影响，市场形势并没有明显好转，每天成交量不是很高，一个月还不到五十单，东方志远紧绷的心情，始终没有放松下来。

一天快要下班时，东方志远又接到了赖公子的电话。东方志远本以为是请他吃饭，没想到赖公子却说，请他明天到银湾高尔夫球会打场球，不知市长肯不肯赏光。东方志远好长时间一直没打球，正好趁机放松一下心情，就满口应允下来。

第二天八点半，东方志远赶到了球会，点球童杨小娃出场陪他打球。球童部经理说，杨小娃已经请假回家准备结婚，还说杨小娃现在已升任球童部的副经理了。

东方志远问："他的对象是舒晓娟吗？"

球童部经理说："是208号球童舒晓娟。"并告诉他，"舒晓娟也从练习场调回到球童部，任球童部四组的组长。"

原来是球场别墅规划批下来后，球会老板郭漫远经过对两个球童的考验，再加上东方老板的面子，就做出了上述安排。东方志远听了也为他们俩感到高兴，就随便点了一个球童。这时赖公子也到了球会，两个人坐上球车就下了场。

打完第五个洞，在向第六洞走的时候，赖公子对东方志远说："市长，现在市场大势不见明显好转，房子也不好卖呀。这个月才成交几套，两千多套房子，得卖到猴年马月呀！"

东方志远说："我的楼盘也不是很好卖。"

赖公子问："这个月你们卖了多少套？"

东方志远回答："也不多。"

"你有什么好办法没有？"赖公子追问。

其实，这一段时间，他也在思考这个问题。但他谨慎地说："我也没什么好办法。"并问，"赖总，你有好办法吗？"

赖公子说："售楼部向我建议降价销售。"

东方志远思考一会儿说："这倒是一个办法。"但又一想，这样明着降价，会挫伤已买房客户的信心，引起已买房客户的不满。无形中也增加了新客户的观望情绪。你降一百元他就等着你降二百元。明降不如暗降，对如何暗降他已有一些想法，但现在还不能和赖公子公开。

东方志远问："你准备降多少？"

"每平方米降五百元吧，怎么样？"

东方志远听后说："我同意你的意见。为了配合你，我也每平方米降五百元左右，具体办法我还没想好，但我保证会把价格降下来。"

赖公子心想："降价后我每平方米还比你低五百元，**市场肯定会**

接纳我,因为我有价格优势。"想着想着他脸上就露出了一丝奸笑。

打完前九洞就快到中午十一点了,赖公子对东方志远说:"咱们俩休息一下吧,我请市长在球会吃点饭,也算兑现了对你的承诺。你看行不行?"

东方志远说:"好哇。"两个人上了球车,就直奔球会餐厅。

一场价格大战在南海市房地产圈,不约而同地开打,水湾六号院销售部经理肖红急了起来,没敲门就直接闯进东方志远的办公室,焦急地问:"整个南海市的楼盘都在走降价路线,骏发山庄每平方米一下子就降了五百元,我们怎么办呢?"

东方志远让她别着急,坐下来慢慢说。

东方志远看着肖红期待的眼神,一板一眼地说:"看来降价是大势所趋。但我们不能明降,如果明降对已购房的客户不好交代,也会增加潜在客户的观望心理。"

肖红问:"那我们怎么降?"

东方志远慢条斯理地说:"我们暗降,但让购房客户感到是真降。"

肖红问:"怎么个暗降?"

东方志远耐心地解释说:"营销管理学说,在市场形势不好的情况下,客户不仅普遍存在一种买涨不买跌的消费心理,也普遍存在一种爱占小便宜的消费心理。对外每平方米一万一千元的价格不变,但我们可以用送礼包的方式,让客户受到降价的实际优惠。"

肖红问:"怎么个送礼包?"

东方志远回答:"要在售楼部张贴出告示,凡是在年底前落定的,每套房送两个人去新马泰十日游的往返机票;还在售楼部开展一个大型的抽奖活动，落定又中头等奖的，送两张到欧洲十日游的往返机票；中二等奖的，可享受九八折的优惠；如果老客户带两个以上新客户的，折扣还可以打得更大些。"

肖红听后，兴冲冲地就要走。东方志远说："等一等。"接着说，"人们都说，小恩小惠暖人心。你们具体测算一下，看这样每平方米能降下多少钱？"肖红说声"好"又要走。东方志远叫住她又说："这里的关键在于细节，细节往往决定成败。你们要提高服务素质，用比同行更人性化的服务细节，与客户进行讲解和沟通，以吸引和感动客户，给客户造成一种感到不落定都有点儿不好意思的感觉。"

说完，东方志远对肖红说："你可以走了。"肖红信心满满地离开了他的办公室。

这一招儿果然奏效，没过几天客户就逐渐多了起来，半个多月就有五十多人签订预售合同。肖红喜气洋洋地向东方志远报告了这个喜讯，并报告说："最近我们同一百一十六名意向客户和二百多名潜在客户，逐个进行了沟通，现在看潜在客户明显增加，但有的也希望我们再调低一点儿价格，说我们不调低价格，他们就去买骏发山庄的房子。"

东方志远一听，沉默一会儿，微微笑着说："我们有销售的策略，客户也有购买的策略。意向客户比上周多了这么多，就说明我们的销售策略是有效的。"

肖红说："如果不调低一点儿价格，恐怕就会把客户推到骏发山庄。"

东方志远说："不可能！这是客户的购买策略。你挺过这段时间，他们还会回来。"

"如果继续挺下去，我们已是无牌可打了。我怕不仅会丢掉这批客户,如果引起骨牌效应,以后的客户也很难抓住。"

"我们还有牌可打。"东方志远坚定地说。

"牌在哪儿?"肖红疑惑不解地问。

东方志远说:"我们不仅有牌可打,而且是有两张牌可打。一张是提价的牌,另一张是推出新盘的牌。"

肖红更是疑惑不解。

"再过不到一个月,两栋高层建到二十层,就可以取得预售许可证了。到时我们把位置最好的这两栋高层也推向市场,营销学中有一个从众心理,客户一定会趋之若鹜,再适时提高一点儿价格,又符合买涨不买跌的规律,你还害怕销售不出去吗?"

东方志远说得头头是道,肖红听了暗暗佩服,在她的眼里,东方志远的形象,似乎比以往高大了许多。

水湾六号院两栋高层推向市场后,均价定为每平方米一万两千五百元,六栋小高层每平方米又提价二百元,东方志远把这八栋商品房,一起都推向了市场,销售行情开始逐渐回升。

骏发山庄降价后,销售没见到明显好转,赖公子十分苦闷。晚上,他又约房地产预售许可证审查中心潘振华主任,在海天大酒店喝酒。两个人又喝了一瓶人头马,酩酊大醉。趁着酒劲他要求潘振华,把剩下靠山的几栋高层,也提前发放预售许可证,以尽快推向市场,制造些销售噱头。

潘振华问:"建到几层了?"

赖公子说:"大概十二层吧。"

潘振华赶忙说:"那怎么行?上次提前给你发放预售许可证,水湾六号院把状都告到市长那里,我还受到了批评。这次你才建到十二层,还有八层才符合取得预售许可证的规定,你还让我犯错误呀?我头上的乌纱帽,还要不要了?不行,不行,不行……"

赖公子看潘振华的头摇得像个拨浪鼓,一个劲儿地说不行,心想:"在南海市政府的各个部门,还没有人这样拒绝我,再一想这些年喝酒吃饭没少请你,又送你那么多票子。"他感到心里不平衡,便问潘振华:"真的不行吗?"

潘振华还是说:"不行。"

赖公子说:"你好好想一想,到底行不行?"

潘振华摊开双手说:"我说不行就是不行!"

赖公子说:"好,不行就不行!"就什么话都不说了。

潘振华看赖公子不高兴了,知趣地先走了。

潘振华走后,赖公子带着一股怒气,晃晃悠悠地径直上了十八层的洗浴中心,找袁慧按摩。

袁慧进到他房间时,看到他呕吐不止,马上从洗手间找来一个塑料盆为他接呕吐物,还俯下身为他擦拭嘴、脸和身体。看着赖公子酒后呕吐的可怜样子,袁慧涌现出一股怜悯之情。

那还是在两年之前,袁慧在另一家洗浴中心做按摩小姐,赖公子也是像今天这样,喝得烂醉如泥。袁慧第一眼看到他时,赖公子似乎已经不省人事。袁慧把他拖到床上,帮他脱掉衣服,尽量轻柔地在他头部和腹部按摩,让他早点儿醒酒。突然赖公子又是一阵呕吐,喷了袁慧和自己一身。袁慧为他擦拭后才擦拭自己,又帮赖公子按摩,反复两次,把袁慧累得两腿发软,不知不觉间,竟趴在床边睡着了。袁慧醒来时,赖公子已经走了。她到总台一问,总台说:"你睡了,赖公子没惊动你,他已经走了,还给你留下两千元小费。"袁慧自然心里感谢。

第二天上班后,又有人点她出钟,进了房间一看,竟然还是赖公子。这次赖公子一点儿都没醉,上了床脱了衣服就进行按摩。在两个钟时间内,赖公子既没动手动脚,也没说一句脏话。到钟后,赖公子又要给两千元小费,袁慧说什么都不肯收,还说:"你昨天都给了那么多钱,这次就不用给了。"

赖公子看着这个长相清秀的农村女孩,顿时涌出一股同情之心,从皮包里拿出一万元钱,就塞给了袁慧。还说:"听说你妈有病,这钱给你妈看病。"接着他又说,"我给你介绍一个挣钱多的地方,那里的客人多,小费也给得高。"他还交给袁慧一个微型摄像机,教她怎么使用。袁慧就来到了今天这个海天大酒店的洗浴中心,赖公子让她用过几次微型摄像机,偷拍过的人当中就有房地产预售许可证审查中心的潘振华主任。

赖公子酒醒后,要去总台结账。袁慧说:"正好我也下班了,麻烦顺路把我带回家。"赖公子立即应允,把袁慧送到家,没上楼就回到了骏发山庄的办公室。

由于新推向市场的产品更有个性,不到十天就预售出六十多套,水湾六号院的人气开始旺了起来。

一天刚要下班,肖红给东方志远打电话说:"王副市长到售楼部说要买房。"东方志远快步赶到售楼部,除了王川夏副市长和孙杰秘书外,还有一个女人。王川夏介绍说:"这是我的太太刘颖。"东方志远和他们分别握手寒暄后,就和肖红一起,陪同王川夏一行人去了高层看房。王川夏和夫人对每个户型看得都很仔细,其中对高层建筑的二十八楼一套一百八十多平方米的户型,还先后看了两次。看完房后连商量都没有，王夫人拍板说："就这套了。"东方志远告诉肖红记下后，王夫人又说："再看看你们的样板房？"六套样板房挨个看了一遍，王夫人对简约大气又不失豪华的装修风格十分满意，随口问："你们卖不卖装修房？"肖红回答说："我们只卖毛坯房。"王夫人看着王川夏，交换一下眼神后说："能不能破个例？"孙杰心领神会，用手碰了一下东方志远。东方志远赶忙回答："只要你喜欢可以破例，我们给装修好，交房即能入住，但你得定个装修标准和装修风格。"王夫人说："就按样板房的标准和风格装修。"又问，"毛坯房的价格是多少？"东方志远回答说："价格我和孙秘书谈妥了八五折，装修费用以后再说。"从看房开始，一句话都没说的王川夏，看到东方志远这样爽快，又看看夫人，就不耐烦地说："就这样定了吧，晚上我还有个应酬。"

众人下楼后坐上看房的电瓶车，就直奔售楼部。坐在车后排的孙杰捅捅坐在身边的东方志远，伸出大拇指，小声说："你很厉害，夫人和市长都很满意。"

与水湾六号院相反的是，骏发山庄的销售状况却不尽如人意。赖公子每天不是喝酒，就是打牌，对销售状况根本无心问津。

袁慧洗完澡，刚要上床睡下，就接到了赖公子的电话。电话中赖公子问她在哪儿？她说今天休息在家，又问有事吗？赖公子却没有回答。袁慧又"喂喂"两声，对方已经挂断了电话，于是她就上床躺下准备睡觉，刚要睡着时，突然有人敲门，把她吓了一跳。

她租住在一个破旧的公寓里，只有一些姐妹到过这里，平时没有人到访。这时候有人敲门，让她有些害怕。她壮着胆大声问："谁？"没人回答，她轻手轻脚走到门边，从猫眼往外一看，原来是赖公子，她又是兴奋又是紧张。她对赖公子早就仰慕，但一想到赖公子这样有型有钱的公子哥，怎么能看上自己？又一想自己的身份根本就配不上赖公子，立刻像泄了气的皮球，感到浑身软绵无力。她喘了几口粗气，平复一下心情，慢慢地打开门，扑面闻到的是一股酒气。还没等她反过神来，就被冲进屋的赖公子拦腰一把抱住。袁慧丝毫没有反抗，就被压在了床上。

"赖哥，你是不是又喝多了……"

19

金九银十是房地产销售的一个规律，意思是每年9月和10月，都是销售的黄金季节。由于房地产新政负面效应逐渐被消化，今年的9月和10月，房地产销售情况似乎更火爆一些。

早晨，一轮朝阳冉冉升起，空气中透出丝丝凉意。坐在售楼部三楼窗前的赖公子，想着那晚在袁慧家里的尽情享受，感到惬意满足。袁慧不仅人长得漂亮，而且温柔体贴，说句心里话，他对袁慧非常喜欢。但他又一想，自己都三十七八岁了，至今还未娶，就是没碰到让自己心仪的女孩。能娶袁慧为妻吗？他暗暗摇摇头，娶一个小姐为妻，还不让别人笑掉大牙？今后在地产界还怎么混？但又一想那天在袁慧家的一夜销魂，又让他留恋不舍。怎么办？难以取舍，再想到父母多次催他结婚生子，脑袋就感到疼。他用双拳敲了几下头，索性不去想了，还是走一步看一步，水到渠成吧。

他抬眼向窗外望去，看着毗邻的水湾六号院售楼部前，客户络绎不绝，再看看自己楼盘的售楼部，客户稀少，门可罗雀。他又看到一批批新客户，在两个楼盘间左右环顾一会儿后，就径直走向了水湾六号院。他顿时心生一计，就把售楼部经理叫来，让他往楼下看，问他有什么想法？

售楼部经理是跟他多年的老员工，他不假思索地说："和水湾六号院比起来，我们唯一的优势是价格低，而劣势是前面被几栋高层遮挡，视野不够好。我们对外宣传的是海景洋房，实际上只能从人家楼缝中看到一点儿海景，况且户型设计又缺乏人性化……"

没等售楼部经理说完，赖公子不耐烦地说："这个我知道，现在市场形势越来越好了，客户的购买需求等着释放，萝卜快了不洗泥，关键在于怎么造势。"

但他忘了"打铁还需自身硬"，在市场销售形势好的情况下，不把功夫下在打造自身产品的质量上，而是下在造势上，这个判断和决策就有失水准。

赖公子又说："我们小区内的花园实际不比水湾六号院差呀！而且绿化率高达百分之四十八，比水湾六号院还要高。"售楼部经理只好委婉地说："花园好是好，但客户反映说，他们住的是房子，而不是花园呀！"

赖公子不耐烦地说："这就要靠你们的解释和宣传了，不然，要你们这些人还有什么用！"

售楼部经理一脸惊悚，感到无话可说。

赖公子看到售楼部经理不再说什么，就用命令的口吻说："马上花钱雇托，每个人一天给一百元，在售楼部门前排队造势，让客户看了觉得我们的销售形势比水湾六号院还要好，主动来我们的售楼部。"

售楼部经理只得说："那好吧。"

第二天早上还不到八点，骏发山庄售楼部门前就排起了长队，保安维持着秩序，销售部人员为排队的人员发放早点。路过的人一看就认为这里的销售形势很火，还免费供应早餐，感到十分惊奇。

早晨上班后，东方志远还是像往常一样，来到售楼部巡视一圈，望着隔壁骏发山庄的火爆现场，让他十分诧异。进到售楼部后，他问售楼部经理肖红:"骏发山庄今天的销售形势为什么这么火?"肖红回答说:"不知道。"

花钱雇人排队造势,确实有效。下班后,售楼部经理向赖公子报告说:"今天成交六套,比昨天多了四套。"赖公子问:"水湾六号院怎么样?"售楼部经理说:"不知道。"赖公子暗想:"一天多卖四套,十天就能多卖四十套,不出一个月,销售进度就可以超过水湾六号院。"他为自己的新招儿感到窃喜。

第二天骏发山庄销售情况更好。销售部经理向他报告说:"今天共销售八套。"赖公子一听,脸上涌现出一丝得意的笑容。销售部经理又报告说:"不知什么原因,雇的人少了几个人。"赖公子让他把保安部经理叫来,当着两位经理的面交代说:"保安部要把雇来的人死死看住,不要让他们偷偷溜走,不到下班一个人都不许走。"又对销售部经理说,"你告诉雇来的人,都要排在队伍里,快要到自己时再离开队伍,到后面接着排队。能坚持一天的人在原有一百元雇工费基础上,每人雇工费再增加五十元。如果私自离开,就不给雇工费。要严肃地告诉每个被雇的人员,要严格保守秘密,如果坚持到半个月,且不泄露秘密,每个人再奖励二百元。"

他还告诉售楼部经理,把销售目标定在每天卖到十套以上。

售楼部经理说:"我努力争取完成。"

"不是努力争取,而是必须完成!"

售楼部经理无奈地说:"好,必须完成。"

就在东方志远纳闷的时候,忽然接到了亮仔的电话。亮仔在电话里显得很兴奋。原来他刚刚去了趟世纪广场,发现那里开了一家非常特别的室内模拟高尔夫球练习场。亮仔觉得非常好玩,他不知东方志远是否有兴趣,想请东方志远一起来玩玩,顺便还有一件事和东方志远说。

东方志远早就听说国外风行的这种室内模拟高尔夫练习场,国内一些大城市也有。但他自己还没玩过,当然感兴趣。他安排好手头工作,就开车奔向世纪广场。第一次玩室内模拟高尔夫球,东方志远觉得很新奇,也很刺激!

室内模拟高尔夫是仿真室外高尔夫场景而设计的一项室内运动,它采用三维技术,可以模仿室外的真实场景,球道的凹凸、水塘、沙坑、树木等,都可以全部能在屏幕上错落有致地显现。室内还装备了先进的音响,击球的声音,球遇风发出的摩擦声音,球落地和落水的不同声音,都可以通过音响设备,发出真实般的声音,让高尔夫球爱好者有如置身其中的真实感觉,享受别样的打球体验。

两个小时便打完了十八个洞,亮仔泡了一壶上等的普洱老茶,两个人就坐在VIP包房,边休息边喝茶。亮仔对东方志远说:"我听手下的兄弟说,骏发山庄雇来不少农民工,在售楼部门前排队造势,不知老板知道不知道?"东方志远一听才知道骏发山庄表面销售火爆的原因所在。过了一会儿,亮仔又说:"我手下这帮兄弟已经三个月没开工资了。有人看到在骏发山庄排队一天就能赚一百元,都有点儿心动。"东方志远问:"怎么回事?"亮仔就把总承包商拖欠工资的事,讲给了东方志远听。东方志远看看手表,当即就给办公室主任打电话,让他通知中铁项目部总经理吴涛、公司工程部经理栗强,下午四点半到自己办公室。他打完电话乘车就往公司赶。

东方志远回到办公室,吴涛和栗强已到,售楼部经理肖红也在。肖红先向东方志远报告了骏发山庄调整销售策略的事。沉思良久后东方志远说:"我知道了。这种虚张声势的办法,不会长久,不用管它,我们还是把功夫下在打造自己的产品上。"

东方志远问中铁建工项目部总经理吴涛和公司项目部经理栗强:"八栋商品房全部封顶,还得多长时间?"

"估计还得二十几天。"吴涛和栗经理回答。

"能不能再抢出三到五天时间?"东方志远问。

吴涛说:"那就得加班加点。"

东方志远又说:"你就加班加点,我给你五万元加班费。"

吴涛问:"施工进度已经很快了,为什么还要加班加点?"

东方志远说:"封顶是施工进度的一个重要节点,进入外立面施工阶段,从上往下拆脚手架,露出建筑的真实面目,可以吸引更多客户。外立面施工完,我就不卖期房了,而是卖现房,销售价格还可以涨一点儿。"

吴涛一听觉得有道理,就说:"那我就组织人加班加点干。"

吴涛说完起身要走,东方志远说:"你先别走,还有一件事和你商量。"

吴涛问:"还有什么事?"

东方志远问吴涛:"工程进度款我不欠你吧?"

吴涛回答:"不欠。"

东方志远又说:"听说你已经三个月没给分包商发放分包费了?"

吴涛说:"这三个月钱有点儿紧,原材料的市场价格下来了,我就趁机多买了不少原材料,就拿不出钱发工资了。我都已经和分包商说清楚了,工资下个月一起补发。"

东方志远说:"亮仔找过我,他们五十多个农民工,就靠这个钱养家糊口,三个月不发工资,还要等上一个月,怎么让人家活呀?再不发他们就要闹事了。"

"手里没有钱，我也没办法呀！"吴涛摊开双手，无奈地说。

东方志远问吴涛："你看这样行不行？我把你欠亮仔的分包费替你补上，再从下次支付给你的工程进度款中扣回来，怎么样？"

吴涛心想："不用自己动钱，加班加点还有补贴，可以调动员工和分包商的积极性，这个主意不错。"便什么话没说就同意了。

水湾六号院的施工进度非常快，不到半个月就封顶了。水湾六号院自然又是彩旗飘飘，敲锣打鼓庆祝一番。随着外立面的施工，脚手架一层层往下落，水湾六号院的庐山真面目渐渐显露出来，吸引更多客户前来看房、买房，不到两个月又卖掉近四百套。而骏发山庄往日的火爆现象却已不再，赖公子每天都处在焦虑之中。

赖公子成天琢磨着，还有什么手段与水湾六号院竞争？

思来想去，自己也想不出什么好办法，就把希望寄托在他父亲的权力上。

没过几天社会上就传出，水湾六号院的老板没钱了，因交不上钱，市政配套工程都停了，工程可能要烂尾。

公司的员工向东志远方反映了这个情况。按照规定，水电气的配套工程，由市政总公司统一做，百分之八十的工程款，已经划拨给市政总公司了，剩下的百分之二十，待工程验收合格后才能支付。再说，公司账面上趴着大笔钱，怎么就没钱了呢？工程还要烂尾？东方志远心里感到纳闷：这股风从哪吹来的呢？

这个消息一经传出，来售楼部看房的人确实少了一些。东方志远的电话，每天却都被打爆。已签预售合同的人问配套工程为什么停工了？没签预售合同的人问是不是有因公司缺钱导致配套工程停工这回事？更闹心的是村民纷纷来电话问，为什么配套工程停工？肯定影响我们的回迁入住。东方志远像丈二和尚摸不着头脑一样，不知该怎么回答。

疑惑之中，东方志远给市政府孙杰秘书打电话，问究竟是怎么回事？孙杰说，因市财政配套资金不到位，市政建设工程进展都在放缓。前任赖副市长给现任王副市长打电话，让市政公司千方百计把骏发山庄工程抢建下来，其他工程都可以缓一缓。

东方志远问孙杰，王副市长是什么意见？孙秘书说王副市长也没办法，财政配套的钱不到位谁也干不了。前任副市长又有话，他也不能违背呀。不过，还请东方董事长放心，王副市长在水湾六号院也买了房，他不会让水湾六号院的配套工程一直停下去，让东方志远再耐心等一等。

放下电话，让东方志远迷惑不解的扣解开了，但为什么社会上竟传出是我们公司没钱了？还说水湾六号院要烂尾了？他请售楼部肖红经理来办公室一趟，问这些谣言是从哪里传出的？肖红说："看房的客户说，是骏发山庄售楼部放出来的风，一传俩俩传三，就形成了这种社会舆论。"东方志远一听什么都明白了。

他找来中铁建工项目部总经理吴涛和公司工程部经理栗强，请施工队伍再加快进度，并指示栗强，等脚手架全部落下后，在小区花园和周边环境施工前，先把楼盘周围的地上临时铺上草坪。栗强说："这得多花十几万呢！"东方志远说："十几万也得花。"

仅半个月时间，水湾六号院的八栋商品房，就以崭新的面貌展现在南海边。黑白相间的外立面，朴素大气，格外抢眼。路过的行人都不免扭头张望，特别是空中花园的设计更是亮点。因为其面积有一半属于赠送，公司虽然受到一些损失，客户却得到了实惠。空中花园也为城市增加了一道亮丽的风景。赖公子看到水湾六号院工程进度和销售局面，只能是望楼兴叹。

一天，售楼部经理肖红给东方志远打电话，说："售楼部来了两位大客户，这个客户非要见你。"

"非要见我？你们搞定不就行了？"

"这个客户不仅特殊，还要把沿海路面的商铺全部买下来，我做不了主。"

"谁呀？这么大的买主！"

"见面你就知道了。"肖红说。

东方志远只好说："请他们上来吧。"

放下电话后，东方就感到奇怪，心里琢磨着是哪来的这么大的客户，三十二间商铺，四千三百多平方米，一次性都要买下来，这得一亿四千万呀，首期款还得付二千八百多万元，这是做什么大生意的？这么大的手笔！……

肖红领着两位女士进了东方志远的办公室。东方志远抬眼一看，原来是王川夏副市长的夫人刘颖，还有一位女士，经王夫人介绍，是澳门的一个商人王小姐。

双方落座后东方志远打趣说："夫人大驾光临，我是有失远迎啊！"

东方志远接着问："夫人拿这么多钱，想一次性买入这么多商铺？"

"我哪有那么多钱？是我和澳门的朋友们一起买。"王夫人解释说。

王小姐接过话茬儿说："现在生意不好做，我们手里有些钱，也不知往哪里投。看到你们的房子建得这么好，房地产形势又开始回升，就想把钱投到你们这里比较保险。东方老板是讲信用的，我们也都放心。"

东方志远问："你们知道每平方米卖多少钱吗？付款方式是怎么定的吗？"

王夫人说："刚才在售楼部肖小姐都说了。我这位朋友一下子也拿不出这么多钱，这不就来找你商量吗？"

东方志远立刻明白了，原来是炒房客呀！就问："你们有什么想法？"

王夫人说："商铺一平方米三万两千元，是不是太贵了点儿？首期款付百分之二十是不是太多了点？"

没等东方志远回答，王夫人又说："听说你们的配套工程还没施工，现在也不能马上入住。我们也可以帮你们跑跑城建局，让他们快点给施工。"

东方志远明白王夫人话中的意思，一股无名之火冲了上来。但他压住火气，没有说什么，于是，耐着性子问："你们的意思是……"

王夫人看了一眼王小姐，问："你说还是我说？"

王小姐说："刘总，还是你说吧。"

东方听到王小姐管王夫人叫刘总，就问王夫人："请问您是哪家公司的老总啊？"

王小姐抢过话题说："她是我们澳门一家公司的老总。"

东方志远"啊"了一声，就对王夫人说："刘总，说说你的意见吧。"

王夫人说："我的意见是每平方米两万五千元，首期款付百分之五。行不？"

东方志远一听，心想："这不是明目张胆地抢钱吗？"

东方志远在心里飞快地盘算着，用眼睛在两位女士的脸上来回扫视着，足足有五分钟没说话。王夫人看东方志远不表态，又说："不看僧面看佛面，请董事长高抬贵手！"

东方志远想："这又是话中有话，是拿市长威胁我呀！"

东方志远想到自己孤身一人来到这座城市，既无根基，也无靠山，从零开始创业，极不容易，几经磨难，才有今天，不知今后办事是不是还得求人家，还是忍了吧！他又一想，现在从中央到地方都在反腐，如果将来他们被查，可不能牵连到自己！

想到此，东方志远调整一下座位，一板一眼地说："每平方米两万五千元太不靠谱了。前些日子已有十几个意向客户，每平方米按三万二千元都谈下来了。而且我的商铺举架是五米二，可以改建为两层，每套商铺又规规整整，面积既不大也不小，很适用也很好卖。你说每平方米两万五千元是不是有点不靠谱呀？商铺最低不能低于每平方米三万元，至于首付款，最低也不能低于百分之十五吧？"

王夫人看看王小姐，王小姐说："价格能不能再低点儿？"

王小姐接着说："我和刘总来时，王市长还特意交代说，东方老板是个很讲义气的人，让我们好好和你商量。"

东方志远一听，王市长终于出面了，这不是用市长压我吗？就问王小姐："你说多少钱？"但心里却想："不仅是投机炒房，还是官商勾结，用权力搞腐败！"

王小姐说："两万八千元怎么样？"

东方志远想了想说："那就九折吧，每平方米两万八千八百元，首付按百分之十交。"

王夫人说："每平方米两万八千八百元，首付款为百分之十，就这么定了?"

东方志远说:"定了!"

东方志远对售楼部肖红说:"一会儿你领王夫人和王小姐到售楼部签预售合同。"肖红说:"好。"

东方志远又转身对王夫人说:"我还有几点要求。一是不管你将来转手卖给谁,发票我只能按每平方米两万八千八百元开;二是转手出售的价格高出买进价格的税费,均由你们承担;三是这次我不能把三十二套商铺都卖给你们,我得留下十套,因为已有客户预订,我既不能违约,又还得以这么低的价格卖给他们,不然将来有人查起来,问我为什么卖给你们的价格这么低,我不好解释,也可能会给你们带来麻烦;四是你们不能以刘总的公司名义购买,也不能以刘总个人的名义卖,这样对刘总不好,也可能会给领导带来麻烦;五是最好以澳门居民的个人身份签订预售合同,出点儿啥事我们也好处理。"

王夫人一听这几条对自己都有好处,而且想得很周到,紧紧握住东方志远的手说:"董事长,我代表我们家老王谢谢你!"说完她们就跟着肖红去了售楼部。

快到下班时,东方志远打电话请肖红到他办公室一趟。肖红上来后,东方志远对她说:"晚上你把今天销售商铺的情况写个详细材料。"肖红问:"写什么材料?"

"你以售楼部的名义给我写个报告。内容是有一批澳门客户组团来买商铺,他们嫌价格太贵,我们售楼部只能有九八折的权利,还可以送去欧洲旅游的机票,他们说不要机票,问能不能给个九折?因为我们二期村民回迁房开工急等着资金回笼,我们认为可行,请老板批示。然后把报告交给我,我在上面再批几个字。你保管起来以备将来之用。"

肖红问:"将来还能有什么用?"

"我说以备,不一定有用。"东方志远回答。

肖红带着迷惑不解的心情,就要离开东方志远的办公室。东方志远又补充一句:"记住,落款的日期一定写今天。"

王夫人和王小姐签订预售合同的第二天,城管局的大队人马就进驻工地,城市配套工程开始施工。

东方志远忽然明白了,原来配套工程停工的症结在这里呀,看来一些人腐败的细胞已经侵入到骨髓,变着法地捞取好处!

20

早上八点半，售楼部经理就敲开了赖公子的办公室。坐在老板椅上的赖公子，百无聊赖地翻看着一本书。售楼部经理向他汇报了这个月的销售情况："花钱雇人的头一个星期效果还可以，过了一个星期还是不行。这个月只销售了三十二套房，多数还是五十至六十平方米的小户型公寓。"

赖公子听后无语，沉默了足足有两三分钟才问："佣金发了吗？"

"雇了二十一人，已经走了十二人，佣金按减半的标准已发，剩下的九人还没发。"

"发了吧，这九个人也不雇用了。"接着他又问，"保守点儿估计，下个月能销售多少套？"

"还保守估计？不保守估计也才卖了三十二套！"

赖公子再也不问什么，但对售楼部经理十分不满意，就批评了几句："业绩这样差，再这样下去我就把你们都炒掉！"

售楼部经理无奈地耸耸肩，什么都没说，就出了赖公子的办公室。售楼部经理走后，赖公子痛苦地思索着，既感到很疲惫，也感到很无奈，第一次觉得自己好像是一头技穷的黔驴。

晚上，赖公子坐在海边的德音咖啡厅，一个人喝着咖啡，听着邓丽君演唱的《何日君再来》，脸上并没有露出一丝笑容。他冷眼向海边望去，一对对恩爱的情侣，有的挎着胳膊在海滨大道上漫步，有的站在椰树下拥抱接吻，让他心生羡慕。不一会儿，一首爵士乐曲骤然响起，本来就心情不好的他，不愿意听这种闹闹吵吵的声音，站起身，结了账就离开了咖啡厅。

今晚他有点心儿神不宁，开起车就上了海滨大道，车里循环放着邓丽君的一些老歌，他边听着歌边信马由缰地开车前行。转弯处，"海天大酒店"几个字映入眼帘。他下意识地停下了车，不知道该不该去找袁慧，但两条腿却习惯性地走向了酒店的大门，轻车熟路地走进了洗浴中心。

"欢迎赖总！"因为他是这里的常客，大家都认识他，值班经理主动向前打招呼说，"赖总，今天袁慧小姐已上钟了。"他每次来这里，都是点袁慧出钟，所以值班经理先告诉他袁慧已经上钟。

赖公子说："随便吧。"

进了V7包间，还没来得及脱衣服，突然听到隔壁的V8房间一个女人的哭声。这绝不是那种打情骂俏的声音，那声音充满了愤怒和屈辱，多少还带有一种绝望。

怎么这么耳熟？他侧过身仔细辨别，突然发现这是袁慧的声音。他冲出房间，和迎面而来的房地产预售许可证审查中心主任潘振华主任撞了个满怀。

"啊，怎么是潘主任！"

潘振华说："赖总，你来得正好，上次你给我介绍的那个袁小姐不听话，快进来教训一下她。"

赖公子问："里面是谁？"

潘振华张望一下，看看四下没人，就悄声对赖公子说："是王副市长的内弟刘晓峰，刚从澳大利亚留学回来。"赖公子一听感到来头不小，自己惹不起，就想退回到自己的房间。这时，房间里又传出袁慧凄惨的哭声，让赖公子内心无法忍受，就随潘振华进了V8房间。

进屋一看，袁慧的短裙已被撕破，脸上还有几道血迹，一个人蹲在床边哭。一个二十五六岁模样的年轻人，叉着腰，嘴里讲着脏话，一看有人进来，显得有些紧张。

袁慧一看是赖公子进来，就像盼来救星一样，目不转睛地注视着赖公子。赖公子却装作气愤地说："你是怎么搞的？这么不听话！赶快出去，把你们老板找来！"袁慧听后往外走时，赖公子暗示她不要再回来。

袁慧就这么走了，刘晓峰十分不高兴，刚要发作。潘振华介绍说："这位是骏发山庄的老板赖总，他和这里的老板比较熟，这个小姐让赖总出面收拾。"刘晓峰一听是骏发山庄的老板，脸上立刻有了笑容，随手拿出一张名片递给了赖公子。

赖公子一看，是南海市晓峰房地产销售代理公司的总经理，就对刘晓峰说："稍等一会儿，我让这里的老板给你换一个更靓的小姐。"说着他就走出了V8房间。

赖公子走出房间，找到领班，让领班换一个小姐，又在走廊拐弯处的窗户下，找到正蹲在地上哭泣的袁慧，偷偷把她领到V7房间。一进房间，袁慧一把把赖公子抱住，赖公子把袁慧搂在怀里。袁慧虽然还在哭泣，赖公子却感到自己获得了一丝温暖。

这天晚上，袁慧和赖公子在自己的家里又住在了一起。可是，两个人都没有睡意，斜靠在床头上。袁慧躺在赖公子的怀里，使赖公子由于这一段时间楼盘销售不好导致空虚的心里有了一丝充实的感觉。他问袁慧："你为什么从四川跑到南海市做这个行当？"

袁慧说:"我也是迫不得已。爸爸去世后,妈妈领着我和弟妹艰难度日,家境贫寒,入不敷出。我只得辍学,只身一人跑到南海市打工,挣钱养家糊口。你也知道,我妈的老病常犯,治病需要钱。我来南海市后经一个朋友的介绍,到了你上次去过的洗浴中心,但我坚持不出街,一直保持着处女身,这样挣钱也不多。上次遇到你我就想,你对我那么好,如果我把自己卖给一群男人,还不如只卖给一个男人,我就听从了你的劝告,来到了海天大酒店。因为我知道自己配不上你,就一直没向你说出我的心里话。"

赖公子听后,把袁慧紧紧地搂抱在怀里。其实,他的情感很复杂,虽然很喜欢袁慧,但又不能表白,只能敷衍地说:"我也喜欢你。"

袁慧睁大眼睛,盯着赖公子,撒娇地问:"真的吗,赖哥?"

赖公子轻轻地点点头,两个人抱得更紧了。

第二天上班后,赖公子就接到潘振华的电话,问他什么时间在公司,想去公司和他谈一件事。赖公子说:"十点钟过来吧。"

十点钟,潘振华领着刘晓峰准时来到了赖公子的办公室。寒暄后,赖公子问:"有什么事?"潘振华看看在座的其他人,欲说又止。赖公子挥挥手,让公司的其他人回避。潘振华才说:"刘总在澳大利亚留学是学市场营销的,他几次到骏发山庄踩盘,觉得这个项目对外销售的策略有些问题,广告宣传也跟不上。他对房地产营销很有经验,又有他姐夫王市长从中帮忙,对骏发山庄的销售很有信心。他想接过你这个盘,由他做销售总代理。"

赖公子不假思索地说:"刘总的条件这么好,又有国外留学的经历,为什么不让王副市长在市直机关找个公务员的职位干干?"

潘振华说:"你们经商再辛苦,也有别墅住着,有宝马开着,去夜总会都可以大摇大摆地往里闯。可我们公务员呢,表面上看人人见了都点头哈腰,可实际上呢?一个月就那么点儿钱,在任时还好办点,等退了休什么都没有了,所以王副市长不同意他内弟去做公务员。"

赖公子说:"那也不一定,事在人为,你们还有外快嘛。"

潘振华接过话题说:"你以为贪官是那么容易当的吗?那都是用脑袋换来的。就说前几个月被抓起了的市财政局孙局长吧,眼看就要退休了,别人几年前送他一百几十万,他不敢吃、不敢花、不敢存银行,只能藏在自己家的地板下。被检举后经检察院搜查败露,被判了十二年。"

赖公子避开这个话题,问刘晓峰:"怎么个销售总代理?"

他心里想,自己对售楼部很不满意,正愁不知怎么解决呢,听到潘振华这么一说,觉得也是一个解决的办法。

刘晓峰说:"大约还有二十几万平方米没销售吧?一年半时间我帮你全部售罄。咱们谈好每平方米的平均价格、销售进度的时间节点、代理费用的点数、广告费用的分摊,别的就不用你管了。"

赖公子想了想说:"我的人你用不用?"

刘晓峰说:"我留一半,剩下的人由你处理。"

赖公子又问:"什么时间接手?"

刘晓峰说:"给我一个星期做准备,我得和姐夫商量一下,看他还有什么好的手段?"

潘振华插话说:"你看水湾六号院的销售情况,就比你们骏发山庄好。"

赖公子说:"人家地段有优势,所以才比我们的好嘛。"

刘晓峰接过话茬儿说:"也不完全是,关键在包装。"

赖公子心想:刘晓峰在国外是学市场营销的,有一定专业知识,加上又有主管副市长从中协调和帮助。再说现有的销售部人员,只出工不出力,自己又没有什么更好的办法。如果换一家代理公司负责销售,肯定比现在强,于是就表示同意。

刘晓峰和潘振华一听很高兴,双方研究了销售价格、销售节点、代理费点数。取得一致意见后,赖公子说:"刘总,今晚你先起草一份合同文本,明天上午咱就正式签订合同。"

潘振华和刘晓峰走后,赖公子坐在办公室的转椅上,抽着烟、喝着茶,打着自己的如意小算盘。

他将转椅转动小半圈,看到水湾六号院售楼部门前,显得静谧而又整洁,只有零星的人出出入入,心想:"东方志远,我这是借助国外的营销专家,弥补我的不足,给你来个奇兵制胜之道,看你有什么办法破解……"

东方志远的女儿东方丹,从加拿大多伦多大学读完国际金融硕士后就回国了。

这个在东方志远人生之路的关键时刻,曾给予他信心和力量的宝贝女儿的回归,自然是一件让他分外高兴的事。东方丹回来的第二天就上了班,为了发挥她的专长,东方志远让她出任公司的财务总监,并跟着肖红学习一些市场营销方面的本领。

上班后的第二天,肖红和东方丹一起,要向东方志远汇报这个月的销售状况。还没等肖红汇报,外面传来阵阵锣鼓声。三个人站起来一看,隔壁骏发山庄的售楼部门前,彩旗飘飘,两道硕大的拱门,耸立在通往售楼部的路上,围观的人不少,显得十分喜庆。原来今天是晓峰房地产销售代理公司正式进驻骏发山庄的日子。

东方志远招呼肖红和女儿坐下,让她们汇报销售情况。肖红说由于市场形势开始转好和推出两栋新楼盘,这个月销售形势不错,总共成交九十六套房,每平方米均价在一万两千一百二十元,其中新客户大约占百分之五十,有的还是骏发山庄的潜在客户。肖红还想汇报下去,东方志远打断她的话说:"你们都看到了,赖公子这小子不知又出什么幺蛾子了。你们要注意观察。不管他使什么花招儿,我们始终要保持平常心,稳扎稳打,用我们产品的品质,吸引客户的购买欲望。"

肖红说声"好"后就走了,东方志远送她们俩走的时候,对肖红讲:"东方丹在国外学的是金融,对销售不懂,我让她在你身边多学学,麻烦你多多关照。"

肖红说:"阿丹很聪明,我们俩一定互相配合,把销售抓好。"东方丹趁机接过话:"我什么都不懂,还请肖红姐多帮助!"

肖红拉着东方丹的手说:"咱姐俩还客气什么。"

东方志远用慈祥的目光送走两人后,沏了一杯咖啡,一边思考着赖公子不知又出什么样的新花招儿,一边品尝着咖啡微苦转香的味道。

近半个月来,通过报纸、电视、广播等途径,骏发山庄的广告宣传,连篇累牍地接踵而出,售楼部门面也包装一新,扩音喇叭的介绍一直不停。"依山傍海,欧式建筑""城中山庄,私密景观""价格低廉,拎包入住"的广告词,确实打动不少人。骏发山庄售楼部,每天都有大批客户出出入入。但是,和水湾六号院每天都有一定数量的成交不同,骏发山庄成交落定的单数却不多。

公司内部的电话忽然响起，东方志远拿起话筒，是肖红的电话。肖红在电话里小声说："老板，售楼部来一位客户，看中了高层二十九层的一个房间，和王副市长选中的户型一样，就是价格给得太低了，还说他市里有人，问我们卖不卖？"

东方志远一听心想，这又是一个难伺候的主儿，就问："他给多少钱？"肖红说："低得离谱，对外开价每平方米一万三千元，他只能接受每平米八千元。"

东方志远感到这肯定是一个有背景的家伙，就问肖红："他叫什么名？"肖红说："来的几个人都叫他潘公子，叫什么名字也不和我们说。"

拆迁成本、土地成本、建筑成本、销售成本、税务成本，再加上财务成本，每平方米的成本起码就已近万元，他还真敢砍价，哪方神圣啊？东方志远果断地对肖红说："只耐心地做解释，这个价格就是不卖！"不一会儿肖红又给东方打电话说："潘公子看谈不下来，气冲冲地走了。"

东方志远说："不用管他，你们正常销售。"

撂下电话后，东方志远心里想：这是哪方来的大神？砍价还这么硬气？既然已经走了，索性就不用管他了。

下午四点多钟，房地产预售许可证审查中心潘振华主任突然来电话，说晚上六点钟请他吃饭，地点在海天大酒店。一想到预售许可证的事，东方志远的火气就不打一处来，本想婉言拒绝，可又一想，以后还不知有什么事求到他，就笑着对潘振华说："有什么事你就说，就不用破费了吧。"潘振华说："晚上还有市政府常务副市长林贤良，还请老板屈尊赏光。"

常务副市长都去了，还说让我屈尊？这不是骂人吗？东方志远只好答应。

晚餐在海天大酒店二楼三号房间举行，能容纳十五六个人的大桌面旁，只有他们三个人。点好菜后潘振华从包里拿出一瓶十五年的茅台酒，还炫耀说这可是真酒。东方志远一看心里想："这不知是谁送的进贡品，还拿来显摆招待我们！"因为不知道潘振华有什么事，也不好开口问，菜上齐后，打开酒就吃喝起来。

喝过三杯酒后，常务副市长林贤良首先开了口："东方董事长，潘主任的儿子相中了你的房，听说价格没谈拢，能不能通融一下给点照顾？"

东方志远一听，肖红说售楼部来的那位潘公子，原来是潘振华的公子，总算对上了号。

东方志远放下筷子，就对林贤良说："不是给点儿照顾，而是照顾大了。我听售楼部说，对外一平方米开价一万三千元，被潘公子砍到了八千元，水湾六号院的建筑成本，每平方米就接近一万元，潘公子开的价低于建筑成本，市长你看怎么办？"

林贤良看了一眼潘振华说："确实砍得太低了，能不能高出成本价一点儿卖给他？"

潘振华举起酒杯说："来，再干一杯。"

放下酒杯，东方志远对林贤良说："没有不透风的墙，别的客户知道了，你让我怎么处理？今后这房子还能不能卖了？"

潘振华赶忙插话说："我让孩子保守秘密，不让他和任何人说。"说完就和林贤良望着东方志远。潘振华心想："常务副市长都说话了，你还不给面子？如果不给，就太不知好歹了！"

东方志远露出鄙视的目光，心里想："这个潘主任还真是恬不知耻！本来为了保守客户的秘密，哪位客户成交的价格都不能对外说，但一看到他那样子，就不能顾忌这些了。"

东方志远说："和二位领导实话实说，市政府的王副市长，在水湾六号院也买了一套房，就在潘公子相中的那套房的楼下，视野还没有潘公子相中的那套房好，价格是八五折，每平方米一万一千零五十元。如果以一万元卖给潘公子，让我怎么向王副市长交代？"

林贤良听后，与潘振华面面相觑，不知道该说什么话好。等了一会儿，潘振华看有点儿冷场，无话凑话地问："你能卖少钱？"

东方志远回答："根据房间的位置和视野，按照现在的市场行情，每平方米起码得一万一千一百元吧，总不能比王副市长的还要低吧！"

林贤良对潘振华说："东方董事长把话都说到家了，你回去和家里人再商量一下？怎么样？"

东方志远对潘振华说："如果贵公子想买，过几天让他找我。"

晚餐在不太和谐的气氛中结束了。

过了几天，仍不见潘公子来售楼部。又过了几天，售楼部经理肖红向东方志远报告说："潘公子在骏发山庄买了一套房，只能看到山景却看不到海景，每平方米是一万一千元。"东方志远叹了口气，看来是自己把潘振华得罪透了，便对肖红摆摆手说："你忙去吧。"

21

又过了几天,肖红和东方丹领着几个人,还带着摄像机等设备,来到东方志远的办公室。原来是肖红根据东方丹的建议,针对骏发山庄的营销策略,策划了一场现场采访的电视直播活动。采访的题目有三个,一是水湾六号院有什么优势?二是中央三令五申要控制房价,水湾六号院的价格为什么还这么高?三是你们公司对客户都有什么承诺?

东方志远汲取过去的教训,从衣柜里取出一件西服上衣,穿上后又系上领带,坐在办公桌前。他思索了约有十分钟,对电视台记者说:"开始吧。"记者问第一个问题时,东方志远显得有点儿紧张。他稳了稳神,从五个方面讲了水湾六号院的优势,还讲百说不如一看,客户到水湾六号院楼盘及周边看一看,就知道水湾六号院的优势所在。在记者问第二个问题时,东方志远似乎忘了紧张,掰着手指头一项项地说出水湾六号院的建设成本,还说西城区的一些项目,无论是地段还是景观,都不如水湾六号院,每平方米的价格,卖得比水湾六号院还高。因为都是同行,他不便说是哪个楼盘,只能笼统地说西城区一些项目。

他重点说:"现在是市场经济时代,价格是由市场决定的,而不是由开发商臆造出来的。人为臆造的离谱价格,客户是不会接受的。

因为大家都不是傻瓜，我们只能是跟着市场走。

"特别是1998年以来，由于停止了福利分房制度，货币化购买住房开始全面兴起，到现在也没有明显下滑的趋势。许多住在破旧房屋的城镇居民，他们改善住房的刚性需求非常迫切，加之我们的楼盘地处海边，后面又有将军山。可以说这个地段的优势得天独厚，价格还有一定上升的空间。至于国家出台的一系列调控政策，我认为不是为了打压房地产，而是引导这个行业更健康地发展。至于价格的高低，每个购房业主都有自己的判断。"

当记者问到第三个问题时，东方志远已经完全放开，觉得这个问题涉及公司的经营理念，所以更是侃侃而谈。东方志远说："'始于至诚，止于至善'，这是我们公司的理念。有人说开发商都是奸商，但亿诚公司不是，我们合法经营，照章纳税，不赚昧良心的钱。每个项目都是从诚实守信做起，交给客户的是优质产品，让每个客户都满意。如果还有什么不满意的地方，国家规定三年保修期，我们有专门的队伍，提供五年的免费保修服务，请市民和客户监督。"

东方志远最后说："我们不仅给客户提供一个优质产品，还为城市增添一道亮丽的风景，让我们南海市的城市品牌更靓，成为全国最适宜居住的城市！"

采访很成功，直播出去后，在全市引起轰动。电视采访实际就是免费的广告宣传，就连市委书记王广达都给东方志远打来电话，肯定了他的做法，并鼓励他把项目做得更好，善始善终地兑现承诺。

电视采访直播后的一个星期内，水湾六号院的销售业绩就翻了一番，全公司的员工都很高兴，逼着东方志远请大家吃饭。东方志远不敢怠慢，不仅把公司的全体员工，还把承建商中铁公司项目部中层以上干部和分包商的头头们，请到一起祝贺。平常比较拘谨的男孩和女孩,脱下工装、换上便服后,一个个活蹦乱跳,一种青春的热情与活泼,再也遮掩不住,连东方志远都感到自己仿佛回到了大学时代。上了两道菜,有人就张罗开喝,工程部栗强和亮仔等几个人喝得酩酊大醉。

肖红和东方丹喝得不多,头脑十分清醒。东方志远对她们俩说:"这个电视采访所起的作用,远远超出了广告宣传,你们俩功不可没。"

肖红说:"这都是阿丹的功劳,没有她的建议,就没有这次采访活动。"

微醺的东方志远感到很骄傲,不仅赞叹女儿敏锐的洞察力和市场捕捉力,还夸她在国外学习三年很有成效。

与水湾六号院的销售业绩相比,骏发山庄的销售情况显得相形见绌。新的代理商接盘后,骏发山庄也曾火了一段时间,但不知什么原因,售楼部又冷清下来。售楼部经理肖红反映说:"骏发山庄的老板,因为代理商销售业绩不佳,没有给对方销售提成,代理公司连约定各自承担一半的广告费都拿不出来,双方开始吵架。"东方志远告诉肖红:"不要说人家好不好,做好你自己分内的工作就行了。"

又一个月过去了,东方志远把肖红和东方丹叫到办公室,研究售楼部人员这个月销售提成问题。

肖红由东方丹搀扶着进了东方志远的办公室,东方志远一看她脸色苍白,就问肖红是不是生病了?肖红赶忙说没有,接着就把这个月的销售情况汇报一遍。谈到提成款时,肖红给东方志远一个单子,每个销售人员的提成都在两万八千元左右,肖红的也不到三万元。东方

277

志远就问肖红:"你的提成怎么这么少?"东方丹抢着说:"这个月因为客户来得比较多,售楼部比较混乱,不好分哪个客户是谁接的单。为了调动大家的积极性,肖经理提出平均分配提成,所以,她才分得这么少。"

为了水湾六号院的销售,肖红付出了极大的努力。同龄女孩逛商店的时候,做美容的时候,她还在坚持工作。甚至一年三百六十五天,哪天属于她自己的,她都记不清楚,就连夜里做梦都和水湾六号院有关。有时她也问过自己,这么辛苦究竟为什么。可当她一走进售楼部,这个问题就被抛到了脑后,剩下的只有干好工作的强烈欲望。

东方志远说:"这样不行。付出和收益不对等,奖罚不分明,更不利于调动大家的积极性。阿丹你从财务部另外支取三万元,单独给肖经理。"肖红连说不用。东方志远说:"从下个月开始,一定要奖罚分明。"东方丹说:"好,老板。"

东方志远又对女儿说:"得从根本制度上解决这个问题。交给你和肖经理一个任务,研究一下如何优化薪金制度。现在我们实行的是以提成为主、底薪为辅的薪金制度。这个制度的核心是有利刺激员工的积极性,其弊端也是明显的。销售人员关注的焦点都集中在个人的收入上,而忽视了客户的利益和销售群体的利益,不利于互相之间的团结。能不能做一些改变,把提成制和底薪制倒过来,以底薪制为主,辅之以提成制,把销售流程做个优化,使之既有利于客户和销售人员,又有利于扩大销售业绩,使薪金制度更加科学合理。"

东方丹说声"好"后,搀扶着肖红就下了楼。下楼时,肖红不慎滑倒,东方志远让东方丹立即开车送肖红去医院看病。东方丹从医院回来时,快到下班时间了,就一个人来到了东方志远的办公室。东方志远问:"怎么样?"东方丹说:"主要是这个阶段加班加点累的,每天她都是早来晚走，有时为了统计数字和制订第二天的销售计划，甚至加班到深夜十一二点。她血压比较低，这几天又赶上来大姨妈，在医院打了一针，又开了些药，我就直接把她送回家休息几天。"东方志远对女儿说："肖红可是咱们公司销售的台柱子，千万不能把她累倒，让她直到养好病再来上班。"

说着，东方志远掏出两千元钱，让东方丹给肖红买些补品。东方丹说："我这有钱，老爸放心，我会处理好的。我就说是你拿的钱，给她补补身子不就得了。"

东方志远对女儿办事很放心，揣起钱对东方丹说："肖红不在，你先下去忙吧。"说着收拾一下办公桌，拿起汽车钥匙，他也回家休息了。

这天晚上不到十二点，东方志远突然接到承建商中铁项目部吴涛总经理的电话，向他报告说工地出事了。东方志远问："出了什么事？"吴涛说："因为加班加点，工人都比较累。一个工人不慎脚下踩空，从脚手架上摔了下来。"

"从几层摔下的？"

"三层。"

"死没死？"东方志远急切地问。

"没死。"

"伤得严重不严重？"

"不算太严重。"

按照总承包合同约定，工程出现的一切安全事故均由中铁建工负责。但这些农民工抛家舍业，都很不容易，虽然没死，留下点儿残疾，也是一辈子的事，一家人还靠他们挣钱过日子。另外，在加班加点期间出事故，公司也有一定责任。东方志远迅速穿好衣服，准备赶往工地。睡眼蒙眬的东方丹，从另一个房间探出头来问："怎么了？"东方志远简单说了几句，让她在家安心睡觉，自己就开车直奔工地。

到了工地，受伤的工人已送往医院，东方志远又赶到医院。在急诊室，大夫正在给受伤的工人擦拭、包扎伤口。受伤的工人问："老板怎么来了？"东方志远没有回答，却问医生："有没有大碍？"医生说："脑袋和内脏都没有事，胳膊腿脚也没骨折，只是受点儿皮肉之伤。"东方志远听后也就放心了。他把计划给肖红的营养费给了受伤的工人后，就和中铁建工项目部的吴涛总经理说："明天要研究一下安全措施，不能再出事故了。"回到家一看时间，已是凌晨三点，没有一丝睡意，他打开电视，看了一场欧冠足球赛。

第二天一上班，东方志远叫来工程部栗强经理，告诉他昨晚工地有一个工人受伤，按照规定得报告给安监站。栗强问："昨晚有工人受伤？我怎么不知道。"东方志远说："你快去报告吧。"

下午安监站来了两个人，到工地晃了一圈，这件事就不了了之。

赖公子看到自己奇兵制胜的一招儿并未奏效，因广告费用分摊的事又和刘晓峰闹得不可开交。原来的销售人员都已遣散，刘晓峰带来的人员还不如原来的人员，刘晓峰又是个惹不起的主。再看看毗邻的水湾六号院，无论是工程进度，还是销售进度，骏发山庄都是望尘莫及，他彻底失望了。现在他才感到，这一轮竞争，又让水湾六号院赢了。不管是专业能力，还是自己身边的帮手，都很难与东方志远抗衡。自己虽然动了不少脑筋，到头来还是没起到多大作用，不仅浪费了大量精力，也损失不少金钱，真是有点儿追悔莫及。

因销售不好，回款又不及时，还拖欠施工队一些工程进度款，骏发山庄房子就是不往高了长。想到这儿,他对水湾六号院的老板东方志远,也不得不增加了几分佩服,心想不愧是做过市长的人,就是与众不同。但是,赖公子并不服输,却一时又想不出什么好的办法制衡东方志远。

百无聊赖的赖公子,坐在办公台前,翻看着几天来未接的电话记录。除了少数电话是与工程有关的人打来的,大多数都是各类小姐的电话,有酒吧的,有夜总会的,有洗浴中心的,还有咖啡厅的。这些地方都是赖公子经常光顾的地方,来的电话多也在情理之中。

翻着翻着他看到,还有袁慧打来的三个未接电话。

自从上次离开袁慧后,两个人一直没见面。连续打三个电话,难道有什么急事吗?上次见到袁慧时,受伤的袁慧向自己透露了心声,表示很喜欢自己,可自己却没明确表态,就匆匆地离开,觉得很对不起她。自己虽然不能娶她,也应该有一个明确的交代嘛,这样也对得起自己的良心。

袁慧还在海天大酒店上班吗?没被老板炒掉吧?她的伤好了吗?她没有回家吧?她现在生活得快乐吗?他虽然想和袁慧保持一定距离,但这么久都不知道她的一点儿情况,心里反倒觉得不是滋味。

赖公子决定去找袁慧。下班前他随便在每天的销售例会上,不痛不痒地讲了几句话就散了会,开车直奔海天大酒店。领班的经理说袁慧好几天都没来上班了,他又把车直接开到袁慧的家。一路上,他不停地思考着,心里有点儿忐忑不安。理性告诉他要远离这个女人,她不会给自己带来幸福;但感性又告诉他,离开了这个温柔的女人,这辈子也可能不会再遇到这样的女人了。错过了就意味着失去,失去了就意味着天各一方,永远再也不会见到……

敲敲袁慧的家门，他听到里面有动静。不一会儿袁慧缓慢地打开门，赖公子看到袁慧已收拾好行囊，一个行李箱，一个手提包，手里还拿着电话，脸上布满泪痕。赖公子张开臂膀想拥抱她，袁慧却躲开了。

两个人站在原地沉默着，谁也不说话。赖公子看着袁慧，她消瘦了，也苍老了，脸色苍白，没有一丝血色，还有两道疤痕。赖公子从内心里涌出一种同情和怜悯之情。赖公子问："你要走哇？"袁慧平静地回答："不走怎么办？这里没有人喜欢我，更没有人爱我，我在这里待着，还有什么意思！"

……

"什么时候走？"

"我买了今晚十点半的火车票。"

又是一阵沉默。

"前几天给你打电话你没接，今天想给你再打个电话，告诉你我走的事，犹豫半天，怕你还不接，也没勇气打给你。"袁慧打破了沉静说。

赖公子想到刚才进屋时，看到袁慧手里拿着电话的样子，心里隐隐作痛。

此时外面下起了小雨，不时还伴有轻轻的雷声。赖公子的心随着雷声翻滚着，这些年来，自己阅人无数，但他扪心自问，除了站在眼前的这个女孩，自己还真没喜欢过任何一个。而真正喜欢的这个女孩，却要离开自己了。自己在商海摸爬滚打这些年，几乎每天都在东奔西跑，陪吃陪喝，身心疲惫，只有袁慧才是他可以歇脚的港湾，现在这个港湾也没有了。如果当初不遇见她，如果自己不去那个地方，如果自己不在乎别人的眼光……

哪有那么多的如果,这个世界是现实的。

已经七点多了,屋里渐渐黑下来,赖公子一把抱住袁慧。这次袁慧没有反抗,顺从地依偎在他的怀里,享受着离别前的温馨。两个人没开灯就这样拥抱着,谁都不说话。

时间一分一秒地过去,屋里已经全黑,伸手不见五指。

袁慧打破了沉静,抬起头,泪眼婆娑地问:"赖哥,如果我不是做小姐的,你会不会爱我?"

赖公子心里一惊:"她怎么会突然问这个问题呢?怎么回答呢?是应付过去?还是说心里话?"

这些年来,无论是在何种场合,特别是在各种烟花场所,他不知说了多少次假话,这是他的专长,但今天他不能再说假话了。况且,袁慧还为自己做了一些见不得人的事,如果自己再说假话,不仅对不起袁慧,自己的良心也会受到谴责。

他望着袁慧期盼的眼神,认真地点点头说:"会!"

和袁慧肉体上的亲密已不知有多少次,心灵上的袒露和交流这还是第一次。袁慧和他拥抱得更紧了。

不一会儿袁慧说:"赖哥,我知足了。"

赖公子一看表已经九点多,就对袁慧说:"我送你去火车站吧。"

袁慧转身就想拉行李箱,赖公子说:"等等!"

"还等什么?"袁慧转过身问。

赖公子从上衣口袋里取出一张银行卡。这是赖公子几天前就准备好的,当时他不知道袁慧要回老家,心想既然自己不能娶她,也要对得起她。怎么对得起？只有钱，因为袁慧为母亲治病，供弟弟上学，养活一家人，需要的就是钱。如果她有钱，怎么会出来卖身？就以袁慧的名字，在银行卡里存了二十万。

"这里有二十万元，你拿回去为你妈妈治病，还可以开个小卖店养家糊口，密码是你的生日。"

袁慧哭了，说什么都不要，还说："赖哥，我知道你生意不顺，这个钱还是你留着自己用吧。"

赖公子也哭了。多么真诚善良的女孩，他颤抖着，什么话都说不出来，两个人紧紧地拥抱在一起。赖公子看看表，怕袁慧赶不上火车，就和袁慧恋恋不舍地出了门，边走边说："记得给我打电话啊！"

22

水湾六号院施工进展特别顺利,八栋商品房的外立面已装饰完毕。在周一早上的例会上,东方志远宣布从8月1日起,客户正式搬迁入住装修,同时,村民回迁房正式开工建设,并让办公室主任老张做好准备,搞个隆重的开工仪式。向售楼部肖红经理交代,从现在开始,把工作重点转移到为回迁村民服务上,还没成交的一百多套商品房,不要着急,慢慢地往外卖就行。

仪式如期举行。8月1日,阳光明媚,初秋的阳光照在身上,让人感到很温暖。

部分商品房客户和大批村民出席了仪式,东方志远还请来市政府主管城建的副市长、改建办主任、城建局局长、吉大村党委书记、吉大村委会主任,以及中铁建工项目部总经理。工地上彩旗飘飘,十分热闹。二十多名保安穿着整齐的服装,分立在会场周围,穿着各色艳丽旗袍的售楼部小姐,在会场主席台下,形成一道亮丽的风景。一条写着"水湾六号院商品房入住暨回迁房开工大会"的横幅,悬挂在会场正中央,红底黄字特别醒目。

八点二十分仪式正式开始。首先是由出席仪式的各位领导,为商品房客户代表颁发入住的钥匙,拿到钥匙的业主喜气洋洋,场下不断响起掌声。接着就是王川夏副市长致辞,商品房入住客户代表、吉大村党委书记和中铁建工代表讲话,最后是亿诚房地产开发有限公司董事长东方志远发言。整个过程都有电视台的记者跟随摄像,仪式庄严而又隆重。

东方志远的发言不长但很精彩,博得一阵阵掌声。

东方志远说:"今天是商品房入住和回迁房开工的大喜日子。商品房开工时,我曾向大家承诺,把优质产品按时交付到客户手里,我们做到了。今天我再向吉大村的村民承诺,保证把你们满意的回迁房,按期交到你们手里。"台下响起一片掌声。

东方志远接着说:"'始于至诚,止于至善'是我们做事的基本原则。我们将竭尽全力,为客户和村民奉献出真诚的爱心,请大家监督!"台下又响起一片热烈的掌声。

这天下班后,东方志远转道菜市场,买了一块自己喜欢吃的五花肉和几样蔬菜,回家炒了几个菜,改变在家从来不喝酒的习惯,起开一瓶茅台酒独自喝了起来。东方丹本想和他说点儿什么,看他这么高兴,就欲言又止。吃完饭东方丹收拾好碗筷,坐在父亲身边,两个人聊了起来。东方丹说:"今天的会议非常成功,明天电视就会播放会议消息,这是对我们公司最大的褒奖和最好的广告宣传。"

安排电视台记者现场采访录像,想得这么周到,这是东方志远事先没想到的。花钱少宣传力度大,产生的效果生动,东方志远不由得对东方丹投来敬佩的目光。

东方丹话题一转问东方志远:"老爸,你上房地产网站了吗?"

最近工地上的事多,让东方志远忙得不可开交,他之前在网站上发表一篇关于当前房地产形势分析的文章后,已经好长时间没上网了。于是他问东方丹:"都有什么新的信息?"

东方丹说："你的文章发表后，引起不少争论。有的说你不是黑心的开发商，就是黑心开发商雇来的托，跟帖赞成的人还不少。有的专家也不赞成你说的房价还有上涨空间的观点，引用大量数据和理论观点，说房市就要崩盘，还提出可能在上个月底崩盘的时间节点。"

"你看崩盘了吗？不仅没崩盘，房价还在涨，水湾六号院就是有力的证明。我是凭着自己的良知说的话，怎么就成了黑心开发商呢？"

"买了房子的盼着涨，没买房子的盼着跌，买了房后又盼着涨，这是一个规律。所以，我建议今后再也不要在网上发表那些东西了，防止别人对你谩骂攻击。"

东方志远觉得女儿的建议对，心想："网络是一个虚拟的空间，什么话都可以说，什么人都可以骂。自己只是针对那些观望的客户，提醒大家近一段时间，市场需求仍很强劲，让大家审时度势，不要失去当前买房的最好机会，防止房价继续涨下去，遭到更大损失的是他们。没想到却得到这样的结果，真是好心不得好报，得不偿失。"

东方志远对东方丹说："你讲得有道理。对剩余的一百多套房子，按照中央的规定，控制住房价，不管市场怎么变化，也不要再涨；剩余的房子通过折扣等方式，尽量减轻客户的负担。从明天开始，我的工作重点转到回迁房建设上，你和肖经理负责剩余商品房的销售。等客户装修完搬迁入住时，要有专人跟进服务，不要让客户有丝毫的不满意。

"我们做任何事情都要凭着良心，按照客户喜欢的方式去做。目的不是一切，更不能把赚钱作为唯一目的。能给客户提供一个舒适满意的住所和环境，我们就是少赚点儿钱也值得。"

东方丹听着东方志远讲完这些话，带着赞许的表情，回到了自己的房间。

商品房交房后，大批入户装修的人员接踵而至。为了维持小区的秩序，东方志远充实加强了保安队伍，并派保安每天到各个楼层巡回检查；他还把工程部副经理温伟伦抽调出来，又从售楼部抽调了三名员工，组成一个物业管理服务部，温伟伦任经理，负责为入户装修的客户提供服务。

但是，回迁房建设并不顺利，地基施工就出现了问题。

一期商品房地基施工采用的是打孔桩，回迁房施工仍然采用打孔桩，但总也打不下去。工程技术人员经过分析，认为是靠近山体施工，地下滚石太多太大所致。为了抢工程进度，唯一的办法是修改设计，变打孔桩为挖孔桩。

挖孔桩不仅增加了施工难度和危险程度，也增加了工程造价，更主要的是拖延了工期，有可能延误向村民交房的承诺时间。

村民搬离自己的家园，在外临时居住已两年多时间。他们急切盼望回迁房建好，再搬回来入住，因此对施工进度格外关心，每天都有大批村民围拢在工地观看。因为地下滚石爆破十分危险，为了不伤及村民，中铁建工项目部经理吴涛找到东方志远，让动员村民撤离工地。东方志远只好找到村党委书记隋建军，请村领导配合施工，动员村民撤离工地。

由于地下滚石太多，而且太大，不好爆破清理，施工进展仍然很慢。一个多月时间过去了，由于爆破清理滚石，桩基础仍未开始施工，村民们三三两两又返回工地，有的还整天坐在售楼部，影响商品房的销售。甚至郭子豪和一个被称为沙皮王的村民代表，领着一批村民，跑到东方志远的办公室进行抗议，弄得东方志远都无法办公。

郭子豪原是吉大村的村主任，前些年因有贪污嫌疑，改选村委会时落选。但这个人能说会道，很有迷惑性，旧村改建时又被选为村民代表。沙皮王叫沙茂斌，是个三十多岁的年轻人，祖祖辈辈都居住在吉大村。他平时靠打打杀杀，在吉大村一带很出名，以他为首形成一个水湾帮，都尊他为老大。这次旧村改建时，他也被选为村民代表。

为了说服村民代表，东方志远把工程部栗强经理和中铁项目部吴涛总经理请到自己的办公室，当着村民代表的面，询问工程进度状况。东方志远问两位经理："工程进度能不能再加快点儿？"两位经理说："万丈高楼平地起，桩基础工程至关重要。老板既要求我们一定要保证工程质量，又要求我们加快工程进度。现在又遇到意外情况，我们也不敢保证！"

听到这里，东方志远对村民代表说："你们都听到了吧？桩基础施工是个技术活儿，不能马马虎虎对付，必须精心组织施工，为了让村民有一个安全的房子住，工程进度我们尽量往前赶。"沙皮王霍地一下从沙发上站起来说："我不管技术不技术，只管按时搬迁入住！"还恶狠狠地威胁说，"如果不能按时搬迁入住，你就等着好看！"

东方志远把这个情况反映给村党委书记隋建军，隋建军说："沙皮王就是个无赖，你不要听他的！我帮你做村民的工作。"并叮嘱东方志远，"这个沙皮王千万不要得罪他，他下手很黑，我怕伤着你。沙皮王和骏发山庄的赖公子是一伙酒肉朋友，一路货色，要注意赖公子从中挑事，防止再闹出点儿什么大乱子。"

东方志远说："知道了，谢谢隋大哥。"

东方志远让栗强每天都盯在工地上，防止出什么大事。

没想到还真的出了一件大事。东方志远组织公司的员工，按照南海市政府的规定，制定了村民的回迁补偿标准，征得改建办和村委会同意后，下发给每户村民。

市政府的政策规定，住宅面积按1∶1.1的标准补偿；临街私改功能的住宅，按住宅功能补偿；村民搭建的临时建筑，以每平方米五百元现金进行补偿

水湾六号院的补偿标准是住宅按1∶1.2的标准补偿，临时建筑按每平方米一千元标准补偿，私改功能的住宅按市政府的规定执行。但是，部分村民意见很大，每天都在东方志远的办公室闹个不停。

没过几天，栗强冲进东方志远的办公室，边跑边嚷嚷："董事长出事了。"

"怎么回事？"东方志远惊诧地问道。

"午饭后，我到工地，工人们也刚到工地，就看到有两个人往塔吊上爬，我还以为他们是现场施工的工人。忽然从空中飘下来一条白布，上写着'黑心开发商，只顾自己赚钱，不顾村民死活！'我仔细一看，才发现他们原来是两个村民。"

东方志远一听，扔下手里的报纸，就和栗强往工地跑，还边跑边问："报警没？"

栗强上气不接下气地说："报了、报了，110和119都报了！"

工地离办公室二百多米远，不到五分钟他们就赶到了。围观的村民足足有二百多人，有的高声叫喊着，有的敲着钢筋，发出通通的声响，还有的人抢过工人手中的劳动工具，不让工人干活儿。在一旁的村民代表沙皮王，手里拿个小旗，指挥着这群村民。

东方志远挤进人群，往塔吊上一看，只见两个四十多岁的村民，离地面大约有三十米高，一幅巨大的白布条幅，从三十米高处垂到地面。

东方志远又挤到沙皮王面前说:"沙茂斌,快让这两个人下来,这样会有危险!"

沙皮王看都不看东方志远一眼,鼓动着村民继续闹下去,并说:"死两个人,我看你补偿标准能不能提高?工程进度能不能加快!"

这时,吉大村党委书记隋建军赶到了工地,110和119的人也先后赶到工地。警察一边维持现场秩序,让大家保持安静,一边拿着扩音喇叭,向空中两位村民喊话:"塔吊上的两位村民,不要激动,有话好好说。老板就在这里,有什么问题都可以商量解决。如果你们有什么委屈,政府会给你们做主的!"消防兵在塔吊下铺上泡沫垫,防止两个村民掉下来发生意外伤亡。

听到下面的喊声,两个村民更是得意了,摆出一副视死如归的架势。一个人对下面喊道:"让我们下来,必须满足我们的要求,住宅按1∶1.3的标准补偿,临街改作商铺的住宅,要按商铺功能补偿!"另一个人喊道:"工期只能提前不能拖后,如不按时交房,我们就去市政府上访!"他们俩喊话时,白布条飘飘忽忽掉了下来,塔吊下的人群"啊"的一声惊出一身冷汗。

东方志远转身问身边的栗强:"那两位村民是谁?"

栗强回答:"先喊话的那个人好像是郭子强,是村民代表郭子豪的弟弟。他的叔叔是香港人,就是最东边那栋私改功能开饭店房子的业主。"

"另一个人呢?"

"我不知道他叫什么,只知道拆迁时,他闹得最欢。"

这时警察走到东方志远身边,问:"怎么办?"东方志远说:"救人要紧,我们的补偿标准比市政府规定的还高,先把人救下来,其他的事都好谈。"

警察又举起话筒喊："塔吊上的两位村民，你们有问题可以谈问题。这样闹下去，性质就变了。这是对社会秩序的干扰，也是对安定团结的干扰，请你们赶快下来！再不下来，我们就采取行政措施啦！"

吉大村党委书记隋建军也出面喊话："请赶快下来！再不下来性质就变了！"

两个村民一听性质变了，就不再吵吵了，但还是纹丝不动地站在塔吊上。

东方志远从警察手里接过话筒，对两位村民说："两位大哥，咱们的补偿比市政府规定的标准还高，不信你们可以和其他楼盘的拆迁户去比较，也可以找改建办去评定。如果有比我们高的，我们就按最高的标准补偿！"

一听是开发商老板，两个人更激动了，一边叫着黑心开发商，一边提起塔吊上的脚，做出纵身一跳的架势，吓得东方志远再也不敢出声了。

突然，站在塔吊上的郭子强换脚时踩空，整个人从塔吊上就要跌落下来。东方志远"啊"了一声，又瞪大眼睛，看向地上的泡沫垫。

但是，人并没有掉下来，一根细细的钢丝绳，将他高高地悬挂在空中。原来，他们俩腰上都系着不被人发现的保险绳而有惊无险。一场虚惊的闹剧，引发下面的人一片哄笑。

两位村民安然无恙地返回了地面，惊魂未定中来到东方志远的面前。东方志远抱抱拳说："两位大哥，感谢你们的支持。我们一定会按照原先的承诺，保证按期交房。至于补偿的标准，你们可以到其他楼盘看看，也可以到市政府问问，看有没有再提高补偿标准的空间。"

在警察的组织下，村民们陆陆续续离开了工地，沙皮王和两个登高宣誓主张的村民，也都悻悻离去。

离开工地的村民,交头接耳,议论纷纷,有的村民还开玩笑地说:"免费看了一场空中杂技表演!"

"哈哈哈……"

在回到办公室的路上,栗强对东方志远说:"肯定是有人从中挑事。"

东方志远点点头没说什么。

水湾六号院工地的一场闹事,引起了市政府的高度关注。王川夏副市长还专门给东方志远打来电话,问是怎么回事?东方志远将事情的经过,大致汇报一遍后说:"村民反映的问题,主要有两个,一是回迁房的补偿标准,二是施工的工期。"

王川夏问:"补偿标准有什么意见?"

东方志远回答:"市政府规定住宅每平方米按1∶1.1的标准补偿,我们的补偿标准是1∶1.2。"

"那临时建筑呢?"

"市政府规定每平方米补偿标准是五百元,我们是按一千元标准进行的补偿。"

"那还有什么问题?"

"他们要求住宅按1∶1.3的标准补偿,临街私改功能的住宅,按商铺面积补偿,我们坚持不同意,还是按住宅功能进行补偿。"

王川夏一听,果断地说:"这个标准不能破,全市旧村改建的项目,不止你们一个。如果这个标准破了,其他项目怎么补偿?这不是让市政府陷入被动吗?"

东方志远说:"是!"

王川夏又不放心地补充说:"你要是破了这个标准,我就拿你是问！闹事是谁领的头？搞清楚没有？"

"这个事我们也不方便搞清楚呀。"

王川夏说："我让改建办和村委会出面搞清楚。"说着就放下了电话。

过了几天，市改建办的李光远副秘书长给东方志远打来电话说："闹事的原因搞清楚了。"

东方志远问："什么原因？"

"你认识吉大村的沙茂斌吧？他的外号叫沙皮王。"

"认识。"

李光远告诉东方志远，已让派出所传唤沙皮王问话了。因为他在派出所有多个案底，没敢狡辩就交代了，还保证今后不再闹事了。

"沙皮王交代说是骏发山庄的老板赖英贤和他说，这个办法管用，所以他就领头干了这件事。"

东方志远一听，原来如此呀。

"你和骏发山庄的老板有矛盾吗？"

东方志远回答："没有什么矛盾呀，可能是由于两个楼盘有竞争，他才使出这样的招法吧！"

"王副市长让我转告你，赖英贤可是个有背景的人，提醒你尽量不要得罪他。"东方志远说"好"后，双方就放下了电话。

东方志远连续召开几次会议，集中研究如何把地基施工耽误的工期抢回来。加班加点是抢回工期的唯一办法。为了鼓励工人加班加点，东方志远宁可支付给中铁建工几十万元的加班费；组织公司的食堂，每天晚上十二点，为加班的工人送些夜宵；还请南海市质监站的工程师，蹲在工地，施工完一层检查验收一层，以不影响后续的施工进度。东方志远也蹲在工地，晚上十二点陪着工人吃夜宵。工人的情绪高涨，施工进度明显加快。

此时，骏发山庄的赖公子却焦头烂额。由于拖欠施工方的工程款，工程干干停停，施工进度很慢；从国外引进的营销高手刘晓峰，因广告费用分摊和赖公子发生矛盾，销售也不见明显好转。

赖公子本想利用沙皮王的影响力，拖延水湾六号院的施工进度，没想到偷鸡不成，反而受到派出所的警告和批评。

骏发山庄的施工进度和销售情况，他无心顾及，但巍然挺立在海边的水湾六号院，像刺一样扎进他的心里，让他心生嫉妒。

他暗想："在南海市我如果干不过一个外来户，今后在江湖上还怎么向弟兄们交代！"他挖空心思地想着……

这一段时间，东方志远心里也不好受。停在楼下的奔驰轿车，前脸被人无故泼了一桶红油漆，挡风玻璃也被人砸坏，只得将车送到修车厂维修；办公室的玻璃窗，也不知被什么人用石头打碎两块；朋友介绍的一个退伍兵小战士为他开车，前后不到三个月，就以其母亲有病为由，从公司先后借款六万多元。但他同寝室的员工反映说，他母亲根本就没有病，他用手机和他母亲视频时，大家都听到了他母亲爽朗的笑声。他是跟着骏发山庄的赖公子，去澳门赌场把钱都输光了。

东方志远只得找他询问此事，没想到他不仅不承认，第二天早晨上班后，手里还拿着一把大片刀，对东方志远进行威胁。东方丹出面好言相劝，总算把他的情绪稳定住，又给他拿了路费钱，让他回老家这事才算了结。

回迁房施工进度的加快,让东方志远的心绪稍许安定。

近一段时间,东方志远因忙于回迁房建设,不知道商品房销售情况和客户入户装修情况,就找来售楼部经理肖红、物业管理服务部经理温伟伦和东方丹,询问这方面的情况。肖红汇报说:"剩下的一百一十二套住宅,已售四十六套,还有六十六套未售。"并问,"现在市场形势非常好,销售价格能不能再提高一点儿?"

温伟伦汇报说:"入户装修共有三百九十一户,经过近四个多月时间,已装修好的有三百一十五户,还有二十六套近期就可装修好,剩下的五十套,因为入户装修的时间比较晚,还得一个多月才能装修好。"

东方丹汇报说:"小区中央花园,景观建设基本施工完,下个月就可以全面栽种绿植,铺设草坪。"

听完汇报,东方志远布置说:"一、商品房的销售价格不提,保持基本稳定,不要着急,慢慢销售。二、通知已装修好的业主,下月10日集中搬迁入住,要在售楼部贴出告示,扩大影响面。三、园区的绿树和草坪施工,往后再拖一段时间,以防回迁房施工的工人踩踏破坏。"

东方志远还告诉肖红和东方丹:"小区的大门口,要布置得喜庆祥和一点儿,大门上要悬挂一条红色的横幅,上写:'欢迎回家!'给业主一个温馨的感觉。"说完又问东方丹,"你还有什么意见?"

东方丹说:"最近总有几个小伙子,在售楼部外面转悠,好像不是买房的,又不知是干啥的。"

东方志远说:"不要理他们,也不要伤着他们。细心观察,看他们有什么举动?如果有意外发生,立即报警求助!"

众人说好后就散会了。

第二天下午，还不到下班时间，肖红突然接到一个电话，原来是南海市《房地产报》记者部主任廖晓菲，约她下班后在一起吃饭。

廖晓菲是肖红大学时的同班同学，两个人一直是非常要好的朋友。廖晓菲大学毕业后就在南海特区报社当记者。后来，南海特区报社成立了一家分支纸媒《房地产报》，廖晓菲被调去担任记者部主任。肖红因忙于市场策划和销售，已有几个月没见到廖晓菲了，也想见见这位老同学，没多想就答应了。

下班后，肖红梳洗打扮一番，按时赴约，还不到六点钟，就来到南海市免税商场四楼的西餐厅。六点钟整，廖晓菲和一位男士一起也准时来到了西餐厅。见面时，廖晓菲主动向肖红介绍了这位男士。廖晓菲说："他叫江帆，在市规划局上班，是我的男朋友。"

肖红一听，马上主动和江帆握手寒暄说："晓菲真不够意思，这么大的事现在才告诉我。"

几个月没见到廖晓菲了，只见她高挑的身材，长得珠圆玉润，可能是谈了男朋友的关系，更是面色红润，笑靥如花，笑起来脸上的一对酒窝，显得格外靓丽。

这时，廖晓菲辩解说："我都三十多岁了才找到对象，人家不是不好意思和红姐说嘛。"

肖红用责怪的口吻说："咱们俩在一个宿舍住了四年，我的一举一动都和你讲，你有什么不好意思说的？还是没把我当朋友！"

廖晓菲也不分辩，又向江帆介绍说："这位就是我的老同学，过去我常和你说的百变美女肖红，她是水湾六号院的售楼部经理。"

廖晓菲又说："红姐也别指责我了，咱们还是先坐下来点菜吧。"

说着三个人就坐了下来。廖晓菲拿起菜牌让肖红点菜，肖红说还是你点吧，两个人相互推让。江帆见状，主动把菜牌拿过来说："我点吧，两位女神等着吃就行了。"说着就翻起了菜牌。

两个女人因几个月没见面了，就叽叽喳喳地聊了起来。

不一会儿前菜就上来了，江帆还点了一瓶法国玛歌红酒，并为每个人点了一份上等的安格斯牛扒。服务员打开酒也没来得及醒，就直接为每个人斟了小半杯。

廖晓菲举起杯说："为好朋友的见面先喝一杯！"说着三人连菜都没吃就一饮而尽。

主菜还没上来，他们就连干了三杯，可能是不胜酒力的原因，三个人脸色都显得绯红。

这时，江帆给廖晓菲使个眼色，廖晓菲就说："红姐，你有所不知，江帆平时是很少沾酒的，今天，他见了你才喝这么多酒。"

肖红眨眨眼睛，表示感谢。廖晓菲觉得应该进入正题了，便说道："这次约你出来，其实是他有件事想和你商量。"江帆看着肖红点点头。

肖红有点摸不着头脑，不知道该说什么。这时，江帆开口道："红姐，实不相瞒，我虽在规划局工作，但今天是受人之托，和你商量一件大事。"说完，他又向廖晓菲使了个眼色。

肖红疑惑不解地问："不是老同学聚会吗？"

廖晓菲将话头接过来说："聚会是把你约出来的由头。其实，我们俩找你想谈一件关系到你的大事。"

肖红更是疑惑不解了："关系到我？"

"对，关系到你。"

"不是要给我介绍对象吧？我得声明，我已经有对象了。"肖红说。

江帆说:"不是。"接着又说,"我知道红姐是亿诚公司的精英和台柱子。你现在虽然做得很好,说到底还只是个执行者,凭你的能力和才华,完全可以独当一面,这个你想过吗?"

廖晓菲在一旁也敲起了边鼓说:"红姐,江帆说得有道理,你看我当初在《南海特区报》时,只不过是个小记者,但一转换平台,要风得风,要雨得雨,海阔天空,春风得意。"

江帆问:"红姐,你现在手下管几个人?"

肖红下意识地回答说:"十二个人。"

江帆对廖晓菲说:"你看看,像红姐这样的人才,才管十几个人,真是埋没人才呀!"

廖晓菲接着说:"那是,在茂密的森林里,小树肯定长不高,也长不快,但换一个显山露水的地方,就会一年一个样。红姐,与其这样耗下去,还不如换个地方,树挪死,人挪活,这是我的切身体会!"

江帆接着说:"没有相当的平台和条件,想打红姐的主意是不现实的。我有个市场总监的岗位,不仅管销售,还负责策划、广告、宣传,手下的人马起码有三十多人。"

此时的肖红,已完全知道了他们俩的意图,只是微微地笑着。

令人没想到的是,江帆竟冒昧地问:"红姐,现在每个月能拿多少薪水?"

肖红还是笑而不答。

廖晓菲焦急地说:"阿帆,你就先交个底儿吧。"

江帆就伸出右手,说:"年薪不低于五十万,而且,还一次性给转会费十万,这还不包括销售提成。"

廖晓菲故意瞪大眼睛问:"还有转会费?"

肖红只是笑笑没有吱声,抬起头看着他们俩,脸色绯红,不知是酒精作用所致，还是开出这样高的价格让她心动而致。

"甚至还可以再大胆点儿，实行内部承包制，搞得好一个项目就可以赚个几百万！"

肖红似乎不相信自己的耳朵，竟然有这么多的进账？她感到震惊。

"太诱惑人了。"廖晓菲心想，"在商品经济社会，这样的条件恐怕没人不会心动！"

但是，肖红还是笑而不语。她心里想："无论开价多高，也不能背叛亿诚公司，不能背叛老板。在利益面前的背叛，于公于私、于情于理，都说不过去。这是我做人的起码道德。"

她又一想，再不说话就显得不礼貌了，便问道："这是给我高枝让我攀呢！能不能告诉我这是哪家的高枝呀？"

江帆一听感到有门，就说："实不相瞒，这个高枝，其实离你最近。"

精明的肖红一听，心中就有数了，问："骏发山庄现在是从国外回来的精英做代理，不是很好吗？"

江帆说："说实话，现在管理得一塌糊涂，销售业绩一直上不来。赖老板希望你来收拾这个乱摊子。我想，这也正是展现你才华的时候！更是你体现自身价值的机会！赖总知道你和晓菲的关系，所以才托我们俩找的你。"

肖红端起酒杯说："谢谢两位的好意，只是这事来得太突然了，我得回去好好想想。"

江帆和廖晓菲忙不迭地说："那是，那是！"

三个人举起杯，又干了一杯。

……

离开西餐厅时，已是夜阑人静，肖红向廖晓菲和江帆挥挥手说："再见！"

第二天上班后，肖红直接来到东方志远的办公室，把昨天赖公子托人挖她的事，向东方志远做了详细的汇报。东方志远沉思一会儿问："你的意见呢？"

肖红回答："还用我回答吗？"

"我尊重你的选择！"东方志远还不无感激地说，"我没有看错你！"

肖红当即就给廖晓菲打电话说："谢谢老同学，我经过考虑再三，你让江帆还是另请高明吧！"

廖晓菲在电话中说："那可是真金白银啊！"

"我现在钱虽然赚得不是很多但也够花，不能做对不起老板的事！"

廖晓菲无奈地说："那好吧。"

说完肖红就快步回到了售楼部。

东方志远和肖红的遇见，源于一个偶然的机会。

那还是在吉大村招标期间，东方志远因要终止同美国宝丽来感光材料有限公司的进口事宜，带着助理前往在香港的美国宝丽来远东公司总部，与总经理彼得·麦考尔先生说明原因和谢别。在从香港返回南海市的轮船上，他邂逅了肖红。

当时肖红正在南海市一家销售顾问公司上班，被派到香港考察一个品牌商品的市场状况。那是盛夏季节的一个傍晚，轮船就要开船时，肖红才戴着墨镜和遮阳帽，走进船舱，找到自己的座位，就一屁股坐了下来。

坐在她旁边的正是东方志远。他朝肖红点点头,说声:"你好。"肖红侧脸望望东方志远,看到此人一副儒商模样,不觉心生好感,遂摘下墨镜,轻柔地回应说:"你好。"又伸出右手,主动和东方志远握了握手。

类似这样的相遇,无论是在轮船上,或是在飞机上,肖红过去曾有过多次。对方不是大腹便便的暴发户,就是道貌岸然的猥琐鬼。肖红经常被锁定在火辣、淫荡、不顾一切的眼神里。和以往相遇不同的是,今天遇到的却是个儒雅的君子,而且显得可亲又可敬。

肖红朝东方志远笑笑,露出一口整洁的白牙,两个人很快就成了熟人。从香港之行的见闻到人生的志趣,从市场大势到销售技巧,两个人聊得很投机。特别是东方志远的谈吐,风趣而不低俗,睿智而不卖弄,很快就感染了肖红。一路上东方志远一直是谈笑自若,肖红则一直是洗耳恭听,越来越对东方志远佩服有加。甚至东方志远偶尔礼貌地看她一眼,她都感到有些紧张。

轮船靠近南海市的码头时,二人握手道别。东方志远看肖红拉个沉重的行李箱有些吃力,就让助理帮她拉。两个人也趁机留下了联系方式。

东方志远竞标成功后,组建水湾六号院销售部时,因急于寻找一个销售部经理,突然想到了肖红是从事销售工作的,又在多个公司做过销售顾问。初步接触后,东方志远对她的专业知识和能力也比较认可,就打电话联系肖红。没想到他俩一拍即合,东方志远就把肖红招到自己的麾下,直到今日。

回到售楼部的肖红,看到客户非常多,就把老同学做掮客,拉她加盟骏发山庄的事,忘得一干二净。她忙着接待客户,全情投入介绍楼盘之中,一个上午,就签售十多套住宅。

没想到,一个意外事件发生了。

快到下班时,售楼部一个售楼小姐,气喘吁吁地跑上楼,闯进东方志远的办公室,上气不接下气地说:"不好了,售楼部被砸啦,肖经理受伤了!"东方志远领着东方丹,直奔售楼部。

此时的售楼部一片狼藉,一块大玻璃碎了一地,沙盘也被砸得稀巴烂。售楼部经理肖红,躺在沙发上,头被毛巾捂着,满脸都是血迹。东方志远刚要询问情况,派出所来了两个片警。在派出所片警做立案笔录时,东方志远赶紧和东方丹一起,扶起肖红,上车直奔医院。

事情的发生,让所有人都感到震惊。

原来下午四点多钟,来了几个小伙子,不由分说甩出砖头砸碎玻璃。正在沙盘前向客户介绍楼盘的肖红,背对着窗户,砸碎的玻璃碴儿子划破她的头部和颈部,顿时鲜血直流,她眼前一黑就倒在了地上。这时又进来几个暴徒,用一根木棍横扫沙盘模型,客户吓得都赶紧往外跑。几个施暴人员转眼也消失得无影无踪。保安对突发情况不知所措,更是一脸惶恐,只能是呆呆地站在原地不敢动。

在医院的急救中心手术室,大夫为肖红的伤口缝了八针,护士为其包扎伤口。接受完询问的其他售楼部人员,也陆续赶到了急救中心,大家都焦急地等待着结果。

这时大夫从手术室走出来,边脱橡皮手套边说:"太危险了,差一点儿玻璃碴儿就划伤颈动脉。不过,现在看没有太大危险,过一段时间就会好的，多亏了你们送来得及时。"

这时，肖红摇摇晃晃从里面走出来，众人一齐围拢上来。肖红脸色煞白，身体虚弱，朝大家勉强笑了笑。大家都问她怎么样？肖红说："没伤到筋骨和血管，就是感到有些疼痛和眩晕。"东方丹握着肖红的手，就像握着冰块一样冰冷，就问大夫："现在有没有空床？"大夫回答说："有。"肖红说："不用住院，在家休息两天就好了。"说着就要回售楼部。东方志远说："那怎么能行！"让东方丹安排肖红住院，等伤好了后再上班。医生也极力劝阻肖红不要走，并为肖红安排了床位。东方丹把她扶进病房，留在医院陪护她，其他人才陆续离开。

水湾六号院售楼部被砸的第二天早上，赖公子上班时，停好自己的座驾，破天荒地转悠到水湾六号院的售楼部门前，见到东方志远也在售楼部门口，就假惺惺地问："市长，查出来没有？这是谁干的？"

东方志远没好气地回答："我怎么会知道！派出所正在调查。"说着他就掏出手机，给市公安局主管社会治安的副局长打电话，说了售楼部昨天被砸的情况，末了，还故意当着赖公子的面说了一句："请局长督促一下派出所，让他们尽快破案！"

赖公子听后，露出一副尴尬而又惊恐的表情。

第二天，安排好当天的工作，东方志远让司机买了一篮水果、一束鲜花，坐上车就直奔医院。来到病房时，正赶上医生查完房，刚从病房走出来。东方志远就走向前，问查房的医生怎么样？医生说问题不大，东方志远就进了病房。

肖红挂着吊针，在病床上安静地躺着。东方丹站在一边，另一边站着的是栗强。见东方志远进来，栗强叫了声"老板"。东方志远惊异地问："你怎么在这儿？"东方丹抢先回答："昨天你走后，栗强哥就过来了，和我在这里陪红姐一夜。"肖红看老板来了，挣扎着想要坐起来。东方志远摆摆手，示意让她不要动。

栗强的出现，并陪护肖红一夜，确实让东方志远感到意外。这个上海复旦大学建筑系毕业的高才生，和肖红一直都是他工作上离不开的左右手。栗强今年三十六七岁，至今还是独身，从东方志远做第一个项目城市花园开始，就一直跟着东方志远干。他平时沉默寡语，工作任劳任怨，组织现场施工很有经验，是个标准的技术型理工男。

司机把鲜花放在肖红的床头，水果放在床边，就退出了病房。

东方志远问肖红："还疼吗？"

"好些了。"

"饿吗？"

"不饿，早上阿丹给我要了一碗粥。"

这时，病房门开了，进来一个六十多岁的妇人，还领着一个四五岁的小女孩。那个小女孩一进屋，就哭着喊"妈妈"，肖红睁开眼，用微弱的声音叫了一声"兰兰"。因为早出晚归，很长时间没听兰兰叫一声妈妈了，听到叫妈妈声，她心里好激动。肖红强坐起来对兰兰说："来，让妈妈抱抱。"兰兰又笑了，张着小手扑向肖红的怀里。

"兰兰，妈妈生病了。"肖红柔柔地说。

"打针了吗？"兰兰一脸好奇地看着妈妈。看着她脖子上缠着的厚厚纱布上，隐隐渗出来的血迹，惊叫："血！"说着她就要伸手去摸，被肖红挡住。肖红说："打了。来，亲亲妈妈！"

兰兰果然将小嘴凑到肖红的脸上，却亲到了妈妈脸上苦咸的泪水，她就呜呜地哭了起来。

站在一旁的栗强，感到手足无措，转身对六十多岁的妇人叫了声："孙阿姨来了？"孙阿姨露出满意的眼光说："你也来了？"这时，兰兰叫了声："栗叔叔好。"

东方志远不觉产生一个疑问，怎么他们之间都认识？心中感到有些奇怪。

肖红向东方介绍说："这是我妈妈。"又向她妈妈介绍说，"这是我的老板。"东方志远和孙阿姨互相点头示意。

东方志远知道，五年前，肖红因丈夫出轨而与其离婚，一直未嫁，和母亲、女儿一起生活，由于工作太忙，兰兰就由她母亲照管。

一个未嫁，一个未娶，难道肖红和栗强在谈恋爱？想到这儿东方志远就感到内疚，为不关心为自己卖命员工的生活，而感到自责。

还是东方丹聪明，为打破这种尴尬的局面，就对东方志远说："老爸，咱俩先回避一下，让红姐一家人在一起好好聊聊。"东方丹说"一家人"时，语气格外加重。东方志远若有所思，感到东方丹似乎知道其中的隐情，就说："也好，我先回公司，还有点儿事情需要处理。"说着他就走出了病房。

水湾六号院被砸场子的事件，引爆了南海市的房地产界。《南海特区报》和《房地产报》的记者，给东方志远多次打电话，要求采访报道，但都被东方委婉谢绝。东方志远心想："水湾路只有这两个楼盘，明眼人一眼就会看出，只有利益相关方，才会干出这种缺德的事。"但他又想到王川夏副市长的提醒，还是不要把事情闹大，砸场子背后的主他惹不起，还是能忍则忍，息事宁人吧。

果然不出所料，不出一个星期就破案了。通过售楼部的监控录像，首先找到了砸玻璃的坤子，派出所警察问是谁指使他干的？他说是老板。

警察又问:"老板是谁?"坤子看瞒不住了,只得交代说:"是沙皮王。"警察又把沙皮王传来问话。因为前段时间他在水湾六号院工地闹事的原因,沙皮王也不敢和警察过多周旋,交代是赖公子和他讲:"我和水湾六号院有矛盾,你找几个可靠的弟兄,帮我教训他们一下。"接下来就发生了砸售楼部事件。

气急败坏的赖公子,在策反肖红不成的情况下,才使出这样下三烂的阴招。

处理的结果让人哭笑不得。沙皮王和砸售楼部的两个主谋,各行政拘留十五天,幕后的主谋赖公子却逍遥法外,无人敢于问津!

警察问东方志远:"赔偿怎么办?"

东方志远无奈地说声:"算了吧!"

肖红和栗强确实在谈恋爱,但是在秘密状态中进行的。肖红离婚后,也有几个男人追过她,但她总以东方志远的正直、坚韧、智慧为择偶标准,一个都没相中。而栗强则一直未婚,因为他谈过的两个女朋友都是物质女,而导致彼此最终分手。他决定先立业,干出一番事业后再成家。

在水湾六号院,由于经常在一起开会研究工程进度和市场销售,栗强和肖红两个人接触得比较多。肖红的美丽、大方、勤奋和负责的敬业精神,栗强的憨厚、正直、忠诚、朴实的品格,让两个人在互相欣赏中暗生情愫。一天晚上,会议开到十二点,栗强在送肖红回家的车上,胆怯地做了表白。肖红说:"我是结过婚的人,你不介意吗?"栗强说:"离异了也有谈恋爱的自由嘛。"肖红又说:"我还有个女儿。"栗强说:"那不更好吗?我们俩可以共同把她抚养教育成材。"肖红说：“让我母亲看了你后再定吧。”

在一来二去的接触中，肖红的母亲对栗强非常满意，肖红的女儿兰兰也很喜欢栗强，肖红自然也就答应了栗强的请求。两个人还约定，为了不影响工作，要共同保守住这个秘密。但由于栗强经常去售楼部找肖红，东方丹和售楼部的工作人员，隐隐约约都知道他们俩之间的恋情。

不出十天，肖红就出院了。东方志远让东方丹把售楼部人员召集到一起，吃顿饭表示庆贺。肖红的母亲孙阿姨、女儿兰兰及栗强，自然也在邀请之列。席间，大家轮流向肖红敬酒。当栗强起来向肖红敬酒时，东方丹站起身说："这酒不能这样喝。"栗强问："怎么喝？"大家拍着手，异口同声地说："交杯酒！交杯酒！"

栗强看着肖红泛红的脸颊，又回头望望东方志远，东方志远微微地点点头。栗强在众人"交杯酒、交杯酒"的呼喊声中，腼腆地把胳膊和肖红的胳膊套在一起，肖红用羞涩的眼光望着栗强，两个人一饮而尽。

这时，售楼部的一个女孩忽地站起来，用拿着酒杯的手指着栗强说："交杯酒都喝了，我们可以叫你姐夫了。今后你要对红姐负责啊，要是你不负责任，可别怪我们对你不客气！"

已经微醺的栗强，不由自主地晃动几下，肖红轻轻地把他扶住。栗强挺直腰板庄重地说："谢谢大家。我一定对得起肖红，对得起孙阿姨。"东方丹插话说："怎么还叫孙阿姨，要叫妈妈！"栗强用眼瞄了一下肖红，两个人脸上的幸福感油然而生。栗强转身对着东方志远说："我还要感谢老板，是你在冥冥之中给我和肖红创造了条件，让我和肖红相识、相爱。"大家又一次鼓掌。

坐在一旁的孙阿姨，看着这帮孩子的嬉闹，感到非常满足惬意。

坐在妈妈身旁的兰兰,也拍着小手乐此不疲。

这时,东方志远站了起来,举着酒杯说:"这段时间,我们公司发生了不少事,肖红还为此受了伤,我的心理压力特别大。是你们给了我最大的支持。无论压力有多么大,只要想到我身后有这么优秀的团队,我就感到心里踏实。今后我们可能还会遇到许多困难,可能有市场的,有人为的,有内部的,也有外部的。只要我们精诚团结,共同奋斗,就没有过不去的火焰山。为此,我要衷心地感谢各位!"说着他首先干了一杯酒,大家跟着也端起了酒杯。

一场规模很小的宴席,不仅凝聚了员工的意志,还把肖红和栗强的地下恋情,变成了地上恋情。能在自己的见证下,肖红和栗强有这样圆满的结局,东方志远感到了人生的另一种收获和喜悦。

23

一夜之间，南海市惊爆出两大新闻：一个是南海市房地产预售许可证审查中心主任潘振华，在海天大酒店嫖娼的视频，在网上和各个朋友圈滚动播放；另一个是南海市副市长王川夏和其老婆刘颖正在接受检察机关的留置审查。

潘振华对网传的视频，心知肚明，在确凿的证据面前，感到无地自容，遂向前来调查的纪检委工作人员如实交代了自己的问题，但他心里憋着一把火，不知如何发出去。纪检委人员走后，他抓起电话就给赖公子打了过去，没人接听。过了约半小时，惊魂未定的潘振华，又抓起了电话，这回赖公子接了，还没等赖公子说话，潘振华先发火道："你妈的，没想到你这么阴！"

赖公子装作不知道是怎么回事地问："我怎么阴了？"

"不就是没给你发放二期预售许可证吗？一期本来就不合格，我给你批了；二期我也没说不给你批，你就在网上放出视频陷害我？"

赖公子明知故问："什么视频？"他故意装作不知情，还反问起潘振华。

"还什么视频？你不上网啊！现在都满城风雨了。"潘振华气愤地说。

"啊！那不是我放的。"赖公子狡辩地推脱说。

"不是你，还他妈有谁能干出这种缺德的事！"

"潘主任先别着急，我了解后再和你说。"

"都是你他妈干的好事，还有什么可了解的？"潘振华又气急败坏地说，"你可把我害惨了，我没想到会栽在你的手里！"说完他就摔下了电话。

赖公子心里暗乐："我请你又吃又喝，送你大把钞票，还给你多次找小姐，但你却不买账、不领情，怎么能怪到我！"

其实，这件事从头到尾都是赖公子一手操作的，他把袁慧交给他的视频放到网上，让潘振华百口莫辩。

贪得无厌，交友不慎，为了取悦领导，办事又不讲规矩，潘振华应该总结教训！但一切都太晚了。

事情都是自己干的，还需要了解吗？这就是一个托词。赖公子满脑子想的却是自己这一摊子闹心事，下步该怎么办？

骏发山庄设计建设的商铺比较多，赖公子在规划设计之初，把宝押在商铺上，不是没有道理的。因为商铺就是一台高速印钞机，价格是住宅的五倍还多。但是，商铺又是野心家的埋葬地，这些商铺被路面几栋高层建筑遮挡着，销售起来很困难，其中有的还没取得预售许可证。他也不顾这些了，想着有什么办法提前实现销售，把商铺变现。

整个周末，他都在焦虑中度过。

周一上班，赖公子就把销售代理公司的刘晓峰请来，商量促销的办法。刘晓峰先是调侃一阵市场大势，说："宏观调控正在背离市场经济的方向，且越来越远，必将遭到强烈的反弹。"他对市场前景十分看好。接着他又对骏发山庄的营销献计献策，提出因为商铺的总价过高，国外有的楼盘都采取返租让利的销售策略，这样资金就可以回笼快。"

"什么是返租让利？"赖公子问。

刘晓峰说："当前楼市已进入全民投资时代，投资需求已成为楼市需求的主体。在这种情况下，楼市就需要有多种的投资方式。在精明的投资者面前，安全性和回报率永远是他们关注的重点。你把商铺卖给他，再从他手里反租回来，给他以高额的回报，就刺激了投资者购买的欲望。"

赖公子一听就说："这个办法倒不错。但返租多长时间？回报率定多少好？"

刘晓峰说："国外一般返租时间为五至十年，回报率在百分之十左右，这就看你有没有实力了。"

"不管我有没有实力，先把钱套回来再说。"赖公子焦急地说。

刘晓峰说："这你可得想好了，别到时候后悔。"

"想好了，不后悔，你先拟一份返租让利的合同，再设计一份广告。"

"老板你知道，这一段时间销售情况不好，代理费我也没得多少，百分之五十的广告费用分摊，我可是拿不出来。"

赖公子说："以后再说，我先拿。"

没过几天，刘晓峰就草拟出一份返租让利的销售合同文本，广告语也特别吸引人眼球："返租让利，高额回报！"还配有几张他从国外网站下载的返租让利的广告图片。赖公子看了十分满意。

广告打出后，客户确实多了起来，返租让利颇有吸引力，售楼部现场人气开始火爆。但也有不少人表示怀疑，问题随之而来，售楼部每天电话不断：百分之十的回报率是否经过严格测算？有什么措施保证高额回报？我们投资有损失谁来承担？听说国家已禁止了返租，你们是不是违反国家的规定？

售楼部把这些问题汇报给赖公子，赖公子却不耐烦地说："你们只管卖，这些问题由我来解释。"由于没有统一说法，售楼部毕竟是销售的第一线，解释的理由也是五花八门，许多投资者都懵懵懂懂，但高额回报很吸引人，近半个月就卖出七八套商铺。

利己主义的人性，本来就是人的天性嘛！

但好景不长，一个多月后，不少客户就投书刊登广告的《南海特区报》和《房地产报》，说返租让利是一场骗局！没过几天，市场监督管理局就派人下来调查，说返租让利不符合中国的国情，国家早已明令禁止，并说承诺投资回报早被禁止，况且还是百分之十的回报率，你们拿什么做保证？还拿出国家的相关规定，责令停止以这种方式销售。《南海特区报》和《房地产报》也撤下了返租让利的广告，已经出售的几套商铺，业主纷纷要求退房。赖公子又一次陷入煎熬之中。

与骏发山庄售楼部的萧条景象不同，水湾六号院却异常火爆。剩下的几十套住宅，不到两个月就已全部售罄。水湾六号院小区大门口张灯结彩，鲜花盆盆，彩旗飘飘，"欢迎回家"的横幅，特别醒目，第一批业主陆续搬迁入住。

忙忙碌碌的东方志远，突然接到市委书记王广达的电话。王广达在电话中问项目建设得怎么样了？东方志远说已经全部售罄，王广达表示祝贺。王广达又问："王副市长的事你知道了吧？"东方志远回答说："还不太清楚。"王广达又问："你们公司和他没什么瓜葛吧？"东方志远说："没有。"王广达严肃地说："我在检察院的内部通报上看到,好像疑似你们公司行贿一千多万?"东方志远说:"这是没有的事,不信请你派检察院来调查。"王广达说:"没有就好,检察院的材料中,好像也说是疑似,没有最后确定。你是我请过来的,我就怕你出事。"东方志远说:"谢谢书记。"

放下电话,东方志远还真有点儿后怕。这些年来,不少贪官,凭借自己手中权力的影响力,变着各种各样的花着,明目张胆地贪污受贿。他庆幸自己躲过了这一劫。本来在工程建设上,东方志远和王川夏副市长没有什么对价关系。当初,他老婆购买商铺时,虽然折扣打得大点儿,但由于动了一点儿脑筋,所以符合国家限价的规定。他心里感到十分坦然,所以才敢向王广达保证,欢迎检察机关进行调查。

由于中铁建工项目部的精心组织,水湾六号院回迁房的建设进度惊人,不到两年时间,就已全部封顶,进入内墙抹灰和外立面装修阶段,小区园林景观,施工已近尾声。

南海市政府召开一个城市规划和旧村改建大会,请东方志远在大会上发言,介绍水湾六号院的规划设计理念和施工建设做法,并在全市推广了亿诚公司的经验。东方志远在南海市地产圈又一次火了起来。

南海市的城中村改建,走在了全国的前列,各省市到南海市参观学习的人群络绎不绝。一天下午,东方志远坐在办公室里,看着报纸,喝着茶水,悠闲自得。公司内部电话响了起来,东方志远拿起一听,是售楼部的肖红。肖红喜形于色地向他报告:"老板快下来吧,你老家来了一伙客人。"东方志远赶到售楼部,原来是松江市主管城建的副市长安宁,带领各县区二十多人,到南海市学习城中村改建的经验。陪同参观水湾六号院的，还有南海市政府副秘书长兼改建办主任李光远。老朋友相见，格外亲热。东方志远同参观学习团成员一一握手寒暄，心里自然十分高兴，就好像这些年来的压抑和辛苦，一下子得到释放一样，感到释然而又轻松。陪同参观的南海市几位领导，也受到了熏染，不时地插话，对东方志远予以褒扬。东方志远围绕着沙盘楼型，指指点点，从城中村改建的理念、规划设计、开发建设、拆迁补偿等各方面，做了详细的介绍，介绍的主题是：始于至诚，止于至善。

晚上自然不能放过老朋友，东方志远在海天大酒店举行盛宴，表达对家乡朋友的欢迎之情。安宁副市长发表了长篇感言，最后他说："东方志远董事长，是我们的老领导，也是我们松江市的骄傲，从政时他敢作敢为，廉洁自律，深得民心，是个不忘初心的好官员；经商时他坚韧不拔，亲力亲为，追求完美，是个不负众望的好商人；我们大家都要向他学习！"

东方志远只在酒宴开场时讲了几句话："欢迎家乡老朋友的光临！我能告诉各位的是，我没有辜负大家对我的期望！"引来朋友一道道羡慕的眼光和一片片热烈的掌声。

送走家乡的朋友，东方志远若有所失，不由勾起对从政时期，一幕幕往事的回忆，好长一段时间，都不能从兴奋的状态中解脱出来。直到有一天，南海市检察院反贪局几位检察官的出现，才把他从兴奋中拉出来。

原来吉大村党委书记隋建军，因索贿受贿，已被检察院批捕。办案调查取证时，找到了东方志远。还有副市长王川夏的夫人刘颖购买商铺的事，也让东方志远说清楚。这是关系到自己声誉的大事，东方志远丝毫不敢怠慢。

检察官客气地问:"你和隋建军之间,有没有四百三十万的事?"

东方志远回答:"有!"

几位检察官互相交换一下眼色,又问:"是你主动送的吗?"

"不是我主动送的,而是他借的。"东方志远又回答。

"隋建军交代说是你主动送他的。"检察官说。

"有证据证明吗?"东方志远问。

……

东方志远心里想,检察官办案,要重证据,而不是重口供。

检察官没说什么。

沉默一会儿,检察官又问:"你说是他借的,你有证据证明吗?"

东方志远回答:"有!"

检察官又问:"什么证据?"

"有借款的借据和借款的抵押物,都已进入公司财务的凭据账,每年都有税务局的汇算清缴审计,得到了税务局的认可。"

几位检察官又互相交换了一下眼色。一位检察官问:"我们可不可以看看?"

"当然可以。"说着东方志远就给财务部打电话,让把几年来的财务凭据和税务局的审计报告送过来。

财务部把所有资料送过来后,东方志远把隋建军的借条、抵押一套商铺的房产证和税务局的审计报告一一找出来,摊在检察官面前说:"请各位检察官过目,证据都在这里。"

几位检察官似乎不相信,轮流查看账本,又交头接耳不知说些什么。

检察官不再问什么了。最后,一位检察官说:"我们可以把这些材料复印吗?"

东方志远想都没想就说:"当然可以!"

一个检察官又问:"王川夏副市长老婆刘颖买商铺的事,你再说说?"

东方志远又给肖红打电话,让她把当初自己的批条拿来,同时,把商铺所有的购销合同都拿来,交给检察官后说:"不是他老婆买的,而是他老婆领着澳门一些客户来买的。而且我卖的所有商铺,都是一个价格。商铺的购买者当中,还有你们检察院的一位检察官。这是由市场规律决定的,而不是行贿的行为,构不成对价关系。"

众检察官仔细翻看着资料,还特意拣出检察院同事的预售合同书,看得更加仔细,觉得东方志远说的话都有证据佐证,没有任何行贿受贿的把柄。

这场调查问询就这样结束了。

检察官走后,东方志远紧张的心情松弛下来,为自己当初的审慎而庆幸。

隋建军的事,发生在吉大村改建项目中标不久。隋建军有一次请东方志远吃饭,在座的除了隋建军和东方志远外,还有一位二十多岁的漂亮小姐。东方志远不知道她姓什么,隋建军只介绍说叫阿菁。席间,隋建军对东方志远说:"阿菁是我的朋友,从湖南来南海市一年多了,还没有地方住,我想从你这里借点儿钱,帮她买套房子。"

东方志远心里暗想:"说是借,实质上就是要,这种把戏见得多了。"就问:"借多少钱?"

"大约四百三十万。"

东方志远心里想，已经快六十岁的人了，为了一个小姐，张口就是四百多万，还美其名是"借"，简直是太离谱了！但他又一想，这个项目的中标，隋建军帮了不少忙，以后还有需要他帮忙的地方，这钱看来不"借"也得"借"。于是他对隋建军说："隋大哥，这钱我肯定是'借'。但为了你我的安全，'借'的手续必须正规、完整，防止将来万一出现问题时，你我都不好交代，陷入被动。至于这笔钱将来何时还？还能不能还？咱哥俩私下里好商量……"

心领神会的隋建军一听有道理，当场就给东方志远写了一张借条，还告诉东方志远，过几天把家里一个商铺的房产证送过来，抵押在亿诚公司。

王川夏副市长老婆刘颖买商铺的事，是几年前发生的，既没有对价关系，各种法律手续又齐备，而且都合情合理合法。

时隔几年后的今天，就有了检察官调查取证的理由。

做生意总要留一手。留一手就是给自己留条可退的后路，也是给事情准备好转圜的余地。多年的商场历练，让东方志远深知，身处江湖之中，一个聪明的商人，必须遵循这个游戏规则。

24

2003年初春,除亿诚大厦外,吉大村的旧村改建工程全部完工,水湾六号院以崭新的面貌屹立在村民面前。因为吉大村在南海市是一个大村,也是一个破乱不堪的老村,它的改建成功不仅有影响力,更有引领作用。市、区政府在改建后的水湾六号院,召开了村民回迁入住庆祝大会,南海市部分开发商和其他村的村民代表都参加了庆祝大会。

大会召开当天,又是一个春暖花开的春天。

阳光明媚,天朗气和,屹立在南海边的十四栋黑白相间的回迁房和商品房,格外靓丽显眼。每家每户,都有一个空中入户花园,绿植随风摇动,形成一个漂亮的院落,让人有一种住在别墅中的感觉。

小区内的花园,更是舒适惬意。村民们漫步在花园内,绿树成荫,流水潺潺,小桥横亘,飞鸟盘旋。将军山上的泉水,就像一泓披在少女肩上的秀发,倾斜顺畅而下,流经小区内人工河道,再通过涵洞汇入大海。在绿树间的草地上,三块黄油石散落在花园内,上面雕刻的"诚""善""美"三个大字,分外抢眼。孩子们在草坪上嬉戏,大人们坐在凉亭里聊天,有的在会议室里看书看报,有的在娱乐室里搓麻将打牌,大人和小孩,其乐融融,分外高兴。解放后,一直住在破旧房子里的几代村民,都有一步登上天堂的感觉……

在庆祝大会开始前，在临时搭建的舞台上，村民和社区的志愿者表演着节目，台下的观众不时地鼓掌叫好。

十点钟整，庆祝大会正式开始。

会场的正上方，悬挂着"吉大村村民回迁入住庆祝大会"的横幅，两侧悬挂着条幅，右侧写着"始于至诚，止于至善，诚善感动村民"，左侧写着"山水华庭，空中花园，庭院造福民众"。市政府、区政府和村民委员会送的几面锦旗，悬挂在会场的正中央。

主持人宣布大会开始后，市政府、区政府、改建办、国土局、规划局、城建局、村领导和辖区派出所的领导，以及其他村和开发商的代表，依次上台落座，唯独少了亿诚房地产开发有限公司的董事长东方志远。台下的村民看后，交头接耳议论不停，都在猜想，为什么在这样隆重的大喜日子，东方老板却没有参加？

主持大会的区政府秘书长，解开了大家的疑问。秘书长说："东方志远老板之所以没参加今天的大会，是因为他由于过度劳累，昨天晚上得了轻度的脑血栓，正在住院治疗。"台下的村民发出一片惋惜之声。

躺在病床上的东方志远，并没有闲着，正在接受沿海企业家杂志社主编王骏的采访。经南海市委宣传部推荐，王骏主编曾几次约东方志远采访，因为东方志远太忙，也因为他不愿意接受采访，约了几次都没有谈成。王骏主编得知他现在就躺在医院的病床上，无论他如何拒绝，也没有放过他。

东方志远这次倒是很配合，他将自己多年来的喜乐苦衷，娓娓向王骏主编倾诉，一篇《敢于挑战人生的儒商》长篇报告文学，就这样诞生了。在《沿海企业家》杂志上发表后，又在南海市引起一片轰动。一些朋友和南海市有关部门的领导,到医院探望他时,除了鲜花和水果外,东方志远收到最多的是羡慕的眼神和赞美之声。

村民回迁后,沉浸在一片欢乐之中。而由于王川夏副市长的坦白交代,城建局、规划局、国土局、改建办、园林局,有十一个局长、副局长或科长,受到牵连被先后立案审查,南海市房地产预售许可证审查中心主任潘振华和规划局局长袁萍也在其中。南海市政府的有关机关,陷入惶恐之中。后来又接连牵涉出几位已退休的领导干部,其中就有原副市长赖有方。他被举报利用自己的权力余威,干预多个城中村改建项目,并从中收取贿赂,已被立案审查。他的儿子赖英贤也因潘振华交代其行贿行为而被拘捕。

树倒猢狲散,正义终于让这对父子尝到了自酿的苦果。

此时的东方志远,也收到了一个不大不小的坏消息。女儿来医院告诉他,原来规划的第三期工程亿诚大厦,因南海市地铁一号线的出口,占了规划红线内很大一块土地,影响了亿诚大厦的正常开工建设。

地铁一号线是南海市城市建设的重点项目,横贯主城区南北,全长十公里,其中一个出口就坐落在海天大酒店和亿诚大厦之间。海天大酒店早已建成营业,为了保证人流的快速疏散,规划红线压过亿诚大厦的用地红线,亿诚大厦迟迟不能开工建设。而且,地铁一号线这个方案经过专家的论证,已经获得了市政府的批准。

东方志远一听十分着急,迅速办理了出院手续,在司机的搀扶下,挂着拐杖一瘸一拐地奔向工地。

地铁出口的施工已经开始，周围早已被遮挡起来。亿诚大厦的工地，因为用地红线的变化，不能按原设计开工，几台设备整齐地排放在工地上。

在水湾六号院旁修建地铁，对水湾六号院商铺和住宅的销售，本来是一件好事。在水湾六号院过去的广告中，还把小区临近地铁作为一个卖点进行过宣传。如今，住宅和商铺都卖完了，地铁出口的规划却给亿诚大厦的施工带来了影响。

两个规划都是规划局批准的，而且亿诚大厦的规划在地铁出口规划之前就已经批准。工程部经理栗强建议东方志远，问问地铁出口施工队的负责人，为什么会是这样？东方志远说和他说没有用，坐上汽车就直奔规划局。

规划局一把手袁萍局长已被隔离审查，主持工作的副局长又在市委参加南海市反腐倡廉的工作会议，东方志远就找到了规划局总规划师詹总。

詹总是个老知识分子，明年就要退休了。他戴着一副老花眼镜，平时不苟言笑，办事却十分认真。过去在竞标和跑水湾六号院规划报建时，东方志远和詹总有过几次接触，彼此之间都认识，互相间的印象也非常好。看到东方志远进屋，詹总摘下眼镜问东方志远："东方董事长有何贵干呀？"

东方志远坐车来规划局的路上就想，地铁一号线是政府的天字号工程，要想改变它的规划设计方案根本不可能，只有自己做出牺牲，但也要争取利益的最大化。听到詹总的问话，他就用试探的口吻说："詹总，当初我们竞标成功，申报规划方案时，已获得你们的批准。怎么又突然出来一个地铁出口的规划？两个规划方案又互相矛盾，这还叫城市建设规划吗？"

詹总放下手中的眼镜,心平气和地说:"我也觉得是个问题。但市里主要领导指定,地铁出口必须摆在这里。我们有什么办法呢?只得照办执行!"

城市建设规划是一门科学,需要全面考虑,充分论证做出,不能按领导的主观意志随意指定。东方志远想:"领导都说话了,连詹总都感到无能为力,我们又有什么办法呢?"

但用地红线和建筑红线都是法定的,必须依法执行。法大还是官大?东方无奈地摇摇头,退一步说:"占地红线能不能双方各退十米,再重新修改规划方案?"

詹总说:"这恐怕不行吧?你在政府待过,你们说过的话,下面谁还敢改动!"

东方志远一听也是这么个理,就又退了一步说:"詹总,你看这样行不行?"

詹总问:"怎么样?"

东方志远说:"我服从政府的规划,调整我的规划设计方案。但是,竞标和拆迁补偿时花了大笔钱,又按商业功能补交了地价。我们就从用地红线退回二十米,从建筑红线退回十米,建筑体量基本保持不变,但得提高容积率,往高了再拔几层,把我们的损失补回一些。"

东方志远心里暗暗思忖:"这是没办法的办法。如果把容积率提上来,从某种意义上讲,也可以变不利为有利,损失就可能少一点儿。"

"容积率提高多少?"

"来时我初步算了一下,大约是一个百分点。"

詹总说:"我看这个方案靠谱。回去你打个报告,等规划委员会讨论时,我再从中通融通融,让你们的损失降到最小。"

东方志远道谢后，就回到了公司。

没过几天，规划局来电话，让东方志远去一趟。城市规划委员会正讨论亿诚大厦的规划修改方案，让东方志远说一下具体意见。东方志远早已胸有成竹，头头是道地讲了自己的意见。坐在一旁的总规划师詹总，拿出一副权威的派头，纵横捭阖，言语铿锵，高屋建瓴地发表了自己的一通看法。最后他说："这个规划方案，亿诚公司做出了巨大让步，承受了巨大损失。我看合情、合理、合规、合法，我建议通过。"城市规划委员会的其他专家，在詹总慷慨陈词面前，也都施以援手，很快就原则上通过了亿诚大厦修改后的规划方案，并告诉东方志远，规划经消防部门通过后，再正式批准开工。

无奈的东方志远，只得将建筑设计院的设计师、中铁建工项目部的吴涛总经理、工程部经理栗强、东方丹和几位工程师聚集到一起商量，如何调整亿诚大厦的规划设计报建方案。

下篇

他已不再是国家机器的齿轮,也不再是锋芒毕露的老板。当顶峰的璀璨光芒逐渐褪去,他的人生将何去何从?站在这个转折点上,我们看到东方志远正徐徐揭开自己人生的下一页。

25

经过反复研究,按照容积率提高百分之一的设计要求,可以向上加建五层。这又出现了一个新的问题,基础工程需要重新设计,以提高建筑物的承载力,并要在二十层加建一层消防层。这不仅加大了建筑成本,还在消防报建上又遇到了麻烦。主要是用地红线和建筑红线的压缩,导致消防通道无法规划设计,亿诚大厦因此无法开工。

消防通道的设计方案,经过三次修改,也不符合消防要求,亿诚大厦迟迟还不能正式开工。

无奈的东方志远只能等待。几年时间过去了,建筑工地早已杂草丛生,施工队伍也撤出现场,亿诚大厦变成了一个烂尾工程。

地铁已经施工,唯一的解决办法,是向东占用城市绿地八米,方能解决这个问题。但是,东方志远先后数次找到规划局,此时詹总早已退休,其他人员均以不了解情况为由,又推诿到消防部门,亿诚大厦一直处于烂尾当中。

直到2013年的6月,新任主管城建的副市长在视察城建时,发现了亿诚大厦荒芜的工地,才召集市政府有关部门和亿诚公司研究如何解决这个问题,并最终决定亿诚大厦的消防通道向东延长八米。亿诚公司按批准的规划补交了地价,才使工程得以复建。

一个仅有几千平方米的工程,因为各个部门的互相推诿,竟然拖延几年之久不能开工，东方志远只能把所有的苦衷咽到自己的肚里。

2013年10月24日，是东方志远的生日。松江省几位老朋友赶来南海市为他祝寿，其中有松江省委、省人大和省政府的原副秘书长，他们都已退休，只有东方志远原来的秘书、现在已是松江市经委副主任的李佩伟，现在还没退休。

身体正在康复中的东方志远，复杂的心情简直无法形容。大家正喝得高兴的时候，东方却突然向大家宣布："我决定退休，把公司交给女儿阿丹经营打理。从今天开始，由忙变闲，享受生活，释放自己。在未来的生命里程里，寻找属于自己的快乐。"

东方丹感到突然，大家也都面面相觑，一时不知说什么好。这时，松江省委原副秘书长打破了沉静，他说："你是私营企业主，怎么和我们一样，到点儿就退休？你刚到六十岁，身体恢复得已经没有什么大碍，怎么说不干就不想干了？"

东方志远说："不是不干了，经过四十多年的风风雨雨，我已经感到很疲惫了，想从此退出江湖，享受人生的快乐。这样做也可以锻炼女儿，利于她的锻炼成长。"

众人疑惑地问："你怎么个享受生活，释放自己？"

东方志远认真地回答："人生不可能重新开始了，但可以从每一次抉择后出发。生活就像骑着的一辆自行车，必须不停地前行，如若停止就可能失去平衡而摔倒。我想周游世界，边环球旅游边打球，还想多看一点儿书，这是我对自己人生所做的最后一次抉择。"

周游世界？对于一个六十岁的老人来说，确实是一个挑战。东方志远看出了大家的疑虑，坚定地说："目标从来就不遥远，一步步，一天天，只管全力以赴，剩下的就交给时间吧。"

大家一听，对东方志远的抉择一致表示赞成。

这就是东方志远，在政界经过风雨的洗礼，冉冉升起之际，果断抉择下海打工；打工失业后，又果断抉择自主创业；在商海几经沉浮，打出一片新天地时，果断抉择赋闲自乐。前半生拿得起，后半生放得下，这是何等精彩的人生啊！

接下来就是杯觥交错，祝贺和祝福接连不断。东方志远也不知道，朋友们是为他的生日祝贺？还是为他的抉择祝福？

只有东方志远的外孙女小甜甜，坐在东方志远的身旁，抬着可爱的笑脸，注视着微醺的姥爷，张开一双稚嫩的小手，快乐地玩耍着……

生日宴的第二天，东方志远还像往常一样，早上六点钟起床，洗漱完吃早餐，换好衣服，正准备出门上班，还没走出门时，突然意识到，已经退休了，还上什么班呢？他又返回到客厅坐下，感到无所事事，孤独寂寞难耐，连手脚怎么放，都感到有些别扭，总觉得有事要做，又不知该做什么，心里涌出一股无名的烦躁。

东方志远在楼上楼下转了两圈，仍然不知所措，遂走进书房，抓起一本《人生没什么不可放下》的书，毫无目的地看了起来。

这是弘一法师倾其一生，留给后人的一本人生箴言。弘一法师曾经是一位风流倜傥的大才子，他的一首《送别》，不知感动了几代国人。但是，直到今天为止，我们还是不能理解他，为什么一个繁华世界的人，突然就遁入了空门？而且是那么决绝，甚至他的妻子和孩子，在庙门外哭了三天三夜，他就是不见。宁可一个人留在寺院里孤独地流泪，从此跟这个世俗世界一刀两断，到底是他绝情，还是他看破红尘？让人难以理解。

这是一本不太厚的小册子。直到看完这本书，东方志远才慢慢明白。人生就是一场不断的送别，所有的相遇，最后都得离别，只是离别的方式不同罢了。人生没有什么不可以放下，那些义无反顾的执着，那些遍体鳞伤的坚持，到头来没有一样东西，永远是属于自己的，最终都将归于尘土，成为浮云。

为什么对退休后的生活如此不适应？为什么对一些事情仍然是放不下？东方志远不由得陷入了沉思。二十多岁从企业调到省直机关，而后被先后派往企业和松江市任职，前后干了近二十年；四十岁时又从官场投入商海，打过工、失过业、创过业，也是干了近二十年。四十年时间里，自己都是在忙碌中度过的。现在突然闲下来，又觉得不适应，对一些事情还是觉得放不下，他自己也说不清楚究竟是为了什么。

直到有一天，东方志远突然接到已经退休多年的市委书记王广达的电话，约他去银湾高尔夫球场打球。两个人边打球边聊天的一席话，才让他豁然开朗，对心中的疑问，感到有些释然。

打完第一个洞，王广达问东方志远："退下来后，每天都干点儿什么？"

东方志远一愣，没有直接回答王广达的问话，而是反问道："书记怎么知道我退休了？"

王广达说："你是我从大东北挖过来的，你的一举一动我能不关心吗？我不仅知道你已经把公司交给女儿了，还知道你的事业干得很成功！"

"谢谢书记的关怀！"东方志远感激地说。

东方志远早就听人说，深圳经济特区，是集全国的精英共同谋划才创建起来的；而南海经济特区，是在省、市委的领导下，王广达带领广大干部大群众，靠敢想、敢试、敢闯才创建出来的。为此，在南海经济特区，老百姓还送给王广达一个外号"王大胆"，而且，这个外号几乎是家喻户晓。

南海市的旧村改建，就是王广达在改革开放大潮中，在全国率先提出来的。一次在研究落实邓小平南方谈话的市委常委会上，王广达提出："改革开放都这么多年了，南海市破旧不堪的城中村，到处林立的烂尾楼，还有年久失修的各类旧工厂，既不利于招商引资，也不利于提高市民生活的幸福指数，还有碍于观瞻，影响对外的形象。要痛下决心，争取在十五到二十年内，将城中村改建一新，将烂尾楼建成新的景观，将各类工厂搬迁到不同的功能区，把南海市建成一个生态、环保、文明、美丽，既适宜于创业，又适宜于居住的花园式城市。"常委们对王广达的建议，争论不休，有的赞成，有的反对。反对的意见集中到两点：一是中央没有明文规定，怕给特区改革开放戴上福利主义的帽子；二是旧村改建和工厂搬迁，需要一百多个亿，哪来的这么多资金？

针对反对的意见，王广达坚定地说："中央虽然没有明确说可以这样干，但也没有说不让我们这样干、不让我们闯。如果都等中央说了，我们才能干，还叫什么'敢为人先'？至于钱，我们不要把眼睛只盯在市财政上，更不能等靠要，要把眼界放宽点，动员民营资本参与进来，钱的问题不就迎刃而解了吗？"大家虽然还有一些争论，但王广达一锤定音，市政府关于在全市范围内进行大规模城中村改建的红头文件，就迅速下发执行。

东方志远心里想："如果不是王书记的果敢决策，自己也就没有城中村改建这个创业平台，现在还不知道在干什么！"想到此，东方志远不仅敬佩王广达的胆量，也很感激王广达搭建的这个创业平台。

"退下来后，都干点儿什么？"王广达的一句问话，把东方志远从回忆中惊醒。

"基本没干什么。"东方志远回答。

"总得找点儿事做呀。"王广达又说。

"我也就是打打球呗，但总觉得空虚、寂寞，打球时也是心不在焉。"

王广达说："打球固然重要，问题是在打球时，你要心中装有目标，打每一杆都要放平心态。"

东方志远一惊："放平心态？"

王广达看东方志远有些疑虑，就举例说："就像我们今天打球，要打多少杆？首先要为自己设定个目标。从发球台将小球打出去后，就要思考着怎样打好下一杆。要根据前方的障碍、周边环境和小球的落点，思考出进攻的策略。不能什么都不想，就匆匆忙忙地打出下一杆。这样，你肯定打不好这场球。这个制定进攻策略的思考过程，就是你磨炼自己心态的过程。策略制定好后，你才能专心致志地打好下一杆，实现今天打球的目标。"

目标、策略、心态，东方志远若有所思，像学生对老师般恭敬，认真琢磨着这个比自己年长十几岁的长者教诲。

王广达看东方志远陷入沉思，又说："我退下来的前几年，开始也是不太习惯，曾有过一段时间，也感到茫然不知所措。经过再三思考，我决定写一本《改革开放三十年》的回忆录，将这个大时代南海市发生的巨变，翔实地记录下来。既为后来人留下可供参考的资料，也为自己的人生画上一个圆满的句号。我觉得这可能对你有些参考价值。"

东方志远恭维地说:"书记,能否把你的大作送我一本?让我也拜读拜读。"

两个人打完球,王广达就送给东方志远一本他写的《改革开放三十年》的回忆录。回到家里,东方志远专心致志地看了起来。从1978年党的三中全会开始,三十多年来,南海市改革开放波澜壮阔的场景,一幕幕地展现在东方志远的眼前。

看了《改革开放三十年》,东方志远不仅受到了一次生动的改革开放教育,也启发他思考。自己虽然位卑言轻,没做过什么惊天动地的大事,却也可以把自己所做过的一些小事记录下来,为自己的人生画上一个句号。

伟人有伟人的佳绩,平凡人有平凡人的人生,不管是伟人,还是平凡人,人生虽然各有不同,但有一个共同点,那就是"位卑未敢忘忧国,事定犹须待阖棺"。

东方志远联系到这几年打高尔夫球的经历,突发奇想:一场高尔夫球,需要打十八个洞,其间遇到的种种障碍,林林总总,岂不是跟人生一样吗?也可以用十八个洞来概括自己的人生经历。因为十八个洞,既蕴藏着深奥的人生哲理,也诠释着生活的意义。在把小球打进球洞的过程中,心态受到磨炼,意志受到挑战,智慧受到启迪,人性的弱点也会得以改变。

东方志远喜欢这种不断给自己带来改变的生活,因为他知道,这种生活的意义在于:生命虽有长短,青春却可以没有期限,人虽然天天在变老,心态却可以永远年轻。

"对!人生不过十八洞!"东方志远立即做出决断,利用晚年的有限时间,写一本自传体小说,题目就叫《人生不过十八洞》,上半场的九个洞写前半生,下半场的九个洞写后半生,通过十八个洞的记录,也为自己的人生画个句号。

这个目标,既是东方志远对自己晚年生活的一种抉择,也是他晚年人生的一个组成部分。为了实现这个目标,东方志远将以坚韧的意志力,努力兑现自己对自己抉择的承诺。

万事开头难,从哪儿入手开篇?从来没写过小说的东方志远,确实是费了一番脑筋。

往事一幕幕浮现在眼前,心中荡起一阵阵波澜。他回顾自己所走过的道路,并不是一帆风顺,也不是笔直通畅,在人生道路的每个关键时刻,都面临着抉择。想到这儿他就打开电脑,果断地写下了小说的名字——《人生不过十八洞》。

接着,他坐在电脑旁,创作犹如行云流水,仅用半个月时间,就写完了小说的上半篇。

开了一个好头,就意味着成功了一半,东方志远不禁沾沾自喜。对小说的下半篇,他决定用自己的实际行动来书写,遂放下电脑,思索着怎样续写小说的下半篇。

他首先想到的是打球和读书。打球可以强身健体,保持生活自理;读书可以激活大脑,防止过早痴呆。

每个人都可以选择自己喜欢的生活方式,因为选择了什么样的生活方式,就会有什么样的人生风景。自从喜欢上高尔夫后,东方志远每年都坚持打上近百场高尔夫球。

春夏的美丽,让他体悟到了岁月的韵味;秋冬的诗意,让他感受到了生活的乐趣。一年接一年乐此不疲地打高尔夫球,成为他的闲情逸趣。当他置身于绿草如茵的果岭,风掠树梢,花香暗送,鸟儿在尽情地歌唱，远看群山如黛，近看池水倒影，让他顿感神清气爽，心境豁然开朗。

久而久之，东方志远发现，高尔夫运动更深刻的美丽，不是花香，也不是鸟鸣，而是自我挑战的过程。挑战的对手不是别人，而是他自己。对于东方志远来说，高尔夫运动就是一场今天的自己与昨天的自己比赛。和昨天相比，因为今天的未知，才使打球富于挑战性；明天之所以有魅力，是因为和今天相比，它又存在着未知性。有未知就会有梦想，有梦想就会有激情，有激情就会有挑战，有挑战才有超越自己的可能。正如被誉为高球皇帝的美国伟大球手阿诺德·帕尔默，在他八十四岁时，还对高尔夫情有独钟。他说："对我来说，高尔夫仍是一个挑战，不管多大年龄，永远不会放弃努力来达到最好。"一份发自内心的热爱与激情，一股渴望征服和超越的勇气，阳光下飞舞的小白球，就这样充满魔力地吸引着每一个渴望达到更好的挑战者。

每当东方志远站在T台上，抬眼望着前方弯弯曲曲、崎岖不平的球道，能否将小白球又直又远放上去的悬念，每时每刻都在吸引着他。此时此刻不仅需要技术和技巧，也需要胆识和智慧，有时还需要一点点运气，但最重要的是要有一个良好的心态。一旦把杆挥出去，无论什么样的结果，都要欣然接受，哪怕是进长草、掉沙坑甚至下水或OB。打出好球可以欣喜，但不能若狂；打出坏球可以垂头，但不能丧气。这就是高尔夫带给东方志远的挑战与快乐。

在获得快乐的那一刻，东方志远忽然觉得，自己过去一直误解了生活的意义。生活不仅是为了别人对自己的认可和评价，也应该是为了自己获得更多的快乐。在这个世界上，快乐有很多种，以自己喜欢的方式，度过一生才是最大的快乐。在挑战中奢享着快乐，这是一种多么惬意的生活方式啊!

东方志远就是这样快乐地玩着,每当在不同的城市、不同的球场挥杆,犹如畅游在风景各异的人间乐园,恍惚间伊甸重现,感到生活无比充实与美好,人生在欣赏和快乐中变得悠闲自在,生活在烟云和水墨里变得快乐逍遥。东方志远蓦然间感到,原来幸福就在自己的眼前……

东方志远有感受眼前的美景和快乐的生活,还以《蝶恋花·高球乐》为题,填了一阕词:

> 万顷绿荫闲信步。
> 胸装经纬,仪范魂中铸。
> 草色不谙OB苦,春风怎解销魂处?
> 无限江山逍遥度。
> 研磨术业,莫道人将暮。
> 低唱浅吟浮名远,兴来亦把辉煌诉。

忽然有一天,王大鹏总经理从香港打来电话,约东方志远去深圳观澜湖高尔夫球会打球,东方志远第二天上午就赶到了球会。

观澜湖球会的突出特点是超大、壮观。球会占地二十多万平方千米,横跨深圳、东莞两地,是全球唯一汇聚五大洲球场风格,拥有十二个国际球场、二百一十六个球洞的世界最大的高尔夫球会。十二个球场是由世界上十二位伟大的传奇人物设计,并以他们的名字命名。每个独一无二的球场,都充分体现了设计大师的独具匠心,给高尔夫球爱好者带来无限的惊喜与挑战。

东方志远和王大鹏在维杰球场开球。维杰球场体现了美国圆石滩球场十八个洞的元素，将纯技术考验的原则融于不同的球洞和富有挑战性的球道之中，而要战胜它，还真得费一番工夫。

在第一个洞的发球台，东方志远就打了个OB，小球钻进树林的草丛中。东方志远因为是第一次在这个球场打球，一点儿也摸不到规律。他钻进长草寻找OB的小球，约莫五分钟仍未找到，按照球场规则，立即停止了找球，除了罚一杆外，还得回到发球台重新发球。

在小球OB处走向发球台的途中，王大鹏告诉东方志远，前些日子，他回松江省参加松江省籍在外的企业家座谈会时，又听到不少消息。

东方志远问："都听到了什么好消息？能不能与我分享？"

"还分享？让我说不就得了！"

"那你就说吧。"

"听得最多的还是你的消息，"王大鹏喜形于色地说，"都说你干得很成功，在北阳市的一个房地产开发公司，还有几个亿的投资。"

"不是投资而是借款，也不是几个亿，只有一个多亿。我现在还为这个事闹心呢。"

王大鹏抛开这个话题，又说："还有一个爆炸性的新闻，也发生在你任职的松江市。"

东方志远一听，感到好奇，急切地问："什么爆炸性的新闻？"

"你知道松钢吧？省里决定由山东省的一个民营资本增资控股，这事在全省闹得沸沸扬扬。"

东方志远急不可耐地问："松钢的刘总经理没事吧？"

"不关他的事，他已经退休。"王大鹏接着说，"刘总经理退休前，省里就和他谈增资入股的事，他顶着不办。他退休后，省里以改革为名，决定对松钢增资控股，并通过降低评估价格的办法，将一个拥有几十亿资产的大型国有企业，贱卖给一个私营企业主。私营企业主只以十个亿的注资，就控股了几十亿的资本。重组后大批工人下岗，不下岗的工人，每月工资原来一万元的降到三千元，原来五千元的降到两千元，引发工人的众怒。三万多名工人集体罢工，纷纷上街游行，私营企业主却威胁工人说'我让你们三天后都全部下岗'，更加激怒了罢工抗议的工人。在混乱中，私营企业主拿起一个铁制的烟灰缸砸向工人，在厮打中自己竟被工人活活打死，最终酿成一场悲剧。"

"后来呢？怎么收的场？"东方志远问。

王大鹏说："听说省政府最后决定民营资本撤出，松钢停止增资控股，仍然收归国有。"

"松钢增资控股，背后的主谋是不是省委副书记杨枫？"因为东方志远在松江市任常务副市长期间，杨枫就曾和他说过，拟引进私营资本，对松钢进行增资控股改造的方案。东方志远说这个方案可能会造成国有资产流失，松钢可能不会同意，这件事就没有搞成，可现在却酿成了大祸。

"只听说省里有一个领导，可能就是杨书记，从松钢引出的导火索，又牵扯出其他受贿的事。前几年，在松钢悲剧事发不久，就已被中央停职审查。审查中，还牵涉出你们松江市机床配件厂的问题。至于审查的结果，因为还处在保密之中，我就不得而知了。"

"肯定是他了！"东方志远接着说，"当初在松江市，我搞机床配件厂兼并重组时，就是他从中百般阻挠。"

东方志远想："还是上天有眼，不是不报，而是时机未到呀！贱卖国有资产，其中贱卖的不少钱，都变相进了这些蛀虫的腰包。现在这些人终于得到惩处。"想想就让人高兴，东方志远不觉舒出一口压抑在心头多年的恶气。本来东方志远还想问问松江市其他一些干部的处理情况，估计王大鹏也说不清楚，索性就不问了。两个人接着打球。

球打得格外顺利，在维杰难度这样大的球场，东方志远竟打了个九十二杆。东方志远晚上和王大鹏进餐时，还主动要求喝点儿小酒，心情舒畅至极！

在从深圳市返回南海市的高速公路上，东方志远让司机打开车载VCD机，想听听音乐。司机问："听什么乐曲？"东方志远说："《花好月圆》。"在后排座椅上，眯着疲惫的双眼，斜仰在靠背上的东方志远，沉浸在《花好月圆》乐曲之中。

26

早晨刚起床,女儿东方丹告诉东方志远:"亿诚大厦封顶了,装修风格和由谁来装修?请老爸来定。"

东方志远回答:"装修风格由你决定,装修队伍我的意见,还是由装修样板房的队伍承担。因为这个施工队伍,技术力量比较强,施工质量也有保证。"

东方丹说:"装修风格是一件大事,你不把把关?"

"我的眼光不如你的眼光,还是由你决定吧。"东方丹要走时,东方只叮嘱一句,"注意把好装修的价格关。"东方丹说"知道"就走了。东方丹忙去了,东方志远自己也忙了起来。

他一看时间已七点多了,就忙着洗漱吃早饭,换好打球的衣服,坐上车就直奔银湾高尔夫球会。

昨天晚上,金麦集团原党委书记廖勇约他今天打球,开球时间定到八点半。东方志远走出门一看,天气有点阴,西南方一块乌云徐徐飘来。"会不会下雨?"他心中暗想。汽车行驶到银湾大桥时,果然下起了小雨,桥下平静的水面,溅起一片片水花。"不会打不了球吧?"东方很担心。

赶到球会时,廖勇已到,一个人坐在会所的吧台旁抽着烟,耐心地等着他。已经好久没见到廖勇了,东方志远还真有点儿想念他。

在金麦集团时，一个是董事长，一个是党委书记，两个人互相配合，工作十分顺手。东方志远初来乍到，无论是工作上，还是生活上，都得到过廖勇的很多照顾。自己还是在廖勇的建议和指点下，开始学打高尔夫球的。两个人不但是工作中的好搭档，更是私下里的好朋友。

从金麦集团辞职后，两人一晃多年不见，东方志远也不知他现在过得好不好？

看到东方志远进了会所，廖勇站起来，两个人互相握了握手。

外面还在下雨，也不能下场，东方志远就和廖勇坐在吧台上闲聊起来。

东方志远问廖勇："老兄现在怎么样？"

廖勇没有回答，问了句："你还不知道吧？"然后却又欲言又止。

"怎么了？"东方志远问。

"你辞职后，金麦集团就变成了新加坡人的天下。从总部到二级单位，都换成由他们的人控制。我这个党委书记，什么都说了不算，只能是个聋子耳朵——摆设。不到两年时间，他们就一意孤行，砍掉了VCD和无绳电话两个项目，集中精力搞房地产开发，把一个主业为电子产品的全国知名企业，变成了主业为房地产开发的赚钱机器。"

"一个全国排名前三的电子工业企业，没有了主导产业，怎么生存下去？"东方志远问。

"他们不管这些，只管搂钱。"

"那不苦了工人兄弟吗？"

"他们根本不管工人的死活！企业转产后，大批工人下岗待业，没下岗的工人工资减半。这么点儿钱，养家糊口都不够。"

"市政府没出面管管吗？"

"市政府有什么用？他们在省里有人，市政府的话根本不听，市委王广达书记在没退休之前，还找新加坡的董事长谈过话，也没起多大作用。我在董事会上讲了多次，但在董事会我们的人少，人家也只是当作是耳旁风。"

"还有没有王法了？"

"新加坡人的决定就是王法！他们就像解放前黑心的资本家一样，工人只有干活儿的命。"

东方志远无奈地摇摇头："工人们不造反吗？"

"造反有什么用！工会主席林志新曾以工会的名义，代表工人向省、市委写了一封上访信，也泥牛入海，渺无音信。工人们只能用消极怠工的办法反抗，企业越来越不景气，资本家就用减薪的办法应付。人家还美其名曰，这是当今全世界都流行的效益和工资挂钩模式。"

"难道就没有其他办法了？"

"有！"

"什么办法？"

"老板，你认识无绳电话厂的总工程师李冠儒吗？"

东方志远说："认识。他怎么了？"

廖勇叹了一口气说："无绳电话项目下马后，他被分配到房地产开发公司，做工程管理。一个中国电子科技大学毕业的博士研究生，又在电子行业干了大半辈子，在房地产公司能管理什么？在走投无路的情况下，为了表达自己的不满和抗议，前几年年春节前夕，他爬上电子城3号楼的顶层，跃身跳了下去，结束了自己的生命。"

东方志远感到震惊："就这样死了？真是太没意义了！"

"不！有！"廖勇不同意东方志远的观点，"正是由于李冠儒的跳楼自杀，才把工人们的愤怒情绪激发到极点，开始全面罢工。这个事件才引起了省、市领导的关注。"

听到这里，东方志远既感到悲痛，又感到敬佩。

多年前，李冠儒向他汇报无绳电话项目时的情景，浮现在眼前。这个郑州市无线电总厂的副总工程师，改革开放不久，应聘来到南海市。他本想为改革开放大业做出一番贡献，还带领一批工程技术人员，在全国率先开发出无绳电话项目，却得到这样的下场。东方志远感到惋惜和无奈。

东方志远问："前几年年初，南海市传说的有人跳楼自杀，是不是就是李工？"东方志远因当时水湾六号院开发建设，遇到一些挠头的事，无心问及此事。

廖勇回答："就是他。"

廖勇沉思一会儿，抬起头又说："省、市委组成联合调查组，由省纪检委牵头，进驻企业，对金麦集团从合资开始进行调查。调查中许多人还数次提到了你，说你从北方一个大市的领导，只身来到金麦集团，为了企业上市，上下协调，奔走呼号。在金麦集团上市即将敲锣开盘前夕，却被省、市领导硬性决定停止上市，又硬性决定中外合资。你拒绝在合资协议上签字并愤然辞职，工人干部对你都大加赞赏。"

东方志远打断廖勇的话说："别说我了，快说说后来怎么样了吧？"

廖勇说："调查组很快就揭开了谜底。所谓的中外合资，掩盖的却是一个腐败大案。省里有一位大领导，已被中央决定免职，正在接受审查之中。市电子有限公司总经理吴越，也被就地免职，接受审查。市委王书记因抵制不力，还向省委做了检查，在他退休之前，还给了个党内严重警告的处分。"

"金麦集团呢?"

"前些年金麦集团积累起来的钱和后来开发房地产赚的钱,都被新加坡人偷偷汇走,还有几栋没建成的楼盘变成了烂尾楼,至今还搁在那里。企业已成为空壳,几年前就宣布破产。新加坡人拍拍屁股走人,扔下一屁股烂债,就连银行那七个多亿的贷款,也都全部损失了。"

"那七个多亿贷款,没转贷给新加坡人?"

"你走后谁还关心这件事!我向市电子有限公司的吴越总经理汇报过几次,他都不表态,这事就不了了之。"

时间的流逝是飞快的,但人性的变化却是缓慢的。改革开放这些年,有的人只关心自己挣钱,不关心国有资产的损失,似乎已司空见惯。东方志远想,在近代人良心苟安现象普遍存在的情况下,事不关己,高高挂起,实属是人的利己本性使然。他又想到一句名言:"毁掉一个民族非常简单,只需要在这个民族培养一批利己者,再让这些利己者去祸乱这个民族的道德,当人人都利己了,这个民族离毁灭也就不远了。"

想到这儿东方志远感到十分痛惜,自己因无能为力改变,也不得不苟安起来,他不苟安,还能怎样呢?

"说说你现在的情况吧?"东方志远把话题一转。

"我还能怎么样!'皮之不存,毛将焉附',金麦集团都没了,我把人事关系又落回到电子公司,以顾问的身份提前退休了。"

东方志远自言自语地说:"这么大的一件事,上次和王书记打球时,他怎么没和我说呢?"

廖勇说:"他还能说什么?只能是对不起你!一个好端端的国有

大企业，在他任职期间，就这样被毁了，他也有不可推卸的责任！"

这时，已是球童部副经理的杨小娃进了会所，手里还拿着两把雨伞，对东方志远说："外面还有一点儿小雨，两位老板下不下场？"

东方志远和廖勇异口同声说："下！"

东方志远和他的老朋友廖勇，擎着雨伞，在蒙蒙细雨中，沉默不语地打完了这场球。

东方志远不满足于在国内打球，有时还去国外打球。

为了去国外打球，他约上香港的好朋友王大鹏，每个人花三万美金，各买一张中国太平洋高尔夫旅游公司的会员卡。在太平洋公司的组织安排下，他俩每年都游走在多个国家，边打球娱乐，边观光旅游，悠哉乐哉地享受着人生。

高尔夫运动已经有六百多年历史了，其起源的说法不尽相同，一是说起源于中国唐朝的捶丸运动，看似多少有些牵强；而普遍的说法是，起源于英国的苏格兰。

苏格兰天气比较寒冷，苏格兰人又属于游牧民族。在牧羊时，因怕冷和想少走路，牧羊人就用一根木棍，击打着石子，驱赶羊群防止走散。一次偶然的机会他们将石子击入远方的兔子窝里，后来就发明了用木棍击打石子入洞的游戏。

因为那里寒冷，牧羊人在放牧时，都带上一瓶十八盎司的威士忌酒，瓶盖可以装一盎司。他们每打完一个洞，就喝一瓶盖威士忌酒，打完十八个洞，刚好喝完一瓶酒，也完成了当天的牧羊工作。这种十八个洞的约定俗成，就成了高尔夫的基本规则。

这个小典故就是今天被人们普遍认可的高尔夫运动的起源说和为什么高尔夫球场有十八个球洞的原因。

苏格兰人在玩击球游戏时，按照苏格兰的习俗，男人都穿着带有方格的苏格兰裙。几百年沿袭下来，也就有了今天的高尔夫球员，身穿各色艳丽服饰的习俗。

苏格兰的圣安德鲁斯老球场，就是六百多年前，苏格兰人建立起来的全世界第一个高尔夫球场。建立之初，它就被英国皇室占有，为了方便世界各国王公贵族打球，还在球场边上建了一栋豪华的皇家酒店。

能在历史悠久的圣安德鲁斯老球场打一场球，东方志远从学习打球时，就有这个梦想。经过提前几个月的预约，东方志远和他的朋友王大鹏，终于住进了这家皇家酒店。第二天早上八点，他俩就站到了圣安德鲁老球场1号洞的发球台上。

想到面对的观众，不只有圣安德鲁斯的民众，还有全世界众多到这里旅游观光的高尔夫球迷，东方志远就十分开心。

轮到东方志远发球时，他环顾一下周围的观众，忽然之间有些紧张，呼吸感到沉重，心跳顿觉加快。他深深吸了一口气，稳了一下神，又试挥两下杆，屏住呼吸，果断地把球打了出去。

一记漂亮的击球，小白球在空中画出一道优美的抛物线，稳稳地落到球道中央。英国球童走向前说："Good Shot!"（意思是打得好！）还向东方志远伸出大拇指。东方志远松了一口气，一种喜悦和兴奋的激情涌上心头。他与球童击掌后，磕磕绊绊、现学现卖地说："Thank you."（意思是谢谢）

老球场的球道很宽，球道之间没有明显的分界线，一个突出特点是，在十八个洞中，有六个洞是双果岭。击球前，需要球员做出精的判断，稍有不慎，就可能把球打进另一个球道或进长草、沙坑。

老球场的沙坑是令人恐怖的，坑底深邃，坑壁不仅高，而且是上下笔直，有的沙坑甚至深到没过人的头顶，一旦小球掉进去，因击球角度几乎是九十度，就为救球带来难以摆脱的灾难。东方志远就有几次遇到这样的灾难。

在灾难面前，东方志远没有急于盲目救球，而是采用"先退后进"或"避实就虚"的策略，先向后退一步救出小球，将小球打上球道，再往前进两步向果岭进攻。虽然损失了一杆，但避免了在坑内连刨数杆，球也打不出沙坑的尴尬窘境。

老球场的难度还不止于此，盲打的考验更是折磨人。有几个球洞，在发球T台上，根本看不到远方的球道。和球童交流时，也因语言不通没法沟通。东方志远只得凭借手机上的翻译软件，和球童进行简单的沟通，才勉强明白大致的意思。其中，第4号洞、第5号洞和第17号球洞，东方志远就是在懵懵懂懂中打完的。特别是第17号洞，球打出去后，不知落到何处。在球童的指点下，才找到落球的地点。东方志远一看就蒙了，草丛中有许多颗球，也不知道那颗球是自己的，让他很无奈。球童通过翻译软件告诉他："你没经验，下次就好了。"

东方志远心里想，到圣安德鲁斯老球场打球，简直就是一场朝圣，谈何容易！谁知道还有没有下一次？不过他又一想，即便是没有下一次机会，他在这个神圣的球场打过球，已经没有什么可遗憾的了！

和我们国内的球场不同，圣安德鲁斯老球场，游人可以随便进出。有的成群结队，有的三三两两，甚至推着婴儿车的三口之家，也可以漫步其中。

特别是斯威肯桥（Swilcan Bridge），也被称为冠军桥，更是老球场的标志性景观。凡是到过老球场的人，不管是球迷，还是游人，必定在这里打卡和摄影留念，东方志远也不例外。东方志远叉着腰摆个姿势，留下了纪念，还在老球场的球会，花五千多欧元买了一幅冠军桥的油画，悬挂在自己家的书房，作为永久性留念。

作为一个球迷，一生可能打过许多球场，但老球场也许是最不寻常的那一个。因为它是最古老的球场，在球场的每个角落，都可以找到名人巨星的足迹。它那典型的林克斯风格，无边无际的球道，蛮荒不羁的长草，深邃莫测的沙坑，风雨变幻的天气，都给到过的人留下深刻印象。随着时光的流逝，记忆可能变成碎片，而征战老球场的经历，却是难忘的永恒。

在东方志远的心里，每当回想起这段经历时，仿佛还能听到自己当初站在圣安德鲁斯老球场1号洞开球时，沉重的呼吸声和咚咚的心跳声，因为它圆了东方志远的一个梦！

东方志远还有一个梦想，就是去全球六万多个球场中，排名第一的美国奥古斯塔球场打一场球，这个梦想他也实现了。

2016年的4月初，东方志远终于踏上了这座高尔夫的殿堂。

这个伟大的球场是由美国伟大的球员鲍比·琼斯建造的，于1933年落成并正式开业。鲍比·琼斯堪称是全世界高球界的一代枭雄。一共赢得十三个大赛的冠军，仅1930年一年，他就一举摘下英国公开赛、英国业余赛、美国公开赛、美国业余赛的四大赛事桂冠，创下高球史上傲视群雄的纪录后，年仅二十八岁的他就毅然宣布封杆隐退，并同他的好朋友、当时世界上最好的球场设计大师艾利斯特·麦肯兹博士合作，打造了这座举世无双的奥古斯塔球场，并以国家高尔夫球场命名。从那时起，鲍比·琼斯就和声名卓著的奥古斯塔融为一体，成为对世界高坛的伟大贡献。

进入球场的大门，赫然写着"奥古斯塔国家高尔夫球场，仅准会员入内"，平时没有会员带领，游人绝不可以踏进一步，只有每年4月份的美国大师赛时，观众才被允许进入这个球场，还只能是浮光掠影地窥见一斑。

这个伟大的球场，具有举世无双而又无与伦比的特点。

它的挑战性无与伦比。其设计理念是尽可能地利用自然条件而不是人工设置障碍，使比赛变得生动有趣并富有挑战。在山脚下穿过一片松林，在球场的拐角处，坐落着11、12、13号洞，被认为是世界上最难打的球洞。美国高尔夫作家荷伯·瓦伦文德称其为"阿门角"，意指打到这里，只有向上帝祈祷，才能使球平安地打过去。

球道的走向与长度，小球在果岭上的滚动速度，构成了奥古斯塔球场的最大难度，在这里要打出好成绩并非是一件易事。

它的私密性也是无与伦比。全世界所有的球场，没有一座像它那样神秘。奥古斯塔会员实行极端的私人化管理，全球会员只有三百名，几十年来一直未变。凡是新入会的申请球员，只有经过会员的推荐，才能取得申请入会的资格，待到现有会员中有人退出或去世后，申请者按照申请的时间顺序，才有资格转为正式会员。世界首富比尔·盖茨，申请了十年，才被批准正式入会；世界冠军老虎伍兹，现在还是名誉会员。球会平时只对会员开放，其他人员不管地位多高，多么富有，都无权踏进一步，只有极个别的人才能破例。

它的高端性更是无与伦比。全世界有四大高端赛事，即美国公开赛、英国公开赛、美国PGA锦标赛和美国大师赛。其中，美国大师赛又是四大赛事中的顶级赛事，每年4月份的第二周在奥古斯塔举行。奥古斯塔既是大师赛的故乡，又是大师赛永久不变的赛场。而其他三大赛事的赛场，每年都会发生变化。大师赛的参赛球员资格也相当严苛，除了全世界排名前五十的球员外，就是其他三大赛事的成绩优异者，由奥古斯塔发出邀请，才有资格参赛。正因为如此，每年的4月份，全世界成千上万的球迷，就像伊斯兰教徒朝圣沙特阿拉伯的麦加、犹太教徒朝圣以色列的耶路撒冷、佛教徒朝圣尼泊尔的蓝毗尼园一样，云集在奥古斯塔。

大师赛的冠军，都会赢得一件绿夹克，能披上绿夹克，就成为全世界每个高尔夫精英的梦想与追求。

2016年的4月，是美国大师赛决赛轮的最后一场比赛。东方志远有幸观看了这场大赛，目睹了韩国选手崔京周，北爱尔兰新秀罗里·麦克罗伊，美国名将巴巴·沃森，高尔夫常青树、美国老将米克尔森，西班牙顶级明星塞尔吉奥·加西亚，已经八十七岁的高球皇帝阿诺·帕尔默等高坛巨星的风采。除了老虎伍兹因伤缺席，没在现场展现他的雄姿外，其他人都悉数登场，展现自己的风采。

观赛后的第三天，在朋友托朋友又托朋友，兜兜转转的努力下，东方志远支付了一万美金，终于在奥古斯塔这座高球殿堂打了一场球。

以往在任何球场打球，东方志远最在乎的是尽量减少杆数，而这次却不然，在保护好草坪的情况下，他竟然尽量多打几杆，把自己兴趣的关注点，放在感受球场的氛围、欣赏球场的美景、体验球场的文化上。

在奥古斯塔球场，进入东方志远眼帘的是一片绿色，这是1933年琼斯喜欢的颜色。球道宛如一块硕大的绿色翡翠铺在大地上，十八个果岭就像十八颗浅绿色的玛瑙,镶嵌在翡翠之中。潺潺的流水,古朴的小桥,盛开的鲜花,洁白的沙坑,灵动的小鸟,给人以神奇的美感。东方志远似乎是在仙境中,完成了十八个洞的挥杆。用心不在焉来形容东方志远打这场球,并不为过,就连究竟打了多少杆,至今他都说不清楚。

位于世界最高峰喜马拉雅山珠穆朗玛峰的南侧,尼泊尔的喜马拉雅高尔夫球场,让东方志远经受了全世界难度最大球场的挑战。

东方志远到了球场一看傻了眼。原来这座球场是建在历经喜马拉雅山湍急冰山水冲刷几千年形成的大峡谷之中,十八个球洞分布在大峡谷的两侧。这个大峡谷球场,特点是神奇与凶险并存,高低落差竟有一百五十米之多,球道和球洞设计得更让人惊奇,连接球洞之间的通道,或随峡谷的高低落差依势而建,或在谷底湍急的流水上架设浮桥,或依山的高低爬上爬下,每段路都十分凶险,稍不留意就会造成损伤。

这样的球场极富挑战性,东方志远蛮有兴趣地挑战着。挥杆时经常还有野犀牛、野山羊和野梅花鹿出现,有时就离他十几米远,人和动物如此和谐相处,让人感到难以置信。令人没想到的是,在这样的球场,东方志远竟打出九十八杆的成绩。

从这几场球中,东方志远深刻体悟到,敢于接受挑战,勇于进行挑战的前提,是首先要学会适应环境,只有这样才能经受住考验和挑战。挑战人生何尝不是如此呢!

让东方志远难以忘怀的是,在去各个国家打球时,还顺便参观了全世界最著名的四大博物馆,其中有俄罗斯的艾尔米塔什博物馆、法国的卢浮宫、英国的大英博物馆和美国的大都会博物馆。举世无双的文物、精彩绝伦的画作、无与伦比的古迹、沉静厚重的历史,让东方志远大开眼界。

东方志远在捷克打球时,住在著名的卡罗维发利温泉小镇。这个小镇建于1349年,已有六百多年的历史,因着卡罗维发利温泉,吸引欧洲许多王公贵族和名人雅士前来。比如歌德、普希金、托尔斯泰、贝多芬、肖邦等,都曾到过这里休息和疗养。马克思在恩格斯的劝说和安排下,在1874年、1875年和1876年,曾三次到这里疗养过,并在这里完成了他的巨作《资本论》中部分章节的写作。

东方志远也住在马克思当年曾经住过的酒店,还怀着崇敬的心情,寻找到当年马克思经常观看和饮用过的喷泉。仿佛是穿越了时空,看到马克思正注视着喷涌而出的泉水,思考着他那篇巨著中,所阐释的剩余价值学说、资本主义生产方式、资本主义发展规律。

27

东方志远就这样乐此不疲地打球,先后跑了四十多个国家,五大洲几乎打遍。每次出国打球时,他都带着书籍,看书思考成了他打球之余的一种乐趣。他为自己还起了个"自在闲人"的微信名,将读书和打球的体会发到朋友圈。每隔一年多时间,还把这些体会集结成书,其中有《闲人碎语》《闲人逸趣》《闲人诗话》和《浅情人不知》等四部散文集,由松江省出版集团有限公司出版发行。

一天,东方志远正在新西兰拐子角高尔夫球场打球,突然接到一个陌生的电话。接听后才知道,原来是二十多年前,曾经采访过他的作家文侯打过来的。文侯急匆匆说的第一句话就是"你可让我找苦了!"因为东方志远正在打球,也因球场规则的限制,他就打断老作家的话,用商量的口吻说:"文老,我正在打球,打完球再给你回过去好不好?"

东方志远边打着球心里还边纳闷,都二十多年了,他找我会有什么事?

文侯是东方志远在松江市工作时,因接受其采访才认识的。虽然只有短短几天的接触,东方志远却给文侯留下了深刻的印象。

东方志远矢志不渝的追求精神，感动了文侯，使其总有想更多一些了解东方志远内心世界的愿望。后来文侯在撰写另一篇长篇报告文学时，曾到过松江市一次，本想见见东方志远，但听说他早已去南方经商，因不知道他的联系方式，就一直没能实现见面。

文侯有个逛书店的习惯。有一次逛新华书店时，突然发现书架上摆放着东方志远出版的几本书，没犹豫就买了下来，回家后一本接一本地将书看完。书中平实的语言、诚挚的情感和深邃的思想，让文侯深受感动，使他再一次萌生出非要找到东方志远不可的冲动。

直到参加松江省委宣传部组织一些已退休的老作家，编写一本《企业家之树长青》文集时，他才从一位领导那里得到了东方志远的联系方式，就急不可耐地给东方志远拨通了电话。

东方志远打完球，没顾得上洗澡和换衣服，就急匆匆给文侯挂通了电话。正在看东方志远《闲人诗话》的文侯，就和东方志远聊了起来。

东方志远问："文老，你身体还好吗？"

文侯说："还好。我每天上街买菜，还经常写点儿东西，都没什么问题。"

文侯对东方志远说："都二十多年没见面了，我很想你呀！"

东方志远说："我也是呀。"

文侯又问东方志远："这些年你都干了点儿啥呀？"

东方志远就将南下打工、失业和自主创业的经历简要说了一遍。

文侯听后说："你现在又进入一个新的境界了。"

东方志远问："什么新的境界？"

"看了你写的几本书，让我耳目一新，觉得你的思想境界，又上升到了一个新的高度。"

东方志远问："你是在哪里看到我的书的？"

"我在新华书店买的。"文侯回答说，"我现在正看你的《闲人诗话》呢。这本书的主旨，在我看来，就是从中华民族几千年传统文化的高度，通过学习赏读古诗词的方式，表达了你对人生的追求和感悟，犹如一泓清流穿透肺腑，让人受到启发，感到神清气爽、耳目一新啊！"

"老先生过奖了，"东方志远接着又说，"我对中国古典诗词并不陌生，早在学生时代，古典诗词就是我的最爱，当时我还能背诵一百多首呢。只是走向社会后，由于公务繁忙和其他原因，渐渐把这个好习惯给丢了。现在我已退休了，就抽闲写了这几本书。由于阅历的增加和知识的积累，对古诗词的赏析和理解，比过去似乎更深了一点儿，但也没有像你说的那样，能让人耳目一新啊！"

"不！确实是让人耳目一新，你别谦虚了。"

东方志远再不说什么了，只觉得在这样德高望重的老作家面前，自己不能班门弄斧，但文侯还是说个不停。

"从事文学创作几十年来，我所接触的古典诗词业余爱好者中，像你这样的文笔并不多见。如果说《闲人碎语》展现的是你悠闲自在、云淡风轻玩的境界，那么《闲人逸趣》则表达了你对不同生活方式的深度思考。《浅情人不知》是你从自己细腻的情感出发，把不灭之文心，倾注在其中，让人们在追逐利益中，找回失去的家园。而这本《闲人诗话》，则是用古典诗词，诠释了壮美的人生，包括春花秋月、夏雨冬雪、似水流年、离情别绪，以及喜悦忧伤，这是人生追求的诗意表现啊。"

文侯一口气讲了这么多，东方志远只感到老先生的理解和诠释，确实精辟独到。自己写书时都没有这么高的认识，不免心生感动。

文侯似乎停不下来，紧接着又说："同样是一场雨，在你笔下的听雨，却听出了苏轼'莫听穿林打叶声，何妨吟啸且徐行。竹杖芒鞋轻胜马，谁怕？一蓑烟雨任凭生'的旷达与豪放；听出了李煜'窗外雨潺潺，春意阑珊。罗衾不耐五更寒。梦里不知身是客，一晌贪欢'的失意与忧伤；听出了陆游'小楼一夜听春雨，深巷明朝卖杏花'的苦闷与欣喜。读诗引发的这些感慨，已令人心驰神往，然而，你却在书中说，'听雨看云，依旧静中好'。在名利纷争的喧嚣尘世中，临窗寂坐，静听窗外淅淅沥沥的雨声，任思绪在雨中飘荡，心灵更加澄净淡然。过去的繁华与喧嚣，似乎渐渐褪去了热烈。低唱浅斟浮名远，毁誉得失了无痕，这是何等的境界啊。"

听到这里，东方志远连说："谢谢，谢谢！"又问，"文老，你打电话找我是不是有事呀？"

"啊！我还忘了说正事。最近松江省委宣传部开会，为了宣传企业家精神，以促进松江省的经济发展，决定出版一本文集——《企业家之树长青》。请我们作协已经退下来的这些老家伙，重出江湖采访撰写。我在外省的松江省籍企业家名单中，看到了你的大名，就自告奋勇，大包大揽下来。我想再写一篇关于你的报告文学，作为《追求》的续篇，什么时间采访你合适啊？"

东方志远一听心想，自从离开松江省后，对自己的议论就不断。有的人说好，有的人说不好，还有一些莫名其妙的造谣，甚至说他因为腐败已被判刑。反正现在自己都退休了，没什么可顾虑的了，通过宣传以正视听，不是一个极好的机会吗？于是他就爽快地答应了文侯，并用商量口吻说："我在新西兰打球，回国后咱俩再约行吗？"

东方志远如此爽快的答应，让文侯感到吃惊。

从新西兰回国后,东方志远并没急于约文侯采访,而是忙于处理自己的一件闹心事。

这件闹心事就是已积压在他心头许久的一笔不菲的借款。

一天,松江省来了三位客人,一位是松江市原常务副市长曾国华,另一位是松江市原工商银行行长徐文龙,还有一位是松江市旭日制药有限公司董事长孙勇。

东方志远和他们彼此间都很熟悉。曾国华和徐文龙是东方志远在松江市工作时的好搭档,现在都已退休,在孙勇的公司做顾问,帮助协调各个方面的关系,并在孙勇公司享受年薪几十万元的待遇。

旭日制药有限公司是松江省一户知名的民营企业,年销售额二十几个亿,孙勇还是松江省的政协委员,每年都会在电视上抛头露面几次。东方志远在松江市时,根据扶持民营经济发展的政策,还为旭日制药有限公司批准过免税等事项。

在海天大酒店安排好住宿,正准备下楼吃饭,曾国华拉住东方志远坐在床边,急不可耐地说:"我们哥几个这次来是找你有事。"

东方志远感到诧异,就问:"找我能有什么事?"

曾国华指指孙勇说:"是孙老板的事。"孙勇向东方志远点点头。

东方志远一听是孙勇的事,更觉得蹊跷,暗想他是搞制药的,我是搞房地产的,两个行业风马牛不相及,还能有什么事?不觉心生疑虑。

曾国华接着说:"这几年,孙老板的企业发展也很快,挣了一些钱。房地产形势又逐渐看好,本着多角化经营的理念,经过我和文龙的协调,孙勇在北阳市注册一家房地产开发有限公司,还盘下一块土地。"

孙勇接着说:"我们规划开发建设十六栋、二十四万平方米商住楼,现在已经建成了三栋,小区叫湖西家苑。"

徐文龙接过话题说："东方市长，找你就是为湖西家苑的事。"他看东方志远有点愕然，就接着说，"孙老板现在手头有点儿紧，知道你搞房地产开发挣了不少钱，想请你入股联合开发。"

入股联合开发？东方志远立刻在脑子里打了个问号。早在松江市工作时，旭日制药有限公司由于中成药销售形势好，资金流很充裕。但坊间关于它诚信不好的一些传闻，东方志远多少也有所耳闻，因其拖欠中药材供应商的货款，还引起过法律诉讼。

入股联合开发，自己远隔几千里，无法进行控制，手里又没有什么抓手，风险难以想象。于是东方志远就问："文龙是银行行长，可以帮助在银行贷款呀？"

徐文龙说："因为孙老板有两笔贷款未如期归还，有不良记录，按照人民银行总行的规定，几家银行都不予贷款。"

东方志远"啊"了一声，感到风险更不可控制了，就说："还是让我想一想再做决定吧，咱们还是先吃饭。"

吃完饭回家后，东方志远就给松江省政府一位副秘书长打个电话，问他知不知道旭日制药有限公司开发房地产的事，并向他说了入股联合开发的事。副秘书长说不知道这个项目，让他自己把握和控制风险。东方志远心想："投资入股风险太大，搞不好可能血本无归。"放下电话后，他陷入了深思。

这时，曾国华的电话又打过来了。曾国华在电话中问："考虑得怎么样了？"

东方志远就把和松江省政府副秘书长通话的内容讲了一遍，并告诉他，自己经过再三考虑，不想投资入股。

曾国华问："能不能再考虑一下？"东方志远说："不考虑了。"等了一会儿曾国华又来电话说："你如果感到投资入股风险太大，能不能改为借款？将已经建好的两栋楼抵押给你？这两栋楼评估价值在九千多万元，只借款七千万，你看怎么样？"

见东方志远还有些犹豫，曾国华就说："有足额的抵押，我们哥俩又在这个公司，还不能保证你的回款？"

东方志远只得说"再考虑一下"，就放下了电话。

第二天，东方志远叫来东方丹，问公司的账面上，还有多少钱可以动用？东方丹说还有一个多亿吧。东方志远就把曾国华和徐文龙，这次来为旭日制药有限公司借款的事，向东方丹说了一遍。东方丹当即表示反对，并说："你在政商两界混了这么多年，难道还不知道，没有永恒朋友，只有永恒利益的道理，别人对你好话说了千千遍，归根到底都是为了自己。一旦出现风险，他们谁都不会考虑你的损失，千万不能上当受骗！"东方志远说："我知道了。"

中午，东方志远陪同三位客人吃饭时，又被问起了投资或借款的事。看东方志远还在犹豫之中，徐文龙开始说话了："你在松江市干了三年多，我们哥俩没少帮助你吧？现在我们遇到难处了，你不能看着不管吧？你怕投资入股有风险，现在改为向你借款，有足额的抵押物，还有什么风险？再说了，我们哥俩还在这个企业干，用我们这么多年的感情和人格做担保，你还犹豫啥？"一连串几个问号，问得东方志远哑口无言。东方志远心想："借款有足额抵押，还款有明确期限，自己又有借款能力，而且是多年的老朋友几次开口，总觉得在情感上有些过不去。"他又思考一下说："这款我借！但法律手续一定要完善。"

三个人异口同声地说："那是一定的！"

三个人怀着兴奋的心情，东方志远怀着忐忑不安的心情，各怀不同心态开始吃饭。孙勇还要了一瓶三十年的茅台。饭后，微醺的东方志远请服务员结账时，没想到孙勇已经偷偷埋完单。

28

令东方志远没想到的是，这笔借款给他留下了无休无止的烦恼。

东方志远和孙勇谈妥借款合同后，就随他们几位返回松江省。湖西家苑工程早已停工，偌大的工地，寂静无声。办理好抵押手续后，东方志远就让公司向旭日制药有限公司的房地产公司打款七千万元。其实，东方志远并不知道，这七千万元对于孙勇来说，只是杯水车薪，除了还清拖欠施工队的工程进度款和材料款后，几乎所剩无几。

工程虽然是开工了，工地也响起了施工的机械声。但是，由于延误省市法院系统二百多套团购房，法院的职工到省政府上访，市公安局开始介入调查。

在这种情况下，曾国华和徐文龙又找到了东方志远。徐文龙带着愧疚的心情说："志远，我们没想到孙老板拖欠的工程款和材料款这么多，因法院系统的团购房未按时交付，公安局对孙老板已立案侦查，搞不好他可能进去。如果他进去了，不仅损失了一位哥们，项目也会烂尾，你那七千万元，也不能保证按时归还。还请大哥行行好，不看僧面看佛面，再借给他五千万元，保证把团购房交出去，救了王老板，也救了你自己。"

东方志远一听就非常生气，但碍于情面没有责怪他们。他心想自己已经被拉进这个圈套，无法逃脱，就硬着头皮答应下来。

因为公司账面上的钱，要确保在建项目的建设需要，东方志远就将还没到期的理财产品，提前变现五千万元。按照理财产品的合同规定，提前卖出就没了利息，东方志远宁可自己遭受损失，也确保朋友的湖西家苑项目建设所需的资金。

其实，这是商场上常见的一种欺骗手法。先用花言巧语把你的钱套进去，套进去后你就失去了主动权，逼着你再一点儿一点儿地放血，最后可能就会血本无归。

像曾国华和徐文龙，拿着几十万年薪，花着人家的钱，受人之惠，为人办事，也在情理之中。东方志远是一个重感情的人，他根本就没想到这些，只想帮朋友的忙，尽自己能尽之力而已，没想到自己竟被套了进去。

为补办新增借款的抵押手续，东方志远又一次返回到了松江省。已建成的三栋楼盘，除已抵押给东方志远的两栋外，另一栋已对外销售。按照孙勇的请求，他将松江市旭日制药有限公司的资产补充抵押给东方志远。

在办理抵押手续过程中，东方志远发现，药厂部分资产已抵押给了另一家公司。在无奈的情况下，东方志远只得接受对方把药厂的一批药号和两块土地抵押给了自己，并补办了相关的法律手续。

办好抵押手续，回到南海市后，东方志远每天都是提心吊胆，担心还会出现什么问题。没想到，仅过去几个月时间，还真的出现了问题。

按照借款合同约定，孙勇每半年支付一次利息，半年已经过去了，却迟迟未见利息到账。东方志远又一次跑回松江省，下飞机后随便吃口饭，已是晚上八点多钟，就打电话给孙勇，说自己回来了。没想到孙勇竟说，他在夜总会，请东方志远也过去。

对夜总会，东方志远向来不屑光顾，但为了讨回欠债，他只得硬着头皮赶去夜总会。

进了喜相逢夜总会V8号包房，眼前的情景让东方志远惊愕：昏暗的灯光下，香艳气味缭绕，七八个男人，有的用沙哑的声音，走调地唱着歌；有的搂着小姐，在霓虹闪烁的灯下摇摇摆摆；有的吆五喝六地掷着色子，逼着小姐一杯杯地喝啤酒；还有几个东方志远不认识的人，坐在沙发上，在小姐身上摸摸搜搜。看到这样乌烟瘴气的场面，东方志远特别反感。

众人看到东方志远进来，纷纷站了起来，孙勇还要再选一个小姐。东方志远说："我还有事，说几句话我就走。"他把孙勇叫到门外，"我今天专门从南海市赶回来，就是为那笔借款利息的事。我看你们都这么忙，还是明天到公司去谈吧。"说完他扭头就走出了夜总会。

第二天上午十点钟，东方志远来到孙勇的办公室，秘书说："孙董事长昨晚喝多了，还在睡觉。"东方志远只得坐在办公室，耐心地等待。大约十一点钟，孙勇睡眼惺忪地出现在东方志远的面前，并和东方志远说："昨天晚上玩得太晚了，让你久等了，实在对不起。"东方志远说："你的夜生活挺丰富呀！"孙勇辩解说："只是偶尔玩玩，还让东方老板给堵住了，真是不好意思。"

孙勇泡了一杯普洱茶，端到东方志远面前，又打开一包中华烟，问东方志远抽不抽？东方志远说不抽，孙勇也没有再让，坐下后就对东方志远说："那两笔借款的利息，我也是着急上火，吃饭、睡觉都想着这件事，急得满嘴都起了泡。"他又伸过头张开嘴，让东方志远看看嘴里起的泡。

东方志远无心去看，心里想："借款时把我当成黄世仁，还款时又把我视为杨白劳,天下竟有这样不讲理的事!"他心里感到十分窝火,强压住心里的火气,淡淡地问:"利息什么时候支付?"

孙勇说:"我现在已取得预售许可证的只有三栋楼,已抵押给你两栋了。"

东方志远问:"剩下的那一栋呢?"

孙勇说:"已经都卖了。"

"钱呢?"

"还了银行三千多万元贷款,其余的都用在了工程上。"

"你有钱还银行几千万的贷款,却没钱还我仅几百万的借款利息,有什么诚信可言!"东方志远气愤地说。

"不是没有诚信,而是实在没有办法。"孙勇分辩说。

"你想怎么办?"东方志远问完,双方都陷入沉默之中。

孙勇在烟缸中掐灭烟头,打破了沉默,装作一种无所谓的样子,对东方志远说:"我倒有个办法,不知你同不同意?"

"什么办法?"

"许多人都相中了抵押给你的那两栋楼,东侧那栋我已经卖出了不少,因已抵押给你,在房地产登记交易中心办不了手续。如果你同意解封,我用收回来的售楼款支付你的借款利息。你看怎么样?"

"没经过我同意,你竟然一房两卖?这是一种违法的行为!"东方志远问。

孙勇没说什么。

"能收回多少钱?"东方志远又问。

"大约有四千万吧。"

"抵押不足怎么解决?"东方志远问。

"这个我也考虑了,我在松江市还有一家小型的制药厂,每年销售额在一个亿左右，资产评估最少也值五千万元。我再把这户企业补充抵押给你，你看怎么样。"

东方志远想："把抵押给自己的资产又销售给第三方，一个姑娘许配给两个婆家，这是典型的商业欺诈行为，是一种经济犯罪。"但他又转念一想，"毕竟是多年的老朋友，如果通过法律手段解决，整个工程就可能烂尾，也不能保证自己收回借款的本息，还会引起无端的诉累。还是忍一忍，能收回一些借款最要紧。"

想到这儿他就心平气和地说："明天下午我再过来一趟，你把国华和文龙也请过来，我们一起商量一下到底应该怎么办。解铃还须系铃人，这件事既然是曾国华和徐文龙两个人一手促成的，解决问题仍然需要他们两位的协助。"

东方志远起身要走，孙勇要留他吃饭。东方志远说明天再吃吧，就离开了孙勇的办公室。

因久不回家，老婆做了一桌丰盛的饭菜，东方志远无心品尝美味，草草吃完就给曾国华和徐文龙分别打电话。在电话中，他没有责怪他们俩，而是要求他们俩在明天商量时，配合自己让孙勇一次性还清欠付的利息。考虑到第一笔借款还有不到两个月时间就到期，这次也要用售楼款，提前偿还三千万元借款本金。两个人说一定配合！

第二天下午，东方志远按时到了孙勇的办公室，曾国华和徐文龙早已提前赶到，四个人就商量如何偿还利息和本金问题。东方志远说出自己的方案后，孙勇说太多了，曾国华和徐文龙在一旁对孙勇说："要不是我们俩的关系，东方董事长根本就不可能借给你这笔款。如果不按东方的意见办，我们俩夹在中间都不好做人！还是按东方的意见办吧。"孙勇也就不再说什么了。

等了一会儿，东方志远说："如果你们没意见，明天我们就一起去松江市，办理小药厂的抵押手续。你收到一套卖房款，就支付给我一套的钱，我再解封这套房。如果我收不到卖房款，就不解封这套房。待偿还完三千万元借款本金和本期所欠付的利息后，我就将这栋楼的其他房子全部解封。"

东方志远又补充说："现在还有一栋楼抵押给我。如果还像过去那样，一房两卖，这就是经济欺诈犯罪。我就通过法律起诉你，追究你欺诈的法律责任。"孙勇还想争辩几句，东方志远没容他说话，严肃地告诉孙勇，"咱们先起草一份合同，把今天定下的还款事宜，用合同方式固定下来，剩下的本金和所有利息，也要在合同中定个还款计划。要吸取以往的经验教训，一切都要按法律办事，不能再讲哥们儿义气，把诚信视同儿戏！"

在曾国华和徐文龙配合下，孙勇只好表示同意东方志远的方案。

此时的东方志远也在反思自己，当初，为什么没有拒绝这单借款？思来想去，还是自己太重感情。为帮朋友不遗余力，才酿成了今天的结果！自己酿成的苦果，只能由自己承受！

研究完还款的事，孙勇就请东方志远和曾国华、徐文龙吃饭，每个人都喝了不少酒。众人准备第二天去松江市办理小药厂的抵押手续。

29

收回这几笔款项后,东方志远再也没收到一分钱的利息,更别说借款的本金了。这期间东方志远不知给孙勇打多少次电话,多次催要也未奏效。给孙勇打电话时,有时孙勇不接,有时接了,也是有气无力地应付几句。东方志远心里一直感到纳闷。直到有一天,徐文龙突然来电话,告诉东方志远说,孙勇因病住了八个多月医院,于昨晚八时去世。

孙勇无心打理公司的业务,每天沉浸在花天酒地的吃喝玩乐之中,甚至为此还改变了自己的生物钟,夜里歌舞升平,白天却呼呼睡大觉,长期积劳成疾,并不让人感到意外。但他突然离世的消息,让东方志远还是感到犹如五雷轰顶。

孙勇一死,借款就可能变成烂账而泡汤。面对突如其来的厄运,东方志远并没有惊慌失措,而是经过冷静的分析,决定在抵押的资产上下功夫,以尽快摆脱目前的厄境。

东方志远首先想到了曾国华和徐文龙,因为除了孙勇外,只有他们两位是当事人。而这时的他们两位,已根据中央关于已退休的党政机关领导干部,不得在企业兼职和领取报酬的规定,早已离开了旭日制药有限公司,找到他们俩时,他们也只能是表示同情,却无能为力帮助解决问题。

东方志远本想依靠他们两位，帮助自己讨回欠款。现在只能是靠自己了，不怨天，不尤人，凭借一己之力，独自面对了。

孙勇有两个儿子，其父去世后，因财产分割，出现了矛盾，为此还闹上了法庭。因为东方志远的借款合同，都是经过司法公证的，而且是不可撤销的公证。无论是法院或是诉讼当事人，谁都绕不开也躲不掉。按照法律规定，分得多少资产，必须按比例承担相应的债务，东方志远的债权在他们兄弟之间如何分担，就成了这场诉讼的关键。

孙勇的两个儿子，都想多分资产少承担债务，或者不承担债务。为此，东方志远隔三岔五就会接到孙勇两个儿子的电话，甚至他们还分别跑到南海市，请东方志远支持自己的诉讼主张。东方志远不想介入他们的家庭纠纷，无论说什么都不表态，让两兄弟商量着解决，静观他们的诉讼结果。

东方志远深知，在这种情况下，实现自己的债权在短时间内是不可能的，他没有急于求成，而是把目标的实现交给时间。时间才是最好的解药，因为时间能冲淡一切，也可以改变一切。坚强的人可以扛过所有的风雨，脆弱的人在风平浪静中也可能崩溃。在时机不成熟的情况下，东方志远只有耐心地等待。

一晃几年过去了，东方志远仍然在耐心地等待。

东方志远也曾经想通过司法程序解决，但被告的主体，已变成了几个，自己会陷入漫长的诉累之中，就放弃了这种想法。东方志远每天坐在桌前，端着一杯咖啡，慢慢地品尝着。他表面上看显得轻松，但在咖啡的醇香弥漫整个口腔的瞬间，在灵感和嗅觉的共同作用下，还是难掩心中的焦虑。

在等待中,东方志远听人说,孙勇的弟弟孙华也因和哥哥及两个侄子的经济纠纷,卷进了这场司法诉讼之中。

东方志远心里暗想,贪婪是大多数人的人性,何不以此为突破口,利用他们之间的矛盾,把债权打包降价出售给孙华。这样做既可以让孙华在诉讼中占得便宜,也可以让他在诉讼中处于主导地位。自己虽然遭受一些损失,却可以从中解套出局。

东方志远经初步测算,自己的债权经过几年的滚动,本息合计已四个多亿。他托人找来孙华,说了自己将债权整体打包,低价出售给他的想法。孙华是个聪明人,如果他拿到这笔债权,就可以在法律上稳稳地取得旭日制药有限公司的控股权,成为诉讼中的最大赢家。

双方一拍即合,东方志远开出债权转让价格,又让孙华感到性价比非常合适,双方就达成了债权转让的初步意向。孙华拿走所有借款证据的复印件,进行尽职调查。令东方志远没想到的是,又生出一场新的漫长"马拉松"。

原来孙华为了在诉讼中回避叔侄关系,转由另一家公司代自己收购东方志远的债权,然后,再以这家公司的名义,通过与旭日制药有限公司的法律诉讼,主张这笔债权的实现。

这家公司的老板刘伟哲也是个不讲诚信的主,债权转让合同签订后,为了自己也能从中多得一些利益,就以种种借口,拖延债权转让款的支付,东方志远又一次陷入焦急的等待之中。

允许一切发生,才能遇见一切可能。东方志远只能是被动地继续等待,让时间给自己一个公平。

等待中,席卷全球的新冠疫情不期而至。躲在松江省北阳市家里的东方志远,每天都承受着煎熬。因为要过年,家里的人早已去了南海市。年三十的晚上,只有他独自留在北阳市,更是感到孤苦伶仃。

他自己煮了一盘速冻水饺，炒了一盘花生米，起开一瓶茅台酒，坐在电视机前，边看着电视，边斟上一杯酒，举起酒杯，对着电视中春晚表演的人群，说了一句"新春快乐"，就独自喝了起来。午夜十二点，外面响起一阵阵鞭炮声，烟花拖着长长的尾巴，不间断地升上夜空，东方志远无心观赏，沉浸在电视机里的拜年祝福声中。

外面的鞭炮声和电视机里的祝福声，激起了东方志远的联想：在喧嚣的商业社会里，人人都想占便宜，在公平公正的原则下，又可能占不到便宜。在这种情况下，想占便宜的人，就会绞尽脑汁，想尽各种办法去算计别人，以使自己的利益最大化。刘伟哲就是这样的人。但是，老天爷在时时刻刻看着你，说不定哪天你就会受到因果报应！

春节过后不久，刘伟哲找到东方志远，提出压低债权出让价格，东方志远当然不能同意。刘伟哲是在资本市场靠债权收购和出售才逐步发达起来的。东方志远给他算了一笔账，并明确指出："在全国债权交易市场，如果还能再找到一个性价比这样高的债权出让案例，我就同意降价。如果你觉得不合适，我们可以中断合同！也不追究你的违约责任。我再通过债权交易平台卖出。"知道市场行情的刘伟哲，也就不再多说什么。他只得找孙华商量，如何进行利益分割。

在以后的相当长一段时间，刘伟哲还是以各种名目拖延付款，东方志远心想，反正抵押物都在自己手里，合同也签得明明白白，任你随便拖延下去，我以不变应付你的万变。

等待中的东方志远，并没有虚度时光，而是用看书消磨等待的时间。他每天都躲在书房里，沉浸在国外名著、国内佳作、哲学论著和诗词名篇之中。在战争烽烟及战后建设中，历经艰苦卓绝磨炼的青年保尔·柯察金；年逾八十离家出走，探索人生意义的托尔斯泰；在亚特兰大兵荒马乱的街道上奔走，寻求一家人生计的郝思嘉；在神秘美丽的桑菲尔德庄园教书,等待希望与爱情的简·爱;在喀布尔湛蓝的晴空下,追风筝的少年哈桑;在非洲西海岸酷热的雨林中,沉默的斯考比;在巴黎圣母院钟楼,缓缓敲钟的卡西莫多;被陷害蒙冤入狱十四年,越狱后快意恩仇的基督山伯爵……

这些人物带领着东方志远走进了一个个未曾到达的世界,走进一个又一个陌生的人生,就像命中注定的某种相遇,无比美妙而愉悦!

这些经典名著,让东方志远从中受益匪浅。

东方志远有一个好习惯,每读完一本书,就写一篇随感或心得。在这段时间里,他先后读了几十本书,并整理出版一本读书随笔《胜事空自知》。在书出版前,他还请已经退休的老领导,以"读书是一个人的孤独旅行"为题,为《胜事空自知》写了一篇序言。

30

经过几年波波折折的装修，亿诚大厦终于竣工。大厦的一层为接待大厅，二、三、四层为餐饮，其中，三层还设有一个可容纳五百人的宴会大厅，顶层为亿诚公司的办公室，其他楼层均为住宿的房间和会议室。东方丹兼任大厦的董事长。肖红出任大厦的总经理，全面负责大厦的管理工作。亮仔被聘为副总经理，负责大厦的维护保养。经过一年多的试营业，亿诚大厦准备正式对外开业。

从北方赶回来的东方志远和东方丹商量着如何开业。东方丹说："老爸奋斗了大半辈子，应该有个完美的结局。我的意见是开业的声势搞得大一点儿。"

东方志远沉思一会儿说："我的人生要靠自己来书写，无须宣传张扬，更不能盖棺定论，亿诚大厦开业最好低调一点儿。我的意见是利用为开业准备的钱，为肖红和栗强办一场婚礼，同时，宣布亿诚大厦正式对外营业。除了肖红和栗强的亲朋好友外，再把公司的全体员工和家属都请来，感谢他们跟随我这么多年所付出的辛苦。你和肖红、栗强商量一下，看他们同不同意？"东方丹表示赞成，并说还是老爸想得周到。

肖红和栗强举行婚礼这天，天朗气和，艳阳高照，亿诚大厦三楼宴会大厅，布置得简洁喜庆。大厅的主席台上，各色艳丽的鲜花，格外引人注目。主席台正中央,一袭乳白色的幔帐上,悬挂着一个鲜红的双喜字,意味着肖红和栗强的新婚之喜,也意味着亿诚大厦的开业之喜。大门和主席台之间,铺着红地毯,像是一条爱情长廊。

肖红和栗强的亲朋好友——到场,肖红的母亲领着外孙女兰兰和栗强的父母,都提前来到宴会大厅。亿诚公司的全体员工和家属,工程总包、分包承建商的头头们,男人穿着笔挺的西装,女人穿着漂亮的长裙,个个精神抖擞地步入大厅。

肖红的女儿兰兰还领着东方志远的外孙女甜甜,台上台下嬉闹着,真是好不热闹!

上午十点整,典礼正式开始。在主持人安排下,东方丹首先致辞,接着就是按照程序,新郎、新娘携手入场……

按照事先的约定,文侯按时赶到了南海市。东方志远安排他下榻在亿诚大厦。

文侯看到这座漂亮的大厦,不由怀着作家的浪漫情怀,啧啧地赞叹说:"前面海后靠山,这栋楼还真有点儿皇家派头啊!"

他进了房间更是赞叹不已,问东方志远:"房间这么宽敞明亮,设备又这么整洁齐备,是不是五星级?"

东方志远回答:"没定星级,住着舒适就可以。"

接风宴也在亿诚大厦举行,除了东方志远和文侯外,前几天来参加银湾高尔夫球会年终总决赛的王大鹏总经理还没来得及回香港,自然也是座上宾。

接风宴后,东方志远随文侯进了他住的房间,接受文侯的独家采访,王大鹏也跟着进来。落座后东方志远就问文侯:"都说点儿什么呢?"

文侯老先生说:"就从你南下打工说起吧。"

东方志远说:"都快三十年了,恐怕已说不清楚了。"

"想到哪儿就说到哪儿,不用着急。"

东方志远理清一下思路,就从那个弃政从商的艰难抉择说起。

东方志远说:"赶上改革开放的大时代,这是我们这一代人的幸运。抓住机遇敢于走出去,世界就可能是你的家;如果不敢走出去,家就可能是你永远的世界。放大思维格局,人生将会不可思议。我崇尚自由,想做自己想做的事,想说自己想说的话,不愿鹦鹉学舌,受人摆布。这就是当年我下海的初衷之一。"

东方志远说完后,文侯又问:"说说你这些年来是怎样走过来的吧?最好要详细具体点儿。"

这么长时间了,还要详细具体点儿,东方志远感到很困难。文侯看出了东方志远的为难,就说:"还是想到哪儿就说到哪儿,现在想不起来,以后还可以慢慢补充。"东方志远说:"那我就想到哪儿说到哪儿,尽量详细具体点,文老可以随时提问。"

讲到金麦集团中外合资时,他深恶痛绝,感到这是一笔最肮脏的交易;讲到从金麦集团辞职失业时,他第一次向别人吐出自己内心的苦衷;讲到金麦集团破产时,他又感到无能为力和无可奈何;讲到自己创业时,他讲述了自己的艰难抉择过程;讲到为了筹措进入房地产业资本金时,在香港兰桂坊的庆祝和在北京王府半岛酒店被烫伤的情节,一幕幕回旋在脑际,他感到了被冷落和被烫伤的苦痛;讲到城中村改建竞标时,亲侄子的死和别人的要挟,他又感到伤心和愤慨;讲到水湾六号院开发建设过程中,被别人恶意竞争的遭遇时,他又感到苍天不公,让自己在腐败面前不得不低头;讲到被小混混砸场子,楼盘不能正常开工建设和不能正常对外销售时,他感到了社会的险恶,涌现出一股生命都得不到起码保障的恐惧；讲到楼盘销售一路绿灯和检察院调查取证，他胸有成竹，轻松以对时，感到智慧的无比威力和至关重要；讲到员工无辜受伤，仍然为公司效力时，他感到十分欣慰和自信；讲到女儿和家庭对自己的支持和鼓励时，他又感到无比温暖；讲到被人诬陷和谣传时，他又感到无比愤怒！总之，他讲了许多许多，文侯并没有打断他。

在东方志远滔滔不绝的讲述中，文侯和王大鹏随着他讲述的内容，不时投来敬佩、羡慕、愤怒或同情的眼光。

文侯又问："东方董事长，你的经历中不光有成功，也有过失败吧？能不能简单说说你怎样看待成功和失败的？"

对于成功，东方志远从来不敢奢谈，因为他知道，衡量一个人成功的标志，不是曾经达到的高度，而是跌到谷底的反弹程度。生命的价值不在于成功的那一刻，而在为成功而奋斗的历程之中。

而说到失败，东方志远却无限感慨。在现实世界中，谁都无法回避失败问题。都说失败是成功之母，其实，成功又何尝不是失败之母呢！沉思一会儿，东方志远说："失败和成功，都是人生的一种常态，对我而言，具有同等价值。失败虽然只是成功过程中的一部分，但它却是一个人进步的重要特征，是人生的一种境界。世上没有无缘无故的失败，也没有不经过挫折的成功，更没有不带伤痕的人生。

"我的失败在于太重感情，做抉择时太重感情就容易失去理智。在现实社会，我们可以给所有人以礼貌，但绝不能给所有人以善良，因为这个世界是趋利的。无论做任何事情，都要贵在知人知心，而不能受情感的左右。"

东方志远继续侃侃而谈。

这时，电话突然响了，他拿起一看，向文侯投来一个抱歉的目光说："对不起，我得出去接个电话。"

"接吧。"

东方志远站起来，走到门外接通电话说："刘总，有事吗？"

电话那头的刘伟哲赶忙说："东方老板，我是刘伟哲呀。"

东方志远说："知道！"

刘伟哲仍然花言巧语地说："对不起，债权转让的那笔款，让你等了这么久，现在还是没有凑齐呀。我有一笔债权款，对方还得过一段时间支付给我。"

东方志远一听，非常气愤。这笔失败的借款，至今不能了结，让他感到愤怒！他对着电话那端的刘伟哲说："再给你一个月时间，如果还不支付这笔款项，我就诉诸法律，到时咱们法庭见！"说着就挂断了电话。

东方志远边往房间走边想："自私自利是人性的一种本性，也可能是人生追求中必然面对的一种常态吧！"

东方志远带着无奈的心情回到屋内，文侯首先开了腔："你讲的这些内容，可谓是波澜壮阔，听了让人感触颇深。能不能再讲讲你的人生感悟？"

这是一个让人很难回答的问题，正如马尔克斯在《百年孤独》中说的那样："生活中真正重要的不是你遭遇了什么，而是你记住了哪些事，又是如何铭记的。"

铭记的往往都是体悟最深的。这些年来的件件往事，特别是在他人生的关键时刻，每走一步所面临的艰难抉择，像电影中的闪回镜头一样，一幕幕浮现在脑海，他思索良久后说：

"人生的道路虽然漫长，但紧要处常常只有几步。

"没有一个人的人生道路是笔直的，有时会遇到岔路口，走错一步，就可能会影响一生。

"在人生道路的岔路口，每个人都面临着抉择。

"追名逐利是一种抉择；

"争权夺势也是一种抉择；

"在激流中勇于进退，更是一种抉择。

"听从内心的召唤，敢于做自己喜欢做的事，并以顽强的意志力和承受力，努力做得更好，这是我的抉择！"

东方志远说完，文侯和王大鹏齐声说好。

东方志远意犹未尽，又补充道："其实，人生就是一次次抉择的总和。当你老了的时候就会发现，你做过的每一件事情、跨过的每一条河流、收获的每一个成功和汲取的每一条教训，都会成为你人生的重要部分！人生不过大梦一场，最终悲喜同源。是非曲直、成功与否，还是让别人去评论吧。"

王大鹏伸出大拇指说："东爷，深刻！"

三天后，一篇题目为《始于壮阔，止于不惊》的长篇报告文学出炉了。文章将东方志远从政坛辞职后，南下打工的辛劳、失业后的彷徨、创业的艰难、初步成功的喜悦和赋闲后生活的逍遥自在全部记录下来。东方志远连看了两遍，只说了两个字："像我！"

尾篇

生活是一部永无止境的史诗,我们每个人都是这部史诗中努力奔跑的旅者。东方志远奋斗过、征服过、得到过,也失去过。最终他的抉择是:听从内心的召唤,心如行云常自在,身似流水任逍遥,用享受生活,释放自己,诠释自己的人生。

31

又是一年一度的早春三月。

东方志远自传体小说《人生不过十八洞》，已经由南海市出版有限公司正式出版发行。在银湾高尔夫球会董事长郭漫远的建议和策划下，一场签名赠书暨高尔夫邀请赛在银湾高尔夫球会举行。

邀请赛后，在18号洞果岭上，别开生面地举行《人生不过十八洞》的签名赠书活动。

参加邀请赛的共有五十多人，都是东方志远要好的球友，老作家文侯先生虽然不会打球，也专程赶来参加签名赠书活动。

东方志远和王大鹏、银湾高尔夫球会董事长郭漫远、亮仔分在第一组。

高尔夫是一项不可能被征服的运动，然而，任何一个高尔夫球手，都有享受征服过程乐趣的可能，因为，高尔夫所包含的内容，远远超过打完十八个洞的击球次数或比赛结果。

银湾高尔夫球场第12号球洞，被称为是一个天使般的魔鬼球洞。这是一个只有一百五十七码的三杆洞，突出特点是表面靓丽，背后却隐藏着意想不到的险情。驻足在发球台远远望去，发球台与果岭之间，隔着一道清澈的水障碍，果岭右侧是三个环形的洁白沙坑，左侧则是一片盛开的鲜花，背后是排排整齐的马尾松。

这是一个炮台型果岭，站在低矮的发球台，只能看到旗杆上飘动着的小旗，却看不见果岭上的球洞。在这样的球洞面前，即便是一记顺畅的挥杆，结果如何也只能是交给上帝了。

王大鹏、郭漫远和亮仔三个人，都一杆顺利地攻上了果岭，轮到东方志远最后发球。东方志远拿出7号铁杆，在T台上放了颗honma牌2号球，转动着身躯试挥几下，又调整一下站位，也气定神闲地把小球攻上了果岭。

四个人走下发球台，有说有笑地向果岭走去。途中，郭漫远介绍说："这个果岭面积相对小一些，并且有明显的坡度，如能抓个'小鸟'，就已是万幸。很多人都是推出了高杆数。如果能打个'一杆进洞'，那简直就是中了一个大彩。球会开业以来的十五年间，只有一个人在这个洞，打出了'一杆进洞'。"

说到"一杆进洞"，王大鹏就有了发言权。因为在四个人中，只有他曾经打过"一杆进洞"。

"一杆进洞"是只有为数不多的球手才有的感受，因而也是一个值得炫耀的资本。当走进每一个高尔夫球会时，在最醒目的地方，都有一块"一杆进洞"的纪念牌，上面有一杆进洞球手的名字，详细记载了每个人"一杆进洞"的时间、几号球洞和使用什么杆。如果你的大名镌刻在上面，就可以流芳百世了。

王大鹏沾沾自喜地介绍说："据专业人士分析，'一杆进洞'，百分之十靠技术，百分之九十靠运气。一沾上'运气'两个字，就给'一杆进洞'披上了神秘的面纱，因为运气可遇不可求。美国曾有人做过这样的统计，全世界职业高尔夫球高手'一杆进洞'的概率是1∶3708，而一般业余高尔夫球手'一杆进洞'的概率，是1∶42952，可谓是'一杆进洞'难求。"

说笑中四个人走上了果岭，一看眼前的情景都感到疑惑：四个人明明都攻上了果岭，为什么果岭上只见到三颗球？众人随着果岭的斜坡，把目光投向果岭下坡处的中草区，仍然没有发现小白球。这时，杨小娃大喊一声："找到了！"众人随着他的喊声，把目光一齐投向了杨小娃。只见杨小娃弯下腰，从洞杯里拿出一颗小球，口中说："谁这么幸运，竟然是'一杆进洞'！"三个人聚拢在杨小娃身旁，看看是谁这么幸运。只有东方志远，他认为不可能是自己的球，还在果岭边上寻找着小球。杨小娃一看小球的品牌和号码，是 honma 牌 2 号球，惊呼："东方老板，是你的球！"众人回头一齐向东方志远望去。东方志远简直不相信自己的耳朵，本能地想，怎么是自己的球？这怎么可能！

"一杆进洞"是每个高尔夫球手，梦寐以求的最高境界，东方志远也不例外。但这只是他心中的梦想，从来没有把"一杆进洞"当作自己打球的目标。因为，只有经过"衣带渐宽终不悔，为伊消得人憔悴"的艰苦努力，才可以达到"众人寻她千百度，蓦然回首，那人却在阑珊处"的至高境界。而在高尔夫界，有人打了一辈子球，也有精湛的球技，却始终没打出一个"一杆进洞"，留下终生遗憾。所以，东方志远只把"一杆进洞"当作是他的梦想，虽然时时刻刻装在心中，却从来不去刻意追求，以免打不出"一杆进洞"，留下终生遗憾！

"我的球？'一杆进洞'？"东方志远惊奇地问。众人回答说是后，东方志远欣喜若狂。东方志远和他的球友、球童忘情地拥抱在一起，那种兴奋和喜悦，只能意会不可言传！

高尔夫球界流传，每个球员的一生中，如果不在圣安德鲁斯老球场打一场球，如果不擒只"老鹰"，如果不打个"一杆进洞"，将会遗憾终生。

东方志远在圣安德鲁斯老球场打过球；在大连红旗谷独角兽球场4号洞，擒过一只"老鹰"；今天又在银湾高尔夫球场12号洞打个"一杆进洞"，他已经圆满无憾了。

走下果岭的东方志远，还久久地沉浸在兴奋之中。他心里想，自己的新书《人生不过十八洞》和"一杆进洞"比起来，简直是小巫见大巫，不值得庆祝。他带着这种喜悦的心情，又打完五个洞后，站到了18号洞的发球台上。映入他眼帘的，不是前方的球道，不是球道上的障碍，也不是宽阔的果岭，而是聚拢在18号洞果岭边，等待签名赠书的一众朋友。

东方志远和他的球友走上18号洞果岭时，因为球童早已通过电话把东方志远"一杆进洞"的喜讯，提前告知了众人，引起等待签名赠书的人一片欢呼之声。东方志远在18号球洞这里没有推杆，而是高兴地同欢呼的人群，一一击掌，接受大家的祝贺。

32

　　待到各组都打完十八个洞后，球会工作人员迅速摆上一个方桌，抬上一块挡板，上面用彩笔写着"东方志远'一杆进洞'暨《人生不过十八洞》签名赠书仪式"的醒目标题，果岭四周，茵茵绿草间，绽放着各色鲜花，姹紫嫣红，绚丽多彩，缤纷夺目。几十只彩色气球飘浮在果岭的上空，在温柔晚风的吹拂下，缓缓摇摆，轻盈舞动，令人浮想联翩。果岭旁边的桌子上，铺着洁白的桌布，上面整齐地摆放着一摞摞《人生不过十八洞》的新书。原来是球会老板郭漫远早已告知工作人员，提前做好了一切准备。

　　这真是一场别开生面的签名赠书活动，更是一场意想不到的"一杆进洞"的庆祝活动，双喜临门，皆大欢喜。不仅为东方志远的高尔夫生涯画上了一个完美的句号，也为东方志远的人生增添了浓墨重彩的一笔。

　　球会老板郭漫远主持了这项活动。他手持无线麦克风，没讲关于《人生不过十八洞》新书的一句内容，而是首先正式宣布了东方志远"一杆进洞"的喜讯。他说："在这个特殊的日子，东方老板打出了特别的'一杆进洞'，这是东方志远的幸运，也是我们球会的光荣。一会儿我在球会为大家设宴，庆祝东方老板的'一杆进洞'！"

　　接着是东方志远致辞，他说："人生虽然不可预测，但也不是什么都不可能实现。只要坚持和努力，再加上运气，就可以创造出奇迹，今天的'一杆进洞'就是一个例证。"接着，他粗略地介绍了一下《人生不过十八洞》的写作初衷和主要内容，最后又说："今天的'一杆进洞'是上天送给我的一个惊喜，我将会倍加努力，书写出更加精彩的人生！"这时，外孙女小甜甜跑上前，从东方志远手里要过麦克风，用嫩声稚气的语调说："祝贺姥爷'一杆进洞'！"引起在场所有人的哈哈大笑！

接下来，就是东方志远为所有来宾签名赠书，众人看到松江省委老书记在序言中写的"东方志远同志，从一个政府公务员，成功转变为一个企业家，又从一个企业家，成功转变为一个闲人。而闲人一旦自在起来，他的人生将会更加精彩"时，不由对东方志远露出赞叹的目光。

签名赠书活动后，在向球会走的路上，东方志远和文侯、女儿东方丹及好朋友王大鹏、早已退休多年的国土资源局郑京生局长等一众朋友，并排走在一起，边走边聊。

文侯以长辈的口吻说："东方，你的人生已足够精彩，我这个老朽自愧不如啊，我十分敬佩和羡慕你。"

这句话出自文侯之口，让东方志远难以承受，他赶忙说："文老过奖了。其实，我只是不停地在瞎折腾，在折腾中超越自我，在折腾中享受人生而已。"王大鹏接过话题说："你这是有计划、有准备、有目标的折腾，而不是盲目的瞎折腾。"

"只有不停地折腾，才能闯出一番新的天地，正像我们做任何事情一样，如果没有锲而不舍的折腾精神，什么事都可能做不成。"东方志远补充道。

文侯说:"你折腾的都是你喜欢折腾的事,所以,你才义无反顾地折腾。如果一切都追求四平八稳,可能什么事情都做不成。"

东方志远说:"每个人都在寻求这个世界对自己的认可,这是无可非议、天经地义的事情,但是,如果四平八稳,不去折腾,人活着还有什么意义?可能在别人看来,我这是瞎折腾,这又有何妨!不管别人说什么,也不管遇到什么问题,都不要退缩。我就是要不停地折腾!因为这是我自己的抉择,就是折腾失败了我也心甘情愿。"

王大鹏说:"我就是佩服东方的这种锲而不舍的折腾精神!"郑京生也插话说:"这种折腾,实际是一种努力和付出,也是东方人生自信的反映。"

亮仔在一旁戏谑地说:"我也想折腾,可就是不知道该怎样折腾。"郑京生说:"好好向东方董事长学学。"郑京生早已忘了多年前打球时,亮仔引发的不愉快,如今和亮仔也成了好朋友。

东方志远把自己的艰辛创业和努力付出,说成是心无旁骛的折腾,可见他的胸怀是多么的宽广博大。

东方志远对王大鹏说:"佩服倒说不上。不过,当我们回头看的时候,觉得自己所做的事情,对得起所消耗的时间,对得起自己的抉择,还有那么一点儿点儿意义,就已经知足了。每个人赤裸裸地来到这个世上,又一丝不挂地离开,所以一定要留有点儿痕迹,不折腾怎么能实现?苏东坡不是说'泥上偶然留指爪'吗?这是他对自己一生中,先后流放在黄州、惠州和儋州,被折腾的深刻体会,也是他人生的意义所在!"

"一个人要想获得成功,不经过折腾,不经历磨难,是根本不可能实现的!"郑京生说。

文侯表示赞同。他又看了看东方丹说:"可惜现在的年轻人身上,正是缺乏这种敢于折腾和善于折腾的精神。"

东方丹也看了文侯一眼说:"文老说得有道理,折腾精神实际是一种追求的精神。基因可以在一定程度上决定人的性格,但它无法决定人的追求精神。从父亲的身上,我看到了他不满足现状,不为任何困难所困的追求精神,这是我们年轻人应该学习和具备的品格。"

"孩子说得对!现在,我们这一代人已经老了。"文侯用手指指东方志远、王大鹏和郑京生,继续对东方丹说,"我们和你们之间存有代沟,互相之间理解或不理解并不重要,重要的是你们要知道,这个世界归根到底是你们的。因为你们好像早晨八九点钟的太阳,而我们却已是即将落山的夕阳,所以要互相学习和包容。"

几个人边走边聊,不一会儿就到了会所。庆功宴上,众人兴奋的心情达到了顶点。

庆功宴会后,东方志远和东方丹陪同文侯和王大鹏,来到了他们下榻的亿诚大厦。在阳光照耀下,亿诚大厦显得更加雄伟挺拔,好像是一座丰碑,镌刻着东方志远精彩人生的一段不朽篇章。

王大鹏对东方志远说:"让我看看你的办公室吧?"没等东方志远回答,东方丹抢着说:"老爸没有办公室。"

王大鹏不解,问东方志远:"怎么没有办公室?"

东方志远回答:"我怕自己不自觉地陷入回忆,更怕影响孩子的决策。"王大鹏更是不解。

东方志远解释说:"看到这座大厦,可能引起我对过往的一些回忆。一旦陷入了回忆,就是一个人精神和生理上衰老的象征。我不想过早衰老,所以,一直在告诫自己,不要触景生情。再说了,如果我成天坐在这里,孩子有个大事小情,肯定会来问我,这不利于她独立思考和做出抉择，不利于她的锻炼成长！"

王大鹏和文侯一听，觉得很有道理，解开了心中的疑惑。几个人就来到了东方丹的办公室。

因为公司刚搬进来，房间里又新又空，只有一张硕大的办公台、一套沙发和一个文件柜，其他什么都没有。透过落地玻璃窗，看到的是奔腾不息的大海，远处的澳门也尽收眼底，回望背后的将军山，更加郁郁葱葱，可墙壁上却光秃秃一片雪白。

这时，东方丹从办公台里拿出几张宣纸和文房四宝，诚恳地说："我想请各位长辈，给我留点儿墨宝，挂在墙上，以激励我奋力前行。"

王大鹏说："我的字拿不出手，还是请文老和东方写吧。"文侯沉思一会儿说："我没有资格写这幅字，还是请东方写吧。"

东方志远看自己推辞不掉，就执笔蘸墨，面对宣纸，凝神屏气，思索着该写什么字。

厚德载物？他摇摇头，已被许多人写过，觉得有点俗气；位卑也忧国，何敢惜此身？他还是摇摇头，觉得太高大上，不适合平凡的小人物；天道酬勤？他又摇摇头，用一个"勤"字岂能概括人生，感到意境不够。这时，老子《道德经》中的"圣人之道，为而不争"浮现在脑海。为而不争不是不求上进，而是尊重客观事物发展规律的蓄势而为。如何做到为而不争？既要靠悟性去感知，更要靠抉择做取舍，想得开、放得下，才能拿得起、有所为，这是做人做事的大智慧。他迟疑了一下，想到自己几十年来经历的风风雨雨和跌宕起伏的人生，苦辣酸甜，个中滋味，一起涌入心头。虽然人在江湖，身不由己，犹如世间过客，行色匆匆，却可以保持定力，做自己喜欢做的事，活出不羁的人生。他定了定神，屏住呼吸，又在砚台上顺了顺笔，奋笔疾书"抉择"两个苍劲大字!

当女儿东方丹拿起这幅字,请大家品鉴时,不明就里的外孙女小甜甜,天真地拍着小手,抢先大声叫好!

文侯和王大鹏,正要发表自己的品鉴意见,只见东方志远站在窗前,极目远眺,陷入沉思之中。

这时的东方志远,正望着浩瀚的大海,与黛红色的晚霞交织在一起,混合成一团彩色的迷雾。川流不息的轿车,疾驶在宽阔的海滨大道上,在海边悠闲散步的人们,吹着海风,听着涛声,惬意地享受着大自然的美景。楼下广场的歌声,透过落地玻璃窗,传入东方志远的耳畔:"……月落乌啼总是千年的风霜,涛声依旧不见当初的夜晚。"东方志远是个怀旧的人,这首《涛声依旧》,从一问世就珍藏在他的心中。这时,东方志远突然想起凯瑟琳·赫本在《金色的池塘》中说的一句话:"要知道他已经尽了最大的努力,他只是想要发现一条他今后要走的路而已。"

是呀,今后要走的路在何方?耳边一个声音告诉他:心如行云常自在,身似流水任逍遥。他豁然开朗,原来路就在自己的脚下。

拥有了"心如行云常自在,身似流水任逍遥",就拥有了天空般的明净高远,就拥有了大地般的辽阔厚重,就拥有了一个风流不羁的自我,就拥有了一个成熟纯美的人生。这是东方志远向往的未来生活,他将怀着这样的心态,继续书写自己的人生!

放下过往的一切执念,不做自己不喜欢做的事情,退出自己不喜欢的圈子,过自己想要的生活不是自私,学会爱自己才是终生浪漫的开始。把自己活成一束光,照亮脚下前行的路,在等长的时间里,活出不等距的人生。

后　记

　　长久以来，我就有写一部小说的欲望，但苦于没有找到写作的主题，又受思维方式和语言表达的限制，始终未敢动笔，但创作小说的欲望始终欲罢不能。

　　过去，我曾看过许多部小说，只关注故事的内容和情节的变化，从未注意过小说创作的构思与技巧。一个偶然的机会，有位作家朋友对我说，小说创作的基本原则是"源于生活，高于生活"，你阅历这么丰富，听的、见的、亲力亲为的事情又那么多，这些都是小说创作的基本素材，为什么不写部小说呢？朋友的话启发了我，写一部小说的欲望更为强烈了。

　　直到有一天，已退休的省委老书记，在为我出版的一部读书随笔散文集写的一篇序言中说："董国志和我们大家一样，都生活在五彩缤纷、思想交融的大时代。他的身上既带有明显的时代痕迹，也有其自身的突出特点。把命运掌握在自己手中，敢于突破常规，敢于超越自我，敢于做自己喜欢做的事，并以顽强的意志力和承受力，努力争取做得更好，这是他性格的鲜明特质。"

　　书记的话不仅让我找到了小说创作的主题，也给了我创作小说的勇气。回顾自己所走过的路,为了做自己喜欢做的事,我曾经面临过多次抉择,才一路走到今天。遂以"抉择"为主题,进行小说创作的框架构思,并围绕这个主题,搜集、整理和积攒了一些资料,还看了几本关于怎样创作小说的指导书籍。

今年年初的一个早上,突然有一种按捺不住的冲动,我走进书房,打开电脑,在键盘上试着打了一段卷首语,接下来竟不知该如何往下写。我就离开电脑键盘,用二十几天的时间,重新翻阅积攒的资料,在心里构思着故事的主要情节与框架结构。

令人没想到的是,再次打开电脑时,就像掘开了一处涌泉,思绪像泉水一样,不可阻挡地涌出,仅用不到一个月的时间,就完成了小说的初稿。

之所以这么快就能写出初稿,我想,可能是"源于生活"所致吧。生活的属性决定作品的属性,有什么样的生活,就可能写出反映什么样生活的作品。而"高于生活"的增删补缀过程,却不是那么容易,前后历时几个月的时间。其间经历的曲折,难以与人述说,仅增删比较大的修改就有三次,至于小修小改和语言文字的打磨,更是不消细说。因为生活本身并不决定作品的优劣,决定作品优劣的,是对生活的态度和对文学的理解。

写作既是一种对生命的回忆,也是一种对生活的思考,更是一种对自我的剖析。值得庆幸的是,三易其稿,几经推敲,最终作品成为现在这个样子。虽然平庸无奇,却满足了我创作小说的欲望,也收获了挑战自我的喜悦。

书中主人公东方志远,成长经历的时代跨度,正好是改革开放的四十五年间。中国的政治、经济、文化等各个领域的变迁,他参与过、体验过,更是见证者。其中的成败荣辱,是非曲直,个中滋味,点滴在心。他的所有经历，只能用"幸运"或"传奇"来形容，因为改革开放的大时代，造就了东方志远的人生。

现在，这一代人已经陆续隐退了，但他们仍然走在晚霞夕照的路上。对他们的功过是非该如何评价？只能是"进退凭己胆，笑骂皆由人"了。

小说总有结束的时候，而现实中的我们，烟火生活还要继续，还要续写自己的人生。

2024 年 10 月 1 日
于长春市净月山"闲人居"